O QUE OS MORTOS SABEM

LAURA LIPPMAN

O QUE OS MORTOS SABEM

tradução de
MÁRCIA ALVES

EDITORA RECORD
RIO DE JANEIRO • SÃO PAULO
2009

CIP-Brasil. Catalogação-na-fonte
Sindicato Nacional dos Editores de Livros, RJ.

Lippman, Laura, 1959-
L743q O que os mortos sabem / Laura Lippman; tradução de Márcia Cláudia Alves. – Rio de Janeiro. Record, 2009.

Tradução de: What the dead know
ISBN 978-85-01-08546-7

1. Romance americano. I. Alves, Márcia Cláudia. II. Título.

09-3503 CDD – 813
CDU – 821.111(73)-3

Título original em inglês:
WHAT THE DEAD KNOW

Editoração Eletrônica: Abreu's System

Impresso no Brasil

ISBN 978-85-01-08546-7

PEDIDOS PELO REEMBOLSO POSTAL
Caixa Postal 23.052
Rio de Janeiro, RJ – 20922-970

Para Sally Fellows e Doris Ann Norris

Com efeito, os vivos sabem que hão de morrer, mas os mortos não sabem mais nada; para eles não há mais recompensa, porque sua lembrança está esquecida. Amor, ódio, ciúme, tudo já pereceu; não terão mais parte alguma, para o futuro, no que se faz debaixo do sol.

ECLESIASTES 9:5-6

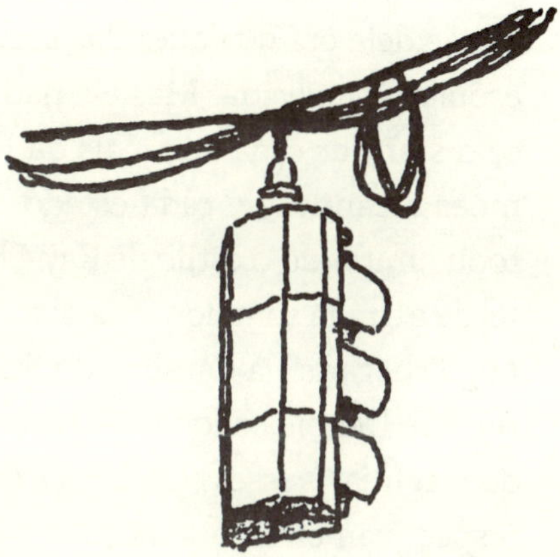

CAPÍTULO 1

Ela sentiu um frio na barriga ao ver a torre de água flutuando acima dos ramos secos e serenos das copas das árvores, qual uma nave extraterrestre pousada na Terra. Aquela torre sempre fora um ponto de referência nas antigas brincadeiras em família, embora não fosse *o* ponto de referência. Ao avistar o disco branco espetado sobre pernas longas e finas, já se sabia que era hora de ficar de prontidão, como um corredor nos instantes que precedem a largada. *Nas suas marcas, já consigo ver...*

No começo não era um jogo. Ver uma nesga da loja de departamentos aninhada à curva do anel rodoviário não passava de uma competição particular, um artifício para driblar o tédio após dois dias num carro, da Flórida até sua casa. Tanto quanto podia se lembrar, era esse o percurso todo início de inverno, apesar de ninguém da família gostar de visitar a avó. O apartamento dela em Orlando era entulhado e fedorento, os cachorros, mal-encarados, a comida, intragável. Infelicidade geral, até do pai. Especialmente do pai, embora fingisse estar tudo bem e ficasse extremamente ofendido se alguém se aventurasse a dizer que a mãe dele era qualquer das coisas que de fato era: mesquinha, esquisita, malvada. Mas ele não conseguia disfarçar o alívio de se distanciar cada vez mais da Flórida, e cantava a plenos pulmões a canção de cada estado que cruzavam. *Georgia*, ele entoou, imitando o estilo de Ray Charles. Pernoitaram ali num hotel de estrada sem nome na placa, e partiram antes do sol nascer. Logo chegaram à Carolina do Sul e entoaram "Nothing could be finah!". Depois os longos e lentos hinos da Carolina do Norte e da Virgínia. Nesses estados, os únicos pontos de interesse eram, respectivamente, o almoço em Durham e os maços de cigarro dançantes nos outdoors perto de Richmond. E, então — finalmente —, Maryland, o querido estado de Maryland, o lar doce lar de Maryland, a uns 80 quilômetros e quase uma hora dali, naquela época. Hoje, ela precisava do dobro de tempo, ou quase, para vencer o engarrafamento, mas o tráfego já estava se normalizando.

Vejo...

A Hutzler's era a maior loja de departamentos da cidade e anunciava a chegada do Natal com uma enorme chaminé de mentirinha e um Papai Noel equilibrando-se lá em cima, flagrado eternamente com uma perna dentro e outra fora da borda. Estaria entrando? Saindo? Ela nunca conseguiu se decidir. Condicionara-se a ficar atenta àquele lampejo de vermelho, à promessa de que estava quase em casa, do mesmo jeito que alguns pássaros comunicam ao capitão de um navio que a terra está próxima. Aquele era um ritual secreto, nada parecido com a mania de contar as faixas descontínuas, conforme desapareciam sob as rodas dianteiras do carro, um truque para diminuir o enjoo causado — e nunca superado — pelo sacolejar do veículo. Mesmo àquela altura, ela ficava calada quando se tratava de informações a seu respeito, reconhecendo a distinção entre excentricidades que tinham um quê de interessante e hábitos compulsivos que a caracterizariam como estranha, no mesmo patamar de esquisitices de..., isso mesmo, de sua avó. Ou, para ser mais sincera ainda, de seu pai. Mas a frase escapara de sua boca, alegre e espontânea, fruto de um outro diálogo secreto consigo mesma que se revelava para o mundo:

"Vejo a Hutzler's."

O pai percebeu na hora o que significava; a mãe e a irmã, porém... Ele sempre parecia captar o sentido por trás de suas palavras, o que era reconfortante quando ela era criança, mas que se tornava cada vez mais assustador à medida que crescia. O problema era que ele insistia em transformar o retorno ao lar num jogo. E o que era para ser um código só dela, passou a pertencer à família. O pai era mestre em envolver todo mundo, em apropriar-se do que era particular, transformando-o em público. Ele acreditava em discussões familiares longas e tortuosas, as quais batizou de "sessões de bate-papo". Também era a favor de portas destrancadas e de andar praticamente nu pela casa, hábito que a mãe o obrigou a abandonar. Se alguém pretendesse guardar algo para si — um saco de balas comprado com o próprio dinheiro ou um sentimento que pretendesse manter em segredo —, o pai não fazia por menos: acusava a pessoa de egoísta. Ele a obrigava a se sentar olhando bem dentro do olho dele, e lá vinha um sermão em que pregava que as famílias não funcionavam daquele jeito. Que uma família era igual a um time, um país dentro de si mesma, a única parte da sua identidade que permaneceria constante para o resto da vida. "Trancamos a porta da casa para estranhos", dizia, "mas nunca para um de nós".

Então apropriou-se do "Já consigo ver a Hutzler's", para a felicidade geral da família, e desafiou-as a competir com ele por quem seria o primeiro a falar. Quando todos entraram na brincadeira, os últimos 2 quilômetros no anel rodoviário foram insuportáveis de tanto suspense. As irmãs esticavam o pescoço, dobradas sobre os antigos cintos de segurança que as prendiam pela cintura e só eram afivelados em viagens longas. Naquela época era assim: cintos de segurança usados somente para viagens longas; capacetes para bicicletas, jamais; e os skates eram feitos de toscas ripas de madeira e rodinhas reaproveitadas de velhos patins. Presa ao cinto de segurança, ela sentiu o estômago se revirar e o coração bater mais rápido. Mas para quê? Para a inexpressiva honra de ser a primeira a dizer bem alto o que ela sempre tinha sido a primeira a pensar. Assim como em todas as disputas arranjadas pelo pai, não havia nenhum prêmio nem objetivo. Como ela não mais teria sua vitória garantida, resolveu fazer o de sempre: fingir que não dava a mínima.

Aqui estava ela de novo, sozinha, com a certeza de que venceria, se quisesse, por mais sem sentido que fosse a vitória. E *ainda* sentia o frio na barriga, ignorando o fato de que a loja de departamentos há muito desaparecera e de que tudo ao redor daquele trevo rodoviário — antes tão familiar — mudara. Mudara para pior. A vetusta e bem-conceituada Hutzler's deu lugar à chinfrim Value City. No lado oposto, no sentido sul da rodovia, a loja da Quality Inn transformou-se num depósito. De onde ela estava não foi possível ver se o restaurante Howard Johnson's, onde todas as semanas a família jantava peixe com batatas fritas, continuava lá no cruzamento. Ela duvidava. Será que o Howard Johnson's existiria ainda, em algum lugar? E ela, existia? Sim e não.

O que aconteceu em seguida se deu numa fração de segundo. Do jeito como tudo mais acontece, se você parar para refletir. Foi o que ela respondeu mais tarde, ao ser interrogada. *A Era Glacial aconteceu em questão de segundos; só que havia muitos deles.* Ah... ela possuía essa capacidade de fazer com que as pessoas a amassem, se absolutamente necessário, e embora essa sua tática fosse agora menos crucial para a própria sobrevivência, era difícil abrir mão de um hábito. Os policiais que a interrogaram fingiam irritação, mas ela podia apostar que provocava o efeito desejado na maioria deles. Àquela altura, sua descrição do acidente era um relato vívido e arrebatador, um número teatral requintado. Ela desviara o olhar para a direita, no sentido leste, na tentativa de reconhecer os pontos de referência do trajeto, os quais conhecia desde criança, e acabou se esquecendo da velha recomendação: *as pontes são as primeiras a congelar.* De repente, sentiu algo estranho, como se o volante escapulisse de suas mãos. Na verdade era o carro que saía da estrada, que derrapava, muito embora aquela mistura de chuva e de neve ainda não tivesse começado a cair, e o asfalto parecesse estar totalmente seco. Era óleo, não gelo, ficou sabendo depois. Óleo deixado na pista por causa de um acidente ocorrido mais cedo no mesmo local. Como é que alguém consegue permanecer no controle de um carro numa pista coberta de óleo que se torna invisível sob a luz do pôr do sol de março? Culpa da omissão ou do serviço inacabado de um grupo de homens que não conhecia nem jamais encontraria. Em algum lugar de Baltimore, um homem se sentaria à mesa de jantar naquela noite, sem saber que destruíra a vida de uma pessoa, e ela o invejava justamente por não saber.

Ela agarrou o volante e pisou nos pedais, mas o carro não respondeu. O sedã em formato de caixote derrapou para a esquerda, movendo-se como a agulha de um tacômetro escangalhado. Chocou-se contra a mureta de concreto, rodopiou e derrapou mais uma vez, indo parar no outro lado da estrada. Por um instante, ela teve a impressão de ser a única pessoa dirigindo, como se todos os outros carros e seus respectivos motoristas tivessem ficado paralisados, num misto de respeito e de assombro. O velho Valiant — nome carregado de bons presságios, homenagem ao Príncipe Valente e a tudo que ele representava naquelas tirinhas no jornal de domingo — movia-se rápida e graciosamente; um dançarino no meio de carros pousados em solo firme, na volta do trabalho para casa, no final da hora do rush.

E então, justo quando ela achou que tivesse o Valiant sob controle, quando os pneus tocaram de novo o asfalto, sentiu uma leve batida à sua direita. Havia se chocado contra a lateral de uma caminhonete branca. Embora seu carro fosse muitíssimo menor, o outro parecia cambalear com o impacto: um elefante derrubado pela seta de uma zarabatana. Num relance viu o rosto da menina, ou achou que vira. Nele estampada uma expressão nem tanto de medo, mas de surpresa ao se dar conta de que, sem mais nem por quê, uma coisa qualquer poderia colidir com uma vida perfeita e bem organizada. A garota vestia jaqueta de esqui e óculos grandes que não lhe caíam nada bem e ficavam até feios em contraste com os protetores de orelhas de pele branca. A boca era um círculo; a garganta vermelha de perplexidade. Tinha uns 12 anos, talvez 11, e foi nessa idade que... e então a caminhonete começou a capotar, descendo lentamente a ladeira até a área de aterro.

Sinto muito, sinto muito, sinto muito, pensou. Ela sabia que devia diminuir a marcha e checar o que havia acontecido com o outro carro, mas um coro de buzinas e guinchadas de freios surgiu atrás dela, uma massa compacta de sons que a impeliam para frente, embora não quisesse. *Não foi minha culpa!* Todos deviam saber que as caminhonetes têm tendência a capotar. Aquela simples batidinha jamais poderia ter causado um acidente de proporções tão grandes. E além do mais, aquele fora um dia longo. E ela estava tão perto... A próxima saída seria a sua, menos de 2 quilômetros adiante. Ainda dava para se juntar ao tráfego da rodovia I-70 e seguir para seu destino a oeste.

Mas ao chegar ao trecho de reta, na direção da I-70, viu-se dando uma guinada à direita, em vez de à esquerda, na direção da placa de trânsito com os dizeres SOMENTE TRÁFEGO LOCAL, para aquela estrada incomum e inacabada, que na sua família era conhecida como a rodovia que-não-vai-a-lugar-nenhum. Como se divertiam ao explicar o caminho até a casa deles! "Pegue a interestadual no sentido leste e vá até o final." "Como? Como uma rodovia interestadual pode ter um fim?" E assim seu pai teria a chance triunfal de contar a história dos protestos, dos cidadãos de Baltimore que se uniram para defender a preservação do parque e seus animais, e de uma fileira de casas geminadas que circundavam o porto. Esse fora um dos poucos sucessos na vida de seu pai, muito embora sua participação tivesse sido insignificante: apenas mais um dos signatários do abaixo-assinado, um componente das marchas de protesto. Por mais que ele almejasse, jamais fora convocado para falar nos comícios públicos.

O Valiant fazia uma barulheira infernal. A roda traseira da direita roçava no que deveria ser um para-lama espatifado. Ela estava tão agitada que o mais sensato era deixar o carro no acostamento e seguir a pé, embora começasse a chover e nevar, tudo ao mesmo tempo. A cada passo percebia que havia alguma coisa muito errada. Suas costelas doíam, cada respiração era como uma facada bem fina, e estava difícil carregar a bolsa do jeito que aprendeu — perto do corpo, e não balançando no punho, uma tentação para assaltantes e ladrões. Por não ter afivelado o cinto de segurança, seu corpo ficara quicando dentro do Valiant, ora de encontro ao volante, ora à porta. Havia sangue em seu rosto, mas ela não sabia ao certo de onde vinha. Boca? Testa?

Ela estava quente, estava fria, via estrelas pretas. Não, não eram estrelas. Mais como triângulos girando de um lado para o outro, presos às linhas de um móbile invisível.

Não tinha andado mais de dez minutos quando uma radiopatrulha parou a seu lado, as luzes de advertência piscando.

— Aquele Valiant lá atrás é seu? — perguntou o patrulheiro ao abaixar a janela do lado do passageiro, não se aventurando a sair do carro.

Será que era? O jovem policial jamais poderia imaginar o quanto a pergunta era complicada. Mesmo assim, ela concordou.

— A sua carteira de identidade está com você?

— Claro que sim — disse ela ao vasculhar a bolsa; mas não achou. *Só faltava...* Ela começou a rir, percebendo como tudo era perfeito. Era óbvio que ela não tinha nenhuma carteira de identidade. Ela não tinha identidade; não de fato.

— Desculpe. Não está aqui — disse sem conseguir conter o riso. — Sumiu.

O policial saiu da radiopatrulha e deu a impressão de que ia retirar-lhe a bolsa para procurar o documento. O grito que deu surpreendeu mais a ela mesma do que a ele. A dor no antebraço esquerdo foi terrível quando ele tentou fazer passar a bolsa pelo seu cotovelo. O patrulheiro solicitou ajuda à central. Pegou as chaves do carro que estavam na bolsa, caminhou até o Valiant e revistou o interior do carro. Voltou e ficou ao lado dela sob a chuva e a neve que enfim caíam. Balbuciou algumas palavras de praxe e depois calou-se.

— Está muito ruim? — perguntou ela.

— Só quem pode dizer é o médico. Vamos levá-la até a emergência do hospital.

— Não, não estou falando de mim. Lá atrás!

O zunir de um helicóptero a distância respondeu sua pergunta. *Sinto muito, sinto muito, sinto muito.* Mas não fora sua culpa.

— Não tive culpa. Não consegui controlar o carro... na verdade não fiz nada.

— Já li os seus direitos — disse ele. — Tudo o que você disser... será levado em conta. Embora não haja dúvida de que você abandonou a cena do acidente.

— Eu estava indo buscar ajuda.

— Esta estrada acaba num terminal de integração automóvel-metrô. Se você quisesse mesmo ajudar, teria parado no acostamento lá atrás onde o acidente aconteceu ou teria pegado a saída da Security Boulevard.

— E a antiga Windsor Hills Pharmacy, as ruas Forest Park e a Windsor Mill? Minha ideia era ligar de lá pedindo socorro.

Ela pôde ver que o pegara desprevenido: ela usara os nomes corretos, e mostrou que conhecia a redondeza.

— Não sei de nenhuma farmácia; mas há um posto de gasolina nesse local. Mas você não tem celular?

— Para uso pessoal, não; mas tenho um no trabalho. Só compro novidades depois que começam a funcionar direito, depois de serem aperfeiçoadas. As ligações dos celulares sempre são cortadas, e as pessoas têm de gritar quase que o tempo todo, o que anula qualquer privacidade. Quando os celulares funcionarem tão bem quanto as linhas fixas, vou comprar um.

Ela ouviu o eco da voz do pai. Todos esses anos se passaram, e ela ainda o guardava em sua memória, do mesmo modo que guardava suas opiniões, que passaram a ter mais peso com o tempo. *Não seja a primeira a comprar uma novidade tecnológica. Mantenha suas facas afiadas. Somente coma tomates quando estiverem na época. Seja gentil com sua irmã. Vai chegar o dia em que sua mãe e eu teremos partido, e vocês só terão uma à outra.*

O jovem patrulheiro observou-a com um ar sério, aquele tipo de inspeção discreta que as crianças boazinhas reservam para as coleguinhas que se comportaram mal. Era ridículo que desconfiasse tanto dela. Sob aquela luminosidade, com as roupas que usava e a chuva achatando o cabelo curto e cacheado, provavelmente ela parecia mais jovem do que era. As pessoas sempre lhe davam uma década inteira a menos do que sua verdadeira idade, mesmo naquelas raras ocasiões em que se enfeitava toda. Cortar os longos cabelos, no ano passado, fez com que parecesse ainda mais nova. O curioso a respeito do cabelo era que ele teimava em continuar louro, naquela idade em que a maioria das mulheres recorre a alguma química para conseguir mechas em tonalidade clara. Era como se o cabelo se ressentisse dos anos de cativeiro em que ficara sujeito a aplicações caseiras de tintura na cor castanha. Tanto quanto ela, seu cabelo também podia guardar rancor.

— Bethany — disse ela. — Eu sou uma das meninas Bethany.

— O quê?

— Você não sabe? — perguntou. — Você não se lembra? Mas então você deve ter uns... 24, 25 anos?

— Vou fazer 26 na semana que vem.

Ela teve de conter o riso, porque ele parecia um menininho reclamando que tem 2 anos "e meio" em vez de 2. Com que idade a gente para de querer ser mais velho, para de aumentar a idade? Por volta dos 30, para a maioria, ela supunha, embora tivesse acontecido bem mais cedo com ela. Aos 18 ela teria feito qualquer coisa para abdicar da fase adulta em troca de outra chance de viver a infância.

— Então você nem era nascido quando... e provavelmente você nem nasceu aqui; então o nome não faz o menor sentido para você.

— O registro diz que o carro pertence a Penelope Jackson, de Asheville, Carolina do Norte. É você? Quando chequei o carro no banco de dados, ele não foi identificado como roubado.

Ela fez que não. Seria uma perda de tempo contar sua história. Esperaria por alguém que conseguisse apreciá-la, que captasse todas as implicações dos fatos que ela narrasse. Instintivamente, começou a imaginar. Quem estaria a seu lado, quem tomaria conta dela? Quem estaria contra ela, quem iria traí-la?

No St. Agnes Hospital, permaneceu seletivamente calada, respondendo somente às perguntas diretas sobre onde lhe doía o corpo. Seus machucados eram relativamente pequenos: um corte na testa que precisou de quatro pontos, o qual, lhe garantiram, não deixaria cicatriz, e alguma coisa distendida ou quebrada no antebraço esquerdo. Por ora, o braço ficaria imobilizado com uma bandagem; no futuro talvez precisasse ser operado, segundo lhe informaram. O jovem patrulheiro deve ter passado adiante o nome Bethany, pois o encarregado de preparar a nota fiscal do hospital pressionou-a a respeito. Ela recusou-se a repeti-lo, por mais que ele insistisse. Em circunstâncias normais, teria recebido o tratamento médico e seria liberada. Mas o caso dela estava longe de ser rotineiro. A polícia destacou um patrulheiro uniformizado para permanecer do lado de fora da porta do quarto e avisou-a que não estava livre para deixar o hospital, mesmo tendo recebido alta. "A lei é muito clara a esse respeito. Você deve nos dizer quem é", enfatizou um outro policial, um mais velho, do setor de investigação de acidentes de trânsito. "Se não fossem os ferimentos, você passaria esta noite na cadeia." Nem isso fez com que ela abrisse a boca, embora tivesse se apavorado com a palavra cadeia. Não estar livre para ir e vir como lhe aprouvesse, ficar aprisionada em um lugar... não, nunca mais. O médico registrou o nome "Jane Doe" no prontuário, e acrescentou "Bethany?", entre parênteses. Pelas contas dela, esse seria seu quarto nome, ou seria o quinto? Era fácil perder a conta.

Ela conhecia o St. Agnes. Ou, melhor dizendo, já estivera nesse hospital. Foram tantos os acidentes, tantas as idas. Uma panturrilha retalhada, consequência de um pote de vaga-lumes que se espatifou ao cair, os cacos ricocheteando pela calçada, cortando a batata da perna. Uma rede para pegar moscas aplicada sobre a ferida infeccionada da vacina contra varíola, sempre na maior boa-intenção. Um joelho que mais se assemelhava a pétalas de flor, resultado de uma queda sobre uns arbustos, revelando o aterrorizante recheio de osso e sangue. Arranhões no queixo causados pela válvula enferrujada de um velho pneu, uma colossal câmara-de-ar usada em tratores ou caminhões — na cabeça do pai a versão de um castelo saltitante, obtido e erigido em consideração à anglofilia da mãe. As idas até o setor de emergência do hospital eram transformadas em verdadeiros eventos familiares — o pai exigia a presença de todos — ao mesmo tempo assustadoras para o acidentado e cansativas para os acompanhantes. Na saída, porém, todos ganhavam sorvete do Mr.G., e então acabava valendo a pena.

Esse não era o tipo de recepção que eu esperava, ela pensou, deitada ali no escuro, permitindo que a autocompaixão — uma amiga de longa data — se instalasse e a abraçasse.

Havia, sim, cogitado em regressar, agora ela percebia, mas não hoje. Talvez algum dia, mas por sua exclusiva vontade, e não para satisfazer os planos de alguém. Três dias atrás, o controle sobre sua vida, tão duramente obtido, escapara-lhe inesperadamente. Derrapara assim como o Valiant verde-amarelado, da cor das ervilhas. Aquele carro parecia esconder um fantasma entranhado no motor, impelindo-a para o Norte, empurrando-a para todos aqueles pontos de referência conhecidos, culminando num evento que não planejara. Na saída I-70 da rodovia, quando teria sido muito fácil dobrar para oeste — que era o seu destino original, e possivelmente escapar à prisão —, o carro curvou-se para a direita e parou por conta própria. O Príncipe Valente carregou-a quase o percurso todo de volta para casa, tentando, na base de truques, persuadi-la a fazer o que era certo. Foi por isso que o nome lhe havia escapado. Ou talvez por ter batido com a cabeça, ou por tudo que lhe acontecera nos últimos três dias, ou por ter ficado preocupada com a menina do outro carro.

Sonolenta sob o efeito de analgésicos, deixou-se sonhar com a manhã seguinte: o que aconteceria ao dizer seu nome, seu verdadeiro nome, pela primeira vez em anos? Imaginando qual seria a sensação de responder a uma pergunta que poucas pessoas hesitariam em responder: *Quem é você?*

Então percebeu qual seria a segunda pergunta.

Parte I

QUARTA-FEIRA

CAPÍTULO 2

— É o seu telefone?

A mulher de rosto marcado pelas dobras do lençol e olhar fixo em Kevin Infante estava zangada com alguma coisa. Isso já acontecera antes. Ele não tinha bem certeza do nome da mulher, mas sabia que em questão de segundos o teria na ponta da língua. É... já acontecera antes.

Não, foi a combinação — uma desconhecida *e* um olhar maligno — que deu a esta manhã um ar especial que seu sargento gostava de apelidar de os anais de Infante, invariavelmente pronunciado pelo chefe com uma longa ênfase no "a". Se Infante mal conhecia a mulher, a ponto de nem se lembrar do nome dela, o que ele poderia ter feito para ganhar um olhar tão irritado? Em geral, seriam necessários de três a quatro meses para fazer aflorar esse tipo de raiva numa mulher.

— É o seu telefone? — a mulher perguntou de novo, a voz tão tensa e hostil quanto suas feições.

— É — respondeu ele, aliviado por estar começando com uma pergunta fácil. — É meu.

Passou-lhe pela cabeça que deveria no mínimo tentar achar o telefone, e talvez até atendê-lo, mas havia parado de tocar. Ele esperou, na sequência ao celular, ouvir o telefone fixo tocar, mas aí se deu conta de que não estava em seu quarto. Tateou o chão com o braço esquerdo, pois o direito estava preso sob o corpo da mulher, e achou suas calças e o celular preso por um clipe ao cinto. Ao pegá-lo, o aparelho vibrou em sua mão e emitiu um trinado agudo. Outra pessoa desapontada.

— Do escritório — disse ele ao ver o número da chamada recebida.

— Uma emergência? — perguntou a mulher. Se ele estivesse mais habituado a esse tipo de jogo, teria mentido e respondido que sim, que era uma emergência, vestiria suas roupas e escaparia dali.

Ainda bêbado de sono, respondeu:

— Não há emergências no departamento em que trabalho.

— Pensei que você fosse um *tira*.

Ele podia ouvir o ranger do ódio azedando as extremidades das palavras, o rancor contido.

— Detetive.

— A mesma coisa, certo?

— Quase.

— Então os tiras não têm emergências?

— O tempo todo. — E essa seria uma, pensou. — Mas no meu setor... — Ele parou de repente, recusando-se a identificarse como policial encarregado de homicídios, com medo de que ela pudesse achar interessante e querer vê-lo de novo, e pretender cultivar um relacionamento. O que não faltavam eram fãs de policiais, e ele em geral ficava grato por isso. — O tipo de pessoas com quem trabalho... elas são muito pacientes.

— O seu é... assim, trabalho de escritório?

— É... pode-se dizer que sim.

Ele tinha uma mesa. Ele tinha um trabalho. Às vezes ele trabalhava à mesa.

— Debbie... — Tentou não deixar transparecer a satisfação que sentia em lembrar-se do nome. — É... pode-se dizer que sim, *Debbie*.

Passou rapidamente os olhos pelo quarto não só em busca de um relógio, mas para sentir o ambiente. Um quarto, sem sombra de dúvida, e bem legal, com pôsteres de flores e decorado com o que sua ex-esposa mais recente chamaria de esquema de cores que supostamente traria bons fluidos, mas que nunca tivera efeito algum em Infante. Um esquema era um complô, um plano para se safar. Mas então o esquema de cores também faria parte da trama, se você parasse para refletir: uma que começava com a compra de um anel caro demais, crédito rotativo no colossal showroom da Shofer's e pagamento das prestações da casa, e acabava — duas vezes conforme sua experiência até aquele momento — na sala do juiz da vara de família de Baltimore, com a mulher levando consigo tudo que tinham comprado e deixando para trás as contas ainda por pagar. O esquema aqui era amarelo claro e verde, nada a se objetar, mas que o deixava um pouco nauseado. Ao separar suas roupas das dela, notou alguns detalhes esquisitos no quarto, coisas que não batiam com o resto. A escrivaninha embutida embaixo do caixilho da janela, a minigeladeira quadradona coberta com um pano e, por cima, o pequeno forno micro-ondas. Uma flâmula em cima da escrivaninha do time de faculdade Towson Wildcats... *Merda*, ele pensou, *tô ferrado*.

— Então — perguntou ele. O que você estuda?

A moça — moça mesmo, jovem de verdade, provavelmente menor de 21 anos, não que uma garota de mais de 16 anos estivesse fora do seu menu, mas Infante tinha suas regras — lançou-lhe um olhar gélido, enquanto enrolava o corpo no lençol de cima de cor verde-amarelada. Com evidente esforço, ela puxou um roupão felpudo de um gancho e o vestiu. Só retirou o lençol depois de amarrar o cinto do roupão. Uma olhada rápida e ele lembrou-se de como fora parar ali. Deus sabe que não foi por causa do rosto, muito embora ele tivesse sido mais agradável ao olhar sem estar amassado de sono, como agora. As primeiras luzes do dia faziam sobressair ainda mais a palidez desta Debbie, uma daquelas louras de rosto oval cujos olhos desaparecem sem maquiagem. Ela apanhou um balde do chão do closet, provocando-lhe uma fração de segundo de pânico. Será que ela o usaria para bater nele? Para derramar algo sobre sua cabeça? Mas Debbie apenas saiu do quarto com ares de quem se sentia insultada e foi para o chuveiro. Provavelmente para lavar os vestígios de sua noite com Kevin Infante. Será que fora tão ruim assim? Ele resolveu não esperar para descobrir.

Ainda era cedo para o padrão dos universitários, e ele estava quase saindo do dormitório quando cruzou com outra estudante, gorda e de olhos arregalados, que parecia perturbada com a presença daquele alienígena. Homem mais velho de terno. Obviamente ele não era estudante, nem professor.

— Polícia — disse ele. — Do condado de Baltimore.

Ela não deu sinais de alívio com essa informação.

— Aconteceu alguma coisa?

— Não, apenas uma inspeção de rotina de segurança pública. Não se esqueça: tranque as portas e evite passar pelas áreas mal-iluminadas dos estacionamentos.

— Sim, senhor — replicou ela com ar solene.

A manhã de março estava fria, e o campus deserto. Ele achou seu carro estacionado num local proibido, não muito longe do dormitório. Na noite passada, ele supôs ser um prédio de apartamentos ao trazê-la em casa. Começava a se lembrar. Havia ido ao Souris's, pois precisava experimentar um lugar novo, diferente do Wagner's, aonde ele e seus colegas costumavam ir. Havia um grupo barulhento de moças no fundo do bar, e apesar de ter feito planos de tomar apenas um drinque e ir embora, não demorou muito viu-se tentado a escolher uma daquele bando. Não era a melhor, mas a que ele *pegou* era muito boa. Ansiosa por agradar, custasse o que custasse, pagou um boquete dentro do carro, em plena Allegheny Avenue. Levou-a de volta para casa, para esse prédio antiquado, calmo e silencioso, às 2 horas da madrugada. Sua intenção era esperar que ela enfiasse a chave na fechadura e desse uma volta; aí ele daria uma leve buzinada sinalizando um tchau. Mas ela claramente queria mais que isso; seguiu-a até o quarto e fez sua parte. Ele achava que tinha se apresentado muitíssimo bem antes de adormecer. Então o que pode ter acontecido para que ela estivesse tão rabugenta de manhã?

Um policial do campus aproximou-se de seu carro. Infante mostrou o distintivo de policial, e o sujeito afastou-se, deixando evidente, porém, que estava doido para iniciar uma discussão. Provavelmente o fato mais importante do dia do pobre palerma seria discutir por causa de uma multa de trânsito. Examinou as ligações recebidas no celular — Nancy Porter, sua ex-parceira sussurrando em tom de urgência "Onde você está?" Droga, mais uma vez perdeu uma chamada de trabalho. Se quisesse chegar ao trabalho relativamente no horário, teria de escolher entre um banho ou um café da manhã, um bem farto para aplacar o estômago. Resolveu que seria mais fácil aguentar a sensação de enjoo por algumas horas do que suportar o mau cheiro que seu corpo exalava. Ligou o carro e foi para casa, um apartamento no bairro noroeste de Baltimore. Sempre poderia justificar o atraso por estar seguindo uma pista do... do... caso McGowan. Sim, era isso. Esse estalo ocorreu-lhe quando estava debaixo do chuveiro, e lá ficou por mais tempo que deveria, deixando a água quente escolher-lhe pelo corpo, arrancando dos poros os odores da noite anterior. Ele alegaria ter ido ao encalço do ex-namorado da moça; não o último, nem o penúltimo, mas o antepenúltimo. Pensando bem, não era uma má ideia. A morte da moça, consequência da tradicional combinação de facadas seguidas de descarte do corpo no Gunpowder Falls State Park, tinha os requintes de brutalidade que os novatos raramente suportavam ver. Não fora suficiente retalhá-la. O assassino tivera também de atear fogo ao corpo. E foi esse fogo que chamou a atenção do corpo de bombeiros, que por fim constatou o crime. Não fosse pelo fogo, talvez ela ficasse lá apodrecendo por dias, semanas, meses. Os cidadãos sempre se espantavam quando a polícia não conseguia encontrar um corpo, mas por causa do contínuo alargamento da área metropolitana de Baltimore, ainda havia quilômetros e mais quilômetros de terra agreste, intocada. Vez por outra, um caçador tropeçava numa pilha de ossos que seria posteriormente identificada como de uma vítima de cinco, até dez anos atrás.

No início de sua carreira, Infante havia trabalhado num caso parecido, um em que o assassinato era óbvio, mas não conseguiam encontrar o corpo. A família da vítima tinha posses e bons contatos, e condições de levar o departamento de polícia à loucura. Quando souberam que as providências que desejavam que fossem tomadas — diligências, pesquisas em laboratório — consumiriam grande parte do orçamento anual do departamento, os familiares simplesmente deram de ombros e disseram: "E daí?" Isso aconteceu três anos antes de o corpo ser descoberto, a menos de 10 metros de uma rodovia estatal no litoral norte — e foi encontrado por um sujeito com problemas urinários, que caminhou até o mato para fazer xixi. Os médicos concluíram que a morte se deu por traumatismo causado por objeto rombudo, confirmando o assassinato. Mas não havia mais nada a ser coletado do corpo nem da cena e, a essa altura, o marido, que desde o começo fora o principal suspeito, havia morrido. A única pergunta sem resposta na cabeça de Infante era se o golpe fatal fora um acidente, fruto de mais uma briga de sábado à noite, numa casa que fora palco de discussões como aquela última, ou se tinha havido intenção de matar. Infante passou longas horas com o marido, antes que o câncer de esôfago tomasse conta dele. O sujeito começou a imaginar que o detetive ia vê-lo por amizade ou bondade. O marido simulou uma excelente demonstração de pesar pela esposa desaparecida, e Infante concluiu que o cara via a si mesmo como a vítima. Na cabeça dele, tudo que tinha feito foi dar na mulher um tranco, um empurrão, com força igual a todos os outros trancos e empurrões que ele constantemente dava nela durante anos; só que dessa vez ela não voltou a si. Então o marido a carregou até uma área deserta de mato e largou-a por lá, passando os restantes de seus dias acreditando na própria inocência.

Você poderia imaginar que a família da mulher ficaria satisfeita se ele morresse logo e após grande sofrimento, mas isso não foi o bastante. Para certas pessoas, nunca é o bastante.

Infante saiu do chuveiro. Teoricamente, estava apenas trinta minutos atrasado. Sentia-se faminto; e um drive-through de lanchonete não daria conta. Escolheu o restaurante Bel-Loc Diner, onde a garçonete o tratou com atenção exagerada, preocupada que lhe preparassem um filé com ovos exatamente do jeito que ele queria, com as gemas meio cruas. Ele as estourou com os dentes do garfo, o que fez com que escorressem sobre o bife e, então, ocorreu-lhe uma dúvida: *Que diabos eu fiz para a Debbie ficar tão zangada?*

— Temos uma tagarela maluca lá no St. Agnes, dizendo que sabe de coisas sobre um antigo assassinato — disse-lhe o chefe, sargento Lenhardt. — Vá até lá.

— Estou no caso McGowan. Por causa dele, tive de ir ver alguém bem cedo, antes que ele saísse para o trabalho. Até cheguei atrasado.

— Tenho de mandar alguém falar com ela. E você sabe, não? O atrasadinho é o menino de sorte.

— Já lhe disse que estava...

— Tá, tá. Ouvi o que você *disse*. O que não é desculpa para você não responder à minha ligação, seu panaca.

Lenhardt fora parceiro de Infante no ano anterior, quando o departamento estivera com carência de pessoal, e parecia ter ficado ainda mais durão ao retornar às suas tarefas de sargento em horário integral, agindo como se o colega precisasse ser lembrado sobre quem era o chefe.

— O que há de tão importante assim? Você disse que ela é maluca.

— Doente mental ou está criando uma baita confusão a fim de desviar a atenção para o fato de ter abandonado a cena de um acidente feio.

— Será que pelo menos a gente sabe qual caso ela promete desvendar?

— Ela ficou resmungando alguma coisa sobre Bethany, na noite passada.

— Bethany Beach? Não fica no estado e muito menos no condado.

— As irmãs Bethany, engraçadinho. Um caso antigo de pessoas desaparecidas.

— E você aposta que ela é maluca.

— Isso.

— E você está me fazendo perder metade do meu dia para ir falar com ela?

— É isso aí.

Infante virou-se para sair, nervoso e zangado. OK, ele merecia um esporro, mas Lenhardt não poderia ***saber*** com certeza se ele falava a verdade sobre o caso McGowan. Era uma injustiça.

O sargento o chamou:

— Ei, Kev?

— Sim?

— Conhece aquela expressão, "vergonha alheia"? Sempre pensei nela como uma frescura, mas você me fez ver esta manhã que também pode ser real. Você diz ter passado a manhã conversando com algumas pessoas; será que nenhuma delas mencionou uma sujeira amarela no seu rosto?

Infante levou a mão à boca e sentiu um revelador pedacinho de gema bem no canto.

— Reunião durante o café da manhã — respondeu. — Conversava com um informante que pode saber algo sobre o McGowan.

— E você mente assim? No automático? — Não havia grosseria na voz do sargento. — Ou só está praticando para o seu próximo casamento?

CAPÍTULO 3

O jovem médico levou um tempão para escolher um doce: primeiro apontou para um sonho, em seguida trocou-o por um folhado recheado de creme de amêndoas e, afinal, ficou mesmo com o primeiro. Atrás dele na fila, Kay Sullivan podia captar no rapaz um misto de prazer e culpa por aquela escolha. Afinal, ele não tinha mais de 26 ou 27, era magro como um galgo e movido à adrenalina que impregnava a residência médica. Estava a anos-luz de qualquer preocupação com o que colocava boca adentro, supondo-se que algum dia ele teria de se preocupar com isso. Há indivíduos, sobretudo os homens, que nunca deram a mínima para o que ingerem, e este aqui gostava de comida. O sonho era, sem sombra de dúvida, o ponto alto da sua manhã, um prêmio após uma noite que parecia não acabar nunca. O prazer do rapaz era tão palpável que Kay teve a sensação de estar escolhendo o doce para si mesma e, por isso, sentiu-se menos infeliz ao pegar o habitual café preto, adoçado com dois sachês de Splenda.

Levou o café para uma mesa no canto e acomodou-se com um livro de emergência que guardava na bolsa. Os livros eram seus inseparáveis companheiros de todas as horas. E Kay possuía pilhas de livros de bolso em tudo que era canto e recanto de sua vida — bolsa, escritório, carro, cozinha, banheiro. Cinco anos atrás, quando a dor do divórcio era vicejante e palpitante, os livros serviam para distrair seu espírito do fato de que ela não tinha vida. Mas com o passar do tempo, Kay chegou à conclusão de que preferia a companhia dos livros à de pessoas. Para ela, ler não significava uma fuga, mas um estado ideal de ser. Em casa, precisava estar atenta para não usar os livros como forma de manter distância dos próprios filhos. Deixava a leitura de lado e tentava se concentrar em assistir ao programa de televisão que Grace e Seth haviam escolhido. Mas não era fácil. E o tempo todo lançava olhares ávidos para o volume que estava ali, tão à mão. Aqui no trabalho, onde poderia estar na companhia de vários colegas nos intervalos para o café ou almoço, preferia ficar sozinha, lendo. Os colegas a chamavam de antissocial pelas costas — se não falavam, no mínimo pensavam. Apesar de estar imersa em seus livros, poucas coisas passavam despercebidas a Kay.

Esta manhã, por exemplo, ficara sabendo dos detalhes da história de Jane Doe em questão de minutos, entre chegar e destrancar a porta de seu escritório. Todos concordavam que a mulher era uma impostora jorrando bobagens a torto e a direito por estar desesperada; mas havia aquele pequeno ferimento na cabeça que poderia afetar a memória de várias maneiras. Estava programado também um exame psicológico, mas Kay fora transferida do departamento responsável havia mais de um ano;

portanto, não tinha nada a ver com isso. A ferida na cabeça da mulher era recente e coerente com o acidente, e a paciente não declarou ser uma sem-teto, nem estar desempregada, nem ter sido maltratada pelo parceiro — especialidades de Kay. Mas também recusava-se a dizer se tinha ou não plano de saúde, o que, pelo menos até aquele momento, era um problema administrativo e contábil. Se afinal a mulher não tivesse plano de saúde, o que Kay considerava uma probabilidade razoável, o assunto poderia acabar mesmo nas suas mãos, para que ela desse uma solução para a questão do pagamento. Seria o caso de descobrir uma maneira de cobrar os gastos com a paciente por intermédio de um programa estadual ou federal.

Mas, por enquanto, outra pessoa estava encarregada do problema Jane Doe, e Kay permanecia a salvo no universo de Charlotte Brontë. *Jane Eyre* era o título do mês do clube do livro a que pertencia. Ela não dava muita importância ao clube, uma iniciativa do pessoal do bairro; apenas decidira se associar quando seu casamento estava nas últimas. Mas ele servia como uma boa desculpa para estar sempre lendo: "Clube do Livro", ela se justificava, apontando para o exemplar que tinha nas mãos, "e estou atrasada, como sempre". Na verdade, o pessoal do clube passava mais tempo fofocando e comendo, do que trocando ideias sobre o livro do mês, mas Kay não se incomodava. Raramente tinha vontade de discutir o que acabara de ler. Falar sobre os personagens de um livro de que gostara era como fofocar sobre amigos.

Um grupo barulhento de médicos bem mais jovens do que julgavam ser sentou-se à mesa ao lado. Normalmente, era fácil para Kay se desligar dos ruídos externos, mas a única presença feminina naquele bando tinha uma daquelas vozes esganiçadas e afiadas que retalham o ar.

— Um assassinato!

Passou-se uma semana sem notícias do Sr. Rochester. Passaram-se dez dias — e nada.

— Igual a esse é novidade em Baltimore. Há, quem sabe, apenas uns quinhentos ao ano?

Menos de trezentos na cidade, Kay corrigiu em silêncio. E um décimo disso no condado. No mundo de Jane Eyre, a jovem governanta lutava contra sentimentos que sabia que não deveria ter pelo patrão. *Contudo, convocando forças e recordando propósitos, subjuguei, mais uma vez, os meus impulsos. E foi admirável como consegui suplantar a fraqueza temporária, como varri o erro de supor que os atos do Sr. Rochester encerrassem algum interesse vital da minha vida.*

— Meus pais ficaram apavorados quando souberam que eu vinha trabalhar aqui. Se era para eu me mudar para Baltimore, por que não escolher o Hopkins? Por que não a Universidade? Eu menti para eles, dizendo que o St. Agnes ficava num bairro chique de classe média alta.

Muitas risadas presunçosas por causa do comentário. O St. Agnes era um bom hospital, com uma gorda dotação de verba, o terceiro maior empregador da cidade de Baltimore; contudo, toda essa abundância não contribuía em nada para melhorar o bairro. E se houve alguma mudança, foi para pior. Antes, o bairro era habitado por uma honesta classe trabalhadora; agora por pobres e marginais. Esses conjuntos residenciais fechados que floresceram nos primeiros anos da onda que levou a população branca de classe média a sair das cidades estavam sentindo na pele que os problemas de ocupação urbana não respeitavam as linhas imaginárias de um mapa. As drogas e a violência deixaram as áreas decadentes e rapidamente se instalaram nas áreas limítrofes ao condado. Quem tinha posses ia se afastando cada vez mais. E agora o centro da cidade estava sendo revitalizado, à medida que yuppies e jovens recém-saídos da casa dos pais e os moradores de Washington com facilidade em obter financiamento decidiam morar com vista para o mar e frequentar bons restaurantes. E quem se importava se as escolas fossem umas merdas? Kay dava graças aos céus por ter se agarrado à casa na Hunting Ridge, mesmo sendo complicado e perigoso como parecia, naquela época, morar no centro. O valor da casa mais que triplicou, o que lhe permitiu tomar empréstimos nas fases difíceis, dando o imóvel como garantia. E o ex-marido pagava os estudos dos filhos numa instituição privada. Ele era muito bom nos itens caros, mas não fazia a menor ideia de quanto custava o dia a dia das crianças: quanto se gasta por ano em pares de tênis, creme de amendoim, presentes de aniversário...

— Ouvi dizer que ela tem... uns *40*?

O gralhar enfático revelou que ter 40 anos era ser muito, mas muito velha.

— E ela está dizendo que tudo aconteceu há trinta anos? Que história é essa? Ela matou alguém quando tinha uns 10 anos, e só agora resolveu se entregar?

— Não acho que disse que foi ela — interrompeu uma voz masculina, mais lenta e mais grave. — Somente que sabe a respeito de um crime não resolvido. Um de vasta repercussão. Pelo menos é o que ela diz.

— Como o do bebê Lindbergh?

Não estava muito claro para Kay se a jovem estava querendo se mostrar ou se achava que o rapto do bebê Lindbergh havia ocorrido há trinta anos. Os jovens médicos, tão brilhantes em suas áreas, conseguiam ser assustadoramente ignorantes sobre outros assuntos, dependendo do grau de especificidade que pretendessem alcançar.

E então, com uma repentina pontada de enxaqueca, Kay se deu conta do quanto a jovem era insegura. Seu tom de voz irritadiço funcionava como um véu que encobria alguém sem nenhuma aptidão natural para a postura de distanciamento exigida pela profissão escolhida. Ah, passaria por situações difíceis, essa aí. Ela deveria optar por especialidades como patologia, em que os pacientes estariam mortos: não porque fosse uma pessoa cruel, mas porque era *muito* emocional. Uma sanguessuga emocional. Kay sentiu-se adoentada, exausta, com dores no corpo, sinais de uma gripe. A sensação era de que essa jovem, que nem conhecia, tinha se sentado em seu colo pedindo para ser consolada. Nem mesmo *Jane Eyre* conseguia protegê-la dessa impressão. Pegou o café e saiu do refeitório.

Quando tinha 20, 30 anos, Kay acreditava que esses insights repentinos se limitavam aos filhos. Os sentimentos deles sendo vivenciados por ela, misturados aos próprios sentimentos, como se não houvesse pele entre eles. Ela sentia todas as alegrias, frustrações e tristezas que eles experimentavam. Mas, conforme Grace e Seth foram crescendo, ela descobriu que, de vez em quando, podia sentir também o que outros estavam sentindo. Em geral eram pessoas muito jovens que ainda não tinham aprendido a blindar suas emoções. Mas sob condições favoráveis, acontecia também com adultos. Essa concentração de empatia era, por mais cruel que se possa imaginar, uma obrigação dos assistentes sociais, e ela aprendera a ficar de guarda quando envolvia situações de trabalho. Era nos momentos de paz, quando alguém a pegava de surpresa, que acontecia.

Kay voltou ao escritório a tempo de evitar que Schumeier, do setor de psiquiatria, fixasse um recado na porta da sala dela. Ele parecia envergonhado por ter sido pego no ato, e ela se perguntou por que ele haveria de se dar ao trabalho de vir vê-la pessoalmente, se podia ter enviado um e-mail. Schumeier era a prova viva de que a psicoterapia muitas vezes atraía para si aqueles que dela mais necessitavam. Ele se esquivava de manter contatos pessoais sempre que possível, e até conversas. O e-mail foi para ele uma dádiva divina.

— É sobre essa mulher que foi trazida ontem à noite — começou ele.

— Jane Doe?

Ele não ficou surpreso ao saber que Kay ouvira falar sobre a mulher; muito pelo contrário. Provavelmente fora à procura de Kay por saber que não teria de entrar em detalhes; para ele, quanto menos conversa, melhor.

— Ela se recusa a fazer o exame psicológico. O que quero dizer é que ela falou rapidamente com o médico, mas quando a conversa tornou-se mais específica, disse que dali em diante só falaria na presença de um advogado. O problema é que ela não quer ninguém da defensoria pública, mas também não conhece nenhum advogado.

Kay respirou fundo.

— Ela tem dinheiro?

— Ela diz que sim, mas é difícil saber ao certo. Nem mesmo diz como se chama... E disse que não vai fazer *nada*, a não ser na presença de um advogado.

— E você quer que eu...?

— Você não teria um... uma amiga? Aquela advogada que está sempre nas páginas dos jornais?

— Gloria Bustamante? Sei quem ela é. Não somos amigas, mas fazemos parte do conselho administrativo do centro de violência doméstica House of Ruth.

E eu não sou lésbica, Kay queria acrescentar, certa de que era dessa forma que a mente de Schumeier funcionava: se Gloria Bustamante, uma advogada sexualmente ambígua, conhecia Kay Sullivan, que não tinha encontros amorosos desde o término de seu casamento, então Kay devia ser lésbica também. Kay cogitara em mandar fazer um pequeno bóton, com os dizeres: NÃO SOU LÉSBICA; APENAS GOSTO DE LER.

— Ótimo! Poderia ligar para ela?

— Antes de ligar precisarei checar com Jane Doe. Só quero chamar Gloria se ela for abrir a boca. Pelos honorários que Gloria cobra, só a vinda até aqui deve custar uns 600 dólares.

Schumeier sorriu.

— Está curiosa, não é? Quer dar uma olhada na mulher misteriosa do hospital.

Kay abaixou a cabeça, procurando na bolsa a bala de hortelã que ela apanhara na última vez em que resolvera esbanjar dinheiro, levando Grace e Seth a um restaurante. Ela nunca gostara das declarações definitivas que Schumeier fazia sobre o que os outros pensavam ou sentiam. Esse fora um dos motivos de ter saído do departamento dele. *Você é um psiquiatra, Schumeier, não um paranormal,* era o que queria dizer. Em vez disso, resmungou:

— Em que quarto ela está?

O jovem policial destacado para vigiar a porta do quarto 3030 bombardeou Kay com perguntas, empolgado por ter algo para fazer. Por fim, deixou-a entrar. O quarto estava escuro, as cortinas fechadas ao céu luminoso de inverno. A mulher parecia ter adormecido sentada, a cabeça tombada para o lado, tão desengonçada quanto uma criança dormindo na cadeirinha do carro. O cabelo era bem curto, um estilo arriscado para quem não tem uma estrutura óssea bem caprichada. Estilo ou sequelas de quimioterapia?

— Oi — disse a mulher, de repente de olhos abertos.

E Kay, que costumava atender a vítimas de queimaduras e de acidentes, e a mulheres cujos rostos haviam sido praticamente mutilados, de propósito, por homens, ficou mais nervosa diante desse rosto quase sem ferimentos do que de qualquer outro. Havia uma fragilidade quase dolorosa na mulher da cama, e não apenas o tremor usual de uma vítima de acidente. A mulher *era* um grande machucado, a pele quase tão pouco eficaz quanto uma casca de ovo para manter afastadas as dores do mundo. O corte na testa não era nada, se comparado com a dor daqueles olhos.

— Sou Kay Sullivan, uma das assistentes sociais do hospital.

— Por que eu precisaria de uma assistente social?

— Não precisa, mas o Dr. Schumeier achou que talvez eu pudesse ajudá-la a encontrar um advogado.

— Que não seja da defensoria pública! Preciso de alguém bom, alguém que possa se concentrar em *mim*.

— É verdade, eles estão sempre assoberbados de casos, mas mesmo assim eles...

— Não que eu não os admire, e reconheça o empenho que dedicam ao trabalho. Mas preciso de alguém com autonomia. Alguém que de maneira alguma dependa do governo. Os defensores públicos são pagos pelo governo. No final — meu pai dizia sempre —, eles nunca se esquecem de onde vem a manteiga que passam no pão. Funcionários do governo. Ele era um deles. Uma vez. E ele os odiava.

Kay não conseguia avaliar a idade da mulher. A jovem médica havia dito 40, mas bem podia ter mais ou menos cinco anos. Velha demais para relembrar o pai com tanta reverência, como se ele fosse um profeta. A maioria das pessoas ultrapassa essa fase aos 18.

— Bem... — disse Kay, tentando retomar a conversa.

— Foi um acidente. Entrei em pânico. Você não imagina as coisas horríveis que se passaram pela minha cabeça, e eu não via aquele trecho da estrada desde... Como está a menina? Eu vi uma menina. Vou me matar se... bem, nem quero falar disso. Sou agourenta. Basta eu estar viva e trago sofrimento e morte. Foi ele quem me lançou a maldição. Não consigo escapar, por mais que tente.

De repente, Kay se lembrou da feira estadual em Timonium, da tenda do show de aberrações, e de como aos 13 anos fez de tudo para controlar o medo de entrar. Mas lá dentro só viu pessoas levemente anormais — obesas, tatuadas, magras, altas — sentadas placidamente. Afinal, Schumeier a tinha fisgado: havia um pouco de voyeurismo na sua missão aqui, uma ânsia de ver, nada mais. Mas esta mulher falava com ela, atraindo-a para si, conversando como se Kay soubesse, ou devesse saber, tudo sobre ela. Kay trabalhara com muitas pacientes como ela, pessoas que falavam como se fossem celebridades, com todos os minutos de suas existências registrados em tabloides e shows na televisão.

Mas pelo menos a mulher na cama dava a impressão de *ver* Kay, o que era mais do que algumas pacientes conseguiam, por estarem tão ocupadas com seus interesses particulares.

— Você é daqui?

— Sim, passei toda a minha vida aqui. Cresci no nordeste de Baltimore.

— E tem quantos anos, 45?

Ai, isso doeu. Kay estava acostumada, e até gostava, da imagem que via refletida de relance nos espelhos e janelas, mas naquele momento viu-se forçada a tentar adivinhar o que a estranha via: baixa, gorda, cabelos grisalhos na altura dos ombros que, mais que todo o resto, davam-lhe um ar envelhecido. Tinha uma saúde de ferro, conforme os exames médicos revelavam; mas não era fácil transmitir os números da pressão sanguínea, da densidade dos ossos e do colesterol por meio das roupas que usava ou de um papo informal.

— Tenho 39, para falar a verdade.

— Vou dizer um nome.

— Seu nome?

— Nem pense nisso, pelo menos por enquanto. Vou dizer um nome...

— Qual?

— É um nome que você reconhecerá. Ou talvez não. Dependerá de como eu diga, da maneira como eu fale. Havia uma menina, e ela está morta, o que não é surpresa para ninguém. Todo mundo acreditou que ela havia morrido, durante todos esses anos. Mas havia uma outra menina, e ela não está morta, e essa parte é a mais difícil de explicar.

— Você é...

— As meninas Bethany. Fim de semana da Páscoa, 1975.

— As Bethany... ah. Ah!

E de repente, Kay se lembrou. Duas irmãs, que foram ao... cinema? Ao shopping? Ela viu o retrato delas, a mais velha com duas marias-chiquinhas, a menor de trancinhas. Recordou-se da sensação de pânico que tomou conta de toda a cidade: as crianças reunidas para assistirem a filmes de advertência que, todavia, não eram nada objetivos. *Meninas, cuidado!* e *Meninos, cuidado!* Foram necessários anos para Kay entender os eufemismos de que lançaram mão para suavizar o horror das advertências: *Depois de ir à festa na praia com rapazes desconhecidos, Sally foi encontrada perambulando pela rodovia, descalça e confusa... Os pais de Jimmy disseram que não era culpa dele que Greg tivesse ficado seu amigo e ensinado-o a pescar; mas explicaram que esse tipo de amizade com homens mais velhos não era normal... Ela entrou no carro de um desconhecido, e nunca mais souberam do paradeiro dela.*

Havia boatos também: as meninas sendo vistas em lugares tão distantes quanto o estado da Geórgia, falsos pedidos de resgate, suspeita de rituais e de movimentos de contracultura. Não se pode esquecer de que Patty Hearst havia sido raptada apenas um ano antes. Sequestro era um grande acontecimento na década de 1970. A esposa de um empresário fora libertada mediante o pagamento de um resgate de 100 mil dólares — o que parecia uma fortuna; uma garota rica enterrada numa caixa com um tubo para respirar; o herdeiro dos Getty teve um pedaço de sua orelha decepado. Mas as irmãs Bethany não eram ricas, tanto quanto Kay se lembrava, e quanto mais o tempo passava sem que o caso fosse oficialmente desvendado, menos era mencionado. A última vez que Kay pensou a respeito das irmãs Bethany tinha sido provavelmente quando fora ao cinema no shopping Security Square, há pelo menos uns dez anos. Isso mesmo! Aconteceu no Security Square, relativamente novo naquela época, hoje uma cidade fantasma.

— Você é...?

— Preciso de um advogado, Kay. Dos bons.

CAPÍTULO 4

Infante pegou uma linha reta e foi direto para o hospital, cruzando a cidade em vez de pegar as marginais. Legal! A área central de Baltimore estava ficando um brinco. Quem haveria de imaginar, hein? Ele quase se arrependeu de não ter comprado um apartamento no centro, dez anos antes; se tivesse, o mais provável é que não mais o possuísse. Além disso, ele cresceu em bairros residenciais afastados do centro — em Massapequa, Long Island — e tinha uma afeição especial pela desordem das estradas secundárias e pelos conjuntos modestos de apartamentos onde morou, em Parkville. IHOPs, Applebee's, Target, Toys "R" Us, postos de gasolina, lojas de artesanato — a isso tudo ele chamava de lar. Não que tivesse intenção de voltar a morar lá, onde não seria possível viver com o salário de policial. Mas manteve-se fiel ao time de beisebol Yankees e até cantava parte do ousado Noo Yawkah para divertimento de seus colegas. No fundo, porém, sabia que esta cidade e este trabalho eram os certos. Era bom no que fazia, com um dos melhores índices de crimes solucionados do departamento. "O dialeto punk de Baltimore é minha segunda língua", gostava de dizer. Lenhardt ficava pressionando para que ele fizesse o concurso para sargento, mas... é sempre assim: as pessoas acham que você deveria fazer o que elas fazem. *Seja um bombeiro*, seu pai dizia. A primeira esposa tentou persuadi-lo: *Venha, venha ver* Law & Order *comigo*. Queria que seu programa favorito fosse o programa favorito dele, seu prato favorito o prato favorito dele. Ela até mesmo esforçou-se para que ele mudasse a marca da cerveja, de Budweiser para Rolling Rock, e a de uísque, de Jameson para Bushmills. Parecia que ela estava operando de trás para frente, ao procurar criar uma lógica para um casamento construído na base de sexo e desejo. Nesse aspecto, ela lembrava o próprio Infante na época do colégio. Primeiro ele decidiu para qual universidade gostaria de ir — Nassau Community College, nenhum curso especial; teria de ser aquele que pudessem bancar — e depois forneceu à orientadora vocacional as informações que fariam com que o computador cuspisse exatamente a universidade desejada. Dessa forma a única opção era a sua preferida, em vez de qualquer outra universidade que lhe fosse imposta.

Infante cruzou rápido a cidade e chegou ao hospital em menos de quarenta minutos. Mas não foi o bastante. Gloria Bustamante — a grande castradora, a megera desnaturada de todos os advogados de defesa que ele conhecia, homem ou mulher, hétero ou gay — estava no corredor do hospital.

Merda.

— Puxa, mas que crista murcha é essa? — disse a velha raposa alcoólatra. — Sabe, acho que nunca tive motivo para usar essa expressão, crista murcha, mas agora cai como uma luva em você. Igual a um gaio-azul com o topete curvado para frente.

E resolve demonstrar, puxando a própria franja, um tufo de cabelo castanho-avermelhado com quase 3 centímetros de raiz grisalha. Como sempre, a aparência de Bustamante era caótica — batom dentro e fora da linha dos lábios, paletó faltando um botão. Os sapatos, embora caros, estavam arranhados e amassados na ponta. O que será que ela andara chutando? Com certeza o queixo de um detetive.

— Ela a contratou?

— Acho que temos um acordo, sim.

— É sim ou não, Gloria? Você é a advogada dela?

— Por ora. Estou acreditando na palavra dela de que tem condições de pagar meus honorários. — Lançou-lhe um rápido olhar e disse: — Você está aqui por homicídio, certo? Nenhuma investigação do acidente?

— Não estou nem aí para o que ela fez com o carro.

— Se ela conversar com você sobre o assassinato, será que daria para você fazer sumir a história do acidente? Não foi mesmo culpa de ninguém, ela entrou em pânico...

— Que droga, Gloria! Você pensa que você é o filho da mãe do apresentador de auditório Monty Hall querendo que eu troque o acidente pelo que está atrás da cortina, nos bastidores? Qualquer tipo de acordo requer a aprovação do promotor. Você está cansada de saber disso.

— Bem, sendo assim, então... talvez... ela não esteja disponível para você agora de manhã. Está cansada, tem um ferimento na cabeça. Acho melhor ela não falar com ninguém até que um médico possa definir se a pancada afetou ou não sua memória.

— Eles a examinaram ontem à noite.

— Ela recebeu os cuidados para os ferimentos. E acabou de passar por um exame psiquiátrico. Mas eu gostaria de trazer um perito, alguém do setor de neurocirurgia. É bem provável que ela nem se lembre da batida de carro. Pode ser que nem se recorde de ter abandonado a cena do acidente.

— Poupe o papo furado para os argumentos finais, Gloria, e bote as cartas na mesa. Preciso definir se este caso pertence à nossa jurisdição.

— Está sim na sua jurisdição, detetive. — Gloria fez com que sua função soasse como algo sujo, bem ao estilo dela quando se dirigia a homens. Na primeira vez que teve contato com ela, Infante deduziu que as insinuações, as indiretas, eram truques aos quais ela apelava a fim de camuflar sua orientação sexual. Mas Lenhardt insistira que aquela encenação toda fazia parte de um senso de ironia afiado, o tipo de loucura que uma manipuladora profissional como a Gloria usava com único propósito de não perder a prática.

— Então, posso falar com ela?

— Sim sobre o antigo caso; não para o que se relaciona ao acidente.

— Porra, Gloria, sou policial especializado em homicídios. Estou me lixando para um acidente de carro no anel rodoviário. A menos que... *peraí*. Será que foi intencional? Será que ela planejava matar as pessoas do outro carro? Homem de Deus! Talvez este seja meu dia de sorte! Vou conseguir solucionar dois crimes, de uma vez só! — E estalou os dedos.

Gloria revirou os olhos, não disfarçando o enfado.

— Kevin, deixe as brincadeiras para o sargento. Ele é o engraçado. Você? O bonitinho.

A mulher na cama do hospital estava com os olhos fechados, bem apertados. Igualzinho a uma criança se fazendo de morta. A claridade do quarto revelava os pelos finos dos braços e da lateral do rosto, uma penugem da cor do pêssego, nada muito chamativo.

E havia aquela cavidade sob os olhos, uma exaustão de toda uma vida. Ela os abriu por um segundo e voltou a fechá-los.

— Estou tão cansada. — Suspirou. — Temos de fazer isso agora, Gloria?

— Ele não vai ficar muito tempo, queridinha. — *Queridinha?* — Ele só precisa da primeira parte.

A primeira parte? Então havia uma segunda?

— Mas essa é a parte mais difícil de falar. Será que *você* não podia contar-lhe e me deixar descansar?

Era preciso dar o ar da graça, e esquecer a apresentação que Gloria não indicava nenhuma intenção de concretizar.

— Meu nome é Kevin Infante, detetive de homicídios do Condado de Baltimore.

— Infante? Como a palavra italiana que significa bebê?

Ela mantinha os olhos cerrados. Era preciso que os abrisse, ele percebeu. Até aquele momento, Infante nunca havia se dado conta da importância de se ter os olhos abertos, para a tarefa que realizava. Claro que ele havia refletido sobre manter contato visual, e estudado as várias maneiras como as pessoas faziam uso desse recurso, e também sabia muitíssimo bem o que significava quando alguém não conseguia segurar o olhar. Mas ele nunca antes estivera diante de um entrevistado sentado — melhor dizendo, deitado, neste caso — e de olhos fechados.

— Isso mesmo — respondeu como se não soubesse, como se duas de suas ex-esposas não tivessem atirado a insinuação sobre ele, vezes seguidas.

Os olhos dela se abriram. Eram de um azul especialmente brilhante, uma espécie de desperdício numa loura. Uma mulher de cabelos escuros e olhos azuis era seu ideal; o contraste entre o claro e o escuro.

— Você não se parece nada com um bebê — constatou ela. Sua voz não tinha nenhum cheiro de cantada, tão comum na de

Gloria. Com ela não era por ali. — Engraçado, por um instante eu tive a visão de um personagem de um desenho animado, aquele gigante de fralda e touquinha.

— O Baby Huey? — perguntou ele.

— Isso mesmo. Ele era um pato? Ou uma galinha? Ou um *bebê*-gente?

— Uma galinha, eu acho.

É... acho que vale a pena ela ser examinada por um neurocirurgião.

— Você contou para alguém que tem informações sobre um antigo assassinato aqui no Condado de Baltimore. É sobre isso que preciso conversar com você.

— Começou no Condado de Baltimore. E terminou... na verdade, não sei onde terminou. Nem sei se terminou.

— Você está me dizendo que alguém começou a matar alguém no Condado de Baltimore e acabou de matar em outro lugar?

— Não sei muito bem. No final... bem, não o final, mas a parte em que as coisas ruins aconteceram. E aí eu não sabia mais onde estávamos.

— Que tal você me contar a sua história, e aí eu vejo se entendi?

Ela virou-se para Gloria.

— As pessoas... quero dizer... somos conhecidas? Ainda?

— O fato de estarem aqui significa que ainda se lembram — disse a velha raposa num tom de voz mais doce do que de costume. Será que Gloria se sentia atraída por ela? Seria por isso que estava disposta a pegar um caso cujos honorários eram uma incógnita? Se entender o gosto masculino por mulheres não era nada fácil, imagina o gosto feminino por mulheres? E Gloria não era assim tão romântica, pelo menos até onde Infante sabia. — Talvez não pelo nome, mas assim que souberem das circunstâncias... Mas o detetive Infante não é daqui.

— Então o que adianta falar com ele? — Ela fechou os olhos e recostou-se.

Gloria encolheu os ombros, meio constrangida, como se quisesse dizer "o que posso fazer?". Era a primeira vez que Infante a via ser tão gentil com um cliente, tão preocupada. Gloria cuidava muito bem dos clientes que representava, mas sempre insistia na postura de chefe. Agora mostrava uma atitude respeitosa, ao fazer um gesto para que ele a seguisse até o corredor. Ele se recusou a acompanhá-la, permanecendo exatamente onde estava.

— Então *você* me conta — disse ele, dirigindo-se a Gloria.

— Em março de 1975, duas irmãs saíram de casa para ir ao shopping Security Square. Os nomes das meninas eram Sunny e Heather Bethany. Nunca mais foram vistas. E jamais se teve notícias delas. A polícia tinha um palpite sobre o que acontecera, mas não conseguiu provar nada. Foi diferente do caso Powers.

Powers era a forma abreviada de um homicídio de dez anos antes, em que uma jovem sumira, e ninguém duvidava de que o ex-marido estivesse por trás daquele desaparecimento. Apenas não conseguiam provar nada. Todos achavam que o ex-marido, num golpe de sorte inusitado, contratara alguém de poucas palavras, o mais leal assassino de aluguel, um bandido que nunca tivera motivos para delatar o crime à polícia. Um sujeito que nunca foi parar na cadeia, nem nunca deixou escapar nada, nem mesmo para se exibir para uma namorada depois de uma bebedeira: *Fui eu, belezura.*

— Então ela sabe o que aconteceu?

— Ei, eu posso *ouvi-lo*? — disse a mulher na cama. — Estou bem aqui, viu?

— Olhe, fique à vontade para participar da conversa — convidou Infante.

Seria possível que as pessoas revirassem os olhos mesmo de pálpebras cerradas? A expressão dela mudou de repente, lembrando a de uma adolescente mal-humorada que queria apenas que mamãe e papai a deixassem em paz. Mas não abriu a boca.

— Havia algumas supostas pistas, logo nos primeiros dias. Uma tentativa de receber resgate. Pessoas que hoje chamaríamos de suspeitas. Mas não deu em nada. Nenhuma prova concreta...

— Sunny era o apelido de Sunshine — disse a moça na cama. — Ela detestava esse nome.

Começou a chorar, embora desse a impressão de não notar que estava chorando, pois continuava imóvel, deixando que as lágrimas lhe escorressem pelo rosto. Infante ainda estava às voltas com a matemática. Trinta anos atrás, duas irmãs. Que idade elas tinham quando desapareceram? Gloria não mencionara nada a respeito. Jovens, sem dúvida, jovens demais, o que fez com que fosse descartada a suposição de terem fugido de casa, reforçando a ideia de homicídio. Dois homicídios. Quem agarraria duas? Isso o atingiu como uma ambição desmedida fadada ao fracasso. Será que pegar duas irmãs não levantava a hipótese de algo pessoal, um ressentimento contra a família?

— Arthur Goode raptou mais de um menino — interveio Gloria, como se lesse os pensamentos dele. — Mas isso também foi antes do seu tempo. Ele raptou um garoto que entregava jornais aqui em Baltimore e fez com que o menino ficasse de guarda enquanto... De qualquer modo, liberou o rapaz sem ferimentos. Mais tarde, Goode foi executado na Flórida, por prática de crimes similares nesse estado.

— Eu me lembro — disse a moça na cama. — Pois era como nós, mas não como nós. Porque éramos irmãs. E porque...

Ela caiu em pranto. Levou os joelhos ao peito, acariciando-os com o braço que não estava enfaixado, e chorou como se tivesse comido algo estragado e tentasse vomitar. Lágrimas e soluços convulsivos, incontroláveis. Infante preocupou-se que ela pudesse ficar desidratada.

— Esta é Heather Bethany — afirmou Gloria. — Ou era, muitos anos atrás. Aparentemente faz um bom tempo que não usa o nome verdadeiro.

— Onde ela estava esse tempo todo? O que aconteceu à irmã?

— Morta — gemeu a mulher entre soluços. — Assassinada. O pescoço cortado bem na minha frente.

— E quem fez isso? Onde aconteceu? — Infante havia estado de pé o tempo todo, mas agora puxou uma cadeira, ao se dar conta de que talvez ficasse lá por horas, de que teria de ligar o gravador, tomar um depoimento oficial. Ficou matutando se a história seria mesmo "sensacional", como Gloria dissera. Contudo, mesmo que ela estivesse exagerando a notoriedade do caso, era do tipo que se converteria numa tremenda bomba nas mãos da mídia. Ele e Gloria teriam de ir devagar, lidar com o assunto com o maior cuidado e tranquilidade. — Onde você esteve esse tempo e por que demorou tanto para aparecer?

Apoiando-se no braço direito, Heather voltou a sentar-se. Secou os olhos e o nariz com o dorso da mão. Um gesto infantil.

— Sinto muito, mas não posso lhe dizer. Simplesmente não posso. Estou arrependida de ter falado sobre isso.

Infante lançou contra Gloria aquele olhar de mas-que-merda-é-essa. De novo, ela encolheu os ombros, impotente.

— Ela não quer ser Heather Bethany — explicou Gloria. — Quer voltar à vida que construiu para si e deixar tudo isso no passado. A irmã morreu. Ela diz que seus pais também morreram e, que eu me lembre, estão mesmo mortos. Heather Bethany não existe, e ponto final.

— Seja qual for o nome que use e os lugares por onde esteve, ela afirma ter sido testemunha do assassinato de uma... Com que idade sua irmã estava?

— Quinze. E eu prestes a completar 12.

— O assassinato de uma garota de 15 anos. Não dá para ela soltar uma bomba dessas e sair por aí sem dar explicações.

— Não há ninguém para ser preso — disse a mulher na cama. — Ele se foi faz tempo. Todos se foram há bastante tempo. Não faz mais sentido remexer no passado. Eu bati com a cabeça e disse algo que não planejava dizer. Vamos esquecer tudo isso, OK?

Infante fez sinal para que Gloria o acompanhasse até o corredor.

— Quem é essa aí?

— Heather Bethany.

— Não, estou perguntando qual o nome que ela usa agora. Onde mora? O que anda fazendo? O policial que a trouxe aqui disse que o carro está registrado no nome de Penelope Jackson. É ela?

— Mesmo que eu *tivesse* essas informações, e não estou dizendo que as possuo, não estou autorizada a revelá-las.

— À merda com a autorização. A lei é muito clara a esse respeito, Gloria, e até a maldita Corte Suprema se pronunciou quanto a isso. Ela estava dirigindo um carro, envolveu-se num acidente de trânsito. Ela tem a obrigação de apresentar uma identidade. Em caso de recusa, pode ir direto daqui do hospital para a cadeia.

Por um segundo, a advogada deixou cair a pose pedante: sobrancelhas arqueadas, sorrisinho afetado. E o mais curioso é que ela ficou menos atraente ainda.

— Eu sei, eu sei. Mas seja bonzinho. A mulher sofreu o pão que o diabo amassou, e quer lhe oferecer a solução de um crime que poderia ser considerado o mais importante da sua vida; isso, claro, se você for um pouco mais paciente. Por que você não lhe dá um dia, ou dois? Na minha opinião, ela está morrendo de medo de revelar sua atual identidade. Precisa primeiro confiar em você para poder lhe contar tudo.

— Por quê? O que há de tão importante nisso? A menos que ela seja procurada por algum outro crime.

— Ela jura por tudo que é mais sagrado que não, que sua única preocupação, e aqui estou repetindo o que ela disse, é que venha a se tornar a "maluca da semana" na TV a cabo. Assim que ficarem sabendo que ela é Heather Bethany, a vida que ela conseguiu construir vai se acabar. Ela quer achar um jeito de lhe entregar o caso sem que seja necessário entregar-se.

— Não sei não, Gloria. Isso está fora das minhas atribuições. Decisões como essas têm de percorrer os trâmites burocráticos; e ainda assim é bem capaz de eles me mandarem de volta para enfiá-la atrás das grades.

— Se você a prender, ela não lhe dará o caso Bethany. Alegará que foi uma alucinação, uma sequela da batida. Olhe, você devia estar radiante com a condição imposta por ela de nenhuma publicidade. Você sabe que seu departamento detesta ser manchete da mídia. A única a perder alguma coisa aqui sou *eu*: além de não "pegar" ninguém, ainda corro o risco de não receber meus honorários.

Dito isso, retomou a aparência de sempre, batendo os cílios e enfunando os lábios até se transformarem numa beiçola monstruosa. Merda! Se alguém se parecia com o Baby Huey aqui, essa pessoa era a Gloria, com aquela boca de peixe e nariz em forma de gancho. *Bico* — era isso, agora a imagem apareceu nítida em sua mente. Não um bico, mas uma bicanca. Baby Huey era afinal um pato. Hã! Então era isso!

CAPÍTULO 5

Ouvia-se um rádio, não se sabe de onde. Ou talvez fosse uma televisão num outro quarto ali perto. No seu, um silêncio de morte; e o dia ia finalmente esmaecendo, o que para ela significava sossego. Pensou no trabalho. Será que alguém dera por sua falta? No dia anterior, ela telefonara avisando que estava doente; hoje, porém, não sabia o que fazer. Era só uma chamada interurbana, mas ela não tinha um cartão telefônico à mão; também não fazia ideia do que aconteceria se tentasse ligar através da mesa telefônica do hospital, e, para chegar ao telefone público no corredor, teria de passar pelo patrulheiro que montava guarda do lado de fora da porta de seu quarto. De qualquer forma, até onde, afinal, um cartão telefônico conseguiria camuflar as idas e vindas de uma pessoa? Não podia se dar ao luxo de arriscar. Precisava proteger a única coisa que possuía: esses 16 anos de existência construídos sobre a morte de outra pessoa —, igual a tudo mais em sua vida, que só lhe foi possível à custa da morte de outros. Era a sua vida *real*, a mais longa vida que havia vivido até aquele momento. Por 16 anos conseguira ter aquilo que as pessoas chamam de vida normal, e dessa ela não estava disposta a abrir mão.

A bem da verdade, não era assim uma vida de causar inveja a ninguém. Nada de amigos íntimos, apenas colegas de trabalho e balconistas que a conheciam o suficiente para sorrir para ela. Nem mesmo um bichinho de estimação. Mas tinha um apartamento pequeno, parcamente mobiliado e bem asseado. E o carro, seu precioso Camry, uma compra justificada por gastar cerca de uma hora — num dia bom — para se deslocar em transporte público para o trabalho. Ultimamente passara a ouvir livros gravados em fita, gordos romances de "mulherzinha". Maeve Binchy, Gail Godwin, Marian Keyes. E também Pat Conroy — que evidentemente não é mulher, mas tem o mesmo jeito de contar histórias, sem pudor algum de lidar com grandes emoções e grandes enredos. *Merda*, precisava devolver três fitas no sábado. Nesses 16 anos, jamais se atrasara, seja nos pagamentos, na devolução dos livros da biblioteca, seja nos horários dos compromissos. Nunca se atreveria a tanto. O que acontece quando alguém devolve as fitas com atraso? Receberia uma multa? Será que davam parte disso em algum lugar?

Era uma ironia, considerando seu trabalho de compatibilização com o "Bug do Milênio", mas há muito tempo ela vivia com medo da acumulação de poderes, do dia em que as máquinas aprenderiam a falar umas com as outras e comparar dados. Mesmo que fosse paga para evitar que isso acontecesse, secretamente torcia por um colapso geral do sistema que apagaria todas as fitas e destruiria cada pedacinho de memória arquivada em todas as instituições governamentais. As peças do quebra-cabeça estavam lá — em algum lugar — esperando por alguém que as unisse: *Essa mulher, bem... ela carrega o nome de uma criança que morreu na Flórida em 1963. Que curioso, pois essa mulher, que se parece com ela, tinha o nome de uma criança que morreu em Nebraska em 1962. Todavia, essa mulher era a criança que morreu em Kansas em 1964. E esta aqui? Era de Ohio, e também nasceu em 1962.*

Pelo menos seria fácil lembrar quem ela era agora: Heather Bethany, nascida em 3 de abril de 1963. Residente na Algonquin Lane, 1966-78. Aluna com louvor da escola primária Dickey Hill. E antes, onde morava sua família? Num apartamento em Randallstown, mas ninguém esperava que ela tivesse lembranças daquela época. E era aí que morava o perigo: não saber o que deveria saber e lembrar-se do que *não deveria* saber.

O que mais? Escola nº 201. Dickey Hill. Uma construção recente, naquela época. Playground com trepa-trepa, conjunto de barras em três alturas, escorregador que ficava muito quente nos meses de verão, amarelinha e quadrados pintados em amarelo brilhante. Certa época havia um carrossel, não do tipo com cavalos, mas aqueles bambos, em metal. Não, não está certo! O carrossel não ficava na escola, mas em algum lugar perto dali, um local de certa forma proibido. Será que era no conjunto de apartamentos Wakefield que circundava a escola? Tudo de que se lembrava era que pisava na terra, pois o empurrava mais do que girava nele. Cabeça abaixada, como se sob o jugo de chicote, ela entrava na fila depois dos meninos, passava o braço pela barra de metal e começava a correr, fazendo com que os que estavam no brinquedo gritassem de alegria. Podia ver o dedo do pé — e precisou de um segundo para se lembrar dos sapatos. Não eram tênis, e foi por isso que entrou na maior encrenca. Ela calçava os sapatos da escola, marrons — sempre marrons —, porque marrom era uma cor prática. Mas nem mesmo toda a praticidade do marrom conseguia aguentar aquele pó cor de barro, especialmente depois da chuva. Ela voltara para casa com torrões de terra entre os dedos dos pés, para irritação de sua mãe.

O que mais poderia contar-lhes? Havia oito professoras da sexta série naquele ano. A da Heather era a mais bonita. Senhorita Koger. Todas as crianças participaram de um teste de aptidão, e ela ficara entre os primeiros dois por cento dos alunos, em todas as matérias. Naquele outono, a turma trabalhou num projeto de Ciências. Ela foi até as cachoeiras Gwynns Falls e pescou quatro pitus com uma rede e conseguiu montar um aquário bem bonito. Pena que nenhum sobreviveu! O pai desenvolveu a teoria de que a água limpa provocou um choque naqueles frágeis organismos acostumados à água barrenta e poluída do córrego. Heather, então, burilou as ideias do pai e conseguiu um A, do mesmo jeito. Trinta anos depois, ela começava a ter uma pista de como os pitus deviam ter se sentido. Você sabia o que sabia, você queria o que queria, mesmo que não passasse — literalmente — de lixo.

Mas, sem sombra de dúvidas, não era isso que eles planejavam ouvir dela. Não a história de Heather Bethany *antes* de 1975, mas os trinta anos que se seguiram, e meros detalhes não iriam satisfazê-los. Ela não teria chance alguma de aplacar a curiosidade deles com reminiscências, por exemplo, a respeito de seu pequeno gravador de fita. Foi a primeira compra que lhe foi permitida, uma recompensa por seis meses de bom comportamento, por provar ser digna de confiança. Eles aceitaram bem o gravador, mas ficaram chocados com o punhado de fitas que ela comprou junto. The Who, Jethro Tull, e algumas das primeiras bandas punk. Deitava-se sobre a colcha de chenile esburacada, ainda com o uniforme da escola, e ouvia a fita da banda New York Dolls e, mais tarde, a do grupo de rock Clash. "Abaixe isso", era a ordem que recebia. "Tire os sapatos da colcha." Ela obedecia, mas todos continuavam chocados. Talvez percebessem que ela, assim como Holly na canção de Lou Reed, planejasse pegar um ônibus e dar um passeio no "lado selvagem".

O mais incrível é que foram *eles* que a colocaram no ônibus e a mandaram embora como se fosse uma criminosa. Alegaram que estavam sendo bondosos. Bem, ele foi. E ela? *Ela* estava feliz por vê-la partir. Irene sempre se irritou com a presença dela na casa; não por causa do fingimento exigido no mundo lá fora, mas em virtude da realidade do que acontecia dentro da casa. Era *ela* quem brigava porque os sapatos estavam sobre a colcha e que insistia que o volume fosse abaixado até não passar de um sussurro. Era *ela* quem não oferecia nem consolo nem bálsamo para as feridas, quem nem mesmo ajudava a maquinar uma desculpa para aqueles rompantes ocasionais de desobediência: o lábio cortado, o olho preto, o andar claudicante. *A culpa é sua*, o ar sereno de Irene parecia sugerir. *Você fez por onde e destruiu minha família por causa disso*. Em sua cabeça, ela reagia gritando: *Sou uma criança! Sou apenas uma garotinha!* Mas ela sabia que seria pior se levantasse a voz para Irene.

A música abafava todo o resto. Mesmo quando o volume era tão baixo que não passava de um murmúrio, a música dissipava tudo — tanto as agressões físicas quanto as espirituais, a exaustão resultante da vida dupla, que na realidade era tripla, a tristeza no rosto dele todas as manhãs. *Faça com que isso termine*, ela implorava em silêncio a ele, sentado do outro lado da mesa redonda do café da manhã, tudo tão agradável e acolhedor, tudo que ela achava que queria. *Por favor, faça com que isso termine*. E os olhos dele respondiam: *Não posso*. Mas ambos sabiam que era mentira. Foi ele quem começou e ele era a única pessoa capaz de dar um basta em tudo isso. E um belo dia ele provou que sempre tivera o poder de salvá-la, mas aí era tarde demais. Quando afinal a deixou partir, ela estava mais despedaçada do que Humpty Dumpty depois da queda, mais estilhaçada que as cabeças das queridinhas bonecas de louça de Irene, que ela mesma havia espatifado com uma pá, numa daquelas tardes fulgurantes de outono. Finalmente Irene perdeu a compostura e voou para cima dela aos gritos, e até ele fingiu não entender por que ela teria feito uma coisa dessas.

"Elas não paravam de olhar para mim", foi a explicação que ela deu.

O verdadeiro problema, naturalmente, era que ninguém a olhava, ninguém a via. Todos os dias saía para o mundo com nada além de um nome e uma cor de cabelo que disfarçava a si mesma — e nunca ninguém percebeu. Ela vinha para a mesa do café da manhã com dor em partes de seu corpo que mal conhecia, e a única coisa que alguém lhe dizia era: "Você quer geleia na torrada?" Ou: "A manhã está muito fria, então fiz chocolate quente". *See me* — Roger Daltrey cantou no seu pequeno gravador vermelho. *See me*. Irene gritou lá de cima: *Abaixe o volume*. O gritou de volta foi: *É ópera, estou ouvindo uma ó-pe-ra*. E Irene: *Me obedeça. Você tem suas tarefas.*

Tarefas. É... ela tinha um monte de *tarefas* para fazer que não terminavam ao pôr do sol. Às vezes ela fazia uma lista das Pessoas-Que-Mais-Odeio, e a posição mais baixa que Irene esteve foi na terceira; às vezes despontava em segundo lugar.

O número um, porém, era dela. Só dela.

Parte II

O HOMEM DO VIOLÃO AZUL (1975)

CAPÍTULO 6

— Leve sua irmã — disse o pai das duas para que ambas escutassem, de modo que Sunny não poderia alegar que não sabia de nada. Heather conhecia as maquinações da irmã mais velha: ela faria que sim com a cabeça e fingiria que concordava, mas assim mesmo sairia de casa. Sunny era dissimulada. Ou fazia de tudo para ser, visto que Heather estava o tempo todo denunciando suas artimanhas.

— *Por quê?* — Sunny protestou automaticamente. Ela devia estar cansada de saber que incitar uma discussão não levava a nada. Teria perdido antes mesmo de começar. Era uma tolice tentar discutir com o pai, que, ao contrário da mãe, não se importava quando as meninas reagiam. Ele gostava de longas discussões em que rebateria os motivos das filhas. Ele inclusive as ajudava a estruturar seus pontos de vista e justificativas ao estilo dos advogados, e repisava que fazer Direito era uma possibilidade real para ambas. Elas podiam ser o que bem entendessem, o pai sempre lhes dizia. Contudo, numa discussão com ele, elas nunca estavam certas. Era diferente de jogar damas, pois nesses momentos ele orientava a mão das oponentes com pequenos movimentos de sim e de não com a cabeça, evitando que as meninas fizessem as piores jogadas que fatalmente as fariam perder duas, até três pedras comuns. Mesmo assim, ele sempre dava um jeito de alegar vitória na última jogada, mesmo que só lhe restasse uma única "dama".

— Heather só tem 11 anos — disse ele naquela voz que as irmãs reconheciam como de sensatez. — Ela não pode ficar em casa sozinha. Sua mãe foi para o trabalho, e eu tenho de estar na loja às 10 horas.

Com cabeça enfiada no prato de comida, Heather os observava de olhos baixos, imóvel como um gato espreitando um esquilo. Ela estava agoniada. Em geral, tentava obter alguns privilégios extras sempre que possível. Não era mais um *bebê*. Faria 12 anos na semana seguinte. Qual era o problema de ficar em casa sozinha numa tarde de sábado? Desde que a mãe começara a trabalhar há alguns meses, a caçula ficava por conta própria no mínimo uma hora todas as tardes, e as únicas regras eram não chegar perto do fogão nem receber colegas em casa. Heather gostava daquela hora sozinha. Assistia ao que queria na TV, quase sempre ao programa *The Big Valley*, e se empanzinava de biscoitos.

Aquele naco de liberdade, porém, não fora uma concessão dos pais, mas uma imposição externa. Pelo gosto deles, Heather ficaria na biblioteca da escola esperando até que Sunny pudesse passar para buscá-la, o mesmo esquema usado quando Heather ainda estava na quarta e na quinta séries. Mas agora o horário de saída da escola era às 15 horas, e Sunny só chegava da escola secundária depois das 16 horas, pois seu trajeto do ônibus era mais longo. A diretora da escola Dickey Hill disse aos pais de Heather em termos nem um pouco vagos — e era a mãe quem contava a história e a frase *em termos nem um pouco vagos* havia "grudado" na cabeça de Heather —, que a bibliotecária não era babá. Por isso, os pais, sempre tão zelosos em não serem vistos como pessoas que esperam tratamento especial, resolveram que Heather poderia ficar em casa desacompanhada. E se não havia problema nisso por uma hora, cinco dias por semana, de segunda a sexta-feira, então por que não ficar sozinha por três horas num sábado? Cinco era mais que três. E tem mais: se lhe fosse permitido ficar em casa hoje, talvez não precisasse nunca mais passar chatíssimos sábados na loja do pai, nem muito menos no escritório da imobiliária em que a mãe trabalhava.

Mas essa possibilidade de longo prazo frustrava as perspectivas de um sábado no shopping Security Square, uma novidade para Heather. No último ano, Sunny batalhou e por fim conquistou o direito de ser levada de carro até o shopping, um sábado à tarde por mês, para ir com amigas à matinê. Sunny também começou a trabalhar como baby-sitter, ganhando 75 centavos a hora. Heather tinha esperança de fazer o mesmo assim que completasse 12 anos, o que aconteceria na semana seguinte. Sunny queixava-se de que passara anos tentando conquistar alguns privilégios, e agora a irmã tinha os mesmos direitos com menos idade. E daí? Era o preço do progresso. Heather não conseguia se lembrar de onde ouvira aquela frase, mas a adotou para si. E não dava para discutir com o progresso. Salvo se fosse algo como uma estrada que cortasse o parque. Aí dava para argumentar. Mas isso porque havia os cervos e outros animais selvagens. Havia o *meio ambiente*, muito mais importante do que o progresso.

— Você pode ir ao shopping hoje se levar sua irmã — o pai repetiu — ou pode ficar em casa com ela. A decisão é sua.

— E, se tiver de ficar em casa com Heather, você não acha que eu deveria receber como baby-sitter? — perguntou Sunny.

— Membros da família não cobram uns dos outros quando fazem coisas pelo bem de todos — respondeu o pai. — É por isso que a sua mesada não é baseada nas suas tarefas domésticas. Você recebe uma quantia porque sua mãe e eu entendemos que você precisa de algum dinheiro para gastar à vontade, mesmo que nem sempre concordemos com as coisas que compra. A família é uma entidade cujos membros se unem em prol do bem comum. Por isso a resposta é não. Você não vai ganhar dinheiro para tomar conta da sua irmã. Mas vou pagar a passagem de ônibus para vocês duas, se quiserem ir ao shopping.

— Grande coisa — resmungou Sunny, cortando suas panquecas, sem, entretanto, comê-las.

— O que foi que você disse? — perguntou o pai num tom de ameaça.

— Nada. Vou levar Heather ao shopping.

Heather ficou maravilhada. Dinheiro para o ônibus. Eram 35 centavos extras para gastar como quisesse. Não que 35 centavos pudessem comprar muita coisa; mas como não precisaria gastar seu dinheiro, isso significava que poderia poupá-lo. Era boa nesse negócio de economizar. Sovinice, diria o pai em ar de crítica; mas Heather não dava a mínima. Sua fortuna de 39 dólares estava numa caixa de metal fechada por um complicado sistema de elásticos, de modo que podia dizer, na hora, se alguém tentara abri-la. Mas hoje ela não planejava levar o dinheiro para o shopping: assim não se sentiria tentada a gastá-lo. Em vez disso, aproveitaria o passeio para comparar preços e checar as promoções, e, após pensar bastante sobre o que comprar, voltaria com a grana ganha no aniversário. A última coisa que pretendia fazer era gastar seu dinheiro em compras por impulso, que era o hábito de Sunny. No ano anterior, Sunny comprara um suéter de malha branco-sujo, com nervuras na manga e uma fenda lateral debruada de vermelho. Na primeira lavagem, o galão vermelho soltou tinta, criando duas listras nas costas do agasalho. Mas era um daqueles tipos de venda que não aceitam devolução, e Sunny teria perdido 11 dólares se a mãe delas não tivesse ido até a loja e espinafrado a vendedora, o que constrangeu tanto a filha, que ela nem disse obrigada.

O pai colocou os pratos no escorredor de louças e saiu da cozinha, assobiando. Ele estava alegre nessa manhã, muito mais do que de hábito. Fez panquecas com aquela massa gostosa pré-pronta, e ainda acrescentou pedacinhos de chocolate — os verdadeiros —, não os feitos com alfarroba, que o pai em geral usava nas receitas. Ele também permitira que Heather escolhesse a estação de rádio e, embora Sunny tivesse zombado da escolha, Heather sabia que era a mesma estação que a irmã costumava escutar no quarto dela, bem tarde da noite. Heather sabia de uma infinidade de coisas a respeito da irmã, inclusive o que acontecia no quarto dela. Achava-se no direito de espionar a mais velha, e esse era um dos motivos por que gostava de passar algumas horas sozinha em casa, nos dias de semana. Foi numa dessas rondas que encontrara na véspera, na gaveta da escrivaninha de Sunny, a tabela de horários do ônibus, na qual estava cuidadosamente realçado o nº 15, na escala de sábado.

Heather andava à cata do diário da irmã, uma miniatura de livro com capa forrada em couro marroquino e fechado com um cadeado de verdade que não protegia nada: um leve tranco, e se abria. Só uma vez ela encontrou o diário de Sunny, e isso há mais de seis meses, e era uma chatice só. Por pouco não sentiu pena da irmã. Sua vida era muito, mas muito mais interessante.

Vai ver que era assim mesmo: pessoas com vidas interessantes não têm tempo de escrever sobre si mesmas em diários. Mas um dia, Sunny fez com que a irmã caísse numa armadilha, induzindo Heather a conversar sobre uma anotação, com a única intenção de enfatizar que a pequena não poderia ter sabido do que aconteceu no ônibus, a menos que tivesse lido o diário. Heather meteu-se numa grande encrenca por causa disso, mas ainda assim não conseguiu entender a razão. Se os membros da família deveriam — supostamente — compartilhar tudo entre si, então por que Sunny tinha o direito de trancar seus pensamentos à chave?

— Ela simplesmente venera você — a mãe delas explicou a Sunny. — Ela quer ser como você, quer fazer tudo o que você faz. É assim que as irmãs menores crescem.

Errado. Heather gostaria de ter dito. Sunny seria a última pessoa do mundo a quem pediria conselhos. Quase na escola secundária, e Sunny ainda nem tinha um namorado, enquanto Heather... bem... mais ou menos... tinha um. Jamie Altman sentava-se a seu lado quando iam de ônibus da escola para as aulas externas, e sempre corria para o lado dela toda vez que a professora mandava fazer pares de menino-menina. Ele também lhe dera uma caixinha de chocolate Whitman no Dia dos Namorados. Uma bem pequenininha, é verdade, com apenas quatro bombons — e nenhum com recheio de nozes. Mas Heather fora a única garota de toda a sexta série a ganhar chocolates de um menino, fato que causou muito disse-me-disse. Ela não precisava de Sunny para lhe mostrar o caminho das pedras.

Heather pegou o caderno do jornal *Accent* em que ficava o horóscopo. Em apenas cinco dias haveria um horóscopo especialmente feito para ela. Bem... para ela e todos os nascidos no dia 3 de abril. Mal se aguentava de curiosidade para ler as previsões. E na semana seguinte haveria uma festa, boliche no Westview

Lanes e bolo de confeitaria — chocolate coberto com glacê branco salpicado de rosas azuis. Talvez ela devesse comprar uma roupa nova para usar no aniversário. Não, ainda não estava na hora. Mas iria ao shopping levando a bolsa novinha que estava à venda na loja do pai e ela ganhara de presente antecipado. Na verdade, era uma bolsa que se multiplicava: uma alça de madeira à qual você abotoava as bolsas que combinavam com a roupa. Ela escolhera uma de jeans com debrum em sianinha, outra de algodão xadrez e mais uma estampada de grandes flores alaranjadas. O pai não havia planejado estocar essas bolsas, mas a mãe viu que Heather estava examinando as amostras e resolveu insistir para que ele as incluísse no pedido que fizera em fevereiro. Elas passaram a ser, disparado, a novidade mais procurada da loja, muito embora o pai parecesse chateado com isso. "Modismo", ele criticou. "Daqui a um ano nenhuma loja venderá esse tipo de coisa."

Claro, pensou Heather. No ano que vem aparecerá outra bolsa ou outro modelo de blusinha que todo mundo vai querer, e, por isso, era o caso de o pai ficar feliz. Aos 11 anos, ela descobriu que ninguém conseguiria administrar uma loja de sucesso se as pessoas não continuassem a comprar coisas, ano após ano.

Quase aos prantos de tão contrariada, Sunny viu seu pai sair da cozinha. Ele estivera muito estranho toda a manhã: cozinhando panquecas, deixando Heather escutar a rádio WCBM, cantarolando junto e até fazendo comentários a respeito das músicas.

— Gosto dessa aí — dizia ele para cada uma das músicas. — A cantora...

— Minnie Riperton — completava Heather.

— A voz dela parece um canto de passarinho, você não acha? — E tentava imitar as notas em cascata. Heather caiu na gargalhada. O pai cantava muito mal. Mas Sunny ficou sem graça. Teoricamente, um pai não deveria conhecer músicas como "Lovin' You" e muito menos cantar com os filhos. Além do mais, o pai era o maior mentiroso. Ele não gostava de nenhuma dessas músicas. Bastava o fato de a música estar entre as Top 40 — bastava a popularidade de qualquer coisa, fosse música ou filmes ou programas de TV ou roupas —, e não seria levada a sério por seu pai. Nos fones de ouvido, no escritório dele, era jazz, Bob Dylan e a banda de rock Grateful Dead que, na opinião de Sunny, era tão amorfa e sem sentido como o próprio jazz. Sunny ficava de estômago embrulhado ao ouvir rádio com o pai e a irmã: o mesmo que sentiria se cada um estivesse lendo seu próprio diário para ela ou se eles soubessem no que ela estaria pensando tarde da noite, quando estivesse na cama com o seu radinho transistorizado colado no ouvido. As preferências dela estavam mudando, embora ainda achasse algumas canções de amor irresistíveis: "You Are So Beautiful", "Poetry Man", "My Eyes Adored You". Contorcendo-se na cadeira enquanto picava suas panquecas em pedaços cada vez menores, tudo que ela queria era dar um salto e desligar o rádio.

Mas aí, Ringo começou a cantar "No No Song", e o pai fez exatamente o que Sunny gostaria de ter feito, dizendo:

— Para tudo há limite. Quando eu penso que...

— O quê, pai? — perguntou Heather, num tom de bajulação.

— Deixe pra lá. E as minhas meninas, o que estão planejando fazer hoje?

E foi aí que Heather teve sua chance:

— Sunny vai ao shopping — disse com aquela vozinha de bebê que há muito havia perdido com a idade; aliás, uma voz que na verdade nunca teve. Quando ela suplicou por mais liberdade, na forma de permissão para ir de bicicleta ao centro de compras Woodlawn, por exemplo — usou a voz normal! Mas quando a ideia era irritar a irmã, bancando a idiota, Heather usava a voz de garotinha bobinha. Até a mãe havia percebido esse jogo. Sunny ouvira a mãe ao telefone dizer para alguém do outro lado da linha que Heather tinha 11 anos, mas prestes a fazer 40. Sunny esperou para ouvir qual seria *sua* idade relativa, mas o assunto não veio à baila.

Sunny juntou seu prato à pilha que o pai deixara na pia para lavar. Bem que cogitou em inventar uma boa desculpa para não lavá-los logo de uma vez, mas sabia que seria injusto com a mãe, que teria de se ver com um monte de pratos pegajosos ao final de um longo dia de trabalho. Nunca passou pela cabeça do pai lavá-los, isso era claro para Sunny, ainda que fosse bem liberal se comparado com outros pais. A meninada da vizinhança o chamava de "hippie" por causa da loja, dos cabelos e da Kombi azul-esverdeada que ele dirigia, nem remotamente psicodélica. Embora o pai delas cozinhasse — quando estava a fim — e dissesse que era a favor de a esposa trabalhar como corretora de imóveis, havia algumas tarefas domésticas que nunca experimentara.

Se ele fosse obrigado a lavar a louça todos os dias, pensou Sunny enquanto jogava na lixeira os restos de panqueca dos pratos, *ele não seria tão absolutamente contra a instalação de uma lava-louças.* Ela lhe mostrara anúncios do tipo portátil, e explicara que eles podiam arrastá-la da pia para a área coberta da varanda quando não estivesse em uso, mas o pai respondera que esses equipamentos não eram econômicos, que gastavam água e energia demais. O que não o impedia de, enquanto isso, fazer um upgrade na sua aparelhagem de som estereofônico. Mas o escritório era seu local de meditação, dizia para se justificar, sempre que Sunny reclamava de alguma coisa. Era de onde o pai conduzia os rituais matutinos e vespertinos, conhecidos como Agnihotra, parte do Caminho Quíntuplo que, segundo ele, não era uma religião, mas algo melhor.

— Você andou me espionando? — Sunny perguntou à irmã que cantarolava baixinho enquanto enrolava no dedo uma mecha de seu cabelo, perdida em algum estado secreto de felicidade. A mãe sempre dizia que os nomes delas deveriam ser trocados: Heather, que significa uma planta brava da montanha, estava sempre feliz e radiante; Sunny, por sua vez, era irritadiça como uma planta espinhenta.

— Como você sabia que eu ia pegar o ônibus para o shopping?

— Você deixou a tabela de ônibus em cima da escrivaninha, com os horários de partida sublinhados.

— O que estava fazendo no meu quarto? Você está cansada de saber que não pode entrar lá.

— Estava procurando pela minha escova de cabelo. Você está sempre...

— Não estou não!

— De qualquer modo... — Heather deu de ombros. — Vi os horários e "chutei".

— Quando chegarmos lá, eu tomo meu caminho e você o seu. Nada de ficar pendurada em mim, viu?

— Como se tudo que eu quisesse na vida fosse estar perto de você! A única coisa que você sabe fazer é ir à loja Singer e ficar remexendo nos livros de moldes, apesar de quase ter sido reprovada em economia doméstica, no ano passado.

— As máquinas de costura estavam estragadas, por causa de todas aquelas crianças mexendo nelas. As agulhas quebravam o tempo todo.

Essa tinha sido a desculpa que a mãe inventara para justificar as péssimas notas de Sunny em economia doméstica, e ela a adotou com o máximo prazer. O que desejava mesmo é que existissem desculpas para as suas outras notas não-tão-boas. *Sonhadora*, foi a justificativa mais amena que seus pais conseguiram exprimir. *Não é tão dedicada quanto poderia*, foi o parecer da professora da classe.

— O vestido tubinho que fiz aqui em casa com a ajuda da mamãe ficou muito bom. — Sunny lembrou à irmã.

Heather lançou-lhe aquele olhar de "é... estou sabendo". Tecnicamente, o vestido ficou benfeito, e Sunny costurou, com muita habilidade, até as partes mais difíceis — as pences do corpete e o corte do tecido de forma que o estampado se encaixasse. Mas a impressão que dava é que Heather parecia ter nascido sabendo de coisas que escapavam à Sunny. A menor jamais teria escolhido aquele tecido pesado, com estampa de espigas de milho em listras verticais. Era previsível que Sunny seria zoada por causa disso: *milharal, broa de milho, movida a milho*. E ela estava se achando tão bonitinha ao se aprontar naquela manhã... O cabelo dividido em duas marias-chiquinhas arrematadas por laçarotes verdes, fazendo jogo com as espigas amarelo-brilhante encaixadas na palha verde do milho. Até a mãe disse que ela ficara bonita. Mas no instante em que botou o pé no ônibus da escola — mesmo antes dos gritos de "Bolota de pipoca!" e "Movida a milho!" —, Sunny soube que o vestido era mais uma mancada de sua parte. Não fazia a menor diferença que as pences, embora tão bem-costuradas, fizessem com que o vestido ficasse apertado na altura dos seios.

— O que importa é que, assim que chegarmos lá, você não vai ficar me seguindo. Papai vai nos buscar às 17h30, do lado de fora. A gente se encontra no Karmelkorn às 17h20.

— E você me compra uma pipoca da Karmelkorn?

— O quê?! Pipoca? Tá, tá bom. Na Karmelkorn ou na Baskin-Robbins, você escolhe. Para falar a verdade, aquilo que você quiser. Vou lhe dar cinco dólares para você ficar longe de mim.

— Cinco dólares inteiros?

Heather adorava dinheiro; dinheiro e coisas, mas detestava ter de se desfazer do dinheiro para ter as coisas. Os pais se preocupavam com esse seu traço de caráter, Sunny sabia. Haviam tentado levar na brincadeira, chamando-a de pega-rabuda, que, como o passarinho desse nome, sente-se atraída por tudo que aparece pela frente, sobretudo as coisas novas e brilhantes, e leva-as para o ninho sem permissão do dono. Mas esse não era um comportamento próprio dos Bethany, e Sunny sabia muito bem que seus pais preocupavam-se com Heather. "Ela tem um olho que se deixa satisfazer fácil demais", dizia o pai melancólico, parafraseando um poema sobre uma duquesa.

— Isso mesmo. E assim você não vai ter de mexer na sua poupança. *E assim*, pensou Sunny, *você não precisa abrir sua caixinha de metal e ver que peguei algum dinheiro emprestado de você, de modo que os cinco que agora estou lhe dando são seu próprio dinheiro*. Heather não era a única pessoa a xeretar o quarto e botar a mão nas coisas dos outros. Sunny tinha descoberto como funcionava o complicado sistema de elásticos que fechava a caixa.

Bem-feito para ela, por ser uma bisbilhoteira.

CAPÍTULO 7

Naquele hotel de beira de estrada, a máquina de venda automática ficava *dentro* do quarto. Nem no final do corredor, nem enfiada em algum canto entre as alas. Miriam demorou-se diante da máquina, testando os botões, cavucando a caixinha de troco, igual a uma criança. Os invólucros estavam um pouco desbotados. Setenta e cinco centavos por um Zagnut ou um Clark. Na máquina da recepção caía para 35 centavos, e as barrinhas seriam ainda mais baratas no mercado do outro lado da rua. Essas guloseimas deviam estar ali dentro há um tempão, desde a última vez que alguém resolveu experimentar a novidade de comprá-las dentro do quarto. Mesmo assim, Sunny e Heather teriam adorado a ideia. Uma montanha de gulodices proibidas espremidas numa caixa de prata e vendidas a preços absurdos, ali bem à mão. Bastava empurrar o botão, de leve. Se algum dia eles ficassem num hotel como esse — o que seria pouco provável, visto que a preferência de Dave era pelos antigos motéis de estrada e campings, os lugares "de verdade", como ele os chamava e os quais tinham a grande virtude de serem baratos — as meninas suplicariam por moedas para alimentar as máquinas, enquanto Dave resmungaria por causa do desperdício disso tudo. Miriam cederia; ele reclamaria com ela por não unir fileiras com ele. E, pelo resto da noite, ficado emburrado e distante.

O que mais aconteceria nesta viagem imaginária a um hotel de estrada que ficasse a menos de 8 quilômetros de onde moravam? Teriam assistido à TV do mesmo modo que em casa: cada uma das meninas escolheria um programa, e depois leriam até a hora de dormir. Se houvesse um rádio no quarto, talvez Dave o sintonizasse numa estação de jazz ou no programa de sábado à noite do Sr. Hariey, de canções populares. Ela os imaginou buscando refúgio neste motel durante uma tempestade, uma não muito diferente do furacão Agnes, de três anos antes, quando a água do riacho a alguns quarteirões dali começou a subir, e eles acabaram ilhados em casa, se bem que por um curto período. Houve um blecaute, que na hora pareceu uma aventura. Usavam lanternas para ler e ouviam as últimas notícias no radinho de pilhas de Dave. Miriam quase ficou desapontada quando a água escoou e a energia voltou.

A chave virou na fechadura. Miriam se sobressaltou. Mas era Jeff, claro, voltando com o balde cheio de gelo.

— Gallo — disse ele, segurando no alto o vinho que trazia. — Levará um tempo para gelar — acrescentou.

— É mesmo — respondeu Miriam, embora ela conhecesse uma maneira de acelerar o processo. Bastava colocar a garrafa num balde cheio de gelo e girá-la 100 vezes — nem mais nem menos — no sentido horário. Pronto! O vinho ficava gelado. E foi exatamente quando Miriam deu por si girando o gargalo de uma garrafa em suas ansiosas palmas às 2 horas de uma tarde, que concluiu que tinha de arranjar um emprego. Claro que eles precisavam do dinheiro — quase desesperadamente, é bem verdade — mas isso era menos urgente para ela do que se tornar uma dona de casa bêbada, preguiçosa, o hálito de bebida pairando sobre as crianças enquanto elas comiam o lanchinho depois da escola e contavam como fora o dia.

Jeff aproximou-se e segurou-lhe o queixo. A mão dele estava fria, mas ela não se encolheu nem recuou. Os dentes esbarraram-se com força ao se beijarem, e eles tiveram de mudar as bocas de posição. Parecia o primeiro beijo. O mais curioso é que eles conseguiram fazer amor tão gostoso em lugares apertados e incômodos: closet no trabalho, banheiro de restaurante, banco traseiro do minúsculo carro esporte que ele tinha. Agora que tinham um quarto para se espalharem e, comparado com o que costumavam ter, tempo de sobra, não conseguiriam ser mais desajeitados.

Ela tentou abstrair-se de tudo e entregar-se inteiramente ao desejo que costumava sentir por Jeff, e deu certo. Essa era — qual mesmo? — a sétima vez, e o que a impressionava é que continuava sendo *divertido*. Fazer sexo com Dave sempre foi um pouco assim... deprimente. Como se tivesse necessidade de provar suas credenciais de feminista, ele a importunava com perguntas sérias e intermináveis, e cortava o prazer. Sexo Socrático, era isso que Miriam achava. *Assim está bom? E se eu fizer assim? E mais para cá, ficou melhor?* O problema é que se fosse trocar confidências com as amigas — se ela tivesse amigas, o que não era verdade — com certeza haveria mágoa e ingratidão em suas palavras. Não saberia explicar que o fato de Dave fingir que só se preocupava com seu prazer produzia o efeito inverso: assim mesmo é que ela não gozaria! E sempre parecia ter pena dela —

nada muito exagerado, só um pouco — e via a si mesmo como um presente que caiu do céu para a menina triste e indefesa que veio do Norte.

Jeff virou-a com um movimento brusco. Apoiou os pés dela no chão e as mãos na cama de ferro batido e prendeu-as com seus dedos e deslizou para dentro dela por trás. Isso não era nenhuma novidade para Miriam — Dave era também um aluno aplicado do *Kama Sutra* — mas o silêncio e a ausência de rodeios de Jeff fizeram com que tomasse um ar de novidade. Fisiologicamente, de acordo com Dave — sim... Dave estava sempre lhe explicando a anatomia das mulheres — ela não seria capaz de gozar nessa posição; mas com Jeff acontecia o tempo todo. Ainda não, não justo agora. Com a tarde toda pela frente neste quarto de motel, não tinham a menor pressa. Pelo menos essa era a ideia

Nunca passou pela cabeça de Miriam ter um caso amoroso quando entrou para o mundo profissional, nem mesmo um flerte no escritório. Disso ela tinha certeza. Miriam não era assim tão interessada em sexo, ou pelo menos era o que pensava quando resolveu casar-se com Dave. Sua experiência sexual fora bastante limitada, conforme ditavam os bons costumes da época. E não era apenas uma questão de tradição, mas também de riscos — a pílula anticoncepcional estava longe de ser perfeita e era praticamente impossível para uma garota solteira comprar uma cartela. Mesmo assim, Miriam não era virgem quando conheceu Dave. Não mesmo. Aos 22 anos já tinha sido noiva por seis meses de seu queridinho colega de faculdade, e faziam sexo maravilhosamente bem. "De virar a cabeça" é como dizem nos tempos de hoje; mas a cabeça de Miriam virou de vez quando seu noivo fugiu na surdina, sem dar explicações plausíveis, consumando um antigo provérbio da cultura materna que profetizava sobre vacas e leite gratuitos.

"Colapso nervoso" fora o diagnóstico, e Miriam concordou que as palavras vinham bem a calhar. A impressão era que seu sistema nervoso estava estragado. De repente, absolutamente do nada, ela tinha uns espasmos, além de tremores e tonturas, e todas as funções básicas do corpo — dormir, comer, evacuar — tornavam-se imprevisíveis. Numa semana, não dormia mais de quatro horas, nem comia nada. Na seguinte, saía da cama para se empanturrar de comidas estranhas, desejos de grávida: bateladas de massa crua de brownie, ovos mal-cozidos com sorvete, nacos de cenouras e colheradas de melado. Miriam abandonou os estudos e voltou para casa, em Ottawa, onde seus pais apostavam que os problemas da filha não eram decorrência direta do namorico com o colega — de quem gostavam bastante —, mas com os Estados Unidos. Eles decerto não aprovaram a insistência de Miriam em fazer faculdade nesse país. Suspeitavam que talvez fosse o primeiro estágio do plano de abandonar o Canadá para sempre e, por extensão, abandoná-los.

Jeff deitou-se sobre as costas de Miriam, pressionando o corpo dela contra os lençóis. Até ali, as últimas palavras que havia dito foram "Vai levar um tempo para gelar". Agora, virou-a novamente, tão fácil quanto uma panqueca, e mergulhou a cabeça entre as pernas dela. Miriam ficava pouco à vontade com essa posição, mais uma vez por culpa do Dave. "Você é judia, não é?", Dave perguntara na primeira vez em que tentara chupá-la. "Bem... sei que você não é praticante, mas faz parte de sua herança genética, não é?" Atordoada, conseguiu responder com um leve sim. "Bem, o banho mikvah tem sua utilidade. Há um bocado sobre sua religião de que eu não gosto, mas uma limpeza cuidadosa após a menstruação não faz mal a ninguém."

Dave tinha alguns estranhos bolsões de anti-semitismo, embora sempre insistisse que seus preconceitos fossem de classe, não de religião; uma reação previsível, por ter sido o único pobre a morar num bairro de endinheirados. Miriam não apelou para banhos de leite, mas se tornou, por um breve tempo, a maior consumidora do mundo de sprays e duchas. Então ela leu uma reportagem que dizia que esses produtos não serviam para nada e consistiam em soluções inventadas para um problema imaginário. Mesmo assim, nunca se livrou da sensação de que perpetuamente tinha gosto de sangue bolorento e azinhavrado. Caso fosse verdade, estava claro que Jeff não dava a mínima importância para isso. Jeff, por um desses acasos da vida, representava tudo que Dave odiava: judeu, rico, oriundo de Pikesville — a meca hebraica dos anos 1970 —, sócio de um clube de campo, dono de um casarão suntuoso e pai de três filhos mimados e malcriados. E a descrição não era preconcebida. Miriam conhecera as crianças no escritório, e elas eram endiabradas. Contudo ela não escolhera Jeff porque ele resumia, tintim por tintim, tudo que Dave menosprezava. Não, ela o escolhera — se é que se pode chamar de escolha — porque ele estava lá, à mão, e a queria, e ela ficou tão agradecida por ser desejada que nem lhe passou pela cabeça dizer não.

Era perigoso saírem hoje. Seus respectivos cônjuges não eram idiotas. Pelo menos o dela não era. Amanhã, quando Dave lesse os jornais de domingo, poderia muito bem notar a ausência de anúncios de imóveis à venda, pois era Páscoa, e ficar se perguntando por que cargas d'água Miriam fora convocada para trabalhar no fim de semana, se não havia nada a fazer. O romance todo era um grande risco. Nem Miriam nem Jeff pretendiam desmanchar seus casamentos ou bagunçar suas vidas. Bem, Jeff provavelmente não queria. E Miriam? Ela não sabia de mais nada.

Jeff estava ficando impaciente. Normalmente, ela chegava ao orgasmo bem depressa, às vezes depressa demais, mas hoje ela não conseguia se desligar. E Jeff, que em geral era delicado, às vezes se esquecia e ia em busca de seu próprio prazer, caso ela não entrasse no ritmo dele. Ela se concentrou naquela parte de seu corpo, sincronizando seus movimentos com os da boca dele, ajeitando-se melhor, e logo alcançou o clímax. Os orgasmos que tinha com Jeff eram parecidos com a proeza de uma soprano que se propõe a quebrar um cristal: era a perfeição sequencial da emissão das ondas sonoras, não o som agudo, o que fazia com que ela gozasse. E ela desmoronava, exausta, incapaz de mover um dedo. Jeff se acostumara a isso. Ele ajeitava aquelas pernas de boneca de trapo para debaixo dele e a penetrava com certa violência, até gozar.

E agora? Das outras vezes, se vestiam — embora nem sempre tirassem todas as peças de roupa — e voltavam para o trabalho, ou para casa, ou para onde fosse. Jeff tirou a garrafa de vinho do balde de gelo de plástico. "Nada de saca-rolhas", ele disse rindo da própria falta de lembrança. Despreocupadamente, como se fosse a coisa mais natural do mundo, ele quebrou o gargalo da garrafa na borda da pia do banheiro e encheu as taças. Depois catou alguns caquinhos de vidro arrastados pelo vinho, quando o líquido passou pelo gargalo quebrado.

— Gosto de trepar com você numa cama — disse Jeff.

— Nossa primeira vez foi numa cama.

— Daquela vez não valeu.

E por que não? Ficou curiosa, mas não perguntou. A primeira vez fora na casa de um cliente. A violação de um espaço a eles confiado parecia mais assustador do que o próprio adultério. Quando Jeff pediu para ela checar o novo rol, ela intuiu que iriam fazer sexo, mas fingiu-se de inocente. *É a mulher quem dá as cartas,* a mãe lhe ensinara naquele seu jeito repleto de circunlóquios, enquanto investigava as razões do colapso nervoso da filha. Miriam gostava de fingir que Jeff era quem tinha o controle, o mesmo controle fácil que exercia para manusear o corpo dela na cama. Jeff fazia Miriam se sentir diáfana, leve como uma pena, reencarnada no seu corpinho de menina. Não que ela tivesse ganhado peso com a idade, mas ficara um pouco mais roliça aqui e acolá, fato que ela foi capaz de ignorar até começar a observar os corpos das filhas, impossivelmente magros e sem um pingo de quadril, tão frágeis que a sensação que se tinha é de que se partiriam ao meio, pela cintura.

— E agora? — perguntou ela.

— Agora? Como assim? Neste exato momento? Ou você quer dizer amanhã, na semana que vem, daqui a um mês?

Ela não saberia:

— Os dois.

— Agora, aqui, vamos fazer sexo de novo. Quem sabe duas vezes, se estivermos com sorte. Amanhã, quando você estiver na igreja, celebrando a suposta ressurreição de Jesus...

— Não sou de frequentar igreja.

— Eu calculei que...

— Não, ele não pediu para que me convertesse. Apenas me disse que não queria que as meninas fossem educadas em nenhuma religião institucionalizada, nem expostas a nada além das tradições menos sagradas, como árvores de Natal e ovos de Páscoa.

Ela acabara de quebrar uma regra fundamental falando sobre suas filhas, e a conversa chegou a um impasse. Miriam não sabia como trazer o assunto que pretendia mesmo conversar. *Como botamos um ponto final nisso? Estamos juntos porque fazer sexo é divertido; será que deixará de ser divertido de um jeito que seja conveniente aos dois e recíproco? Será que vou sentir saudades quando você arranjar outra pessoa? Ou vice-versa?* Como será que os casos extraconjugais terminam?

O deles havia terminado naquele instante, como mais tarde Miriam descobriria, e de uma forma ao mesmo tempo a mais banal e a mais catastrófica de todas. Talvez sempre tivesse sido assim. Uma nuvem em formato de cogumelo sobre Hiroshima, e alguns dos que corriam pelas ruas aturdidos e queimados foram arrancados de camas que não eram suas, arrebatados de lugares em que não deveriam estar. Verdadeiros tsunamis que varrem amantes espúrios; adúlteros sendo confinados em trens que os levariam a Auschwitz, não exatamente por esses motivos.

Essa era sua herança, pertencera-lhe antes, seria o momento ao qual ela retornaria uma vez, muitas vezes. Quando Miriam tentava se lembrar da última vez que fora feliz, tudo que lhe vinha à memória era uma taça de vinho Gallo com lascas de vidro e uma barra de chocolate Fifth Avenue que, por sinal, estava bem rançosa.

CAPÍTULO 8

Sunny estava habituada ao abrigo de ônibus da Forest Park Avenue, pois há quase três anos era ali que descia na volta da escola; mas pegou-se observando-o como se fosse a primeira vez. Embora a finalidade básica fosse mesmo a de proteger os usuários de ônibus da chuva e até do frio, alguém fora cuidadoso o bastante para incorporar vários ornamentos extras que poderiam ser considerados atraentes. O teto era verde-fosco, uma tonalidade que a mãe delas queria usar para o madeiramento da casa, mas o pai vetara argumentando ser muito escuro, e, como era ele quem possuía dotes artísticos, a última palavra nesses assuntos era sempre sua. Os tijolos bege-claros tinham uma textura rugosa, e a armação de madeira dentro da estrutura era da mesma cor do telhado.

Os garotos do bairro, pouco se importando com a trabalheira que dava ao pessoal da limpeza urbana, cismavam em pichar as paredes com giz e tinta, e o resultado era pavoroso. Podia-se notar que alguém se dera ao trabalho de remover o pior, mas ainda restavam lá alguns renitentes palavrões e xingamentos. Heather inspecionava-os com ar solene.

— Eles nunca...

— Não. — Sunny foi rápida na resposta. — Eles me deixam em paz.

— Oh. — Pelo tom que Heather usou, dava a impressão de estar com pena de Sunny.

— Eles não gostam de mim por causa da confusão. Os meninos do ônibus.

— Mas eles não moram aqui — retrucou Heather. — A pichação é do pessoal que mora aqui, não?

— Eu sou a única que vai para o Rock Glen. Os outros são mais velhos ou mais novos, e muitos. Esse era o problema, lembra? "Nós tínhamos o direito, mas eles tinham o poder." A maioria decide, é a regra.

Cansada desse trecho da história da família do qual não fazia parte, Heather sentou-se no banco, abriu a bolsa e examinou o conteúdo, resmungando coisas para si mesma. Sunny permaneceu atenta. O ônibus só chegaria dentro de 15 minutos, mas ela não queria perdê-lo de jeito nenhum.

A discussão sobre o trajeto da condução da escola tinha sido a primeira vez em que Sunny se viu diante de uma injustiça grave e foi obrigada a aprender uma lição: de como o dinheiro pode triunfar sobre a ética. A maioria dos alunos que usavam o ônibus de Sunny moravam para lá da Forest Park Avenue, do outro lado do Garrison Boulevard. Mas, de acordo com o plano "matrícula-aberta" da cidade, eles podiam escolher o colégio que quisessem. Com isso, eles evitavam as escolas de maioria negra que ficavam no bairro em que moravam e se matriculavam no Rock Glen, na zona sudoeste da cidade, praticamente só frequentada por alunos brancos. Para levar e trazer as crianças da escola, os pais contrataram um serviço particular de transporte. A parada do ônibus de Sunny, um pequeno abrigo na Forest Park Avenue, era a última de todas as manhãs e a primeira à tarde, sempre. Por dois anos, o trajeto parecia o mais lógico para todos os envolvidos. De repente, deixou de ser.

No último verão, os pais dos alunos que moravam mais afastados começaram a reclamar que seus filhos ficariam menos tempo no ônibus se não tivessem de apanhar e deixar a Sunny no começo da Forest Park Avenue. Ou, como eles a chamavam, "aquela uma". Como em "Só aquela aluna". Ou "Por que só aquela aluna deveria trazer tanto transtorno para muitos?". Então ameaçaram procurar outra empresa, deixando a que tinha o antigo contrato com apenas "aquela uma", o que jamais cobriria os custos. Os pais de Sunny ficaram horrorizados, mas não havia nada que pudessem fazer. Se quisessem que a filha usasse o ônibus escolar — o que era uma necessidade, visto que ambos trabalhavam — teriam de entrar num acordo que se resumiu na inversão do trajeto de volta. E por isso, todas as tardes Sunny via o quarteirão em que morava passar voando diante de seus olhos, enquanto o ônibus seguia para o começo de sua rota para deixar os alunos na ordem inversa, e só depois voltar para a Forest Park Avenue. Como as famílias dessas crianças saíram-se vencedoras, a expectativa era que eles seriam no mínimo amistosos, mas Sunny veio a descobrir que não é bem assim que as coisas funcionam. Mais do que nunca, eles passaram a detestá-la, porque, durante a confusão, os pais de Sunny só faltaram xingar os outros pais de racistas. O revide não tardou na forma de "simpatizante dos negros" ou apenas das correspondentes iniciais: "S.N.". Um dos garotos maiores disse-lhe em tom de xingamento: "Você e seus pais são S.Ns.". Ela não fazia a menor ideia do que isso significava, porém soava ameaçador.

O sistema de transporte de massa, diferentemente da Transportes Mercer, não podia ser intimidado: se o tempo gasto para se chegar da casa ao shopping Security Square, com as paradas, fosse de 25 minutos, então levava também 25 minutos para voltar para casa. O Departamento Metropolitano de Trânsito acreditava na igualdade de direitos, e dava tratamento igualitário a todo mundo. *Igualitário*. Uma palavra que aprendera com o pai e da qual gostava imensamente porque lhe trazia à mente *Os três mosqueteiros*, com Michael York. Quando Sunny começasse curso secundário na Western High School no ano seguinte, a ideia era que tomasse o ônibus público, usando bilhetes distribuídos gratuitamente aos alunos, em pacotes mensais. A fim de prepará-la para essa futura experiência, seus pais liberaram algumas idas ao centro da cidade e à Howard Street, onde ficavam as grandes lojas de departamento. Foi assim que ela chegou à conclusão de que podia tomar o ônibus para o Security Square sem avisar nada a ninguém. Subir no ônibus e escolher um lugar para sentar não era mais novidade para Sunny.

Agora, para Heather, a história era outra. Como nunca tinha subido num ônibus público, saltitava de ansiedade enquanto esperava sentada no banco de madeira. Numa das mãos, o bilhete, seguro com toda força; na outra, a alça da bolsa que acabara de ganhar. Sunny também levava uma bolsa da loja do pai, feita em macramê. Mas nada que vinha da loja era de graça, embora todas as amigas delas imaginassem que sim. Se não fosse um presente, como no caso da bolsa de Heather, então elas teriam de pagar o preço no atacado, pois o pai dizia que suas "margens" não previam gratuidades. Sunny sempre associou a palavra "margem" ao curso de datilografia, no qual seria reprovada, mas não por causa das margens. O problema foi que recebeu nota insuficiente no teste cronometrado; foram tantos os erros que acabou com nota negativa na quantidade de palavras por minuto. Quando não estava sendo cronometrada, ela datilografava muitíssimo bem.

Sunny nunca entendeu direito por que seus pais insistiam tanto para que ela fizesse datilografia no curso secundário, como matéria eletiva. Será que achavam que ela teria de datilografar para sobreviver? Desde a sexta série, quando a maioria de seus amigos foi distribuída nas turmas "avançadas" do Rock Glen, ela estava apenas nas "intermediárias". Não havia como deixar de se preocupar: seu próprio futuro saíra dos trilhos quando ela não estava prestando atenção, e as oportunidades que nem sabia que existiam haviam escapado de suas mãos. Quando era bem menininha, os avós lhe deram de presente um estojo de enfermeira de brinquedo; Heather ganhou um estojo de médico. Naquela época, o estojo de enfermeira era o que todas as garotas desejavam, porque tinha o rosto de uma linda menina estampada na tampa de plástico; o do médico..., um menino. Ah... como Sunny implicava com Heather por causa disso! "Você é um *menino*." Mas quem sabe não teria sido melhor ser o médico? Ou pelo menos ter pessoas que lhe dissessem que *poderia* ser médica? O pai sempre repetia que elas podiam ser o que quisessem, mas Sunny não se convencia de que ele acreditava nas próprias palavras.

Heather, com certeza, seria matriculada em uma das turmas avançadas quando fosse para o Rock Glen no ano seguinte, embora até aquela data as classificações ainda não tivessem sido anunciadas. Heather seria uma "avançada" e então, como seria de se esperar, entraria também para as turmas "A" do Western. Isso significava que ela pularia o último ano do curso secundário, indo direto para a faculdade assim que terminasse a nona série, em vez de a décima. Não que a irmã fosse mais inteligente do que Sunny. A mãe havia dito que os testes de QI comprovavam que as duas irmãs era muito espertas, quase gênios. Mas Heather era boa na escola, tanto quanto outra pessoa seria boa na corrida ou no beisebol. Ela compreendia as regras, enquanto Sunny parecia fracassar ao tentar a todo custo ser criativa e diferente. E muito embora esses fossem exatamente os valores que seus pais exaltavam muitíssimo mais do que notas A e lições de cor, as esperanças que depositavam em Sunny claramente esmoreceram quando ela não foi para as turmas avançadas. Será que era por isso que estava o tempo todo zangada com eles? A mãe achava graça e dizia tratar-se de uma fase, enquanto o pai a incitava a "botar pra fora", desde que fosse "racionalmente", uma regra que produzia efeito inverso na jovem. Ultimamente, Sunny dera para desafiar as posições políticas do pai, o que ele possuía de mais sagrado; o pai, porém, permanecia enlouquecedoramente calmo, tratando-a como se ela fosse uma criancinha da idade da Heather.

— Se quiser dar seu voto a Gerald Ford na eleição do próximo ano, vá em frente — ele lhe dissera há apenas algumas semanas. — Tudo que lhe peço é para ter uma postura racional, que você examine os programas de governo dele.

Sunny não planejava dar seu apoio a candidato *nenhum* nas eleições. Para ela, política era uma chatice. Ela ainda se sentia envergonhada quando relembrava seus inflamados discursos pró McGovern, em 1972, durante os debates sobre atualidades que a professora da sexta série fazia às sextas-feiras. Só seis alunos de uma turma de 27 votaram em McGovern na simulação de eleição que fizeram em sala de aula, um a menos dos sete que haviam votado nele na pesquisa prévia no começo do ano letivo. "Foi Sunny que me fez desistir dele", explicou Lyle Matone, um garoto arrogante e bonitão, quando lhe perguntaram por que havia mudado de opinião. "Imaginei que alguém de quem ela goste tanto não pode ser grande coisa."

No entanto, se fosse Heather a tomar o partido de McGovern, então todos os colegas da sala teriam seguido sua escolha. Heather exercia forte influência sobre as pessoas. As pessoas gostavam de ficar olhando-a, de fazê-la achar graça, de se fazerem queridos. E até o motorista do ônibus, um sujeito que em geral gritava com qualquer um que fazia cera na porta, obrigando-o a mantê-la aberta, parecia enfeitiçado por aquela menina agitadinha com a bolsa jeans apertada contra o peito. "Bote seu bilhete aqui, docinho", disse o motorista do ônibus, e Sunny queria gritar: *Ela não é docinho nenhum!* Em vez disso, subiu os degraus, os olhos colados nos sapatos de salto anabela, comprados há apenas duas semanas. O tempo não era mais o apropriado para aquele tipo de sapato, mas ela andava louca para usá-los, e hoje seria o dia.

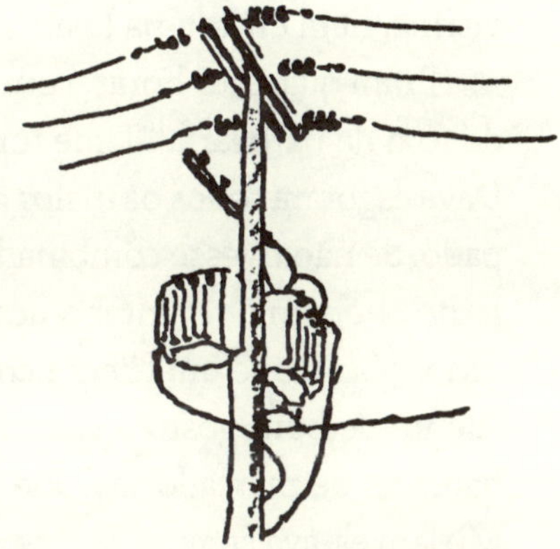

CAPÍTULO 9

A Woodlawn Avenue estava mais movimentada do que de costume para aquele sábado, véspera da Páscoa, um entra-e-sai na barbearia e também na confeitaria. Ao que tudo indicava, a iminente ressurreição de Jesus demandava pães frescos da Parker House e nucas à mostra, pelo menos para aqueles retrógrados moradores de Baltimore que ainda se apegavam a um corte de cabelo. Também realizava-se um festival da Primavera na escola primária, um mafuá à moda antiga, com algodão-doce e peixinhos dourados oferecidos como prenda para quem conseguisse encestar uma bola de pingue-pongue na boca estreita de um aquário. *Esta é uma cidade em que as novidades custam a pegar*, pensou Dave, um eterno estrangeiro em sua cidade natal. Na viagem que fez pelo mundo afora, a intenção era criar raízes num lugar qualquer; não deu em nada, acabou aqui mesmo. Quando abriu sua loja, justificou a decisão afirmando que seria uma forma de trazer o mundo para Baltimore; Baltimore, porém não o recebia de braços abertos. Apesar de todas aquelas pessoas transitando pelas calçadas, nem uma sequer parou para olhar a vitrine, nem entrou na loja.

Eram quase 15 horas, conforme o relógio pendurado do lado de fora da barbearia "Time for a Haircut", do outro lado da rua. Dave esgotara todos os meios com que procurava manter-se ocupado. Se não tivesse combinado buscar Sunny e Heather na porta do shopping, levantaria acampamento e fecharia a loja mais cedo. Mas... e se um cliente chegasse na horinha de fechar? Um cliente de bom gosto e com dinheiro, decidido a comprar uma batelada de mercadorias? Ele perderia essa venda para sempre! Miriam estava sempre se preocupando com esse tipo de cenário. "Basta uma vez", ela costumava dizer. "Uma única vez, uma pessoa empurrando a porta que deveria estar aberta, e você perdeu não apenas aquele determinado cliente, mas todos para quem essa pessoa contar o que aconteceu."

Ah... se as coisas fossem simples assim, ah... se bastasse abrir cedo; fechar tarde; e trabalhar duro o tempo todo para ser bem-sucedido! Miriam não possuía experiência bastante no mundo dos negócios para se dar conta de como eram pateticamente inocentes as suas opiniões. Ainda acreditava que "Deus ajuda a quem cedo madruga"; "devagar se vai ao longe" e em outros provérbios do gênero. Todavia, se ela não acreditasse na eficácia desses ditados, talvez não tivesse concordado tão prontamente com o plano de abrir a loja, o que significava pedir demissão de seu emprego público, um emprego que era praticamente para o resto da vida. Ultimamente, ele vinha se perguntando se Miriam achava que tanto fazia estar empregado ou ter sua própria loja, que de qualquer jeito ela acabaria se beneficiando. A loja os faria ricos ou lhe proporcionaria motivos de sobra para chiar contra Dave pelo resto de suas vidas. Tinha lhe dado a chance da sua vida, e ele deixou que a sorte lhe escapulisse pelos dedos. Agora, cada rusga entre o casal tinha suas raízes nesse contexto velado: *Acreditei em você. Você estragou tudo*. Será que o tempo todo estivera torcendo para que ele fracassasse?

Não, Miriam não era tão maquiavélica assim, tinha certeza. A esposa era a pessoa mais honesta que Dave conhecera, rápida em dar crédito onde o crédito era devido. Ela sempre admitiu que nunca vira o potencial da casa da Algonquin Lane, uma casa de fazenda sem estilo, uma construção dilapidada e que fora vítima de repetidas aberrações arquitetônicas: uma cúpula e um pátio interno, por exemplo. Dave devolveu à casa seu esqueleto original, criando uma estrutura simples e coerente, que não destoava no meio de um jardim de grandes dimensões e em seu estado natural. As pessoas que visitavam a casa sempre comentavam que Dave tinha um "olho clínico", e apontavam para objetos que ele havia comprado em suas viagens pelo mundo e que hoje ele colecionava; elas insistiam em saber quanto haviam custado e depois diziam em alto e bom som que pagariam cinco, dez, vinte vezes mais, se ele abrisse uma loja.

Dave tomara aquelas palavras ao pé da letra. Até hoje. Todos aqueles elogios jamais seriam meras amabilidades sociais, justamente porque Dave nunca inspirou cortesias tão efusivas. Muito pelo contrário — sempre atraíra verdades "na cara", agressividade disfarçada em sinceridade.

Até de Miriam, que no primeiro encontro foi logo criticando: "Olha, detesto ter de lhe dizer isso, mas...".

Embora Dave estivesse mais do que habituado a preâmbulos como esse, nunca deixou de sentir um aperto no coração. Havia calculado que essa jovem elegante, com modos e vogais canadenses, seria diferente. Ela trabalhava como escrevente-datilógrafa no Ministério de Orçamento e Impostos, o mesmo em que Dave era analista, e foram necessários três meses para que a convidasse para sair.

— Pode falar.

— É sobre seu hálito.

Automaticamente, tampou a boca com a mão, um Adão cobrindo sua nudez após provar da maçã do paraíso. Mas Miriam fez um afago na outra mão que permanecera sobre a mesa.

— Não, não, não precisa... Ouça, meu pai é dentista. Eu sei que é mesmo muito simples.

E foi. Fio-dental, palitos especiais, além de uma providencial cirurgia de gengiva. Miriam salvou Dave de uma vida em que as pessoas sempre recuavam — umas discretamente, outras nem tanto — quando conversavam com ele. Só quando pararam de dar um passo atrás é que Dave compreendeu o que significava quando elas retesavam o queixo abaixando o nariz. *Ele fedia. Elas prendiam a respiração.* E ele se perguntava se seus primeiros 25 anos, os anos fedorentos, como ele os chamava, o teriam prejudicado de maneira irreversível. Quando alguém vive um quarto de século vendo as pessoas se afastarem, será que algum dia será abraçado e aceito?

Foram suas filhas que lhe ofereceram sua única chance de um passado limpo. Afinal, até Miriam conhecera o Dave malcheiroso, ainda que por um curto tempo. As meninas o tinham como um herói. A veneração que tinham por ele era tão impressionante, que Dave foi tolo o bastante para acreditar que nunca iriam se cansar dele. Mas agora, Sunny dava a impressão de considerá-lo o constrangimento personificado em gente, a encarnação ambulante de um peido ou de um arroto. Heather, precoce como sempre, às vezes imitava a frieza da irmã mais velha. Mas embora as filhas no momento tentassem mantê-lo a distância, isso não o impedia de conhecê-las. Ele sentia como se habitasse as cabeças das meninas, como se percebesse o mundo através de seus olhos, como se vivenciasse todos os triunfos e frustrações que elas experimentavam. "Você não entende", Sunny falava rispidamente com ele, e, de uns tempos para cá, a frequência com que essas palavras eram ditas não parava de aumentar. O único problema é que as compreendia muitíssimo bem.

Por exemplo, vejamos essa nova obsessão pelo shopping. Sunny achava que Dave odiava shopping centers por causa do destaque que davam aos produtos baratos e produzidos em massa para satisfazer os prazeres do consumismo, em contraposição às peças únicas escolhidas a dedo que ele vendia em sua loja. Contudo, o que realmente o desagradava era o efeito que o shopping produzia em Sunny. Um efeito comparável ao canto das sereias sobre Ulisses. Sabia o que ela fazia lá. Nada muito diferente dele na adolescência em Pikesville, batendo perna para baixo e para cima na área comercial da Reisterstown Road, na esperança de que alguém, qualquer um, o olhasse. Ele era o protótipo do garoto bizarro, o peixe fora d'água, o filho de mãe solteira rodeado de vizinhos com pai e mãe, o protestante num bairro de ricas famílias judias. A mãe trabalhava como garçonete no antigo Pimlico Restaurant, de modo que a riqueza doméstica dependia da generosidade dos pais de seus colegas de classe, homens que quase sempre criticavam o serviço da mãe de Dave, ora aumentando em 25 centavos, ou diminuindo em 50 centavos a gorjeta dela. E cada centavo contava. Claro que ninguém o insultava abertamente por ser pobre. Ele não valia nem o esforço. O que de certa forma era muitíssimo pior.

E agora Sunny era uma prisioneira do mesmo tipo de vida. Ele quase podia sentir o aroma da ansiedade que emanava dela. E ainda que a desesperança fosse triste demais em qualquer adolescente, era sem dúvida perigosíssima para uma garota. Ele estava sinceramente preocupado com a Sunny. Quando Miriam tentava minimizar os temores do marido, ele pensava em argumentar *Sei do que estou falando*. Sei muito bem. *Você não faz ideia do que se passa na cabeça de um homem quando ele vê uma garota com um suéter colado no corpo. Não avalia o quanto os impulsos masculinos são básicos e primitivos*. Mas se fizesse esse tipo de comentário, Miriam poderia cismar em lhe perguntar o que lhe passava pela cabeça — todos os dias — quando via as meninas da escola secundária indo, animadas, para a padaria ou para a High's Dairy Store ou a Robin's Nest Pizza.

Não que ele se sentisse atraído por adolescentes, longe disso. Às vezes ele queria *ser* um adolescente, ou ainda estar com seus 20 anos. Queria a liberdade para vagar neste novo mundo, em que os cabelos das garotas balançavam num vaivém, livres e longos, e os seios, sem as amarras de um sutiã, saltitavam soltos sob provocantes blusas estampadas. Queria a liberdade de perambular sem rumo. Só isso! Enquanto ainda trabalhava para o governo, teve a chance de testemunhar muitos de seus colegas sucumbirem a esse tipo de desejo. Até no fim de mundo cultural que era a divisão de contabilidade, de repente aparecia alguém deixando brotar as costeletas e vestindo roupas novas e estilosas. Então, uns dez meses depois — verdade, Dave podia até elaborar um gráfico, prevendo que o aparecimento das costeletas num colega profetizava o fim de seu casamento em exatos dez meses —, o tal sujeito sairia de casa para morar num daqueles novos conjuntos de apartamentos, explicando com a maior sinceridade que seus filhos não poderiam ser felizes se ele não estivesse feliz. *E daí!*, teria sido a reação de Sunny. Dave, por ter crescido num lar sem a presença da figura paterna, nunca sujeitaria suas filhas a uma situação dessas.

O ponteiro das horas do relógio da barbearia "Time for a Haircut" se arrastava em sua rota para as 16 horas. Quase seis horas de trabalho, e nenhum cliente entrara na loja! Seria possível que o local fosse amaldiçoado? Há algumas semanas, Dave tivera uma conversa esclarecedora com a balconista da Bauhof's Bakery, enquanto ela enchia um saco de papel manteiga de biscoitos. A confeitaria ainda usava aquelas balanças antigas que vinham sendo substituídas pelas eletrônicas que podiam pesar um centésimo de quilo. Dave preferia a elegância inexata dos modelos do passado e encantava-se ao ver os pratos vagarosamente se alinharem, a cada biscoito que caía.

— Deixe-me ver — disse a balconista, Elsie, que precisava ficar na pontinha do pé para alcançar a balança. — Durante muitos anos, no endereço onde hoje é a sua loja funcionou um comércio de ferragens, a Fortunato's. Depois, em 1968, o dono, um senhor mais idoso, ficou indignado com todas as passeatas e resolveu se desfazer da loja e mudar-se para a Flórida.

— Mas não havia tumulto aqui em Woodlawn. A confusão aconteceu a quilômetros de distância.

— Pois é, mas mesmo assim ele não aguentou mais. Então Benny passou o ponto para uma mulher que vendia roupas para crianças, mas elas eram queridinhas demais.

— Queridinhas?

— Caras. Quem gastaria 20 dólares num suéter que depois de um mês não caberia mais no bebê? Daí ela vendeu para um restaurante, mas estava na cara que não ia dar certo. O casal era bem jovem e não conseguia distinguir alhos de bugalhos, nem aprontar uma omelete de presunto picado e cebola em menos de 45 minutos. Depois veio uma livraria, mas com a Gordon na Westview e a Waldenbooks no shopping Security, quem se daria ao trabalho de vir até a Woodlawn para comprar um livro? Depois veio a loja de aluguel de roupas de festa...

— Os Darts — acrescentou Dave, lembrando-se do homem de ombros caídos, com uma fita métrica pendurada em volta do pescoço, e da mulher tímida que espiou de trás de uma cortina enorme, os cabelos longos e prematuramente grisalhos. — Eu assumi o contrato deles.

— Casal bem legal, pessoas bem sensatas, mas é raro alguém comprar numa loja nova quando procuram roupas de festa. Smokings são tradicionais. Tradicionais como as funerárias. Você frequenta os mesmos lugares a que seus pais costumavam ir, e a preferência deles era igual a de seus próprios pais, e assim por diante. Se você pretende ***abrir*** uma loja nova, terá de ***ir*** para um bairro novo, cujos moradores ainda não sejam fiéis aos lojistas.

— Então é assim! Quatro negócios diferentes em menos de sete anos...

— É isso aí. Tem caveira de burro. Dizem que todo quarteirão tem a sua, uma loja que não dá certo. — Num gesto rápido, cobriu a boca com a mão que ainda segurava o saco de papel manteiga. — Mil desculpas, Sr. Bethany. Tenho certeza de que o senhor vai dar certo com a sua pequena... hum...

— Tchotchkes?

— O quê?

— Nada não.

Numa confeitaria alemã que vendia pão de centeio judeu — sem sarcasmo e sem grandes explicações — provavelmente seria pedir muito que alguém falasse iídiche e mais ainda que entendesse a brincadeira autodepreciativa no uso que Dave deu à palavra. Tchotchkes, mesmo, quinquilharias. As mercadorias de sua loja eram belíssimas, especiais. Contudo, até mesmo famílias que ele conhecia por intermédio do Caminho Quíntuplo, que comungavam dos mesmos gostos quando se tratava de assuntos espirituais, não mostravam tanto ânimo quando o assunto eram seus bens materiais. Se ele estivesse em Nova York, ou São Francisco, ou até mesmo Chicago, a loja seria um estrondoso sucesso. Mas ele morava em Baltimore, muito embora não fosse sua intenção. Fora aqui que conhecera Miriam, onde construíram sua família. Como poderia varrer isso de sua memória?

A campainha da porta da frente tilintou baixinho. Uma mulher de meia-idade. Dave não deu-lhe importância, presumindo tratar-se de alguém que estivesse atrás de informações. Então percebeu que era quase da mesma idade que ele, não mais que 45 anos. Aquelas roupas — um conjunto chamativo de malha rosa e bolsa tipo caixa — o haviam confundido.

— Será que você teria algumas peças bens diferentes para botar nas cestas de Páscoa? — perguntou a mulher, cuidadosa na escolha das palavras, como se estivesse preocupada que essa loja, por ser tão *incomum*, demandasse um protocolo *incomum*. — Alguma coisa que pudesse ser usada como uma lembrancinha?

Droga! Miriam havia sugerido que ele tivesse itens sazonais em estoque, mas ele não lhe deu confiança. Claro que comprara mercadoria para o Natal. Mas para a Páscoa? Não! Que absurdo!

— Infelizmente não tenho nada do gênero.

— Nada mesmo? — O desapontamento da mulher parecia descabido. — Não tem de ser para a Páscoa, basta ter um dos temas da Páscoa. Um ovo, uma galinha, um coelho. Qualquer coisa.

— Coelhos — repetiu ele. — Sabe, acho que temos uns coelhos de madeira do México. Ah... mas são grandes demais para uma cesta de Páscoa.

Foi até as prateleiras de arte latino-americana e com todo cuidado apanhou uma das esculturas em forma de coelho e entregou-a nas mãos da mulher como se fosse um bebê a quem não quisesse acordar. Ela segurou a escultura diante de si, os braços esticados para frente. O coelho era simples e primitivo, uma escultura produzida por poucos e precisos cortes de faca, demasiadamente bela para servir de prêmio de consolação em alguma cesta de Páscoa para crianças. Não era um brinquedo. Era arte.

— Dezessete dólares? — perguntou a mulher, os olhos fixos no preço escrito à mão na etiqueta. — E assim tão simples.

— Sim, mas a simplicidade... — Dave nem se deu ao trabalho de terminar o que ia dizer. Era evidente que perdera a venda. Mas pensou em Miriam e na fé inabalável que depositava nele, e resolveu dar uma última cartada. — Sabe, pensando bem, acho que tenho uns ovos de madeira, desses para cerzir. Encontrei-os numa feira de artesanato na Virgínia, e são pintados em cores primárias: vermelho, azul.

— Mesmo?

Muito esquisito, mas ela parecia estranhamente empolgada com a possibilidade.

— Poderia vê-los?

— Bem...

O pedido era meio complicado, pois significava que ele teria de deixá-la sozinha na loja. Esse era um dos problemas de não dispor de dinheiro para contratar alguém, nem que fosse por meio-expediente. Às vezes, Dave convidava os clientes a irem até o depósito, fazendo soar como se isso fosse uma honra, e não um insulto, por levantar a hipótese de ele estar preocupado que o cliente pudesse roubar alguma coisa. Mas ele não conseguia ver essa mulher enfiando nada na bolsa, nem tentando vasculhar a caixa registradora, que era daqueles modelos antigos que tocavam um sino bem alto ao abrir da gaveta.

— Espere um pouquinho. Vou ver se consigo encontrá-los.

Achar os ovos levou mais tempo do que seria conveniente. Ouviu a voz de Miriam que o repreendia — a voz era suave, mas suave, ou não, uma repreensão não deixa de ser uma repreensão —, insistindo na necessidade de fazer inventário, de adotar um sistema de estoque. Mas justamente o conceito da loja tinha sido o de escapar da burocracia, de libertá-lo dos números. Ele ainda se recordava de como ficara triste quando Miriam não conseguiu atinar com o significado do nome que ele escolhera.

— "O homem do violão azul"? — perguntou Miriam tomada espanto. — Será que as pessoas não vão pensar que se trata de uma loja de música?

— Você não percebe?

— Bem, posso ver que é — vamos dizer — uma espécie de brincadeira, como é comum hoje em dia. O "Cogumelo de Veludo" e coisas do gênero. Mesmo assim, acho que pode confundir as pessoas.

— É o título de um poema de Wallace Stevens. O poeta dublê de agente de seguros, ou vice-versa.

— Oh, o sujeito do "Emperor of the Ice-Cream". Claro que sei.

— Stevens era como eu: um artista preso dentro de um homem de negócios. Ele vendia seguros, mas era um poeta; eu era um analista fiscal, mas não me sentia realizado. Entendeu agora?

— Stevens não era o vice-presidente de uma corretora de seguros? E não continuou se dedicando ao ramo de seguros enquanto escrevia poemas?

— É, é verdade. A analogia não é exata. Mas dá no mesmo em termos emocionais.

Quanto a isso, Miriam não tinha nada a dizer.

Os ovos localizados, levou-os até o balcão. A loja estava vazia, de novo. Num gesto rápido, Dave checou a caixa registradora. Suas magras notas e moedas estavam lá. Depois foi ver suas mercadorias mais preciosas — bem, semipreciosas por definição, pois eram peças de joias com opalas e ametistas engastadas — e lá estavam todas, intocadas, dentro do mostruário de vidro. Foi então que ele se deu conta de que havia um envelope em cima do balcão, endereçado a Dave Bethany. Será que o carteiro entrara e saíra enquanto ele estava lá trás? Mas não havia selo nem nada mais escrito além de seu nome.

Abriu e lá dentro havia um bilhete. A caligrafia ondulante de emoção, não muito diferente da voz da mulher no conjuntinho cor-de-rosa.

Prezado Sr. Bethany.

Você deveria saber que sua esposa está tendo um caso com o chefe dela, Jeff Baumgarten. Por que você não dá um fim nesse caso? Há crianças envolvidas. Além do mais, o Sr. Baumgarten é muito feliz no casamento e jamais abandonará a esposa. É por isso que lugar de mãe não é num escritório.

Não havia assinatura, mas Dave não tinha dúvidas de que se tratava de um bilhete escrito pela Sra. Baumgarten, o que significava que sua missão de Páscoa não passara de um estratagema planejado com requinte. Dave sabia muito pouco a respeito do patrão de Miriam, além de ser judeu, um judeu proeminente, talvez apenas alguns anos à frente de Dave na Pikesville High School. É possível que a Sra. Baumgarten tivesse programado deixar a carta e sair sem ser notada, mas o plano fracassou porque a loja estava vazia. Ou talvez tivesse escrito a carta como uma alternativa para o caso de não conseguir juntar coragem para confrontá-lo pessoalmente e sem rodeios. Que esquisita aquela última frase, como se ela precisasse de uma justificativa de maior impacto social que servisse de arrimo para a sua posição de parte prejudicada. A mente de Dave levou uma fração de segundo para encontrar a palavra *corno*, e aplicá-la a si mesmo, e a mesma fração de tempo para sentir uma pontada de pena daquela mulher distinta de classe média com seu bilhetinho anônimo. Não fazia tanto tempo assim, e os jornais locais estiveram repletos de histórias a respeito da esposa do governador, que ficou sabendo do próprio divórcio por intermédio do porta-voz oficial do seu marido. Ela resolveu hibernar na mansão do governo e recusou-se a sair, certa de que seu marido retomaria o juízo e voltaria para casa. Ela não era muito diferente da dona deste bilhete — judia, roliça e bem-vestida, parte integrante do sucesso do marido. Casos extraconjugais eram prerrogativa dos homens, algo que às esposas cabia tolerar, ou não. As mulheres que se metiam em aventuras amorosas eram jovens, sexualmente atraentes e desimpedidas — secretárias e aeromoças, como a Goldie Hawn no filme *Flor de cacto*. Que história é essa de Miriam estar tendo um caso? Ela era mãe, e uma mãe muito boa. Coitada da Sra. Baumgarten. O marido com certeza a traíra, e ela saiu dando coices a torto e a direito, fixando-se em Miriam por ser um alvo bem à mão.

Dave discou o número do escritório de Miriam, e deixou tocar, mas a recepcionista não atendeu. Bem, paciência, Miriam provavelmente ainda estava dando plantão num imóvel aberto à visitação pública, e a recepcionista tinha ido embora. Conversariam logo mais à noite, algo que ele deveria fazer mais habitualmente, de todo jeito. Iria perguntar-lhe como estava indo no trabalho. Porque fora o trabalho que havia passado tanta segurança a Miriam. E as comissões que auferia eram as maiores responsáveis por aquele brilho em seu rosto, aqueles sobressaltos, e também por aqueles soluços noturnos, sozinha, no silêncio do banheiro.

Os soluços noturnos no banheiro... mas não, não eram de Miriam, mas sim da Sunny, tão sensível a coitadinha da Sunny, para quem a nona série fora uma tortura no ostracismo, e tudo por culpa dele e da Miriam que insistiram em entrar numa discussão com os outros pais a respeito do trajeto do ônibus. Pelo menos era isso que dizia a si mesmo, quando, sentado em seu escritório, tarde da noite, ouvia aqueles soluços abafados no banheiro bem no alto da escada, de uso de toda a família. Ele ficava sentado no mesmo lugar, fingindo ouvir música, fingindo respeitar a privacidade de um choro feminino, à distância de apenas um lance de escada.

Dave reduziu o bilhete a pedaços minúsculos, agarrou as chaves, trancou a loja e foi direto para a Monaghan's Tavern, outro estabelecimento comercial da Woodlawn que estava faturando um bocado nesta véspera da Páscoa.

CAPÍTULO 10

— Nós combinamos que você ia ficar longe de mim — resmungou Sunny, depois que o porteiro arrastou as duas para fora do cinema e avisou que, naquele dia, estavam proibidas de botar os pés lá. — Você *prometeu*!

— Fiquei preocupada. Você não voltava nunca do banheiro! Só queria ter certeza de que estava tudo bem.

E não era mentira. Não totalmente. Óbvio que Heather ficara *curiosa* de saber por que Sunny saíra 15 minutos depois do início do filme *Fuga para a montanha mágica* e não voltara. E ficou preocupada que a irmã estivesse tentando se livrar dela; por isso resolveu procurar no banheiro e depois escapuliu para a outra sala onde estava passando *Chinatown*, filme proibido para menores. Com certeza, Sunny devia estar usando dessa artimanha há bastante tempo: comprar uma entrada para o filme liberado para todas as idades, numa das salas, para depois fazer uma visitinha ao banheiro e, de lá, pegar sorrateiramente a saída para a outra sala. A dos filmes proibidos!

Sentou-se duas fileiras atrás de Sunny, a mesma tática que usara no *Fuga para a montanha mágica*. ("Esse aqui é um país livre", declarou com um sorrisinho quando os olhos da irmã encontraram os dela.) Dessa vez ela passou despercebida até que o homenzinho do filme enfiou uma faca no nariz do outro. Pega de surpresa, Heather ofegou bem alto; e Sunny voltou-se para o lugar de onde vinha aquele som.

Heather presumiu que a outra fosse ignorá-la, em vez de chamar atenção para ambas. Sunny levantou-se, foi até onde Heather estava e, em sussurros apressados, ordenou-lhe que saísse dali imediatamente. Heather fez que não, indicando que estava obedecendo às regras que a própria Sunny estabelecera. Afinal, ela não estava "com" a irmã. Por acaso estavam, sim, na mesma sala de cinema. E como dissera antes, era um país livre. Uma senhora mais velha chamou o lanterninha, e as duas irmãs foram expulsas do cinema por não terem os canhotos das entradas para apresentar. Heather, justamente por ser Heather, mentiu dizendo ter perdido o seu; Sunny, porém, mais lenta de raciocínio, entregou o canhoto da Sala Um, onde passava *Fuga*. Uma lástima porque, com aqueles seios enormes, Sunny poderia muito bem se passar por 17. Se as idades fossem invertidas, se Heather fosse a mais velha, com certeza teria conseguido se desvencilhar da confusão — mentiria tranquilamente para o lanterninha sobre ter perdido a entrada; insistiria que tinha 17 anos; e alegaria que a irmã estava sob a supervisão de um adulto, conforme previsto para filmes proibidos. De que lhe adiantava ter uma irmã mais velha se ela não agia como tal? E aqui estava Sunny, à beira das lágrimas por causa de um filme idiota. Heather achava tudo isso um disparate: gastar o tempo precioso de estar no shopping sentada no escuro, quando havia tanta coisa para ver e cheirar e provar.

— Ah, mas estava muito chato mesmo — disse Heather. — E assustador, quando o sujeito cortou o nariz do outro.

— Você não sabe de nada — acusou Sunny. — O filme é dirigido pelo homem com a faca, Roman Polanski, cuja esposa foi assassinada por Charles Manson. Ele é um gênio.

— Vamos ao Hoschild's. Ou ao Pants Corral. Quero dar uma olhada nas calças feitas de tecido que não precisa passar a ferro.

— As calças não amarrotam tanto assim — disse Sunny ainda fungando. — É estúpido.

— É o que as meninas estão usando, agora que podem usar calça comprida para o colégio.

— Você não deveria querer uma coisa só porque todo mundo tem. Você não vai querer fazer parte do rebanho. — Aquela era a voz do pai saindo pela boca de Sunny, e Heather sabia muito bem que a irmã não acreditava em nada disso.

— OK, então vamos para o Harmony Hut, ou para a livraria.

Em sua última visita ao shopping, Heather dera uma espiadela no que parecia ser um livro pornográfico. Havia uma porção de promissoras descrições dos seios da heroína, apertados dentro do tecido transparente do vestido, comumente uma imagem certeira de que alguma coisa obscena estava prestes a acontecer. Heather tentava controlar seu nervosismo de tão interessada que estava em ler o livro com um zíper na capa — não um zíper de verdade, como o da capa do disco dos Rolling Stones que Sunny tinha, mas um que, apesar de falso, revelava um pedaço do corpo nu de uma mulher. Ela precisava encontrar um livro maior que o do zíper, para cobri-lo e assim aproveitar a leitura sem chamar atenção. O pessoal da Waldenbooks não se importava se você ficasse lá lendo um livro, desde que não se sentasse no carpete. Aí eles tocavam você para fora.

— Não quero fazer nada com você — declarou Sunny. — E não dou a mínima para onde você vai. Faça as suas coisas e esteja de volta às 17h20.

— E aí você vai me comprar um Karmelkorn.

— Já lhe dei cinco dólares. Você que compre um Karmelkorn com seu dinheiro.

— Você disse cinco dólares *e* um Karmelkorn.

— Tá bom, tá bom, pouco me importa. Esteja de volta às 17h20, e eu compro o seu querido Karmelkorn. Mas não vai ganhar nada se eu a vir por perto de novo. Foi esse o combinado, lembra-se?

— Por que você está tão zangada comigo?

— Só não quero ficar andando por aí com um *bebê*. Será que é tão difícil de entender?

Sunny foi em direção do final do shopping onde ficava a Sears, o mesmo corredor da Harmony Hut e da Singer Fashions. Heather cogitou em segui-la, pouco importando o Karmelkorn. Sunny não tinha o direito de chamá-la de bebê. Ela é que era infantil, chorando pelas coisas mais bobas. Heather não era nenhum bebê.

Houve uma época em que Heather adorava ser o bebê, e tirava o maior proveito disso. Mas quando a mãe engravidou de novo, na época em que completaria 4 anos, e todos começaram a falar sobre o "bebê", Heather ficou chateada. "Eu sou o bebê", dizia ela histérica, batendo com o dedo no próprio peito: "Heather é o bebê." Como se somente pudesse haver um bebê na família, um bebê no mundo inteiro.

Foi nessa época que eles se mudaram para a Algonquin Lane, para a casa em que todos poderiam ter seu próprio quarto. E mesmo naquela idade, Heather conseguia perceber uma tentativa de suborno: ***vai poder ter um quarto, mas não será mais o bebê.*** A casa era imensa, se comparada com o apartamento em que moravam, grande o bastante para comportar quatro filhos, todos com seu próprio quarto. Por uma razão qualquer, a condição imposta fez Heather sentir-se melhor. Afinal, até mesmo o novo bebê não seria o "bebê" para sempre. E ela seria a número dois na hora de escolher o quarto. Evidentemente que contava em ter a preferência de escolha, alegando que era ela quem estava perdendo a posição privilegiada, mas os pais explicaram que, pelo fato de Sunny ser mais velha, ocuparia o quarto por um período mais curto de tempo — até que fosse para a faculdade — por isso teria direito à primeira opção. Se Heather quisesse mesmo o quarto que Sunny escolhera, então ela poderia ocupá-lo por três anos, a maior parte do tempo em que estivesse na escola secundária. Nessa época, aos 4 anos e prestes a fazer 5, algo dentro de Heather se rebelara contra aquela lógica, mas lhe faltara vocabulário para discutir, e seus pais nunca se deixaram influenciar por acessos de raiva. Foi sua mãe quem lhe disse, quando fizera uma tentativa: "Não adianta nem tentar, não estou nem um pouco comovida, Heather." O pai fora categórico: "Não reajo a esse tipo de comportamento." Mas ele não reagia mesmo a nenhum comportamento, até onde Heather sabia. Olhe o exemplo de Sunny. Ela obedecia às regras, organizava os pensamentos e os apresentava metodicamente e, mesmo assim, quase nunca ganhava o que queria. Heather era mais dissimulada e em geral obtinha o que queria. Até conseguiu continuar sendo o bebê da casa, muito embora não tenha sido resultado de nenhuma iniciativa sua. Pelo que se constatou mais tarde, o bebê não era suficientemente forte para viver fora da barriga da mãe.

Quando o bebê morreu, o pai fez questão de explicar a Heather e a Sunny exatamente o que era um aborto. Para chegar até esse ponto, foi preciso explicar, em primeiro lugar, como o bebê apareceu dentro da mãe. Para a decepção das meninas, ele usou palavras técnicas: pênis, vagina e útero.

— E por que mamãe deixaria você fazer isso? — Sunny quis saber.

— Porque é assim que os bebês são feitos. E além do mais, é gostoso. Quando se é adulto — complementou o pai. — Quando se é adulto, é gostoso fazer isso, mesmo se não for para fazer um bebê. É uma coisa muito sagrada, uma forma de demonstrar amor.

— Mas... mas, é xixi que sai de lá. Você deve ter feito xixi dentro da mamãe.

— Urina, Sunny. E o pênis sabe como não urinar quando está dentro da mulher.

— Como assim?

E o pai das meninas começou por explicar como o pênis crescia quando queria fazer um bebê e que tinha um tipo diferente de líquido lá dentro cheio de sementes, chamado esperma, até que Sunny tampou as orelhas com as mãos e disse:

— Eca! Não quero nem saber. O pênis pode se confundir e fazer xixi lá dentro.

— Que tamanho ele fica? — perguntou Heather.

O pai afastou as mãos, do jeito que um homem mostra o tamanho do peixe que acabou de pescar, mas ela não acreditou nele.

Por saber tudo sobre de onde vêm os bebês, antes mesmo de entrar para o jardim de infância, Heather ficou surpresa quando foi para a escola Dickey Hill e descobriu que a matéria educação sexual só seria dada na sexta série e que era tida como algo assim tão, mas tão especial, que todos os pais teriam de dar autorização por escrito para seus filhos assistirem às aulas. Mesmo assim, não se gabou por saber tudo, nem chamou atenção para esse fato. E isso era outra coisa que Sunny nunca conseguira compreender: o melhor é guardar as coisas para si, em vez de oferecer tudo de uma só vez. Afinal, quem é que gosta de pessoas exibidas?

Na quarta série, porém, a mãe de Beth, uma amiguinha de Heather, ficou grávida, e os pais de Beth disseram à filha que Deus havia posto o bebê lá dentro. Tal pai, tal filha, Heather não podia tolerar uma informação falsa. Então, convocou os coleguinhas para uma aula rápida no playground, e contou tudo o que sabia sobre de onde vêm os bebês. Os pais de Beth reclamaram, e os pais de Heather foram chamados à escola; mas Dave, além de não pedir desculpas, demonstrou estar orgulhoso da filha. "Eu não posso levar a culpa se o erro é daqueles pais que preferem mentir para seus filhos", disse na presença de Heather. "E não vou mandar minha filha assumir que estava errada por dizer a verdade sobre algo tão natural."

É natural? Então é bom. Era o maior elogio que o pai podia fazer. Tecidos naturais, comida natural, cabelo natural. Depois de abrir a loja, ele deixou o cabelo crescer até ficar meio afro, lembrando um novelo de lã, para horror de Sunny. Para dar um jeito no cabelo, usava um pente em forma de garfo, próprio para o estilo Black Power, cujo cabo terminava no formato de um punho cerrado. A bem da verdade, ele não aprovaria as calças em tecido que não amassava, pois, para conseguir esse resultado, sem a menor dúvida tinha algo de artificial na trama. Não obstante, Heather estava convencida de que conseguiria persuadi-lo, ou à mãe, para que permitissem que ela comprasse uma, mesmo que para isso tivesse de gastar o dinheiro ganho de aniversário.

Heather foi para a Pants Corral. O Sr. Pincharelli, professor de música da Sunny, tocava órgão no Jordan Kitt's. Houve um tempo em que Sunny esteve apaixonada por ele, conforme Heather descobriu ao bisbilhotar o diário da irmã. Mas da última vez que foram juntas ao shopping, Sunny passara que nem um foguete diante da loja de órgãos, como se estivesse envergonhada. Hoje ele estava de pé, tocando a popular música "Desfile de Páscoa" com muita animação. Uma pequena multidão se formara à sua volta. O rosto do Sr. Pincharelli brilhava de calor, e havia manchas de suor que desciam da cava da manga curta da camisa social. Heather não podia se imaginar apaixonada por ele. Se fosse seu professor de música, nunca se cansaria de implicar com ele. Com ou sem suor, as pessoas ao redor pareciam estar se divertindo de verdade, e Heather acabou por entrar no espírito e foi encostar-se à borda de uma fonte que havia por ali. Estava distraída, quebrando a cabeça para entender um dos versos da música — *e você vai ver que está numa foto tão pura?* — quando alguém agarrou seu cotovelo.

— Ei, você devia... — A voz era zangada, não alta, mas aguda o bastante para ser ouvida acima da música, de modo que os que estavam por perto viraram-se para olhar.

O homem soltou depressa seu braço, resmungou um "deixe pra lá", e desapareceu em meio a uma profusão de compradores. Heather ficou observando o homem, sentindo-se feliz por não ser a menina que ele procurava, pois sem dúvida esta estaria em apuros.

Terminada a música "Desfile de Páscoa", começou "Superstar" dos Carpenters, e não aquela "Superstar" sobre Jesus. Na semana anterior, Sunny havia dado a Heather todos os seus discos dos Carpenters, declarando que eles eram antiquados. Música era uma área em que o gosto de Sunny valia ser imitado, e se ela achava que os Carpenters já eram, então cabia a dúvida sobre deixar-se empolgar, ou não, pela música. *Cinco dólares* — eram o bastante para comprar um disco e ainda sobravam uns trocados. Talvez o melhor fosse mesmo ir até a loja Harmony Hut e comprar algo do... Jethro Tull. Parecia bem legal. E se Sunny por acaso estivesse na mesma loja de discos? Azar o dela! Este era um país livre...

Parte III

QUINTA-FEIRA

CAPÍTULO 11

— É o seguinte — disse Infante a Lenhardt —, ela não tem *cara* de Penelope.

Essa foi a deixa para o sargento perguntar:

— E como é uma Penelope?

— Como é que vou saber? Loura? Capacete cor-de-rosa?

— *O quê?* — reagiu Lenhardt, carregando nas sílabas.

— O antigo desenho animado? Aquele que tinha uma corrida de carro todos os sábados e que levava a gente a acreditar que o resultado seria uma surpresa? É... e a bonitinha da história se chamava Penelope Charmosa. Quase nunca ela conseguia vencer.

— É um nome grego, não? Bem... nada contra Hanna-Barbera, mas recordo-me de uma história muito famosa sobre uma Penelope que tem a ver com tricô e um cachorro.

— Igual à Betsy Ross, que costurou a primeira bandeira americana?

— Muito antes. Alguns milhares de anos antes, seu ignorante.

Vinte e quatro horas atrás, quando Infante estava na lista negra, essa conversa teria sido completamente diferente — as mesmas palavras, talvez, mas num tom bem menos amigável. Ontem, Lenhardt toparia a mesma conversa mole; mas os insultos, as críticas à inteligência de Infante seriam para valer. Críticas contundentes. Hoje, porém, Infante era o bom menino. Duas horas de trabalho extra na noite anterior e dando expediente bem cedo, apesar de ter passado no depósito de bens apreendidos na vinda para o trabalho; e ter puxado pelo computador as informações da carteira de motorista de Penelope Jackson, da Carolina do Norte; e solicitado à polícia desse Estado o envio via fax de uma cópia da fotografia.

Lenhardt apertou os olhos para enxergar melhor o retrato pouco nítido após ter sido ampliado na copiadora.

— Então? É ela?

— *Poderia* ser. Teoricamente. A idade, 38, não está muito fora, embora a nossa moça alegue ser mais velha, o que é uma raridade. As cores do cabelo e dos olhos batem. O cabelo está longo na foto; agora está curto. A mulher do hospital é bem mais magra que esta aqui.

— As mulheres estão sempre cortando o cabelo — disse Lenhardt, a voz meio pesarosa. — E algumas ainda conseguem perder uns quilos quando chegam aos 40; pelo menos é o que me disseram.

A Sra. Lenhardt era muitíssimo atraente, embora mais para gordinha.

— Ainda assim, não acho que seja o mesmo rosto. Esta aqui tem um quê de inesquecível. Carrancuda e ardilosa. A Jane Doe do St. Agnes é... mais meiga. Quero dizer, não tenho dúvida de que ela esteja mentindo para mim...

— Claro que sim!

Na linha de trabalho deles, o pressuposto era de que todos mentiam.

— O problema é que não sei sobre o *quê* está mentindo, ou com que finalidade. Se ela não for Heather Bethany, mas Penelope Jackson ou seja lá quem, então por que desencavar um caso de 30 anos atrás? E como ela teve a sorte de se encaixar mais ou menos na descrição dessa Penelope?

Infante abriu outro arquivo no computador, dessa vez um banco de dados nacional sobre crianças desaparecidas. Ele não sabia como conseguir as informações, mas após uma curta ligação para sua antiga parceira, Nancy Porter, tudo ficou fácil. Aqui estavam as duas garotas, Heather e Sunny, como eram aos 11 e 14 anos, respectivamente. Suas últimas fotos tiradas na escola. Debaixo de cada uma delas, o retrato aproximado, feito por um perito, da aparência atual das meninas.

— Ela se parece com essa aqui? — perguntou Lenhardt, batendo sobre a foto de Heather com o dedo indicador, e deixando uma pequena mancha de gordura da tela do monitor de Infante, bem no meio do nariz da garota.

— Um pouco. Talvez. Sim e não.

— Você já foi a uma festa de aniversário de formatura da faculdade ou do colégio?

— Nunca. Esse tipo de coisa não me atrai. E tudo ficou mesmo para trás, lá em Long Island, onde já não conheço ninguém.

— Eu fui ao encontro de 30 anos de formatura do colégio há alguns anos. As pessoas envelhecem de modos diferentes. Algumas, é..., se parecem com elas mesmas, só que um pouco mais velhas. Outras simplesmente *desaparecem*, sejam homens, sejam mulheres. É como se tivessem desistido de tentar. São aquelas líderes de torcida que pesam 130 quilos, ex-estrelas do futebol que conseguiram a proeza de ficarem carecas e caspentos. É incrível, mas não se parecem nem um pouco com as pessoas que costumavam ser.

— Estou achando que você gostou. Foi à festa com uma esposa bonita, 15 anos mais nova...

Lenhardt arregalou os olhos, com ar de falsa surpresa, como se nunca lhe tivesse passado pela cabeça que sua mulher era gostosona, quando Infante sabia que o chefe adorava aqueles olhares de inveja.

— Mas há um terceiro tipo, específico do setor feminino — ele acrescentou —, as renovadas e aperfeiçoadas, melhores do que antes. Às vezes à custa de plástica, mas nem sempre. Elas malham. Tingem o cabelo. Reinventam-se totalmente, e estão cientes do que fizeram. E é por isso que aparecem nesses reencontros: para que você também saiba o que elas fizeram. A única maneira de adivinhar a idade delas é olhando para o cotovelo.

— E quem é que olha para o cotovelo de uma mulher, seu tarado?

— Só estou dizendo que é o único lugar que não esconde a idade. Foi minha mulher quem me disse. Às vezes ela esfrega limão nos dela. Corta um limão ao meio; faz um buraco; enche com azeite de oliva e sal *kosher*; e se senta diante da penteadeira, cotovelos apoiados nos limões, os braços para cima como um coelhinho — Lenhardt imitou a pose. — Eu te digo, Kevin, é como ir para cama com uma maldita salada temperada.

Infante caiu na gargalhada. Ontem, jamais admitiria o quanto ficara ansioso por entrar na lista negra do chefe e, por isso, assumira uma atitude de rebeldia ao sentir-se injustiçado. Hoje, porém, ele teve seu valor reconhecido: era um bom detetive com um caso extremamente interessante, e não podia negar que sentia um alívio. Se a mulher fosse mesmo Heather Bethany, darialhes a almejada solução do caso. E se não fosse... bem, era quase certo que teria alguma coisa para contar.

— Foi isso aqui que me deixou perplexo — disse ao folhear as anotações que fizera no depósito. — Temos o carro registrado na Carolina do Norte dois anos atrás. Penelope Jackson já não mora naquele endereço, e o senhorio, quando consegui falar com ele, disse-me que ela não era daquele tipo de cidadã que deixa o novo endereço. Contou que costumava ir atrás de qualquer homem que pudesse agarrar, e que trabalhava como barista e garçonete. Enfim, mudou-se de lá há quase dez meses, mas não atualizou nenhum documento.

— Que *mau caráter...* — disse Lenhardt com um assobio. — Depois de ter-se mudado para Maryland, quanto tempo você demorou para registrar seu carro?

— Você não acredita como eles são chatos com gente de fora do Estado, quando o caso é de transferência de registro — respondeu Infante. — Mas fazer o que, né? Você é um desses panacas de Baltimore que acham que conhecem o mundo porque se mudaram para uma área a 30 quilômetros do centro. Mas voltando ao assunto, o banco traseiro do carro é um chiqueiro: embalagens de hambúrguer, algumas recentes; guimbas de cigarro, embora a moça no hospital não seja fumante. Daria para sentir o cheiro, e ela estaria nervosa por causa da abstinência. É um carro que parece ter encarado muita estrada. Mas nenhuma mala. Uma bolsa, mas nada de carteira, nem de dinheiro. Lixo e documentos. Diga lá, como você viaja mais de 500, 600 quilômetros sem um cartão de crédito, sem um maço de notas?

Lenhardt esticou-se por trás de Infante e apertou algumas teclas do computador, alternando entre Penelope Jackson, de Asheville, Carolina do Norte, e Heather Bethany do passado e de hoje.

— O que eu gostaria mesmo é de ter um daqueles computadores que os tiras usam nos filmes.

— É mesmo. Então tudo que teríamos de fazer seria digitar Penelope Jackson e seu último endereço conhecido, e toda sua vida se abriria para nós. Não vejo a hora de inventarem esses computadores. E também as máquinas de voo individual *jetpacks*.

— Nada no Centro Nacional de Informações sobre Crimes?

— Nada. Nenhum registro das forças armadas, nem nenhum boletim de ocorrência de roubo de veículo.

— Sabe de uma coisa? — disse Lenhardt, ao ler a página sobre crianças desaparecidas. — Há muitos detalhes aqui. O bastante para um maluco com obsessão por crimes reais fartar-se de tanto estudar e maquinar uma loucura, por assim dizer.

— É... cheguei a pensar nisso; mas alguns dados *não* estão aqui. O endereço correto, por exemplo, na Algonquin Lane. E o patrulheiro que a levou para o hospital? Ele disse que ela tagarelava sobre uma antiga farmácia na esquina de Windsor Mill e Forest Park. Hoje não há nada lá. Mas eu liguei para o arquivo da cidade, e existia uma farmácia lá, a Windsor Hills Pharmacy, mais ou menos na época em que as meninas desapareceram.

— O Kevin ligou para a bi-bri-o-te-ca? — perguntou imitando a pronúncia de gente ignorante. — Caramba! Cara, você está fazendo tudo para ser o funcionário do mês! E já pegou o arquivo do caso? É lá que estão os detalhes que vão tornar impossível que um desses surfistas da Internet arme uma farsa contra você.

Infante respondeu apenas com um olhar, mas um daqueles que transmite um mundo de significados, uma troca dessas comuns apenas entre marido e mulher casados há muitos anos ou para colegas de trabalho que, entra ano, sai ano, têm de se render à mesmíssima burocracia.

— *Não* venha me dizer que...

— Pedi o arquivo ontem à tarde, assim que cheguei do hospital. Não está aqui.

— Sumiu? Sumiu, sumido? Que merda é essa?

— Há um bilhete no lugar do arquivo, escrito pelo antigo chefe que passou a sargento e foi transferido para Hunt Valley. Ele ficou muito encabulado quando fui ao encalço dele. Admitiu ter tirado para o policial que cuidava do caso antes dele e se esquecido completamente.

— Encabulado? Devia ter se borrado todo. Já é ruim o bastante sair com o arquivo aqui do prédio, que dirá deixar que um ex-policial o leve embora e se esquecer. — Lenhardt balançou a cabeça com o excesso de estupidez. — Então? Quem está com o arquivo?

Infante olhou para o papel:

— Chester V. Willoughby IV. Conhece?

— De nome. Aposentou-se antes de eu começar aqui, mas esteve presente em algumas reuniões sobre homicídios. Acho que se pode dizer que ele era... atípico.

— Atípico? Como assim?

— Bem, para início de conversa, ele era o "quarto" na linhagem dos Willoughby. Não é difícil encontrar um policial "Júnior", mas já conheceu um "Quarto"? E era de família rica. Nem precisaria trabalhar. Quando foi que o arquivo saiu?

— Há dois anos.

— O negócio é torcer para que ele não tenha morrido. Não seria a primeira vez que um coroa excêntrico e paranoico leva um arquivo para casa, morre, e quase somos obrigados a abrir um inventário para tomar o documento de volta.

— Puxa, esse é o tipo de pessoa que não quero ser.

Lenhardt pegou a lista interna de telefones e começou a folheá-la. Depois, discou os números e pediu o endereço da casa do ex-policial.

— Alô, sim, eu espero. — Ele revirou os olhos. — É o cúmulo colocarem-me "na espera" no meu próprio departamento. E a quem você pensa que está enganando, Infante?

— Do que você está falando?

— Dizem que há casos que desgastam uma pessoa. Se não for verdade, você é sortudo. Ou imbecil. Esse cara pegou o mais quente de todos os casos: meninas que pareciam dois anjinhos desaparecem num sábado à tarde, em um shopping e com milhares de pessoas em volta. Um policial que não levasse um caso desses com ele para o resto da vida não serviria nem para limpar a minha bunda.

Então voltou para o telefone:

— Sim? Sim. Chester Willoughby. Você tem o endereço dele?

Estava claro que botaram Lenhardt "na espera" mais uma vez, pois ele ficou tamborilando até que alguém apareceu do ou tro lado da linha:

— Ótimo. Obrigado.

Ele desligou, rindo.

— Qual é a graça?

— Pelo tempo que demorou, você já podia estar lá. Ele está na Edenwald, atrás do shopping Towson Town Center, nem 2 quilômetros daqui.

— Edenwald?

— Uma associação para aposentados, uma das mais caras, em que você paga um extra para que possa morrer na sua própria cama. Como eu disse, gente de muita grana.

— Você acha que os policiais ricos fazem mais ou menos horas extras?

— Provavelmente trabalham mais, mas não adianta pedir pagamento de hora extra. Falando nisso, que tal se você se fingisse de rico de vez em quando, para ver como é trabalhar durante uma hora por amor?

— Nem mesmo pelos seus belos olhos.

— E se eu te desse um beijo antes?

— Prefiro levar no cu e pegar a grana.

— Bem, isso faz de você um veado *e* uma puta.

Assobiando, Infante passou as mãos no seu chaveiro e saiu porta afora, feliz como nunca.

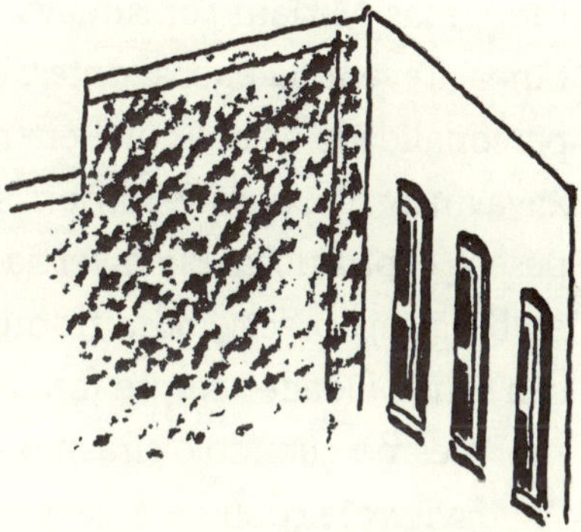

CAPÍTULO 12

— *Buenos días, señora Toles.*

Miriam afinal fisgou as chaves, depois de muito revirar o conteúdo da sua surrada bolsa de couro — de "look envelhecido" seria o argumento de venda que usaria, se fosse o caso —, e destrancou a porta da galeria. Ela adorava o modo como "Toles" soava em espanhol — Toe-lez — em vez do monossílabo insosso e monocórdio em inglês: "Tolls." Mesmo morando no México há tanto tempo, ela nunca se cansava de apreciar a mutação sonora de seu nome de solteira.

— *Buenos días, Javier.*

— *Hace frío, señora Toles.*

Javier esfregou os braços à mostra, a pele toda arrepiada como a de um ganso depenado. Um dia como aquele seria considerado uma dádiva divina pelos padrões de Baltimore, e mais ainda do Canadá; mas para San Miguel de Allende, o dia era glacial.

— É... vai ver que vai nevar... — ela gracejou em espanhol.

Javier deu uma risada. Simplório, achava graça de quase tudo, mas Miriam continuava gostando daquela risada espontânea. Teve uma época, *antes*, que o bom humor fazia parte da personalidade dela. Agora, era raro fazer alguém rir, o que a deixava intrigada, porque Miriam sentia que continuava sendo uma pessoa espirituosa. Ela divertia-se com as próprias brincadeiras, embora seja preciso admitir que eram de um humor cruel. Mas sua sensibilidade sempre fora mais voltada para o lado do cinismo, mesmo quando o cinismo não era merecido.

Javier afeiçoou-se à galeria e à Miriam, logo depois de ela começar a trabalhar ali. Um adolescente naqueles dias, ele lavava a calçada da loja com uma mangueira e limpava os vidros sem que lhe pedissem e também dizia aos turistas — num sussurro de confidências que aquela era *la mejor*, a melhor dentre todas as lojas de San Miguel de Allende. O dono, Joe Fleming, considerava Javier uma mistura de bênção e maldição. "Com aquele estrabismo e céu da boca partido, ele provavelmente tanto afasta clientes como os atrai", Joe reclamava com Miriam. Mas ela gostava do rapaz, e o carinho que ele sentia por ela parecia ter bases mais profundas do que as gorjetas que ela lhe passava por baixo dos panos.

— *¿Ha visto nieve?* Já viu neve, *señora Toles*?

Miriam recordou-se da infância passada no Canadá, os invernos sem-fim que a faziam sentir como se lá fosse um exílio imposto à sua família. Jamais conseguira uma resposta satisfatória à questão de os pais terem se mudado da Inglaterra para o Canadá. Lembrou-se em seguida da nevasca de 1966, em Baltimore, uma genuína aberração meteorológica, justamente no dia do aniversário de 6 anos de Sunny. Para comemorar, eles resolveram levar seis coleguinhas da classe dela ao cinema, para assistirem a *A noviça rebelde*. Muito sol e nenhuma nuvem quando entraram no cinema. Duas horas e tal mais tarde, com os nazistas vencidos e o mundo em paz para a apresentação da trupe de cantores de uma mesma família, o grupo saiu e deu de cara com uma cidade branca, numa mistura de neve e neblina. Como foi complicado para ela e Dave entregarem cada uma das meninas aos seus pais, carregando-as no colo para que os sapatinhos de festa não se estragassem, passando-as para as mãos de mães e pais aguardando aflitos nas portas de suas casas. Depois que terminou, até acharam graça de toda aquela peripécia, mas foi assustador na hora. A velha Kombi derrapava, e as meninas gritavam histéricas na parte traseira. Mesmo assim, Sunny e Heather acharam que tinha sido uma aventura muito legal. Um milagre coroado por um final feliz. Você se sente livre para contar uma história assustadora como se tivesse sido um fato meramente excitante.

— Não — respondeu a Javier. — Nunca vi neve.

Era o tempo todo isso de mentir a respeito de bobagens. Ficava mais fácil. O México demandava menos mentiras que os lugares em que morara antes, porque ali estava repleto de gente tentando deixar para trás, no esquecimento, coisas e pessoas. A impressão que tinha era de que todos os expatriados mentiam tanto quanto ela.

Miriam veio passar um fim de semana de 1989 em San Miguel de Allende e nunca fora embora. A intenção era escolher uma cidade menos americanizada para morar — e, não por acaso — uma mais barata, onde conseguisse sobreviver exclusivamente de suas economias e dos seus investimentos, sem precisar trabalhar. Mal se passaram dois dias que descera do trem, e já não se imaginava vivendo em nenhum outro lugar. Voltou a Cuernavaca para buscar o resto de seus pertences, e quanto àqueles que ficaram num depósito nos Estados Unidos, tomou as providências para que fossem vendidos. Ao se mudar para a casa pequena que comprou ali — sua *casita* —, levou consigo apenas uma cama e roupas. Hoje, não tinha muito mais. E isso era tão especial quanto ouvir a versão mais suave de seu nome em espanhol: acordar numa casa vazia, um espaço livre de excessos e com paredes caiadas da mesma cor branca das esvoaçantes cortinas transparentes. A mobília, ou o pouco que havia de mobília, era feita de pinho. Não havia nenhum tapete sobre o piso de cerâmica de Saltillo. Os únicos pontos de cores vinham dos pratos e utensílios domésticos — tons fortes de azul e de verde — comprados com desconto na galeria. Se resolvesse se mudar mais uma vez, não demoraria mais do que um ou dois dias para se desfazer de tudo que possuía. Mudar-se não fazia parte de seus planos, embora apreciasse o fato de ter essa opção.

A casa da Algonquin Lane era um amontoado de coisas, atravancada mesmo. No início, Miriam não se importava. Em primeiro lugar porque a maioria pertencia às meninas. Viajar com criança, mesmo naquela época anterior às cadeirinhas especiais para carro, significava levar pilhas de coisas. Brinquedos e chapéus e luvas e bonecas e bichinhos de pelúcia e aqueles horripilantes duendes escandinavos e, no caso de Heather, um cobertor chamado Bud, cujos constantes desaparecimentos deixavam a casa em polvorosa. Sunny, para não ficar para trás, também inventou um amigo, só que imaginário. Um cachorro, o Fitz. Estranhamente, Fitz também era capaz de se perder. Na verdade, Fitz se perdia todas as vezes que Bud desaparecia, e também em muitas outras ocasiões, com a diferença que Fitz era mais difícil de ser achado. Sunny subia e descia a escada batendo os pés, e zangada avisava: “Não está no porão”, “Não está no banheiro", "Não está na sua cama", "Não está debaixo da pia". Para um cãozinho imaginário, Fitz demandava muita atenção. Sunny começou a colocar comida para ele, recusando-se a entender que seria um convite para baratas e roedores. Ela também deixava a porta dos fundos aberta para que Fitz pudesse dar uma voltinha lá fora. Em dias chuvosos, até Miriam começou a acreditar que podia sentir cheiro de cachorro molhado.

A casa da Algonquin Lane tinha suas próprias experiências de vida, conforme se constatou mais tarde. Comprada em leilão — resultado da primeira vez que Miriam pôs à prova seu talento para transacionar com imóveis —, ela veio "no estado". Para Miriam e Dave isso significava que as instalações estavam fora da garantia, algo um pouco parecido com o jogo *Topa ou não topa*. O que os dois não perceberam é que a casa não ficava limpa de jeito nenhum. Residência de uma senhora durante muitos anos, a casa dava a sensação de uma vida interrompida, como se extraterrestres tivessem entrado de supetão e abduzido quem morava ali. Uma xícara e um pires sobre a mesa, uma colher junto ao bule de um chá que nunca chegou a ser preparado. Um livro num degrau ao pé da escada, como se deixado lá para lembrar a alguém que deveria ser levado para cima. A mobília antiga vestida com capas, algumas retorcidas, à espera de uma mão caridosa que as esticassem. Na opinião de Miriam, era a versão século XIX da casa automatizada do conto *Chuvas leves virão*, de Ray Bradbury. A família desaparecera, mas a casa seguia vivendo.

De início, as coisas que haviam sido deixadas para trás pareciam um bônus, uma sorte inesperada. Parte da mobília era usável, e os pratos tinham mesmo algum valor — porcelana Lowestoft, boa demais para uso diário e de qualidade melhor do que a do aparelho de jantar de Miriam. No quintal, as meninas acharam remanescentes de conjuntos de chá escondidos em lugares bem estranhos: entre as raízes retorcidas de um velho carvalho, sob os arbustos de lilases, onde enferrujaram um tantinho. Mas esses tesouros descobertos logo se tornaram um problema. Era preciso tirar muitas coisas do caminho para eles aparecerem. Por que será que tantos objetos tinham sido deixados para trás?

Fazia apenas dois meses que haviam se mudado para a casa, quando uma bondosa vizinha resolveu contar que a antiga moradora fora assassinada na cozinha pelo sobrinho, seu único herdeiro.

— Por isso, a casa foi a leilão — disse Tillie Bingham, a vizinha. — Ela está morta e ele na prisão. De modo que ele não pode herdar a casa.

Tillie baixou a voz, muito embora as meninas estivessem longe e pouco interessadas nessa conversa pelo muro.

— Drogas.

Assustada, Miriam fez de tudo para persuadir Dave a botar a casa à venda, mesmo com prejuízo. Poderiam tornar-se posseiros no centro, ela lhe propôs, achando que isso seria um atrativo para ele, mudarem-se para uma daquelas antigas e espaçosas residências no centro histórico da Bolton Hill. Isso foi antes da era das casas por um dólar, antes da intensa revitalização do centro da cidade. O instinto de Miriam para imóveis sempre fora bom. Se Dave a ouvisse, teriam acabado com uma casa bem mais valiosa, já que aquela naquele canto de um bairro a noroeste de Baltimore passou anos sem nenhuma valorização.

E, é claro, as meninas estariam vivas.

Esse era o jogo secreto que Miriam nunca conseguiu parar de praticar consigo mesma, por mais que soubesse que não adiantava nada. Escarafunchar o passado, mudar uma coisa. Não exatamente o dia. Isso seria muito óbvio, muito cômodo. A sorte da família fora selada antes do alvorecer daquele dia, quando Sunny resolveu que queria passar a tarde no shopping, e Heather pressionou o quanto pôde para ter a permissão de ir junto. Mas se

Mirian pudesse voltar só um pouquinho mais atrás, então o desfecho seria outro. Se eles tivessem colocado a casa da Algonquin Lane à venda, como Miriam insistia, se eles — em primeiríssimo lugar — não a tivessem comprado, então a cadeia de eventos poderia ter sido descosturada. Ficou imaginando quem seriam os atuais donos, e se eles estariam a par da predisposição da casa para a morte. Um assassinato lá dentro era demasiadamente ruim; imagina se o potencial comprador soubesse de toda a história envolvendo a casa da Algonquin Lane... nem Miriam conseguiria vendê-la; e ela, no apogeu de sua carreira, seria capaz de vender praticamente qualquer coisa.

"Tudo é difícil antes de ser fácil", conforme diz o ditado, mas nem sempre. Depois que as meninas desapareceram, Dave provou ser ainda mais míope em relação ao passado do que ao presente. A maldição que caiu sobre a família — Dave insistia diante de terceiros — foi porque eles eram *felizes*. A vida fora perfeita e, portanto, algo de ruim haveria de acontecer. Nas opinião de Dave, Algonquin Lane era o verdadeiro Éden, e alguma força desconhecida havia escorregado para dentro de sua vida e imputado-lhes os crimes que cometeu.

A mídia também engoliu essa história. Naquela época, as pessoas eram menos céticas, havia menos recursos. Hoje, o horror de duas irmãs desaparecidas dominaria o noticiário em cadeia nacional, um caso policial acompanhado de perto por pais que sabiam onde estavam os próprios filhos. À época, o desaparecimento das meninas teve repercussão local; mas em termos nacionais gerou apenas uma menção de passagem num artigo sobre crianças desaparecidas na revista *Time*. Mais atenção do país talvez tivesse ajudado a conseguir o que Miriam sempre esteve em dúvida se seria a solução, mas ela presumiu que assim estava bom. Nos dias de hoje, provavelmente levaria um dia para um blogueiro amador desencavar a natureza do álibi de Miriam, sem mencionar as dívidas que pesavam sobre a família. Trinta anos atrás, a polícia conseguia manter tais segredos, enquanto a sociedade corretora de crédito hipotecário Equitable Trust liquidava em surdina a primeira e a segunda hipoteca deles. (Crianças desaparecidas e presumivelmente mortas? Ah... eles merecem uma casa sem ônus de qualquer espécie.)

Mesmo assim, a versão de Dave — fantasiosa, no linguajar de hoje — provou ser boa não só para os negócios dele, mas também para a carreira dela. Especialmente naquele primeiro ano, Miriam era capaz de perceber que seu nome fora o principal fator — mais importante do que qualquer outro — na hora de atrair um novo cliente. No meio de seu discurso de venda, enquanto descrevia os serviços que poderia oferecer para motivar o cliente, e de como a corretora podia ajudar na obtenção de financiamentos para compradores pré-qualificados, ela sentia que um dos clientes, normalmente a esposa, a olhava com ar de compaixão: *Como você consegue seguir vivendo?* era a pergunta velada. *Como não seguir vivendo?* era a resposta surda. *Que opções me restam?*

Às vezes, desejava que Dave pudesse vê-la agora, trabalhando numa loja não muito diferente daquela que ele administrava. Teria compreendido o paradoxo — Miriam, que desdenhara de sua *O Homem do Violão Azul*, vendia a mesmíssima cerâmica Oaxacan que o marido tentava convencer a classe média de Baltimore a comprar, muito antes de ela estar pronta psicologicamente para tais mercadorias. Mas Miriam precisava trabalhar e, embora não admirasse o gosto do dono da galeria, sentiu por ele uma afeição imediata. Joe Fleming era um gay divertido e espalhafatoso quando atendia os clientes. Mas Miriam percebeu, na hora em que o conheceu, que ele representava, disfarçando algum mistério sombrio e triste. "Estão chegando clientes", chamava-o. "Hora de botar as máscaras, aquelas que escondemos nos jarrões que enfeitam a entrada." "Indo, Miss Rigby", respondia Joe, exagerando na fala arrastada característica do seu Texas, numa menção ao trecho da música "Eleanor Rigby", dos Beatles, que diz "mostrando a cara que ela guarda em um jarro perto da porta". E muito embora Miriam não compartilhasse o mesmo gosto de Joe, era excelente na hora de vender as mercadorias que havia em estoque. O segredo era que ela não dava a mínima mesmo. Com a postura certa, um corpo maravilhoso e bem conservado, os cabelos escuros entrelaçados com ouriçados fios prateados, ela exibia uma reserva, uma frieza que levavam os clientes a uma orgia de compras, numa tentativa de, com isso, conseguirem ganhar sua aprovação e provarem que seus gostos se equiparavam.

Estava tudo calmo na loja naquela manhã. As aves de arribação já começavam a migrar para o Norte; o corre-corre provocado pela chegada da Páscoa só começaria dentro de uma semana.

A primeira vez que Miriam estivera em San Miguel de Allende fora na Semana da Páscoa de 1989, e tudo por um absoluto acaso. *Antes*, a Páscoa para ela era mais um feriado civil do que religioso, mais uma ocasião para preparar as cestas de Páscoa com todo esmero e a brincadeira de "caça aos ovos" que Dave encenava no quintal. Nenhum dos dois vinha de famílias que observavam as práticas religiosas: Miriam era "judia", e Dave, "luterano", da mesmíssima maneira que ela podia ser "alemã", e ele, "escocês". E apesar de muitos recomendarem que ela se voltasse para a religião, como uma ajuda para enfrentar as desgraças em sua vida, Miriam passou a fazer cada vez menos uso dela depois que as meninas desapareceram. "A fé não explica nada", ela admitiu aos seus pais. "Apenas lhe pedem para esperar por uma explicação que pode ser, ou não, que lhe seja dada após a morte."

Mas a fé a que Miriam fora exposta era culta e discreta. Até o Caminho Quíntuplo, do jeito que Dave o praticava, era sóbrio e contido. No México, a religião ainda tinha algo de selvagem e proscrito. Ela tinha curiosidade de saber se isso era consequência de anos de proibição, com o Catolicismo obrigado à clandestinidade na década de 1930; mas essa teoria só ficaria clara depois de ter morado nesse país por muitos anos e mergulhado na leitura de livros como *Distant Neighbors*, de Alan Riding e *Caminhos sem lei*, de Graham Greene. No dia em que chegou a San Miguel, só pôde ver que a multidão pulsava com a intensidade de um público à espera de um show de rock — e ela se uniu aos demais por curiosidade. Finalmente, avistou a procissão e a imagem de Jesus impressionantemente viva dentro de um caixão de vidro suspenso bem no alto por mulheres vestidas de preto e roxo. Miriam sentiu repulsa pelo Jesus atrás dos vidros, mas gostou do fato de serem mulheres a carregá-lo. Era Sexta-Feira da Paixão. No domingo de Páscoa, resolveu que queria morar em San Miguel.

Aniversários. Havia um dia, inesquecível, é claro — 29 de março —, e seria lógico chorar as filhas naquele dia. Mas era a mobilidade do sábado que caía entre a Sexta-Feira Santa e o domingo de Páscoa que deixava Miriam desconcertada. Era o dia do mês, mais do que a data comemorativa, que lhe importava. Foi uma grande asneira fingir que estivera trabalhando naquele dia. Até Dave, inocente como ele só, deveria ter sido capaz de perceber que uma corretora de imóveis — mesmo que ela fosse a mais dinâmica de todas as associadas a Baumgarten — nunca, mas nunca trabalharia num sábado quando não haveria nenhuma casa aberta para mostrar no domingo. Se pelo menos Dave não tivesse ignorado todas as evidências de que sua esposa estava tendo um caso, se pelo menos tivesse pedido explicações sobre o que ela andara fazendo duas semanas antes, uma semana antes... Mas provavelmente ele temia que ela o abandonasse. Até este dia, não saberia dizer se teria feito isso; com certeza não, caso as crianças tivessem sobrevivido.

Joe chegou atrasado. Prerrogativa do patrão.

— Texanos — disse ele, apontando por cima do ombro, para a vitrine onde um grupo de turistas observava as mercadorias expostas, com ares de dúvida.

Ele resmungou:

— Selvagens — imitando a pronúncia dos caubóis personagens dos filmes antigos. E insistiu: — Vou atacar, me dê cobertura.

— Você é texano! Ou já se esqueceu? — brincou Miriam.

— É por isso mesmo que não aguento lidar com esse povo. Cuide deles você. Vou lá para dentro.

Miriam ficou olhando enquanto Joe desaparecia por entre as cortinas de cor forte que separavam a loja da oficina nos fundos. Com aquele rosto vermelho e a enorme barriga brotando por baixo da camisa quadriculada, ele parecia adoentado, como sempre. Quando o conheceu, em 1990, suspeitou que ele tivesse aids; mas a barriga só ficava mais rechonchuda, enquanto as pernas continuavam finas que nem caniço e cambaleantes. Falso Joe, o prostituto da Arte Popular. Desde o primeiro momento, adotaram tacitamente a política do não-pergunte-nem-conte, e há 15 anos vinham mantendo esse tipo de cordialidade, sem afetação e sem malícia. *Não me pergunte nada, e não lhe encherei os ouvidos com mentiras. Não me conte seus segredos, e eu lhe prestarei o mesmo obséquio.* Uma vez, após um longo jantar regado a muita bebida, no qual Joe fora rejeitado por um jovem a quem cortejava há meses, deu a impressão de que estava prestes a confiar seus segredos a Miriam. Ela, porém, percebendo sua carência, tomou a dianteira, evitando assim que a confidência se concretizasse, ao oferecer-lhe a deixa de que claramente necessitava.

— Nós somos tão bons amigos... não precisamos trocar intimidades, Joe — disse Miriam afagando-lhe a mão. — Eu sei. *Eu sei.* Algo de ruim aconteceu, algo de que você raramente fala. E sabe o que mais? Você está certo em manter esse segredo. Todo mundo recomenda o contrário, mas está errado. O melhor é não falar sobre certas coisas. O que você fez, o que aconteceu, não precisa se justificar para ninguém. Nem mesmo a si próprio. Mantenha tudo bem guardado.

Na manhã seguinte, quando se encontraram na galeria, ela pôde perceber que Joe ficara feliz com seu conselho. Eram bons amigos que nunca confidenciaram um ao outro nada importante, e assim mesmo é que deveria ser.

— É prata mesmo? — perguntou uma das texanas, cruzando a porta com alarde e pegando uma pulseira da vitrine. — Ouvi dizer que há muitas imitações por aqui.

— É muito fácil identificar — respondeu Miriam, tomando a joia, para mostrar à mulher a marca que certificava que a peça era feita de prata. Mas Miriam não devolveu a pulseira, um gesto que fazia parte de sua técnica particular de vendedora. Continuou segurando o objeto, como se, de repente, relutasse em entregar a joia, preferindo — isso sim — guardá-la para si. Um truque simples, mas que fazia com que determinado tipo de cliente ficasse desesperado para possuir exatamente o objeto que Miriam segurava.

A texana mostrou-se interessada em comprar montes de joias, o que era previsível. Uma outra do grupo, porém, tinha um gosto mais sofisticado e sentiu-se atraída por um antigo retábulo da Virgem de Guadalupe. Miriam, atenta ao interesse da mulher, preparou-se para dar o bote. Começou contando a história da adorada imagem e de como o manto repleto de pétalas de rosas apareceu gravado no poncho que um lavrador levou ao cardeal.

— Oh, que história impressionante. — A mulher estava emocionada. — Simplesmente fascinante. Quanto custa?

— Você realmente consegue empurrar um monte de merda, hein? — comentou Joe à saída dos turistas texanos, acompanhado pelo eco dos efusivos parabéns de Javier.

— Obrigada — respondeu Miriam, sorvendo o golpe de ar que entrou na loja com a saída dos turistas. — Você está ... não está sentindo um cheiro esquisito aqui?

— É mofo, comum com esse frio todo. Por quê? Está sentindo cheiro de quê?

— Não sei. Algo parecido com... cachorro molhado.

Não está no quarto, avisou Sunny. ***Não está no porão. Não está debaixo dos lilases. Não está na varanda.*** É evidente que há um número infinito de lugares onde alguém não está; não obstante, há apenas um lugar onde alguém está. Miriam gostava de pensar que Fitz, no mínimo ele, tivesse não só conseguido achar o caminho até as meninas, mas também as tivesse acompanhado por todos esses anos, como um leal guardião.

Quanto a Bud, o desafortunado cobertor de Heather, reduzido a um minúsculo quadrado, estava aqui no México com Miriam — um retalho desbotado de tecido azul, preservado numa moldura que ficava sempre sobre a mesinha de cabeceira. Nunca ninguém lhe perguntou do que se tratava. Caso contrário, ela teria mentido.

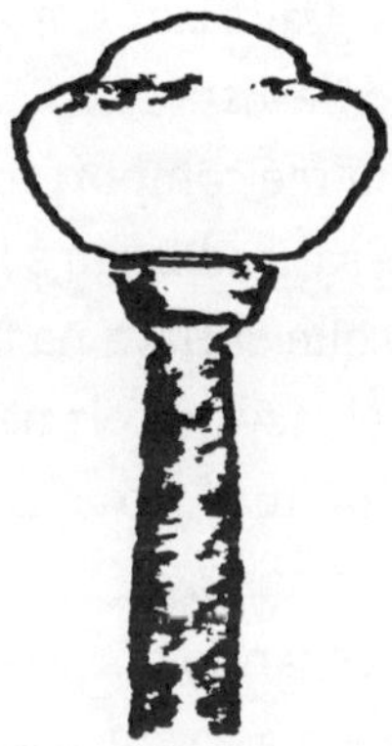

CAPÍTULO 13

A empolgação de Infante, tão vibrante durante todo o dia, cedeu à entrada da Edenwald. Clínicas de repouso — e, independente de como são chamados esses lugares: asilos de idosos ou clínicas geriátricas, continuavam sendo clínicas de repouso, e davam-lhe arrepios. Em vez de virar à direita, para o estacionamento da Edenwald, caiu para a esquerda, indo parar num shopping, na direção de um dos restaurantes da cadeia TGI Friday's. Eram quase 13 horas, e estava faminto. E tinha todo direito de ter fome a essa hora. Há anos que não ia ao Friday's. Os atendentes de lá continuavam usando o mesmo uniforme, camisas de listras verticais, parecidas com as usadas pelos juízes, coisa que ele jamais atinou para o significado. Um juiz — controlador do horário e das regras — não lhe transmitia ideia alguma de coisa divertida.

O cardápio também estava repleto de mensagens truncadas: pratos com queijo, frituras, seguidos da correspondente informação nutricional, relacionando a quantidade de carboidratos líquidos e de gorduras trans de outros itens. Sua ex-parceira ficava o tempo todo analisando cada garfada, dependendo da dieta da moda. Calorias? Carboidratos? Gordura? E — sempre — sob o ponto de vista ético. "Estou me comportando bem", diria Nancy. "Estou me comportando mal." Essa era a única coisa de que não tinha saudades em sua ex-parceira: a incessante mania de dissecar o que enfiava na boca. Uma vez, Infante chegou a comentar com Nancy que ela não fazia a menor ideia do significado real da palavra "mal", se achava que fosse algo escondido dentro de uma rosquinha.

Pensando nisso, sorriu para a garçonete — não a que o atendia — mas a que estava em outra mesa. Foi um sorriso meio na defensiva, tipo não-sei-bem-se-te-conheço, porque ela lhe pareceu familiar, com aquele rabo de cavalo espetado-no-cocoruto-da-cabeça. Ela lhe lançou um sorrisinho automático, mas nada de olho no olho. Então não era ninguém que conhecia. Ou — impossível, isso jamais acontecera antes — talvez ela não se lembrasse dele.

Pagou a conta e resolveu deixar o carro onde estava. Atravessaria a Fairmount Avenue para a Edenwald. O que há com o ar que se respira nesses lugares? Seja superexclusivo como este aqui, seja de nível um degrau acima dos hospitais públicos, todos cheiravam igual e transmitiam a mesma sensação. Superaquecidos e gélidos — ao mesmo tempo — e abafados. O cheiro de desodorizadores e aerossóis mascarando o odor dos remédios. Sala de espera da morte. E quanto mais procuravam disfarçar — por exemplo, com todos esses folhetos coloridos espalhados aqui pelo saguão: passeios a museus, espetáculos de ópera, viagens a Nova York —, mais óbvio ficava. O pai de Infante passara seus últimos anos numa clínica de repouso em Long Island, um lugar sem firulas que só faltava anunciar: "Você está aqui para morrer, então seja bonzinho e não demore." Há que se dar algum valor à sinceridade dessa abordagem. Mas se você pode se dar ao luxo de ficar num lugar como o Edenwald, com certeza vai querer pagar para isso. No mínimo reduz o sentimento de culpa da família.

Foi até a recepção e percebeu os olhares das mulheres. Estariam curiosas, talvez, imaginando se ele se tornaria um freguês regular. Devolveu os olhares, mas não viu ninguém que lhe interessasse.

— O Sr. Willoughby está em casa — disse a recepcionista.

Mas é claro, pensou Infante. *Onde mais ele estaria? O que mais ele tem para fazer?*

— Pode me chamar de Chet — disse o homem de cardigã marrom de aspecto de caro, talvez de caxemira. Infante esperava encontrar um sujeito frágil, idoso; daí ter ficado perturbado ao ver alguém em excelente condição física e muito bem-vestido. Provavelmente, Willoughby ainda não entrara na casa dos 70. Não era muito mais velho do que Lenhardt, porém com uma aparência consideravelmente mais saudável. Que diabos! Em alguns aspectos dava a impressão de estar mais saudável do que o próprio Infante.

— Obrigado por me atender assim, de uma hora para outra.

— Você teve sorte — disse ele. — Normalmente jogo golfe no Elkridge, nas tardes de quinta, mas essa última lufada de inverno obrigou-nos a cancelar. Estou correto em detectar um sotaque nova-iorquino em sua voz?

— Um pouco. De tanto martelarem, acabei por perdê-lo quase totalmente nesses 12 anos em que moro aqui. Daqui a pouco vou falar igual ao pessoal local, carregando nos erres.

— É característica do chamado sotaque Bawlmer daqui de Baltimore, falado pelos operários. Tem semelhanças com o Cockney. Mas há famílias quatrocentonas em Baltimore, e posso lhe garantir que não falam assim.

Aparentemente, isso foi uma coisa idiota de se dizer, uma maneira de frisar *Minha família é tradicional e rica*, no caso de a menção acidental que fez ao Elkridge Country Club não ter sido suficiente para fazer com que a mensagem fosse entendida. Infante ficou matutando se o sujeito tinha esse tipo de atitude na época em que era detetive, se jogava nos dois times: era um tira, mas um tira que não deixava que seus colegas esquecessem de que não tinha necessidade alguma de ser tira.

Se esse fosse o caso, devia ter sido odiado.

Willoughby ajeitou-se na poltrona, provavelmente seu lugar de sempre, a julgar pela marca de suor na altura onde seu cabelo bem-penteado terminava. Infante acomodou-se no sofá. Uma escolha feminina, podia apostar, tanto pelo tom cor-de-rosa, como por ser absurdamente desconfortável. Mas Infante também reparou, no instante em que cruzou a soleira da porta, que há muito tempo não morava ali nenhuma mulher. O apartamento estava limpo e arrumado, mas havia uma ausência palpável de sons e odores. O único pormenor com alguma "vida" era a mancha ensebada no espaldar da poltrona. Essa era a ideia que ele fazia do seu próprio lar. Sempre dá para sentir se uma mulher costuma frequentar a casa.

— De acordo com os registros, o arquivo do caso Bethany está com você. Espero poder levá-lo comigo.

— O arquivo está...? — Willoughby parecia confuso. Infante torceu para que ele não estivesse beirando a senilidade. Atrás daquela aparência espetacular, talvez sua mente fosse o motivo para ele ter se mudado para a clínica Edenwald ainda tão jovem. Mas logo em seguida aqueles olhos marrons mostraram sagacidade: — Alguma novidade?

Infante previra a pergunta e estava preparado:

— Provavelmente não, mas estamos com uma mulher no St. Agnes.

— Dizendo saber de alguma coisa?

— Isso mesmo.

— Afirmando *ser* alguém?

Infante sentiu-se tentado a mentir. Quanto menos gente no circuito, melhor. Como garantir que esse sujeito não sairia por aí espalhando a notícia por toda a Edenwald, aproveitando a oportunidade para reviver seus dias de glória? Mas pensando melhor, Willoughby foi o primeiro a cuidar do caso e, por mais completo que seja o arquivo, é possível que ele possa acrescentar algumas dicas valiosas.

— Bem, mas não é para sair dessas quatro paredes...

— Mas é claro. — Willoughby prometeu de imediato e confirmou com um leve aceno.

— Ela diz ser a caçula.

— Heather.

— Isso.

— E contou onde esteve? O que andou fazendo, o que aconteceu com a irmã?

— Ela não quis adiantar mais nada. Solicitou uma advogada, e agora as duas estão criando dificuldades para nós. O negócio é que, quando começou a jogar essa merda no ventilador, ela julgava estar com sérios problemas. Envolveu-se num acidente de carro no anel rodoviário — um acidente grave, mas, ao que tudo indica, sem culpa do motorista; porém, ela abandonou a cena. Foi encontrada caminhando pelo acostamento da 1-70, no ponto em que a estrada termina no estacionamento.

— A menos de 2 quilômetros da casa dos Bethany. — A voz de Willoughby não passava de um sussurro, quase como se estivesse falando para dentro. — Ela é perturbada da cabeça?

— Não *oficialmente*. Não, de acordo com o resultado do teste psicológico preliminar. Mas, extra-oficialmente, acho que é caso para um psicanalista. Ela diz ter uma nova identidade, uma nova vida que quer manter a salvo. Promete nos dar o caso, mas não sua identidade atual. Não consigo tirar da minha cabeça que deve haver muita coisa por trás. Mas se minha intenção é pegá-la num erro, num deslize, preciso conhecer esse caso de trás para frente.

— O arquivo está comigo — disse Willoughby, de um jeito um pouco encabulado —, mas não há muito tempo. Um ano atrás...

— O arquivo está fora do departamento há dois anos.

— Dois anos? O tempo passa de forma diferente quando não se trabalha. Precisaria de mais de um segundo para lhe dizer que hoje era quinta-feira, se não jogasse golfe com regularidade... Bem, deixe isso pra lá. Li um obituário no jornal que me fez pensar numa possibilidade; foi por isso que pedi para dar uma olhada no arquivo. Não devia ter ficado com ele — sei que não está certo — mas Evelyn, minha mulher, piorou mais ou menos na mesma época e... pois bem, não demorou muito e tive um outro obituário com o qual me ocupar. Esqueci-me de que estava com o arquivo. Está no meu escritório.

Levantou-se, e Infante começou a prever a sequência do que estava por vir. Willoughby insistiria em carregar a caixa de papelão com documentos, e forte e saudável como estava, Infante teria de descobrir um meio de carregá-la sem ofendê-lo. Ele havia passado por isso com o próprio pai, quando ainda estava na casa em Massapequa, numa ocasião em que insistiu em tentar tirar a bagagem do filho da mala do carro. Infante o seguiu até o escritório. Sem pensar duas vezes, Willoughby suspendeu a caixa antes que Infante tivesse tempo de chegar perto e, com alguns grunhidos e caretas, colocou-a sobre o tapete oriental que cobria o piso da sala.

— O obituário está por cima — disse ele. — Tenho certeza.

Infante abriu a tampa da caixa de papelão e deu de cara com um recorte do jornal *Beacon-Light*: "Roy Pincharelli, 58, professor por toda uma vida." Como é comum acontecer com obituários, a foto era de uma época bem anterior, talvez de uns 20 anos antes. *A estranha vaidade do morto*, pensou Infante. O sujeito tinha olhos e cabelos escuros — formando uma densa nuvem na foto em branco e preto —, e a postura era de alguém que se julgava muito atraente. À primeira vista, parecia muito bem apessoado. Mas examinando a foto minuciosamente, os defeitos despontavam: o queixo sem expressão, o nariz levemente adunco.

— Complicações devido a uma pneumonia. — Willoughby recitou de cor. — Normalmente, é a senha para aids.

— Então era gay? E o que isso tem a ver com o desaparecimento das irmãs Bethany?

— O artigo diz que durante muito tempo foi professor de música dos sistemas escolares do condado e do município. Em 1975, dava aulas na Rock Glen Junior High, e Sunny era uma de suas alunas. Nos fins de semana, tinha um emprego temporário de vendedor de órgãos, na Jordan Kitt's Music Store. No shopping Security Square.

— É sempre assim: professores, policiais e seus "bicos". Nós fazemos o trabalho pesado para a comunidade, e ainda por cima precisamos fazer servicinhos extras. As coisas não mudam nunca, não é?

Willoughby olhava para o vazio, sem entender nada; Infante, então, lembrou-se de que o homem era rico e que certamente desconhecia os malabarismos de tentar fazer com que o salário de policial durasse até o fim do mês. *Você é que é feliz...*

— Você chegou a falar com ele naquela época?

— Claro que sim. E ele contou ter visto Heather, no início daquela tarde. Ela estava no meio da multidão, assistindo-o tocar canções de Páscoa.

— Você disse que ele era professor de Sunny. Como conhecia Heather?

— Muitas vezes a família toda esteve presente nos concertos da escola e eventos do gênero. Os Bethany compareciam sempre às atividades que envolviam a família. Bem, Dave Bethany era mais atuante, para ser exato. Seja como for, Pincharelli afirmou ter visto Heather no meio da multidão naquele dia, e que um homem, possivelmente de 20 e tantos anos, segurou-lhe o braço, gritou com ela e depois afastou-se tão depressa quanto chegou.

— E ele observou tudo isso enquanto divertia-se tocando órgão?

Willoughby sorriu e fez que sim.

— Exatamente. Os shoppings nos sábados são lugares movimentados com muitas coisas acontecendo ao mesmo tempo. Por que alguém se lembraria de um momento desses? Só se...

— Só se estivesse apaixonado pela garota. Mas ele era gay.

— Foi o que inferi.

O que impressionava Infante era a maneira de Chat falar, usando essas expressões arcaicas, em desuso, sem um pingo sequer de sarcasmo, ou sem rir de si mesmo, com se estivesse fazendo uma piada. Ele deve ter sido um bom policial, tirando essas tolices, ou os outros teriam lhe dado um fim num piscar de olhos.

— Então, por que um gay estaria interessado em duas meninas?

— Para início de conversa, o crime não foi necessariamente de natureza sexual. Essa é a conclusão óbvia, mas não a única. Nós cuidamos de um caso no Condado de Baltimore, anos antes do caso Bethany, em que um homem zangou-se com uma jovem e a matou, porque alguma coisa nela o fazia lembrar-se da mãe, a quem odiava. Por causa desse caso, sempre me perguntei se por acaso a Heather viu alguma coisa naquele dia, algo que lhe passou despercebido, mas que apavorou o professor. Se ele era gay, o mais provável naqueles tempos é que estivesse "dentro do armário" e, portanto, com medo de perder o emprego se descobrissem.

— Então como as duas garotas acabaram desaparecendo?

Willoughby suspirou.

— O assunto gira, gira e sempre volta a essa mesma questão. Por que duas? Como se consegue pegar *duas*? Mas vamos imaginar que fosse o professor, e que primeiro agarrasse Heather e a escondesse em algum lugar — no fundo de sua *van*, por exemplo — e depois fosse atrás de Sunny, e nesse caso teria uma imensa vantagem. Ele era seu professor, alguém que ela conhecia e em quem confiava. Se ele lhe dissesse que devia segui-lo, ela o faria sem pensar duas vezes.

— Alguma vez você o pressionou para que falasse a verdade e o convenceu a mudar o depoimento?

— Não. Ele sempre foi coerente, ainda que daquele jeito dos mentirosos serem coerentes. Talvez estivesse recebendo um boquete no banheiro do shopping naquela tarde de algum adolescente e tivesse medo de que o fato se espalhasse. Resumindo, ele nunca mudou seu depoimento e agora está morto.

— Você pegou o depoimento dos pais?

— Pais, vizinhos, amigos. Está tudo aí dentro. E também as ligações telefônicas de gente querendo extorquir dinheiro, alegando que tinham as meninas como reféns. Nada disso foi comprovado. Nada! Quase dava para acreditar tratar-se de abduções sobrenaturais ou realizadas por extraterrestres.

— É... considerando que você lê os obituários com tanta atenção...

— Você também lerá, um dia. Mais cedo do que você imagina.

Willoughby tinha um jeito de sorrir... um ar de superioridade que parecia esconder segundas intenções. Irritante como o diabo.

— Você sabe se os pais estão vivos? Não tenho nenhuma dica a respeito.

— Dave faleceu no ano em que me aposentei, 1989. Miriam mudou-se para o Texas e depois para o México. Durante um tempo, enviou-me cartões de Natal...

Willoughby levantou-se e foi até um móvel luzidio, e que pareceu a Infante ser uma escrivaninha feminina: pequena e pouco prática, com uma porção de gavetinhas e um tampo oblíquo de dimensões tão reduzidas que nem mesmo comportava um computador. Muito embora o velho policial precisasse ser relembrado de que estava com o arquivo Bethany, sabia exatamente onde guardara o cartão de Natal. ***Céus***, pensou Infante, ***não dou a mínima para o que Lenhardt diz. Espero nunca ter em mãos um caso assim.***

Mas naquele mesmo instante, deu-se conta de que o caso era seu, numa caixa de papelão que herdara e que, agora, estava ali a seus pés. Viu a si mesmo no futuro, dali a uns 30 anos, passando a caixa para outro detetive, contando a história de Jane Doe, e de como ela lhes pregou uma peça — se bem que por poucos dias —, pois afinal não passava de uma fraude. Será que depois de envolver-se num caso como o das meninas Bethany, você conseguiria esquecê-lo? Algum dia?

— O envelope sumiu há muito tempo, então se constava o endereço do remetente, não tenho como lhe dizer. Mas recordo-me do nome da cidade: San Miguel de Allende. Viu? Ela menciona isso aqui.

Infante examinou o cartão, um recorte de renda verde no formato de um pombo sobre um papel pergaminho em gramatura mais grossa. Dentro, FELIZ NAVIDAD escrito em tinta vermelha e, abaixo, algumas linhas numa caligrafia quase ilegível: *Espero que esteja tudo bem. San Miguel de Allende parece ter-se tornado o meu lar, para o bem ou para o mal.*

— Quando foi isso?

— No mínimo há uns cinco anos.

Infante reagiu à data.

— O aniversário de vinte e cinco anos do desaparecimento das garotas.

— No caso de Miriam, isso provavelmente não foi intencional. Ela estava determinada a esquecer, a tentar seguir adiante. Dave era o oposto. Todos os dias da vida foram um tributo consciente àquelas meninas.

— E foi então que mudou-se, depois que ele morreu?

— Quando... ora, falha minha!. Estava falando daquela maneira que minha mulher costumava chamar de "contexto coletivo", como se tudo que eu soubesse você também soubesse. Perdão, embora saiba que é imperdoável, sobretudo quando se está colhendo informações. Mas continuando, Miriam e Dave separaram-se um pouco mais de um ano depois de as meninas terem desaparecido, e ela voltou a usar o nome de solteira, Toles. Não era um casamento feliz, mesmo antes. Eu gostava de Dave. Para falar a verdade, o considerava um amigo. Mas ele não dava o menor valor à Miriam.

Infante segurou o cartão com as pontas dos dedos, enquanto estudava as feições de Willoughby. *Mas você dava, não?* Não tinha sido apenas a sensação de trabalho não concluído que levou Willoughby a guardar o cartão num lugar fácil de lembrar. Infante perguntou a si mesmo como seria a mãe, a tal de Miriam. Mignon, loura e alegre, como as filhas? Há um tipo de policial — pessoas como este Willoughby — que não conseguem resistir a uma mulher bonita e carente.

— Os relatórios médicos estão aqui dentro?

— Sim, mas não são lá grandes coisas.

— O que você quer dizer com isso?

— Dave tinha algumas... vamos dizer... algumas ideias interessantes sobre médicos. Em sua opinião, quanto menos, melhor. Nada de operação de amígdalas nas meninas e, segundo se provou mais tarde, ele estava adiante de seu tempo nesse assunto. Mas também nada de raios X, pois acreditava que até doses insignificantes de radiação fossem perigosas.

— O que está me querendo dizer é que... *Merda*.

— Isso mesmo. O relatório odontológico inclui apenas um conjunto de raios X, tirado quando Sunny tinha 9 anos e Heather, 6. Ponto final.

Nenhum relatório odontológico de adulto, nenhuma informação sobre o sangue, nem mesmo o tipo de sangue. Infante não poderia contar nem com os recursos que ele esperava que estivessem disponíveis em 1975, e menos ainda em 2005.

— Algum conselho para me dar? — perguntou ao colocar a tampa da caixa de volta no lugar.

— Se a história da sua Jane Doe não cair por terra diante das evidências contidas nesta pasta aqui, então descubra onde Miriam está e traga-a de volta. Apostaria todas as minhas fichas no instinto maternal dela.

É... bem que você gostaria de dar uma olhadela na sua velha paixão, especialmente agora que está viúvo e coisa e tal...

— Então, mais alguma coisa?

— Não, tenho de... Se você pudesse imaginar o que senti, só de olhar para esta caixa... Não é saudável. Tudo o que posso fazer é deixar você sair daqui com esse dossiê, não implorar para ir ao hospital com você e interrogar a moça. Sei tanto sobre essas meninas... sobre a vida delas, especialmente sobre aquele último dia. É incrível, mas às vezes tenho mais certeza dos fatos que aconteceram na vida delas do que na minha própria vida. É possível que as conheça bem demais. Não seria curioso se um par de olhos novos — os seus, nesse caso — visse algo que estivesse na minha cara todos esses anos?

— Pode deixar, vou mantê-lo a par das novidades. Se você quiser, é claro. Sejam boas ou ruins. Eu ligo e conto o que aconteceu.

— Tudo bem! — A voz de Willoughby dava a entender que não estava muito seguro de que era mesmo "tudo bem", e Infante teve a mesma sensação de estar empurrando uma bebida a um sujeito que jurou que pararia de beber, mas que nunca conseguiu de verdade. Talvez fosse melhor deixá-lo sossegado, o mais possível. Infante pressupôs que a curiosidade de Willoughby ficaria mais atiçada por ver um antigo caso seu voltar à tona, mas não: ali em pé, olhando para fora da janela e estudando o tempo, Willoughby parecia mais interessado nas condições atmosféricas do que nas meninas Bethany, há tanto desaparecidas.

CAPÍTULO 14

— Heather...

— Sim, Kay.

O rosto de Heather iluminou-se ao ser chamada pelo próprio nome. Ouvi-lo era um retorno ao lar, um reencontro. Por que razão isso lhe havia sido proibido por tanto tempo? Onde será que ela estivera? O que lhe teria acontecido para que não recuperasse — não pudesse recuperar — sua identidade anos antes?

— Lamento ter de fazer isso, mas há tanta coisa a resolver... Pagamento da conta do hospital, seguro saúde...

— Eu tenho um seguro. Tenho sim. O hospital será reembolsado. Mas ainda não posso lhe dar nem o número do contrato, nem o da identidade.

— Tudo bem, entendo. — Kay fez uma pausa e refletiu sobre as palavras que acabara de dizer e que costumava repetir incontáveis vezes. Uma frase que todo mundo usava o tempo todo. Era automático. E raramente exprimia uma verdade. — Para ser sincera, Heather, eu *não* entendo. — Um pequeno lampejo de lucidez, de novo. — Seja lá o que tenha acontecido, não há dúvida de que a vítima aqui é você. Está com medo? Escondendo-se de alguém? Quem sabe não gostaria de conversar com uma pessoa do setor de psiquiatria, alguém com experiência em desordens pós-traumáticas?

— Já conversei com uma pessoa. — Heather fez uma careta. — Homenzinho esquisito.

Kay não podia discordar da avaliação que Heather fez de Schumeier.

— Ele aplica um teste psiquiátrico básico. Mas se você quiser explorar outros... problemas, eu poderia providenciar.

O sorriso de Heather era ao mesmo tempo triste e zombeteiro.

— Às vezes você fala como se fosse dona do hospital, como se os médicos fizessem tudo que você manda.

— Não, não é bem assim. É... é que eu estou aqui há tanto tempo... quase 20 anos. E trabalhei em tantos setores...

Kay gaguejava como se tivesse sido pega na mentira, ou, no mínimo, num momento de exacerbada autoestima que o comentário de Heather sugeria. O resultado do teste psiquiátrico inicial concluiu que Heather era sã por definição clínica, mas apresentava ausência de empatia ou pouco interesse nas pessoas em geral. Apesar desse resultado, Kay começara a perceber que Heather estava atenta a determinados pontos e pegava detalhes sutis bem depressa: *Homenzinho esquisito*. Essa era a síntese de Schumeier. Ou *Às vezes você fala como se fosse dona do hospital*. Heather percebia coisas e as usava contra as pessoas.

Gloria Bustamante entrou no quarto como se nada de importante estivesse acontecendo. A aparência era o desastre de sempre, mas os olhos deixavam entrever brilho e determinação.

— Do que vocês duas estão falando? — perguntou Gloria, acomodando-se na única cadeira do quarto. A voz era rápida e sem sinal de mau humor.

— Receber alta do hospital — respondeu Kay.

— Kay! — disse Heather.

— Um tópico interessante — interveio Gloria. — Receber alta, quero dizer. Não Kay. Embora Kay seja *fascinante*, por mérito próprio.

Que jeito de falar! Será que ali se escondia uma centelha de desejo? Será que ela interpretou errado o pedido de Kay para ajudar a moça? Será que alguém sabia, de verdade, qual era a orientação sexual de Gloria? Ou os rumores eram tão infundados quanto o que diziam dela mesma por baixo dos panos?

— Eu bati minha cabeça — disse Heather. Agora birrenta, fazendo beicinho. — Fraturei um osso no antebraço. Por que não posso ficar no hospital?

Gloria fez que não.

— Queridinha, sua cabeça poderia ter sido amputada, e mesmo assim tentariam de tudo para tirar você desta preciosa caminha, pela qual cobram tanto quanto numa suíte no hotel Ritz-Carlton. E considerando que você não quer nos dizer o nome da seguradora ou de seu plano de saúde, o hospital está ainda mais desesperado para se ver livre de você. Ninguém quer acabar com uma conta em aberto, certo?

— Pacientes indigentes significam maiores custos para todos — interveio Kay, deixando registrada sua atitude pragmática. — É desperdício de um leito. Em circunstâncias normais, uma paciente como Heather teria passado a noite em observação, por causa do ferimento na cabeça. Mas não há nenhuma justificativa médica para continuar aqui, e isso tem de ser solucionado.

— O taxímetro de todo mundo está rodando — avisou Gloria. — O do hospital, o meu. A única pessoa que não está preocupada com pagamento é o detetive Kevin Infante. Hoje de manhã ele me disse que no caso de Heather recusar-se a comparecer perante um tribunal, poderá ser presa por ter abandonado o local do acidente. O máximo que posso fazer é pressionar para que consiga prisão domiciliar.

Heather deu um pulo na cama e, ato reflexo, encolheu-se de dor.

— Onde? Não! Para a prisão? Para ficar sob a custódia da polícia? Eu morro. Eu vou morrer.

— Não se preocupe — assegurou-lhe Glória —, eu consegui que a polícia se convencesse de que isso seria desastroso em termos de publicidade para eles. Onde já se viu prender uma das irmãs Bethany?

— Mas eu não quero nenhuma publicidade. E sendo assim, como você usará isso como margem de manobra?

— *Eu* sei disso. *Você* sabe disso. — Gloria virou-se de lado para Kay. — E agora *ela* sabe disso. Vou confiar em você, Kay. Não vá sair por aí dando com a língua nos dentes, viu? Vim aqui lhe prestar um favor, portanto você, no mínimo, deve-me isso.

— Eu jamais...

Gloria deu-lhe as costas, indiferente ao que Kay tivesse para falar. Seria interessante ver o que um teste psicológico em Gloria Bustamante poderia revelar.

— O menino não está tão machucado assim, como ficou provado. A impressão que se tinha era de que estava todo machucado, mas isso não se confirmou. E a preocupação que talvez tivesse tido com uma lesão na coluna também está fora de cogitação, visto que saiu da UTI de Traumatologia e foi para o Centro de Monitoramento.

— O menino? — perguntou Heather, enrugando a testa.

— No utilitário que capotou depois que você colidiu com a lateral dele.

— Mas eu vi uma menina... eu tinha certeza de ter visto uma menina. Uma garota com protetores de ouvido de pele, com orelhas de coelho...

— Não havia nenhuma menina no carro — disse Gloria. — Era um garotinho que foi levado para a UTI de Traumatologia.

Heather sentou-se ereta na cama.

— E não bati na lateral de carro nenhum. O motorista do utilitário bateu em mim e perdeu o controle do carro. Não foi culpa minha.

— É... esse é o tipo de caso fácil de ser resolvido — disse Gloria secamente —, quando o motorista não foge do local do acidente e abandona o carro batido no acostamento. Mas vamos atribuir isso ao ferimento na cabeça, tentar a defesa da Halle Berry.

— Quem? — perguntou Kay.

As outras duas cruzaram olhares de assombro, como se estivessem ao lado de uma alienígena.

Gloria empoleirou-se no canto da cama de Heather.

— O problema mais urgente é que a polícia continua insistindo que você tem de fornecer o nome e o endereço com os quais tirou a carteira de habilitação. Sem essas informações, poderá ir para a cadeia por causa do acidente. Até agora, consegui convencê-los de que seu potencial como testemunha direta supera, em muito, a condição de ré por causa de uma batida numa rodovia, cuja culpa não foi atribuída a nenhuma das partes. Mas eles estão ficando impacientes... Precisamos atirar-lhes alguns fatos para saciá-los Há quanto tempo você é Heather, Heather?

Ela fechou os olhos. Sua pele era tão clara... as pálpebras tão finas... que se tinha a impressão de que estaria usando uma sombra azul bem suave.

— Heather desapareceu 30 anos atrás. A última vez que mudei de nome... foi há 16 anos. Meu maior período de vida. Tive essa identidade por mais tempo do que qualquer outra.

— Penelope Jackson? — indagou Kay, que sabia o nome que o patrulheiro usou quando Heather foi admitida no hospital, na terça-feira à noite.

— Não — reagiu Heather no mesmo instante, os olhos bem abertos. — Não sou Penelope Jackson, nem conheço nenhuma Penelope Jackson.

— Então, como...

Gloria levantou a mão para cortar a pergunta de Kay, e não foi possível deixar de notar o estado deplorável das unhas e o embaçado dos brilhantes nos anéis. E uma joia devia estar mesmo imunda para escapar ao interesse dos olhos de Kay.

— Kay, eu confio em você. E preciso da sua ajuda. Mas você vai ter de respeitar certos limites. Algumas questões devem permanecer entre Heather e mim, pelo menos por enquanto. Se, e sempre "se" — entenda que daqui para frente estarei falando em tese, apenas especulando — se Heather conseguiu a atual identidade ilegalmente, então estarei aqui para defendê-la com base no direito constitucional de salvaguardar essa informação, conforme o Quinto Aditamento: a prerrogativa da não autoincriminação. Ela está tentando proteger a própria vida, e eu, seus direitos.

— Como queira. Mas fica difícil ajudar quando não se tem informações suficientes.

Gloria sorriu, sem engolir a desculpa.

— Não estou lhe pedindo um favorzinho à toa, Kay. Preciso de alguém que possa garantir acomodação para Heather enquanto o assunto estiver sendo resolvido. Moradia e, talvez, assistência do governo por um curto período.

Kay nem se deu ao trabalho de perguntar por que Gloria não poderia emprestar algum dinheiro à sua cliente ou levá-la para sua casa. Isso seria sua execração pública como advogada, sem falar que já infringia seus próprios princípios ao assumir um caso sem antes receber um gordo adiantamento.

— Gloria, você está tão mal-informada... o governo de Maryland não presta ajuda financeira a adultos solteiros desde... puxa vida... desde o início dos anos de 1990. E para habilitar-se ao que quer que seja, são necessários documentos. Certidão de nascimento, registro na Previdência Social...

— E quanto ao Sistema de Assistência a Vítimas? Será que não existe nenhuma instituição de proteção à qual Heather poderia recorrer?

— Eles são especializados em suporte emocional, não financeiro.

— É justamente nisso que a polícia está apostando — alertou Gloria. — Heather Bethany não tem dinheiro, não tem para onde ir. Portanto só lhe resta a prisão. A alternativa seria revelar onde morava, o que fazia. Mas ela não quer.

Heather balançou a cabeça.

— Neste momento, a vida que construí para mim é tudo que tenho.

— Você não se dá conta de como isso é impraticável? — avaliou Kay.

— Por quê? — Uma pergunta infantil feita com voz de criança.

Glória respondeu:

— O caso das irmãs Bethany atrai um bocado de atenção.

— Mas eu já lhe disse que não quero ser *aquela* garota.

Por mais idiota que fosse, Kay não conseguiu evitar pensar num antigo programa de televisão da Marlo Thomas, com seus olhos enormes e cabelos sedosos. Uma típica garota do interior vencendo na cidade grande. Agora havia um nome que ela conhecia.

— Você não quer ser quem você é? — perguntou Gloria.

— Não quero voltar para a vida que consegui fazer para mim mesma e ver todo mundo tratando-me como se eu fosse uma aberração, a garota do momento: como nos casos policiais da noiva que fugiu do altar e da atleta do Central Park, e sei lá mais que outros. Olha, tive de abdicar de muita coisa para chegar ao ponto de ter algo parecido com uma vida quase normal. Fui arrancada dos meus pais quando era uma criança. E vi... coisas. Não terminei a faculdade, perambulei por vários empregos até encontrar um que combinasse comigo e que me permitisse levar uma vida que, para o resto dos mortais, é tida como a coisa mais natural do mundo.

— Também não é assim, Heather, não faltarão oportunidades para você ganhar dinheiro, se resolver correr atrás. A própria história da sua vida é uma mercadoria de consumo em massa. — O sorriso de Gloria era maroto. — Pelo menos presumo que sim. Foi na base da confiança que acreditei que você é quem diz ser.

— E sou. Pergunte o que quiser sobre minha família: Dave Bethany, filho de Felicia Bethany, abandonada pelo marido não muito depois do casamento. Trabalhou como garçonete no antigo Pimlico Restaurant, e preferia ser chamada de "Bop-Bop" a qualquer outra coisa que mesmo vagamente lembrasse sua condição de avó. Foi para a Flórida, para um lugar perto de Orlando, depois que se aposentou. Nós a visitávamos todos os anos, mas nunca fomos à Disney porque era contra os princípios do meu pai. Meu pai nasceu em 1934 e morreu, acho, em 1989. Pelo menos foi quando sua linha telefônica foi cortada. — Ela falou de um só fôlego, como se tivesse medo de que alguém a interrompesse, fizesse perguntas. — Claro que me mantive informada. Minha mãe, Miriam, também deve ter morrido, porque não há nada sobre ela. Será que é por ser canadense? Enfim, não há nenhum registro sobre ela, pelo menos onde averiguei, por isso presumo que tenha morrido.

— Sua mãe era canadense? — Kay repetiu com ar de idiota, na mesma fração de segundo em que Gloria disse: — Mas a sua mãe está viva, Heather. Pelo menos foi essa a conclusão a que o detetive chegou. Cinco anos atrás ela morava no México; agora estão tentando localizá-la.

— Minha mãe... viva? — O conflito de emoções no rosto de Heather foi estranhamente bonito, como um daqueles estouros de trovão no meio de um ensolarado dia de verão. Um daqueles que levam senhoras pacatas a fazerem sim com a cabeça, enquanto tecem observações maliciosas: *O diabo deve estar dando uma coça na mulher*. Kay jamais havia visto um misto de tristeza e felicidade tão intenso, tentando coexistir no mesmíssimo lugar. A alegria era compreensível: aqui estava Heather Bethany, presumindo-se órfã, com nada mais a reivindicar a não ser um nome e uma história num tabloide Agora, a mãe estava viva. Já não estava sozinha.

Mas havia ódio também. E ceticismo, e falta de confiança nas pessoas.

— Você tem certeza? — cobrou Heather. — Você disse que ela estava no México cinco anos atrás. Você tem certeza de que ainda está viva?

— O primeiro detetive do caso acha que sim, mas a verdade é que ainda não a encontraram.

— E se a acharem...

— Com toda certeza a trarão aqui. — Gloria fez questão de capturar os olhos de Heather nos dela, e manteve a mirada. O olhar penetrante lembrava o de um encantador de serpentes, se é que alguém consegue imaginar uma encantadora de víboras levemente exasperada num conjunto de malha amarrotado. — Assim que ela chegar aqui, Heather, eles vão fazer testes de DNA. Você está me entendendo, está compreendendo onde esta história pode chegar?

— Não estou mentindo. — Sua voz era abafada e desanimada, como se quisesse dar a entender que mentir seria um esforço desmedido. — Quando é que ela vem?

— Tudo depende de a encontrarem e do que lhe dirão. — Gloria virou-se para Kay. — Será que o hospital poderia cuidar da Heather até que, vamos dizer, a mãe dela chegue? Tenho certeza de que ela ficará feliz em cuidar dela.

— Impossível, Gloria. Ela terá de sair hoje. A ordem da administração foi definitiva.

— Você está jogando o jogo da polícia, Kay. Está lhes dando as condições para agilizarem o andamento do processo, forçando Heather a submeter-se ao cronograma deles. Se for liberada sem um plano, vão levá-la para a cadeia...

Heather soltou um gemido, um som sobrenatural, não humano.

— E o centro de acolhimento House of Ruth? Ela não pode ir para lá?

— É um abrigo para mulheres vítimas de violência, e você sabe tão bem quanto eu que lá está abarrotado de gente.

— Eu *sofri* maus-tratos — disse Heather. — Será que isso não conta para nada?

— Você está falando de 30 anos atrás, certo? — Kay sentiu de repente um interesse sexual anormal; o desejo de saber tim-tim por tim-tim o que aconteceu com aquela mulher. — Acho muito difícil...

— OK, OK, OK, OK, *OK*. — Embora isso parecesse uma promessa de aceitação, Heather balançava a cabeça de um lado para o outro num enfático não, o que fazia com que os cachos dourados e curtos balançassem e saltitassem. — Vou lhe dizer. Vou lhe contar, e você saberá por que não posso ir para a cadeia, por que não confio que essa gente não vai me machucar.

— Não na frente de Kay, — ordenou Gloria. Mas Heather estava resolvida, impossível parar.

Ela não sabe que estou aqui, pensou Kay. *Ou então não liga a mínima*. Seria confiança ou indiferença? Um voto de confiança ou um aviso de que Kay não significava nada para ela?

— Foi um policial, está ouvindo? Um policial veio até onde eu estava e disse que acontecera alguma coisa com minha irmã, e que eu precisava ir correndo com ele. Fui, e foi assim que nos pegou. Primeiro ela, depois a mim. Prendeu-nos no fundo de uma van e levou-nos embora.

— Um homem fingindo ser um policial — corrigiu Gloria.

— Não estava *fingindo*. Era um policial de verdade, daqui mesmo de Baltimore, do condado, com distintivo e todo o resto. Mas não usava uniforme, embora os policiais nem sempre estejam uniformizados. Michael Douglas e Karl Maiden, na série *As ruas de São Francisco*, não usavam uniformes. E disse que tudo daria certo, e eu acreditei. Foi o único erro de verdade que cometi: acreditar naquele homem. E isso arruinou a minha vida.

Aquela derradeira palavra — *vida* — fez desamarrar uma torrente de emoções contidas, e Heather começou a chorar com tanta força que Gloria afastou-se, sem saber como reagir. O que será que Kay podia fazer, o que qualquer pessoa com sentimentos faria, a não ser cruzar na frente da Gloria e tentar levar algum conforto para Heather, procurando ser o mais gentil possível, considerando a tala que a moça tinha no antebraço esquerdo e as dores generalizadas deixadas pela batida de carro.

— Vamos encontrar uma saída — disse Kay. — Vamos achar um lugar para você ficar. Conheço alguém... uma família vizinha que está viajando de férias. Você pode ficar lá por uns dias.

— Nada de polícia! — Heather conseguiu falar. — Nada de cadeia!

— Claro que não — assegurou Kay, mirando Gloria nos olhos para ver se ela aprovava a solução que acabara de propor. Mas Gloria sorria, satisfeita consigo mesma. Um sorriso triunfal.

— Agora — disse a advogada, a língua arremessada contra o lábio inferior, um movimento que Kay jamais havia visto, bem parecido a um beijo —, *isso* nos dá margem de manobra.

CAPÍTULO 15

Mais uma noite. Mais uma. Todos haviam dito que só poderia ficar no hospital até hoje, mas ela conseguira mais uma noite, o que confirmava o que ela sempre soube: todo mundo mente, o tempo todo. *Mais uma noite*. Uma música horrorosa, mas muito popular anos antes, tinha esse título. E a letra falava de uma mulher rejeitada que implorava por mais uma noite de amor. O tema é recorrente na música pop, se você parar para pensar. *Fique comigo pela manhã. Não vou conseguir que você me ame se não for assim.* Nunca entendeu o sentido dessas palavras. Quando era jovem, ainda à caça de namorado — e como era de se esperar, apaixonando-se uma vez sim, e a outra também —, os homens em geral a abandonavam depois de alguns meses, como se conseguissem sentir o cheiro de podridão que ela exalava, como se tivessem descoberto seu prazo de validade e se dessem conta do quão estragada ela estava. De qualquer modo, quando um rapaz terminava o namoro, a última coisa que iria querer seria "mais uma noite". Às vezes reagia atirando objetos, às vezes chorava. Às vezes caía na gargalhada, aliviada. Mas ela nunca implorou por "mais uma noite", por um carinho de manhã, uma trepada de misericórdia, qualquer que seja o ângulo considerado. Seu orgulho não lhe permitiria essa espécie de esmola.

Demorou-se para descer da cama. O corpo doía e mandava o aviso de que não poderia contar com o braço esquerdo, pelo menos por um tempo, e que o braço direito teria de compensar a deficiência. Incrível como o corpo se ajusta tão rapidamente; mais rápido do que a mente. Nesses dias, sua mente não era confiável. *Será que vi um menino e achei que era uma garota, ou será que nunca houve rosto algum dentro daquele carro?* Foi até a janela do quarto, afastou as cortinas e observou o panorama: o estacionamento, a nuvem escura de poluição cobrindo o horizonte, o engarrafamento nas faixas de rolamento da I-95 na hora do rush. *Venha até a janela, a brisa da noite é tão doce!* Verso de um poema que grudara em sua cabeça, um legado das freiras, que acreditavam ser possível memorizar o caminho à inteligência. A estrada I-95 ficava perto, nem 2 quilômetros de distância. Será que conseguiria chegar lá, empinar o polegar e pegar uma carona até em casa? Não, ela seria duas vezes fugitiva. Precisava aguentar firme. Mas como?

Não eram as mentiras que a preocupavam. Facílimo seguir a trilha das mentiras. Eram as pitadas de verdade que a colocavam em risco. O mentiroso esperto sobrevive por usar o menos possível de verdades, porque são elas que mais comumente lhe dão uma rasteira. Na época em que ela tinha a mania de trocar de nome, aprendeu a fazer de cada identidade uma pessoa absolutamente nova, sem levar nada da anterior. Mas a ameaça de ir para a cadeia nesta tarde, assim como a possibilidade de ser presa naquela primeira noite, fez com que perdesse o juízo. Mas ela tinha de dizer *alguma coisa*. Pareceu tão instigante contar-lhes a respeito do tira, arremessar Karl Maiden no caldeirão. Detalhes bizarros, tangenciais, que faziam com que tudo mais soasse autêntico. Mas eles não iriam ficar satisfeitos com Karl Maiden. Estavam clamando por um nome de verdade, e ela seria obrigada a lhes oferecer alguma coisa, alguém.

— Sinto muito — sussurrou para o céu da noite.

Ela não conseguia decidir quem a deixava mais preocupada: os mortos ou os vivos. Qual deles a expunha ao maior perigo? Com os vivos dá para blefar. Já com os mortos... não dá para passar a perna neles.

Parte IV

PRAJAPATAYE SVAHA. PRAJAPATAYE IDAM NA MAMA. (1976)

Os mantras Agnihotra devem ser entoados na forma original em sânscrito. Não devem ser traduzidos para nenhuma língua...

Os mantras Agnihotra devem ser entoados num ritmo compassado, a fim de que o som reverbere pela casa inteira. O tom não deve ser muito alto, nem muito fraco, nem apressado... A sensação de entrega total é adquirida pela elocução desses mantras.

— Adaptação das instruções de como executar o Agnihotra, o ritual do amanhecer e do entardecer, fundamental para a prática do Caminho Quíntuplo.

CAPÍTULO 16

A noite caía depressa. Dave pegou a manteiga *ghee* na geladeira e foi para o escritório, dando as costas a Chet, sentado à mesa da cozinha na companhia de Miriam e de duas canecas de chá. Nem se aventuravam a falar; sorviam o líquido gole a gole, os olhos fixos no vazio. Estavam exaustos e roucos após um dia inteiro de entrevistas, muito embora Dave tivesse sido praticamente o único a falar. Miriam sempre cedia a palavra ao marido, e o detetive mal abria a boca. Em determinados momentos, Dave achava o silêncio de Willoughby animador. Homens de ação deveriam ser homens de poucas palavras. Em outros, porém, suspeitava de que toda essa discrição de Chet não era, necessariamente, sinal de grande sabedoria. Agora, Chet era íntimo da casa, como um cão de rua de excelente pedigree que abrigaram depois de anos dizendo que não queriam se incomodar com um cachorro.

Sentou-se de pernas cruzadas sobre o tapete do escritório, não exatamente um tapete de oração — à exceção do pote de cobre para as oferendas, o Agnihotra não exigia objetos sagrados, e nisso concentrava-se grande parte de seu charme —, mas um *dhurrie* encontrado num mercado da Índia, anos atrás, por ocasião de uma viagem depois que terminara a faculdade. Na época, sua mãe ainda morava em Baltimore, e Dave remetia os tesouros de viagem para o apartamento dela, apesar das reclamações e das suspeitas. "O que há nessas caixas?", perguntou zangada quando ele retornou. "*Drogas*? Fique sabendo que se a polícia bater aqui, não vou acobertá-lo."

Ele colocou uma bolota de estrume de vaca no pote de cobre, depois um pedaço de *ghee* encharcada de cânfora, e terminou com o resto do esterco e grãos de arroz. Checou o relógio. Seria este o exato momento do sol se pôr?

"Agnaye Svaha", invocou, oferecendo a primeira parte da mistura de grãos de arroz e manteiga. "Agnaye Idam Na Mama."

O normal seria supor que o Caminho Quíntuplo fosse outro suvenir de suas viagens, mas não. Dave estava casado com Miriam e trabalhava para o governo quando ouviu pela primeira vez sobre essa prática, numa festa na zona noroeste de Baltimore. O Caminho Quíntuplo se revelou ser o ponto em comum da maioria dos presentes, num belo casarão vitoriano em Old Sudbrook. Dave não sabia da existência de casas como aquelas, enquanto crescia em Pikesville, nem de pessoas como aquelas, muito embora Herb e Estelle Turner não morassem muito longe do antigo apartamento de sua mãe. Os Turners mostraram-se carinhosos e discretos, e Dave concluiu que essa atitude de solene dignidade provinha do Caminho Quíntuplo. Só mais tarde ficaria sabendo dos problemas com a filha e da saúde frágil de

Estelle. E embora Miriam, desde que os conheceu, tivesse ficado desconfiada do casal achando que a intenção velada daquela festa fosse a de aliciar adeptos entre os convidados, o Caminho Quíntuplo só foi mencionado em resposta a Dave, que indagou sobre o cheiro de fumaça doce que se espalhava pela casa, um odor imprevisível para uma noite quente de primavera. Suspeitara — e desejara — que fosse maconha, pois ele e Miriam estavam ansiosos por experimentar. Mas a fragrância vinha dos rituais vespertinos e matutinos do Agnihotra, e parecia estar impregnada nas entranhas daquela casa. À medida que Estelle Turner explicava a origem do perfume e sua relação com o Caminho Quíntuplo, Dave via ali o caminho a trilhar para *ser* os Turners: amistosos, seguros de si, morando numa casa linda e sem um pingo de ostentação.

Miriam, porém, reclamava que o Agnihotra fazia com que a casa cheirasse a bosta, literalmente. Quando se mudaram para a Algonquin Lane, Miriam não deu o braço a torcer e exigiu que Dave limitasse a prática ao escritório, e de portas fechadas. Mesmo assim, ficava desesperada com os borrões gordurosos que a manteiga deixava nas paredes, uma película lustrosa que resistia a todo e qualquer método de limpeza. Agora, porém, Dave desconfiava que mesmo se instalasse o pote sobre a mesa da sala de jantar, Miriam não diria nem um ai. Nunca mais reclamou de nada, e ele estava quase ficando com saudades. Quase.

Acalme a mente, ordenou a si mesmo. ***Concentre-se no mantra.*** De que serviria praticar se não conseguia entregar-se?

"Prajapataye Svaha", disse ele e fez a segunda oferenda. "Prajapataye Idam Na Mama".

Pronto! Agora ele meditaria até que o fogo se extinguisse.

Os repórteres tinham vindo em levas de três: três jornais, três canais de TV, três estações de rádio, três agências de notícias.

Em cada grupo havia sempre um repórter que pressionava por uma entrevista exclusiva, uma conversa em particular com Dave e Miriam; e sempre era Chet quem negava, explicando que os Bethanys preferiam limitar o número de vezes que contavam a história a uma por mídia, o que era aceito sem discussão. Os repórteres eram invariavelmente educados e gentis: limpavam os sapatos no capacho da entrada, comentavam admirados sobre a reforma da casa de fazenda, muito embora quase nada tivesse sido feito desde a última vez em que ali estiveram, um ano antes. Usavam um tom de voz amável e suas perguntas eram cautelosas. Uma jovem repórter do canal 13 ficou com os olhos cheios de lágrimas ao ver fotos das meninas, diferentes das tiradas na escola, mostrando somente o rosto num fundo azul celeste, que haviam sido divulgadas. O pessoal da televisão explicou a Dave e Miriam que as fotos da escola haviam sido exibidas tantas vezes que "perderam o impacto", e muito ajudaria se pudessem usar outras. Foram selecionadas duas que Dave guardava no escritório, recordações de uma viagem à Enchanted Forest, na Rota 40. Heather estava sentada sobre um brinquedo em formato de cogumelo, as perninhas cruzadas; Sunny em pé, as mãos nos quadris, fingia não estar se divertindo. Aquele fora um dia maravilhoso, até onde o pai se lembrava: o mau humor próprio da adolescência de Sunny praticamente não deu o ar da graça, e havia entre eles um clima de carinho.

Os repórteres dos jornais, os últimos daquele dia, não se importaram em usar as fotos oficiais da escola que circulavam na imprensa desde o desaparecimento das meninas; em compensação, insistiram em novas fotografias de Dave e Miriam, sentados em frente a uma mesa de centro e sobre ela porta-retratos com as fotos tiradas na escola. Dave não podia imaginar ver essa foto no jornal do dia seguinte: a hipocrisia do braço meio desajeitado passado por trás dos ombros de Miriam, a distância entre seus corpos, os rostos virados em direções opostas.

— Estou sabendo que houve um pedido de resgate, na primeira semana — lembrou o repórter do jornal matutino *Beacon* — e que acabou sendo apenas uma brincadeira de mau gosto. Nesse ano que passou aconteceu alguma coisa do gênero?

— Não sei — respondeu Dave e virou-se para Miriam, mas ela não falaria a menos que se dirigissem diretamente a ela.

— Veja bem... não estou esperando que vá revelar informações que possam atrapalhar as investigações...

— Recebemos outras ligações. Mas nenhum pedido de resgate. Eram mais... insultos. Ligações obscenas, mas não no sentido tradicional. — Dave cofiou o queixo. Estava deixando crescer barba ou, melhor dizendo, tentando. Mirou Chet e viu que ele franzia a testa. — Pensando bem, é melhor deixar pra lá. A polícia concluiu que se tratava de um rapaz doente. Ele não nos conhecia, nem às meninas. Enfim, nada de importante.

— Claro — respondeu o repórter do *Beacon*, acenando com a cabeça.

Ele tinha uns 40 anos, e havia trabalhado como correspondente de guerra no Vietnã e passado um período no setor internacional do jornal, trabalhando como correspondente em Londres, Tóquio e São Paulo. Fora o primeiro a chegar à Algonquin Lane e conseguiu passar informações a seu respeito na agitação das apresentações logo no início. Suas credenciais pareciam ser satisfatórias, supôs Dave, o que eram garantia de que a entrevista fora entregue a um profissional experiente. Entretanto, Dave tinha a sensação de que o repórter tentava consolar-se, também. O desaparecimento de suas meninas estava longe de se equiparar — em termos de importância jornalística — a guerras e à política externa. A aparência do sujeito, porém, denotava um be-

berrão: o nariz inchado e avermelhado de varizes e as bochechas com um rubor doentio.

— O pedido de resgate, aquele que partiu de um telefone da War Memorial Plaza, conseguiram descobrir quem telefonou?

Essa pergunta foi da repórter do *Light*, franzina e mal-humorada. Com cabelo tosquiado e minissaia, parecia recém-saída da faculdade. Provavelmente gostava de correr, pensou Dave, ao dar uma olhadela nas pernas musculosas apoiadas na travessa da cadeira de encosto reto. Ele começara a correr no primeiro dia do ano, e embora pudesse parecer, não tinha nada a ver com as promessas para o ano-novo. Foi, isso sim, como um chamado do além: um belo dia acordou, calçou o tênis e foi para o Leakin Park, e correu dando voltas ao redor das quadras de tênis e da linha do trenzinho que fazia o trajeto do parque. Correu também até a Crimea, o palacete de verão construído pela família que fundou a estrada de ferro B&O Railroad e, no caminho, passou em frente à velha igreja que as filhas julgavam ser assombrada. Agora, Dave corria 8 quilômetros por dia, o que para ele não significava uma vitória. Ele achara mais divertido logo no início, quando ainda tinha de dar o máximo de si e precisava concentrar-se em cada arfada. Atualmente, conseguia alcançar o chamado "barato" da corrida em apenas alguns minutos, e logo sua mente ficava livre para vaguear sem destino; porém dava sempre no mesmíssimo lugar.

— Não... Eu... não... Olha, não há nada de novo. Sinto muito. Está fazendo um ano, e não há nada a acrescentar. Lastimo. Quando chamamos vocês para esta conversa, foi contando que suas reportagens sirvam para trazer os desaparecimentos das meninas de volta às manchetes, e alcancem alguém que saiba de alguma coisa... Minhas desculpas.

Miriam lançou-lhe uma mirada, daquelas que só marido e mulher conseguem interpretar: *Pare de se desculpar*. E os olhos de Dave responderem: *Só paro quando você começar.*

Os repórteres não davam nenhum sinal de terem percebido a troca furtiva de acusações. Será que eles estavam sabendo? Será que Chet lhes contou — extraoficialmente, é claro — todos os segredos da família e depois os convenceu de que eram confidências irrelevantes para a solução do caso das meninas? Dave quase desejava — agora — que a história toda tivesse vindo à tona. Nos dias em que se sentia bem, sabia que não fora culpa de Miriam. Não importa onde ela tivesse passado aquele dia — numa casa aberta à visitação, aqui na Algonquin Lane, num motel, num motel, ***numa merda de motel*** — ela não teria conseguido salvar as meninas. E sabia também que passara boa parte da tarde bebendo num bar, embora tenha conseguido se recompor e chegar ao shopping para buscar as filhas, só cinco minutos atrasado. O peito ainda lhe apertava quando lhe vinha à memória a sequência de emoções que sentiu naquela tarde. ***Raiva***, achando que estivessem atrasadas, uma tremenda falta de consideração da parte delas. ***Pânico***, mas não descontrolado. Um pânico do tipo já-vai-passar-e-aí-fico-zangado-de-novo. Passados 45 minutos, resolveu pedir ajuda à vigilância do shopping, e ainda pode se recordar do carinho com que um vigilante grandalhão percorria com ele os corredores e cuja voz ribombava com conjecturas tranquilizadoras: "Talvez tenham ido de ônibus para casa. Talvez tenham resolvido participar de uma pesquisa para compradores e estão no fundo de uma das lojas, onde ficam os escritórios. Talvez tenham pegado carona com a mãe ou pai de uma amiga, contando em chegar em casa a tempo de ligar para o seu trabalho."

Dave agarrou-se às palavras do vigilante como se fossem verdadeiras tábuas de salvação e saiu a toda velocidade em sua Kombi, certo de as filhas estariam em casa. Miriam estava só. Foi tão esquisito. Vê-la, desejar confrontá-la, mas tendo de pôr de lado a questão da infidelidade, que, de repente, transformara-se num fato de menor importância. Serena, Miriam tomou as rédeas da situação. Ligou para a polícia, concordou com Dave que ele deveria retornar ao shopping e continuar procurando, enquanto ela esperava em casa, para o caso das meninas aparecerem. Às 19 horas, os dois ainda acreditavam que as meninas logo estariam de volta. É difícil descrever como essa expectativa, essa esperança — que antes julgavam como um *direito* — lentamente evaporou-se. Contudo, os sentimentos não são lineares, não seguem um esquema predeterminado, e a ausência de uma resposta definitiva ainda faz com que a imaginação de Dave arrebente amarras, urdindo finais pouco plausíveis. Se o caso das meninas possuía todos os ingredientes de uma trama de folhetins, então por que não lhe dar um final igualmente novelesco? Amnésia simultânea ou um grego — excêntrico e bilionário — levara embora as meninas, sem machucá-las, para morarem num castelo na Bavária. Por que não?

Por mais pecados que Miriam tivesse cometido, fora Dave quem dera permissão para as filhas irem ao shopping; e por mais que a mulher lhe garantisse vezes e mais vezes que não fora uma decisão errada, ele ainda culpava a... *ela*!. Naquela época, andava perturbado, ansioso, e atribuía todos os problemas às preocupações que tinha com os negócios. Agora, porém, analisando em retrospecto, dava para ver que no fundo, no fundo, sabia que algo estava errado com o casamento, que seu subconsciente conseguia perceber sinais que não conseguia traduzir. Se tivesse marcado mais *presença* naquele dia, se estivesse focado mais nas filhas, teria concluído que eram jovens demais para terem tanta liberdade. Então, fora Miriam quem conspirara para que ele cometesse um erro.

Dave não sentia culpa alguma com relação a Jeff Baumgarten, nem à esposa dele, que foram intimados a prestar depoimento na delegacia repetidas vezes, assim que Miriam contou toda a verdade. Afinal, Thelma Baumgarten esteve na loja de Dave às 15 horas, e a loja ficava a uns 5 quilômetros do shopping. Já o motel era mais perto ainda, conforme ficaram sabendo depois. Mas Dave odiava a Sra. Baumgarten mais do que ao marido. Jeff tinha fodido sua esposa, mas a Sra. Baumgarten... Ah... a Sra. Baumgarten, com seu estúpido bilhetinho, tentara atribuir a Dave a responsabilidade pelo que acontecia. Balofa metida a besta! Se ela fosse boa o bastante e conseguisse satisfazer os desejos do marido, talvez ele tivesse deixado Miriam em paz.

— E apareceu algum suspeito nesse ano que passou?

Dave encarou Chet, ansiando por permissão, por incentivo. Queria revelar tudo sobre os Baumgartens. Chet sacudiu a cabeça de leve. *Só servirá para turvar as águas*, era o que ele dizia todas as vezes em que Dave fazia lobby para deixar tudo — *mas tudo mesmo* — vir a público, pois defendia a tese de que todas, até mesmo as mais ínfimas verdades, eram de capital importância, salientando que não se tratava simplesmente de uma questão de honestidade da parte dele, mas condição imprescindível para descobrir-se o que aconteceu às filhas. Quanto mais o público soubesse, mais poderia ajudar. Quem sabe a Sra. Baumgarten teria contratado alguém para fazer um servicinho sujo? Ou o Jeff Baumgartem arranjara para as crianças serem sequestradas, como forma de forçar Miriam a continuar sendo sua amante, mas algo saiu errado? A sinceridade era a liberdade, Dave defendia, e na hora certa seria recompensada. Eles deviam botar tudo para fora e deixar que as peças se encaixassem nos seus devidos lugares.

Vai ver que era por isso que Chet fazia questão de estar presente nas entrevistas. Dave não podia atinar com outro motivo. Poucos foram os segredos guardados nas primeiras semanas de investigação: a descoberta da bolsa de Heather, as ligações telefônicas que localizavam as meninas em vários Estados (Carolina do Sul, West Virginia, Virginia, Vermont) e em várias circunstâncias (ora alegres e risonhas; ora nadando e brincando; ora comendo hambúrgueres; ora amarradas e amordaçadas). O curioso é que essas mentiras irresponsáveis tinham consequências mais devastadoras que os trotes com piadas de mau gosto. Esses psicopatas achavam que suas fantasias podiam ajudar, mas tudo o que traziam era dor.

— Vocês... vocês poderiam... vocês têm — pediu o repórter do *The Star*, um sujeitinho antiquado, com o chapéu na parte de trás da cabeça e gravata fininha, e que ainda por cima titubeava na busca por palavras que, Dave já sabia, só iriam dar num lugar: — Vocês têm esperanças de encontrar suas filhas vivas?

— Claro que sim. A esperança é fundamental. *Amnésia simultânea ou num castelo na Bavária, um senhor gentil e excêntrico que queria duas irmãzinhas louras, mas que jamais as machucaria.*

— Não. — Miriam foi categórica.

No canto da sala, Chet retesou os músculos, de sobreaviso, achando que talvez fosse hora de intervir. Será que afinal o detetive pressentira alguma coisa? Será que percebeu que a vontade de Dave naquele momento era de dar uma bofetada na mulher? E não seria a primeira vez que ele teria de controlar esse impulso, nesse último ano que passou. Os repórteres também pareciam chocados, como se Miriam acabasse de violar um protocolo não escrito de pais desesperados pelo sumiço dos filhos.

— Vocês vão ter de desculpar minha esposa — disse Dave. — Ela está muito nervosa, e este é um momento difícil...

— Não sou um bebezinho chorão que não tirou a soneca da tarde — retrucou Miriam. — E hoje não estou mais nervosa do que estava ontem, nem do que estarei amanhã. Adoraria estar errada. Mas se eu não aceitar a *probabilidade* da morte delas, como vou viver? Como conseguirei seguir adiante?

Até onde Dave pôde observar, nenhum dos repórteres anotou nada durante o desabafo de Miriam. A tendência deles — assim como a de todo mundo — sempre foi de resguardar Miriam e de supor que essas explosões eram manifestações da mais absoluta tristeza. Supostamente, repórteres são pessoas cínicas, e esses não fugiam à regra, mas guardavam o cinismo para quando estivessem cobrindo casos de intriga e conspiração como os de Watergate. Na experiência de Dave, os jornalistas eram as pessoas mais ingênuas e otimistas que jamais conhecera.

— Desculpe — disse Dave, sem saber exatamente pelo quê pedia desculpas.

Um segundo depois, Miriam curvou os ombros, acabrunhada, de um modo que era um convite para Dave abraçá-la.

— É duro — ela confessou — manter o coração aberto à esperança e, ao mesmo tempo, sentir a necessidade de ficar de luto, de chorar pelas minhas filhas. Quer eu faça um, quer outro, sempre sinto que estou traindo minhas filhas. Nós apenas queremos *saber*.

— Existe algum instante do dia em que vocês não pensem a respeito? — indagou o repórter do *Light*.

A pergunta pegou Dave desprevenido, em parte porque era inusitada. Se fosse *Como vocês conseguem seguir vivendo?* ou *Como não pensar no assunto?*, estaria a resposta pronta. Mas quando lhe perguntaram se havia em sua vida um minuto sequer em que não estivesse pensando nas filhas, bem... logicamente deveria existir, mas não conseguia se lembrar de nenhum agora, mesmo se esforçando. Ao planejar o que fazer para jantar, ele ainda levava em consideração as preferências delas. *Bolo de carne? De novo?* Ao parar no sinal vermelho em meio ao trânsito pesado da tarde, revivia a conversa que tivera com as meninas sobre a sede da Previdência Social que ficava perto e lhes explicou por que ali havia muitos funcionários, os mesmos que engarrafavam as ruas, todos os dias às 16 horas. *E você tem certeza de que eles nos darão dinheiro quando você ficar velho? Legal!* Se Dave começasse a pensar no quanto odiava Jeff Baumgarten, no quanto queria ficar de tocaia diante de sua casa em Pikesville, e, quando Jeff saísse, passar por cima dele com sua Kombi — até mesmo esse ódio tinha a ver com as meninas, não? Quando abria a caixa de correio e lá encontrava um exemplar da revista *New York*, ia direto à contracapa e lembrava-se do quanto Heather era fascinada pelas extravagantes imagens dos anúncios do Rum Ronrico, e do quanto Sunny vibrava com o concurso semanal de jogos com palavras. Cada coisa no mundo — o pequeno alpendre, hoje desmoronado, que as garotas construíram no quintal, o verde cintilante da lata de cerveja Genesee na sarjeta, o surrado roupão de banho de Miriam — tudo lembrava as meninas. Diziam que ele não se manteria nesse estágio de sofrimento para sempre, que todas as dores um dia esmoreceriam; mas ele *queria* viver assim. Para ele, a raiva contida que levava consigo era uma luz que ardia na janela, sempre acesa, sempre à espera, mostrando às meninas o caminho de casa.

Mesmo agora, sua mente não parava de lucubrar, o que frustrava o objetivo do Agnihotra e o deixava preocupado. Por isso, tentou, com muita sutileza, trocar ideias com outros seguidores do Caminho Quíntuplo. Estelle Turner morrera há bastante tempo, como era previsível; Herb desligou-se de tudo e foi perambular pelo nordeste da Califórnia depois da morte da mulher, dizendo que precisava cortar todos os laços com o passado, a fim de seguir vivendo. Dave ligou para falar sobre o desaparecimento das meninas, mas Herb parecia vagamente irritado por ter de se recordar do tempo em que morava em Baltimore e, por fim, conseguiu virar a conversa do avesso, passando a ser sobre *ele mesmo*, suas desilusões, suas perdas. "Simplesmente, não consigo encontrar o *caminho*, companheiro", Herb repetiu inúmeras vezes. Mas tudo na vida de Herb não passara de uma abstração — com exceção de Estelle. Mesmo a morte da única filha do casal teve sua importância minimizada, reduzida a uma espécie de teste espiritual, parte da sua diabólica *viagem*.

Havia outros em Baltimore que praticavam o Caminho Quíntuplo, e eles foram excepcionalmente carinhosos com Dave nesses últimos 12 meses, presenteando-o com o que Miriam chamava, com toda crueldade, de interminável sortimento de ensopadinho de soja. Ainda assim, mesmo eles mostravam-se contrariados quando Dave punha em dúvida o poder da crença que comungavam, ao afirmar que não era suficiente para ajudá-lo a superar a crise. Qual o sentido de tudo isso, se não conseguia esvaziar a mente para a meditação diária? Será que deveria abandoná-la até que fosse capaz de concentrar-se, ou continuaria tentando desocupar a mente e abraçaria o agora, a todo alvorecer e a todo entardecer? Aqui estava ele, aproximando-se do final do ritual do pôr do sol, sem se lembrar sequer de como tinha sido e sem ter recuperado a paz e a alegria. Muito pelo contrário, estava começando a ver o Agnihotra da maneira como Miriam sempre o vira: nada além de cheiro de merda e fumaça sebenta colada nas paredes do escritório.

O fogo extinguira-se. Ensacou as cinzas a serem usadas como fertilizante e retornou à cozinha, desanimado. Preparou para si um cálice de vinho e, para Chet, uma dose de uísque. Parou, reconsiderou e entregou a Miriam outro cálice de vinho.

— Fale francamente, Chet, houve algum progresso? Você consegue olhar para trás, para o ano que passou, e afirmar que nós aprendemos alguma coisa? — Na cabeça de Dave, usar "nós" era uma demonstração de deferência. Particularmente, Dave achava que os tiras, ainda que gentis e honestos, não passavam de um bando de incompetentes.

— Eliminamos muitas hipóteses. O professor de música de Rock Glen e... outros. — Mesmo estando a sós com o casal,

Chet não ficava esfregando na cara de Miriam a sordidez do caso com o Baumgarten. Dave ficara para morrer não só porque os policiais só faltaram dar os parabéns a Miriam por ter sido tão acessível ao falar sobre o seu caso extraconjugal, mas também porque demonstravam aprovar a sua atitude ao abrir o jogo, naquele domingo à noite. Miriam, a sincera; Miriam, a verdadeira, a que deixou de lado os instintos de autoproteção e de sobrevivência, a que sacrificou a si mesma para achar as filhas. Mas se Miriam não tivesse talento para enganar, para início de conversa — se ela não tivesse se envolvido num caso idiota — então não teria nada para esconder. Quanto a Dave? Ele não tinha segredos, com certeza.

No entanto, fora o primeiro a mentir. Omitiu a visita da Sra. Baumgarten e mostrou-se incapaz de explicar, sem vacilar, por que fechara a loja cedo e fora para um bar tomar cerveja. Nos primeiros depoimentos que fez à polícia, Dave estava nervosíssimo, com a fala entrecortada e os olhos dardejando pela sala. Terá sido isso que dera margem à desconfiança? Será que a polícia se deixou levar pelas atitudes estranhas dele e admitiu a hipótese de ele ser o culpado? Agora a polícia dizia que não, mas Dave estava certo de que fora um dos suspeitos.

— Então, entoou seu mantra? — perguntou Chet que, a essa altura, conhecia bem os hábitos de Dave.

— É... um outro dia, um outro pôr do sol. E daqui a 365 crepúsculos, será que estaremos aqui reunidos, mais uma vez? Repetindo a mesma história, de novo? Sempre na expectativa de que alguém apareça com informações? Ou será que os aniversários costumam criar intervalos maiores depois do primeiro ano? Ou será depois de cinco anos, de dez anos, de vinte anos, de cinquenta anos?

— Trezentos e sessenta e seis — retrucou Miriam.

— O quê?

— Este foi um ano bissexto: 1976. Então houve um dia a mais. Faz 366 anos que as meninas desapareceram. Quero dizer, dias. Trezentos e sessenta e seis dias.

— Bravo, Miriam! Muito bem! Contou tão direitinho. Será que isso quer dizer que você as amava mais do que eu? A questão é que hoje é dia 27, e não 29. Os jornalistas precisavam de tempo para aprontar seus artigos e reportagens para os jornais de segunda-feira, quando se comemora o aniversário de desaparecimento. Então, hoje é mesmo o dia trezentos e sessenta e quatro.

— Dave... — interveio Chet.

Esta era a verdadeira função daquele homem na vida deles. Mais pacificador do que policial. Mas Dave já se arrependera. Há um ano — bem, 364 dias atrás — perder a esposa tinha sido a maior tragédia de sua vida. Encurvado sobre o bar do Monaghan's, experimentou os sentimentos comuns a todo corno: raiva, vingança, autopiedade, medo. Chegou a cogitar divorciar-se, seguro de que teria todas as condições de ganhar a custódia das filhas, levando-se em conta as circunstâncias. Mas o destino fora cruel: perdeu as filhas e restou-lhe a esposa.

Se tivesse tido a opção... Mas de que adianta pensar nisso? Ele não teve nenhuma chance. Mas pensando bem, quem é que realmente tem chance de escolha, quando se trata de alguma coisa importante? Mas se lhe pedissem para escolher, teria sacrificado Miriam sem pestanejar, se isso significasse ter Sunny e Heather de volta, e subentendia-se que, se fosse o caso, ela faria a mesma coisa com ele. O casamento não passava de um frágil monumento comemorativo às filhas desaparecidas; na verdade, era o mínimo que podiam fazer por elas.

Deu boa-noite a Chet e levou sua bebida para a varanda dos fundos, mirando o balanço de pneu suspenso na única árvore verdadeiramente robusta dentre todas as do quintal, e a pilha de gravetos e toras perto da grade. Quando as meninas eram pequenas, adoravam erguer fortalezas no quintal, alpendres construídos de troncos e galhos e forrados de "tapete" de musgo que catavam por ali mesmo, e uma dispensa repleta de talinhos de cebola selvagem e dentes de leão. As meninas haviam passado da idade de brincar com essas coisas há anos, mas a última fortaleza resistira até o inverno passado, quando despencou sob o peso da neve. A sensação que Dave tinha era de que morava numa casa de feita de galhos partidos e de que vivia, literalmente, espetado nas suas pontas afiadas, o musgo já morto e o provimento de cebolas selvagens há muito esgotado.

CAPÍTULO 17

Finalmente sozinhos — dizia a canção que Sunny ouvia sem parar quando tinha 11 anos, e botava todo mundo enlouquecido. Sozinha, de novo. Miriam foi até a pia e despejou o vinho pelo ralo. Perdera o gosto por bebidas. Não que Dave observasse esse tipo de coisa. Para que ele percebesse que ultimamente Miriam quase não bebia, teria, antes de tudo, de enxergar que ele próprio estava bebendo além da conta; porém, essa espécie de autoconhecimento não lhe interessava.

A pia ficava defronte de uma ampla janela que se abria para o quintal. Essa tinha sido a única exigência de Miriam quando reformaram a casa. *Uma mulher precisa ter uma janela sobre a pia*, sentenciou quando viu as plantas originais de Dave, em que a pia dava para um painel de cerâmica mexicana impermeabilizada. Na verdade, essa ideia era uma herança da mãe, que Miriam passara para as filhas. Lembrou-se de Heather arrumando a mobília da casa de boneca da Creative Playthings. Composta de módulos, esse retângulo de madeira azul aberto para o exterior em nada se comparava à casinha em estilo vitoriano, toda enfeitada, que Heather teria preferido. Os móveis eram de madeira, em linhas retas, modernas, bem ao estilo dinamarquês. "A pia tem de ficar defronte da mulher", dizia a boneca-mãe ao boneco-pai, feitas de material emborrachado, quando a menina montou a casinha pela primeira vez. Miriam não corrigiu a troca de palavras na regra imposta pela bonequinha de Heather. As bonecas eram os únicos componentes frágeis do conjunto; com o tempo começaram a se esfarelar, e a pintura do rosto desapareceu. Mas a casinha e os móveis ainda estavam no armário da filha esperando pelo... o quê? Por quem?

No geral, os quartos das meninas permaneciam intatos, exceto que, depois de muito adiar, Miriam lavou os lençóis e fez as camas. A roupa de cama de Heather fora deixada na maior confusão; a de Sunny esticada e praticamente sem rugas. Para se livrarem da obrigação de fazer a própria cama, cada uma delas usou o seu jeito de dormir como justificativa. "Pra quê? Logo vou bagunçar tudo de novo", retrucava Heather. "Quem pode dizer que dormi nessa cama?", desafiava Sunny. Depois de muita discussão, chegaram a um meio termo: as camas seriam feitas de segunda a sexta-feira; o fim de semana estava liberado. Durante semanas, Miriam se consolava ao ver as camas por fazer: funcionavam como evidência de que as filhas pretendiam dormir nelas, e que a semana recomeçaria, e as meninas estariam lá.

O desfecho imediato... não, "desfecho" não era a palavra correta, pois pressupõe um evento tangível, definitivo. Onde estaria o "fecho", a conclusão do caso delas? Nas primeiras 48 horas, quando não se sabia nada de concreto e tudo era possível,

Miriam sentia como se houvesse mergulhado num rio de águas geladas e caudalosas, e sobrevivia ao choque por mero instinto. Não comia, raramente dormia. Alimentava o corpo com cafeína, para estar de prontidão, alerta. A única coisa que tinha como certa era que uma resposta estava prestes a aparecer. Um toque do telefone, uma batida na porta, e tudo seria revelado.

Uma expectativa que se mostrou pretensiosa demais.

O detetive Willoughby — só mais tarde seria chamado de Chet — era apenas o detetive, o oficial da polícia. Willoughby a considerava uma mulher corajosa e altruísta do mundo por revelar, antes mesmo de finda a primeira semana do desaparecimento, onde exatamente estivera naquela tarde.

— A tendência natural é mentir — ele lhe disse. — E mentir sobre coisas de pouco ou nenhum valor. É incrível como as pessoas mentem para a polícia. Uma reação automática, instintiva.

— Se é para ajudar a achar minhas filhas, não me importo. E se não ajudar...quem se importa?

Era domingo, o dia seguinte ao desaparecimento das meninas. As primeiras 24 horas, as primeiras 48 horas — todos pareciam ter uma resposta feita para todas as indagações. E todos estavam errados. Não havia regras, Miriam veio a aprender. Por exemplo, eles não precisavam ter esperado por absolutamente nada para informar à polícia sobre o desaparecimento das meninas. A polícia os teria levado a sério desde o primeiro contato, e enviado policiais à casa e depois ao shopping, que vasculhariam palmo a palmo, ao lado de Miriam e Dave, assim que ficasse mais vazio. Outras pessoas também apareceram para ajudar. O lanterninha do cinema recordava-se delas, e inclusive do fato de terem comprado entradas para o filme *A montanha enfeitiçada*, e depois esgueirado-se para a sala que exibia *Chinatown*. Miriam sentiu um estranho e repentino orgulho de Sunny ao ouvir isso. A dócil e boazinha Sunny entrando sorrateira num filme proibido para menores — que, diga-se de passagem, era muito bom. Miriam não sabia que a filha se interessava por filmes. Logo que estivessem juntas, não se zangaria por causa disso; não mesmo. Pelo contrário, faria uma lista dos filmes em cartaz e perguntaria à Sunny quais outros filme proibidos para menores ela gostaria de assistir. Coppola? Fellini? Herzog? Ela e filha se tornariam aficionadas de cinema de arte, juntas.

Que outras promessas fizera naquele sábado à noite? Retomaria algum tipo de vida espiritual. Não o Caminho Quíntuplo de Dave, mas talvez o judaísmo ou até a Igreja Unitária, se fosse o caso. E prometera que nunca mais *chatearia* o Dave por ter adotado o Caminho, nem ficaria caçoando dele por ter-se envolvido com uma prática espiritual unicamente por inveja dos bens materiais dos que o apresentaram ao Caminho Quíntuplo. Por mais agradecida que fosse aos Turners, Miriam não compartilhava da admiração irrestrita e tresloucada que Dave sentia pelo casal. Na sua opinião, a generosidade deles para com os Bethanys era fruto do egoísmo, por mais contraditório que isso possa parecer.

Outras promessas feitas por Miriam: ser uma mãe mais atuante, preparar pratos mais gostosos, em vez de pedir comida do restaurante chinês e pizza do Marino. Lavar as roupas das meninas com mais cuidado. Quem sabe não estaria na época de redecorar o quarto de Sunny, para assinalar o rito de passagem para o curso secundário no ano seguinte? E será que a borda adesiva com tema infanto-juvenil que contorna as paredes do quarto da Heather, embora muito bonita, já não estaria infantil demais? Miriam tinha feito a borda com as páginas de dois exemplares do livro ilustrado *Where the wild things are* coladas lado a lado, na mesma sequência da história, de modo que poderia ser lida ali nas paredes. As três iriam juntas à feira de objetos de segunda mão da Westview Drive-In e da Purple Heart, e catariam móveis antigos, para depois pintarem de cores fortes e modernas. Já com roupa de cama não dá para regatear: teriam de esperar as liquidações de cama, mesa e banho das lojas de departamento, no mês de janeiro.

Tudo isso passava pela cabeça de Miriam naquela primeira noite, até que avistou a bolsa de jeans azul. Sob a luz fraca do estacionamento, mais parecia uma mancha no asfalto. Miriam foi arrebatada de volta do futuro de uma forma brusca e nauseante. Gritou e caiu de joelhos, mas foi impedida de tocar na bolsa por um policial.

"Não a toque, senhora. Nós devíamos... por favor, Senhora. Há um jeito correto de se fazer isso."

Garotinhas perdem coisas. Bolsas e chaves e fitas de cabelo e livros da escola e jaquetas e suéteres e chapéus e luvas. Perder coisas faz parte da infância. Estar separada desta bolsa seria motivo suficiente para Heather — teimosa e materialista — recusar-se a voltar para casa, refazendo e re-refazendo o percurso de todos os lugares por onde andou, uma, duas, e muitas vezes mais. "Alguma vez vocês já pararam para pensar", Miriam perguntara às filhas algumas semanas antes, "por que sempre que se perde alguma coisa, você a acha no último lugar em que procura?" Heather caiu na gargalhada assim que percebeu o absurdo da pergunta. Sunny, mais realista, apenas disse: "Claro que sim, ora!"

De joelhos, no estacionamento, Miriam ansiava por segurar a bolsa, como se fosse a própria filha, mas o policial não deixou. Havia marcas na bolsa: de pegadas, de pneus. Heather teria ficado muito triste por causa disso. A bolsa fazia parte de um conjunto: uma alça e três sacolas que se prendiam a ela. Heather preferiu a de jeans. Bem, amanhã mesmo vamos substituí-la por uma novinha, e ninguém vai brigar por ter sido descuidada. E amanhã faremos a "caçada" aos ovos de Páscoa, apesar de as meninas se queixarem de que já eram grandes demais para a brincadeira. Na verdade, foi Sunny a primeira a dizer que já era grande, que não precisava; Heather fez coro com a irmã na mesma hora. Mas seria uma caçada especial, com chocolates e outros tesouros. Miriam compraria os ovos de bala da loja High's; mas onde acharia tesouros para comprar a essa hora da noite? O shopping ficaria aberto ainda por uns vinte minutos, mais ou menos. Ou ela podia ir até a Violão Azul e escolher o que quisesse das mercadorias de Dave. E quem se importaria se entrassem um pouco mais no vermelho? Escolheria bijuterias e brinquedos e vasos de cerâmica para os narcisos e açafrões que apenas começavam a brotar neste início de primavera.

A vida nunca foi tão *impetuosa* como naquele instante. A cada dia, à medida que as probabilidades de uma resposta escasseavam, Miriam entrava num crescente estado de torpor. As meninas não mais seriam achadas ilesas. As meninas não mais seriam achadas vivas. As meninas não mais seriam achadas... intatas, era a palavra da qual Miriam se apropriara para minimizar o peso de tudo, de estupro a mutilação. Mas demorou muito até alguém se dar conta de que as meninas talvez não fossem nem mesmo achadas.

E Miriam estivera esperando encontrá-las, não só por estar desesperada por saber o que lhes acontecera, mas também porque planejava se separar de Dave, assim que o caso fosse resolvido. A tragédia das filhas — e a culpa e as consequências dessa desgraça — era propriedade do casal, assim como a casa, a mobília, a loja. Miriam precisava saber de toda a história, para que fosse repartida entre o casal, meio a meio: cada parte com seu quinhão. Mas se não houvesse um final? Será que teria de permanecer ao lado de Dave? Mesmo se fosse culpada pelas mortes das filhas — e Miriam, até mesmo nos seus mais tenebrosos momentos, não podia acreditar que um deus, independentemente de qual religião, mataria duas crianças só para punir uma mãe que estivesse tendo um caso extraconjugal; e, em havendo um deus assim, ela não queria nada com ele ou ela — será que teria de cumprir pena de prisão perpétua nesse casamento? Um casamento que morrera bem antes, e que só se mantinha em função da felicidade de ambos junto das meninas. Por quanto tempo deveria ficar? Quanto de tempo ela devia a Dave?

Analisou sua imagem refletida na vidraça da janela acima da pia. *A mulher deve ter uma janela acima da pia*, dizia sua mãe. *Lavar louça é tão chato... é preciso ter vista.* Até onde ela sabia, tinha sido a única exigência feita pela mãe, que certamente nunca questionou por que seria a mulher a responsável por lavar louça e preparar refeições e limpar a casa; e muito menos cogitou procurar um espaço fora de casa. Mulheres da geração de Miriam só agora começavam a querer tanto; mas sua mãe, uma triste moradora de Ottawa, não pedia nada além de uma janela, e Miriam seguiu-lhe o exemplo. Aqui, durante o dia, Miriam avistava o amplo quintal coberto-de-vegetação-beirando-o-selvagem. Mas a impressão de abandono era uma mera ilusão, já que havia sido cuidadosamente cultivado. Miriam tratava do quintal do mesmo jeito que educava as filhas: permitia que seguisse sua vocação e respeitava a vegetação que lá encontrara: madressilvas, hortelãs, nabos-selvagens — sem tentar forçar o cultivo de plantas alheias a seu destino, como rosas e hortênsias. Tudo que acrescentara foram plantas compatíveis e que não impediam o desenvolvimento das demais, além de resistentes e capazes de sobreviverem à sombra.

À medida que o sol baixava, tudo que a vidraça refletia era um rosto. A mulher que Miriam via estava exausta, porém bonita. Ela não teria dificuldade em arranjar um namorado. Para falar a verdade, nunca os homens se sentiram tão atraídos por ela como nesse ano que passou. Inclusive Chet, e não apenas por ser uma dama vivenciando um drama. Saber do caso de Miriam e guardar para si esse segredo o excitava. Ela era uma mulher desonrada. E Willoughby, apesar de policial, não indicava ter tido muitas experiências pessoais com mulheres desonradas.

Outros homens, que nem suspeitavam dos segredos de Willoughby, sentiam-se atraídos pela sensação palpável de desespero e perdição, os olhos exaustos que diziam abertamente *Não estou disponível.* Era alarmante como os homens reagiam ao desalento em uma mulher. É... seria fácil arranjar um namorado. Mas ela não queria ninguém. Seu foco era encontrar uma desculpa para sair dali, um motivo para subir as escadas, fazer as malas e ir embora, sem que por isso fosse tachada de insensível e desnaturada por abandonar o marido quando ele mais precisava dela. Justamente o marido que fora tão generoso, tão magnânimo em perdoá-la. Mas... será que uma pessoa é mesmo generosa ou magnânima se fica o tempo todo lembrando o quanto foi generosa e magnânima?

Aguardaria seis meses. No próximo outubro. Mas o último foi tão duro para Dave: dias esplendorosos, Halloween, as crianças da vizinhança fantasiadas. Então novembro? Dezembro? Mas o período das festas de fim de ano era mais difícil. Janeiro lembrava o aniversário de Sunny; logo seria março; depois o segundo aniversário do desaparecimento das meninas; e o aniversário de Heather na semana seguinte. Jamais haveria um tempo certo de partir, ponderou Miriam. Haveria apenas um momento. Em breve.

Imaginou-se na estrada, indo para... o Texas. Ela conhecia uma moça da época da faculdade que foi morar em Austin e que elogiava muito o estilo de vida mais liberal e tolerante que se levava nessa cidade. Miriam imaginou-se dirigindo o carro para o oeste, depois sul, passando pelo estado de Virginia, pelo longo Shenandoah Valley, visitando lugares a que tinha ido com as meninas — as cavernas de Luray Caverns, o caminho Skyline, o marco histórico Monticello — cada vez mais para o interior — até Abingdon, até o Tennessee. Sentiu um arrepio. Ah... isso mesmo. Abingdon foi o local de outra suposta aparição das meninas. Não havia má intenção na denúncia, mas esses psicopatas perturbavam mais que os trotes de mau gosto.

Dentre todos os muitos motivos por estar magoada, o que Miriam mais odiava era o fato de que sua tragédia privada tivesse se tornado uma tragédia pública, chegando ao ponto de algumas pessoas afirmarem que suas vidas foram afetadas pelo desaparecimento das meninas. Veja estes repórteres agora, fingindo que faziam uma ideia de como ela se sentia. E as testemunhas, esses lunáticos, que afinal não viram nem ouviram nada, não passavam de uma outra variedade de pessoas que se achavam com direitos sobre o caso, como se as "meninas Bethany" fizessem parte do patrimônio nacional — importantes demais para pertencerem a uma única família — do mesmo jeito que o diamante Hope, exposto no Museu Smithsonian, pertence a todos. E é claro, a pedra é considerada maldita.

Do diamante Hope a mente de Miriam pulou para o famoso anel com um diamante enorme que Richard Burton deu a Elizabeth Taylor. Ainda recordava-se de ter visto o outrora magnífico casal no programa *Here's Lucy*, em companhia de Sunny e de Heather. Lucille Ball sempre fez Miriam sentir-se um pouquinho nervosa: uma mulher tão bela não deveria precisar se fazer de imbecil para chamar atenção. A beleza em si era o pretexto para viver — basta olhar para a Elizabeth Taylor, se não acredita. Mas as filhas adoravam Lucy, e a tinham como a uma tia querida, e a comediante de certo modo as ajudou a amadurecer e divertiu-as em muitas tardes, num canal de Washington cuja péssima recepção transformava a imagem numa profusão de chuviscos. Até as meninas admitiam que os atuais seriados noturnos não chegavam aos pés, em termos de mágica, do original; mesmo assim, assistiam por lealdade. Naquele programa de que Miriam se recordava, Ball experimentou o anel de Taylor, mas não conseguiu tirá-lo. Seguiu-se um grande alvoroço, e a TV mostrara telespectadores de olhos arregalados e queixos caídos.

As pessoas experimentavam o sofrimento de Miriam dessa forma, amoldavam-no para ela, quase como se esperassem que Miriam se sentisse lisonjeada por tanto interesse. Mas essas pessoas nunca tiveram dificuldade de desligar-se do sofrimento, na hora que lhes convinha. Simplesmente restituíam a Miriam o que era de Miriam, e seguiam em frente com suas bem-aventuradas e rotineiras vidas.

CAPÍTULO 18

Foi preciso implorar e prometer e muito toma-lá-dá-cá, mas ela finalmente obteve permissão para ir à festa. Esbravejou — bem, não esbravejou, pois gritos enfurecidos eram considerados inaceitáveis —, disse que daria na vista, pareceria estranho, essa cisma de recusar todos os convites da escola. Supostamente, era uma criança igual às outras, e crianças vão a festas. Tio e Tia — era assim que deveriam ser chamados em público — se preocupavam em não parecer diferentes. Isso fazia sentido para ela, considerando todos os segredos que guardavam e todas as mentiras que contavam, mas o que não entendia era como conseguiam esconder de si mesmos o quanto eram diferentes. Será que não desconfiavam do quanto eram bizarros, do quanto estavam fora do padrão, em todos os aspectos? Para fora da soleira da porta, estávamos em 1976, o ano do Bicentenário da Declaração de Independência norte-americana, no meio de uma década que já provara que qualquer coisa poderia acontecer, até numa cidadezinha como essa. O fim de uma guerra, o presidente derrubado, tudo porque o povo exigia mudanças. Discursos, marchas, mortes em alguns casos. E ela não estava pensando nos soldados no Vietnã. Jamais pensava neles. Seu pensamento estava, isso sim, no que veio a ser conhecido como o massacre de Kent State, um acontecimento a que agora ela gostaria de ter prestado mais atenção à época; mas era tão novinha quando tudo aconteceu. Não se tratava de assunto que as garotinhas compreendessem, e menos ainda com que se preocupassem.

Agora, porém, era diferente. Ela se importava. Foi na biblioteca que achou um exemplar da revista *Time* com a foto da moça ajoelhada ao lado do rapaz. A garota, que havia fugido de casa, encontrava-se ali por puro acaso; mesmo assim passou para a história. A fotografia transformou-se, para ela, numa esperança: fugir era uma possibilidade. E quem sabe não acharia o caminho da história? E se achasse, e se conseguisse fazer alguma coisa grande o bastante e suficientemente importante, então, talvez, pudesse ser perdoada.

Mas, por ora, sentia-se feliz por estar numa festa, num porão de uma casa na cidade, na expectativa de alguém chamar o seu número para participar do jogo "Cinco minutos no paraíso". Houve muita confusão no início, não porque algumas meninas não quisessem participar — todos estavam doidos para entrar na brincadeira —, mas porque não se chegava a uma conclusão sobre quanto tempo o casal ficaria dentro do armário. Uns diziam dois minutos, citando não menos que a autoridade do livro *Are You There God? It's Me, Margaret*; outros insistiam em sete, porque soava bem: *Sete* minutos no paraíso. "Vamos chegar a um meio termo", decidiu a dona da casa, uma garota popular e muito legal, que tinha um jeito muito gracioso de se impor. Se Kathy resolvesse que o bom era brincar de "Cinco minutos no paraíso", então estava combinado e pronto.

Mais uma coisa que o Tio e a Tia não sabiam com relação ao mundo do lado de fora da casa: sexo estava por toda parte; até aqui, até entre os muito jovens, sobretudo entre os muito jovens. Brincadeiras de médico, de girar a garrafa ou o jogo do beijo, e agora esta de cinco minutos (ou dois ou sete) no paraíso. Sexo em primeiro lugar, muito, mas muito antes do álcool e das drogas, sendo que essas últimas eram desdenhadas com certa altivez: coisa de hippie. Os colegas de sala experimentavam a adolescência às apalpadelas, tanto literal como figurativamente.

Entretanto, ela era a única que já tivera relações sexuais completas numa cama com colchão macio de penas. Disso tinha quase certeza, embora não se atrevesse a trocar informações. Se contasse a qualquer um como era sua vida em casa, provavelmente a teriam mandado embora, o que poderia ser pior ainda.

Era difícil pensar em beijar em plena luz do dia, num sábado à tarde. Sexo era uma atividade noturna, macabra e silenciosa, numa casa em que todos fingiam não ouvir o rangido das molas, o balanço da armação da cama e o barulho seco que fazia ao bater na parede, bem parecido com o das ondas contra um molhe. Ondas contra um molhe... ela estava em Anápolis, no festival das ostras. Tinha 8 anos. Vestia uma saia-calça laranja e rosa. Não gostava de ostras, mas adorava o festival. Todo mundo era feliz quando ela tinha 8 anos.

Durante o dia, ela era uma prima afastada, vinda de Ohio, carregando um nome que odiava do fundo do coração: Ruth. Tão comum, tão simples. Ruth. Se fosse o caso de ser obrigada a ter um novo nome, por que não Cordelia ou Geraldine, nomes que a personagem Anne, do livro *Anne de Green Gables*, escolhera para si? Mas o Tio explicou que as opções eram limitadas, e Ruth era o melhor que ele podia fazer. Ruth fora uma menina de verdade, do passado, uma menina que viveu até os três ou quatro anos, e depois morreu com a família num incêndio, num lugar chamado Bexley. Ruth fazia anos numa outra data, e por isso eles a colocaram numa série escolar errada, que ela presumia que seria uma chatice e totalmente repetitiva. Mas sua nova escola, Shrine of the Little Flower, era, na prática, mais puxada que a antiga. Seria por causa das freiras, ou porque as turmas eram pequenas? Ou as duas coisas? Com tanta lição de casa, ela não tinha tempo para aprender tudo o que deveria saber a seu próprio respeito e vivia preocupada com o que aconteceria se alguém começasse a fazer perguntas sobre Ohio e não soubesse as respostas — a capital do Estado, a flor do Estado, o pássaro do Estado. Mas nunca ninguém perguntou nada. Seus novos colegas cresceram juntos e mal sabiam lidar com estranhos. Além do mais, todos foram explicitamente advertidos para não conversar com Ruth sobre os acontecimentos terríveis que ocorreram com sua família lá em Ohio.

Uma menina, alguém que seria chamada de retardada lá onde ela morava — já que essa palavra não parecia ser usada aqui —, perguntou-lhe sobre os charutos.

— Charutos?

— Das queimaduras?

— Ah. As cicatrizes. — Ela só precisou de um segundo. Mentir estava se tornando um hábito. — Estão onde não se pode ver.

Depois arrependeu-se, porque isso acabou chegando aos ouvidos dos meninos da Little Flower; que andavam cochichando sobre qual seria o primeiro a ver as cicatrizes secretas de Ruth. E mesmo hoje, quando resolveram brincar de cinco minutos no paraíso, reparou que Jeffrey apontou para ela e cutucou o braço de Bill, dizendo entre os dentes: "Quem sabe você não vê as cicatrizes de Ruth?" Não duvidava de que Jeffrey gostava dela, e que essa provocação era uma espécie de flerte, mas estava cansada demais para reagir. Se as meninas da Little Flower não sabiam como lidar com uma menina de fora, os meninos sim, pelo menos achavam que sim. Eles gostavam dela, da misteriosa, da Ruth proibida, com uma história trágica sobre a qual ninguém deveria comentar. Ela se preocupava com que eles pudessem sentir o cheiro de sexo nela, apesar dos longos banhos de chuveiro que tomava de manhã e à noite, o que a tornava alvo de repreensões severas sobre os limites do poço de água e o preço do gás.

— Quarenta e sete! — chamou Bill.

Era o número dela. Todos gritaram "Eh!", do mesmo jeito que faziam a cada chamada de número. Ela caminhou até o armário, com a maior dignidade possível, já que sabia que Bill vinha bem atrás dela fazendo macacadas e caretas pelas suas costas. Fazer o quê? Era assim que os meninos que se julgavam mais importantes agiam, recordou-se.

O armário era, na verdade, a despensa onde a mãe de Kathy guardava as conservas que preparava no verão. Tomates, pimentas e pêssegos os encaravam. Olhar para aqueles potes trouxe-lhe à mente um filme de terror, de cérebros boiando em salmoura em *O jovem Frankenstein*. "Abbie alguma coisa. Abbie Normal!" Pois esse seria um excelente codinome. A Tia também era boa na cozinha e fazia geleias e compotas maravilhosas. Maçã, pêssego, ameixas, cerejas... não, não pense na cerejeira. Havia uma espécie de geladeira no chão, e foi aí que eles se sentaram, lado a lado, assustados e envergonhados.

— O que você quer fazer? — perguntou Bill.

— O que você quer fazer? — ela devolveu a pergunta.

Ele deu de ombros, dando a impressão de que não estava interessado, como se tivesse visto de tudo e feito de tudo.

— Você quer me beijar? — arriscou ela.

— É, acho que sim.

O hálito deles tinha gosto de bolo e batata frita, e não era de todo mau. Ele afastou os lábios, mas não tentou enfiar a língua. Ele mantinha as mãos para os lados, parecendo estar com medo de tocá-la.

— Bom — disse ela, num misto de cortesia e sinceridade.

— Quer fazer de novo?

— Claro. — Eles ainda tinham alguns minutos.

Desta vez meteu a pontinha da língua entre os lábios dela e deixou-a no mesmo lugar, estática. Mal respirava, talvez com medo de que ela reclamasse e o empurrasse. Por seu lado, ela precisou concentrar-se para não escancarar a boca num ato reflexo e chupar a língua de Bill o quanto desse. A essa altura estava bem adestrada, uma perita nas técnicas que faziam com que as relações noturnas fossem mais rápidas. O que a Ruth, a Ruth de verdade faria, se não tivesse morrido queimada num incêndio quando tinha 4 anos? O que Ruth saberia, como ela agiria? A ponta da língua de Bill descansava sobre o seu lábio inferior; mais parecia uma migalha de comida ou um fio de cabelo que lhe dava comichão. Mas ela não fez absolutamente nada.

— O que mais você quer fazer? — perguntou Bill, afastando-se para respirar.

Ele não sabia!, ela concluiu. Ele não fazia a menor ideia de todas as coisas que poderiam ser feitas, mesmo em cinco minutos. Por um instante, passou-lhe pela cabeça mostrar-lhe, mas sabia que as consequências seriam desastrosas. Quando finalmente os cinco minutos terminaram com os colegas batendo na porta do armário e gritando para que vestissem as roupas que nem mesmo estavam amarrotadas, Bill continuava tão inocente quanto ela gostaria de estar. Foi aí que a mãe de Kathy chamou avisando que era hora de irem para casa, e ela não precisou cantar o número de ninguém.

— Como foi a festa? — perguntou o Tio.

— Chata — ela foi sincera e também sabia que essa verdade o faria feliz. Se a festa estava chata, talvez ela não quisesse ir a mais nenhuma. Preocupava-se quando ela estava fora, perto de outras pessoas, sem que alguém da família estivesse tomando conta. A bem da verdade, não confiava quando ela estava fora de casa. E, além disso, ela gostava de fazê-lo feliz. Daquela sua maneira esquisita, ele era o único da casa que a apoiava, nem mesmo os cachorros, que eram violentos e malvados, e só serviam para enlamear seus casacos e ferir-lhe as coxas com patadas.

— Pensei em dar uma volta — disse ela.

— Mas está muito frio.

— Não vou longe, só ao redor da casa.

Foi até o pomar, à cerejeira. Nessa época do ano, era difícil dizer se alguém conseguiria ver mesmo os botões em flor, ou se não passava de mera ilusão, um truque do lusco-fusco das noites de março, que criava sombras cinzas-esverdeadas com ares de promessa de uma nova vida.

— Beijei um menino hoje — contou para a árvore, para o crepúsculo, para a terra. Nenhum deles reagiu a algo tão banal. E foi a banalidade do fato que fez com que ela percebesse que talvez pudesse voltar a ser normal, pudesse refazer os passos, desta vez direitinho. Um dia.

Ela era Ruth, de Bexley, do estado de Ohio. Toda sua família morrera queimada num incêndio quando tinha uns 3, 4 anos. Foi salva por ter pulado da janela do segundo andar da casa e fraturou o tornozelo. Por isso estava um ano atrasada na escola. Por causa do tempo que passou numa cama de hospital. Não, ela não foi reprovada. Simplesmente não teve como fazer os deveres de casa daquele ano. O sistema escolar era diferente em Ohio. É por isso que ela não sabia algumas coisas que a essa altura deveria saber.

Sim, ela tinha cicatrizes, mas estavam onde não podiam ser vistas, mesmo quando ela usava um maiô.

Parte V

SEXTA-FEIRA

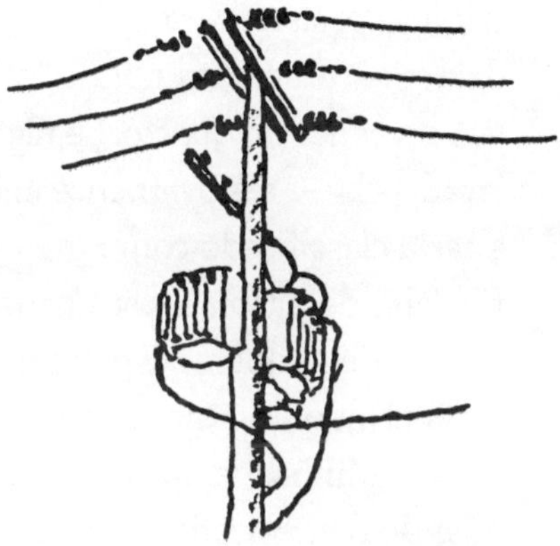

CAPÍTULO 19

— Não, não posso — disse ela. — Simplesmente, não posso.

Incríveis as lembranças que se carrega do tempo de escola. Infante não fora um aluno aplicado, mas durante um tempo gostou de estudar História. No quarto de hospital de Jane Doe nesta sexta-feira de manhã — e ele insistia em pensar nela como Jane Doe, agora mais do que nunca —, Infante lembrou-se do que aprendera sobre o rei Luís XIV. Ou seria XVI? O fato é que alguns reis obrigavam seus criados a estarem presentes enquanto se vestiam, na suposição de que assim ficava estabelecido o poder real. Vestir-se, banhar-se e sabe-se lá mais o quê. Aos 14 anos, em Massapequa, Infante não caiu nessa conversa. Quem pareceria menos poderoso do que um homem nu, ou fazendo cocô? E foi ao ver Jane D. fazer essas coisas de manhã, que as antigas lições de História voltaram à sua mente.

O que não quer dizer que se despira para ele — longe disso. Usava a camisola do hospital e um xale de cor viva cobrindo os ombros esqueléticos. E mandava e desmandava em Gloria e naquela assistente social do hospital — qual é mesmo o nome dela? — como uma rainha, solenemente fingindo desconhecer sua presença no quarto. Se não soubesse a primeira coisa em relação a ela — e, novamente, mantinha-se fiel a essa ideia —, ele a teria classificado como uma puta de luxo, ou no mínimo uma filhinha de papai, acostumada a conseguir o que quer. De homens *e* de mulheres. E estas duas no quarto estavam saltitantes, competindo pelo direito de fazer coisas para ela.

— Minhas roupas — começou ela, fitando as que usava quando deu entrada no hospital, e até Kevin pôde entender por que ela não as queria vestir. Eram roupas de ginástica, uma blusa larga e calças de ioga, da marca Under Armor, tão na moda por ali, e exalavam mau cheiro — não a inhaca de suor, mas uma morrinha que empesta roupas usadas dia após dia. Ele se perguntou quantos quilômetros ela teria dirigido antes do acidente. ***Será que desde Asheville? Então, com o que uma pessoa paga a gasolina, se não tem nem carteira, nem dinheiro?*** Será que ela jogou de propósito a carteira de dinheiro para fora do carro? Gloria insistia em atribuir ao pânico os eventos ocorridos após o acidente; decisões equivocadas tomadas sob o efeito da descarga extra de adrenalina. Mas também cabia o argumento de que tudo fora minuciosamente arquitetado, e que ela fugiu da cena do acidente a fim de ganhar tempo para fabricar uma história.

Uma história que tomou vulto, passando a incluir um policial infrator, assim que a mulher soubera que o promotor público achava que ela deveria ir a júri ou ser presa. E era evidente que o promotor, ao dizer isso, dera uma piscadela para Gloria, concordando que ela não seria presa desde que a advogada garantisse a permanência da moça em Baltimore. Infante precisava reconhecer que, para escapar de Gloria, a pessoa tinha de ter colhões. Gloria não era de brincadeira e sairia numa caçada infernal atrás da mulher, nem que fosse somente por causa dos honorários.

— Há um espaço do Exército da Salvação na Patapsco Avenue — disse a assistente social. — Eles têm coisas muito legais lá.

Infante se recordou: o nome dela era Kay.

— Patapsco Avenue — repetiu a Senhorita X num tom ao mesmo tempo divertido e saudoso e, por que não dizer, um pouco malicioso para os ouvidos de Infante. — Eu acho que havia uma peixaria barateira por aqueles lados. Minha família ia lá para comprar caranguejos.

Ele deu um pulo

— Vocês vinham até aqui comprar pescados, mesmo morando na zona noroeste de Baltimore?!

— Meu pai era muito bom em pechinchar. Bom de pechinchas e... de idiossincrasias. Sabe como é, não? Por que dirigir dez minutos para comprar caranguejos cozidos no vapor, se você pode atravessar toda a cidade, poupar um dólar por dúzia *e* ter uma história para contar? Pensando em comida, não havia um lugar perto daqui que servia anéis-de-pimentão-verde-fritos-passados-no-açúcar?

Kay fez que não.

— Já ouvi falar a respeito, mas sempre morei em Baltimore e nunca vi nada disso nos cardápios.

— Só porque você não viu uma coisa, não significa que não exista. — Mais uma vez a voz soberana, o ar empavonado. — Eu estava lá, à vista de todo mundo o tempo todo, e nunca ninguém me viu.

Bom... finalmente ela se avizinhava de onde esta conversa deveria sempre ter estado.

— A sua aparência não mudou nada?

— A tintura Nice'n Easy escureceu meu cabelo. Eu queria ter os cabelos vermelhos iguais aos da Anne do livro *Anne de Green Gables*, mas os *meus* desejos raramente eram levados em conta. — Ela encarou Infante. — Presumo que você não seja muito fã de L.M. Montgomery.

— Quem era ele? —perguntou Infante condescendentemente, reconhecendo ter caído numa armadilha e dando margem a que o trio feminino risse à sua custa. Essas espécies de risadas ele não só permitia, como também as usava em proveito próprio, sempre que possível. Deixe que pensem que ele é um idiota. Não seria o máximo se Gloria fosse à loja de roupas dos missionários com Kay? Mas isso seria bom demais para ser verdade. — Agora, falando sério...

— Eu comecei a crescer — disse ela como se antecipando aonde ele queria chegar com essa conversa. — E embora todos soubessem que eu cresceria, caso estivesse viva, acho que esse foi, em parte, o motivo por que ninguém jamais me reconheceu. E também por ser apenas uma.

— É verdade... a sua irmã. O que aconteceu com ela? Este seria um bom começo.

— Não — retrucou ela. — Não seria.

— Gloria disse que você tinha um bocado para contar. Sobre um policial. Na verdade, fui convocado aqui nesta manhã porque disseram que estaria pronta para me contar tudo.

— Posso falar sobre generalidades. Ainda não estou segura de que esteja na hora de ser mais específica. Não sinto que você esteja do meu lado.

— Você está dizendo ser uma vítima, uma refém mantida contra sua vontade, e também está sugerindo que sua irmã foi assassinada. Por que eu haveria de estar contra você?

— Viu, é isso: *Você está dizendo*. Não que eu seja, mas que alego ser. Seu ceticismo faz com que seja duro para mim confiar em você. Esse seu ceticismo e a grande probabilidade de que fará o que for possível para desacreditar uma história que vai ferir a imagem de um membro de seu próprio departamento.

Ela foi fundo aí, mas ele não pretendia lhe dar o prazer de ver o quanto isso o perturbava, o quanto essa informação havia ligado todo tipo de alarme no departamento.

— É uma maneira de falar, só isso. Sem segundas intenções.

Jane alisou os cabelos com a mão que não estava enfaixada, e encarou-o. A brincadeira de olhar fixo no olho do outro durou até ela piscar e bater as pálpebras em sinal de cansaço. Infante, porém, ficou com a impressão de que estava simplesmente lhe dando a ilusão de vitória, de que teria aguentado por muito mais tempo. Uma figurinha difícil essa aí, difícil mesmo.

— Eu conheci uma menina — recomeçou ela, os olhos cerrados.

— Heather Bethany? Penelope Jackson?

— Foi durante o curso secundário. Enquanto eu ainda estava com *ele*.

— Onde...

— Espere. Tudo a seu tempo. — Os olhos abertos, agora, mas apontados para a parede à sua esquerda. — Conheci uma garota, e ela era muito popular. Chefe de torcida e ótima aluna. E boazinha. O tipo de menina que os adultos apreciavam. Ela namorava. Muito. Rapazes mais velhos, colegas de colégio. E ia a muitos lugares, a todos os lugares. Havia um lago, e os meninos mais velhos iam para lá à noite, para beber e beijar e esfregar-se. Os pais não queriam que ela ficasse enfiada em carros até altas horas da noite, com rapazes com pouca experiência como motoristas. Então entraram num acordo: se trouxesse os namorados para casa, eles respeitariam sua privacidade. Ela e o namorado teriam a sala de jogos só para eles. Não haveria toque de recolher. Poderiam assistir à TV, tomar cerveja — com moderação, pois eles estariam infringindo a lei estadual que proibia, naquela época, bebida alcoólica para menores de 18 anos. E nem o pai, nem a mãe entrariam na sala, exceto se ela gritasse "Fogo" ou "Estupro". Os pais estariam no quarto, dois andares acima, e respeitariam sua privacidade. O que você acha que aconteceu?

— Não sei. — ***Céus, não dou a mínima.*** Mas ele precisava fingir interesse. Essa aí sugava a atenção de qualquer uma como se fosse ar.

— Ela fez de tudo. *Tudo*. Ficou craque na técnica do boquete. Perdeu a virgindade. Os pais calcularam tudo tão certinho: poderiam dar-lhe liberdade, e ela ficaria muito constrangida em usá-la. Achavam que não acreditaria nas palavras deles de que não precisaria se preocupar, de que eles não iriam cruzar a soleira da porta daquela sala. Resultado: ali estava essa garota, tão boazinha, tão popular, como a rainha da pornografia na sala da casa dos pais, e sua reputação não sofreu nenhuma mossa.

— Essa é a sua história?

— Não. É uma história sobre percepções, sobre a imagem que você passa ao público e o que você é na privacidade. Neste exato momento, sou uma pessoa privada. Anônima, desconhecida, uma mulher qualquer. Mas quando começar a lhe contar o que aconteceu comigo, você achará que sou suja. Sórdida. Não conseguirá ser imparcial. A líder de torcida no porão de casa pode pagar tantos boquetes quanto quiser. Mas a garotinha que não tenta escapar do sequestrador e molestador, a menininha que é estuprada todas as noites, essa é difícil de ser compreendida. Devia estar gostando, ou teria fugido. Certo? E além do mais, o sujeito era um tira.

— Esqueceu que sou policial? — ele a interpelou. — Não culpo as vítimas.

— Mas você as classifica, não? Você reage de forma diferente para, vamos dizer, uma mulher que apanha do marido até a morte, e um traficante de drogas que é assassinado por um concorrente. É da natureza humana. E você é humano, certo?

Kevin olhou de relance para Gloria. Tanto quanto podia se lembrar, ela sempre mantinha seus clientes no cabresto, ora interrompendo ora ditando o rumo das entrevistas. Agora era diferente; a cliente tinha o controle. Não havia dúvida, Gloria parecia hipnotizada.

— Minha intenção é de colaborar, sem, contudo, abrir mão do mínimo de normalidade que consegui para a minha vida. Não tenho a menor vocação para ser a aberração da semana, o rosto dos noticiários. Não quero agentes da polícia bisbilhotando minha privacidade, fofocando com vizinhos, colegas de trabalho e chefes.

— E amigos? Parentes?

— Não tenho nenhum.

— Mas você sabe que estamos procurando sua mãe, Miriam, no México.

— Você tem certeza de que está viva? Porque... — e ela calou-se.

— Por que o quê? Por que você acha que ela está morta? Por acaso você *contava* que ela tivesse falecido?

— Por que você nunca me chama pelo nome quando conversa comigo?

— Quê?

— Gloria me chama pelo nome. Kay também. Você nunca me chamou de nada. Até o nome da minha mãe você disse, mas não o meu. Você não acredita em mim?

Jane escutava muitíssimo bem, melhor que a maioria. É preciso que alguém escute o outro verdadeiramente para captar as omissões, o que não foi dito. E estava correta — de maneira alguma ele a chamaria por Heather. Não acreditava nela, pura e simplesmente. Desde o primeiro encontro, ele a tachara de mentirosa.

— Olha, não tem nada a ver com crença, nem com confiança, nem com piedade. Gosto de trabalhar com fatos. Fatos que possam ser verificados e, até agora, de verdade, você não me deu nada de concreto. Por que tinha certeza de que sua mãe morrera?

— Por volta da data do meu aniversário de 18 anos...

— Que ano foi?

— Três de abril de 1981. Por favor, detetive. Eu sei a data em que eu nasci. O que é um feito e tanto, considerando a quantidade de datas de nascimento que já tive na vida.

— O aniversário de Heather Bethany está na Internet. Saiu em todas as reportagens. Todo mundo ficou sabendo que faltavam apenas alguns dias para Heather Bethany completar 12 anos quando desapareceu.

Ela não se deu ao trabalho de responder o que não lhe interessava responder, mais uma prova de esperteza.

— Como eu ia dizendo, quando estava para fazer 18 anos, tornei-me dona do meu nariz. Ganhei a liberdade. Fui colocada num ônibus, carregada de presentes de despedida caros, e *sayonara*. Vire-se!

— Libertou-a assim sem mais nem menos? Manteve-a cativa por seis anos e depois deu tchau? Simples assim, sem se preocupar para onde você estaria indo ou com o que diria às pessoas?

— Todos os dias ele me dizia que meus pais não me queriam, que ninguém estava à minha procura, que eu não tinha família alguma à qual retornar, que meus pais haviam se separado e se mudado. Com o passar do tempo, eu passei a acreditar nessas palavras.

— E o que aconteceu de especial quando você fez 18 anos? Por que ele a deixou ir embora?

Jane deu de ombros.

— Ele perdeu o interesse em mim. Conforme o tempo ia passando, eu fiquei menos... maleável. Ainda sob o domínio dele, mas começando a me revoltar, a exigir coisas. Estava na hora de cuidar da minha vida. Subi num ônibus...

— Onde?

— Calma. Não vou lhe revelar meu ponto de partida, mas desci em Chicago. Estava frio demais para abril. Não fazia ideia de que abril podia ser tão frio. E havia um desfile no centro, com uma chuva de papel picado em homenagem aos astronautas recém-chegados do espaço. Recordo-me de sair da rodoviária e perambular pelas ruas, indo parar no centro histórico da cidade, nos finalmentes de uma grandiosa celebração. Mas eu havia perdido a melhor parte. O que restava era lixo.

— Parece interessante. É uma história verdadeira, ou apenas uma metáfora?

— Você é *esperto* — comentou, num misto de admiração e insulto.

— E por que eu não seria? Porque sou um tira?

— Porque você é bonitão.

Infante corou e ficou irritado consigo mesmo, e olha que não foi a primeira vez que uma mulher elogiou sua aparência.

— É uma rua de mão dupla, está sabendo? Os homens taxam as mulheres bonitas de burras; e as mulheres pensam exatamente a mesma coisa com relação a um determinado tipo de homem. Uma das piores coisas que pode acontecer a uma mulher é ter um namorado mais bonito que ela. Você nunca poderia ser meu namorado, detetive Infante.

Durante todo esse diálogo, Gloria Bustamante conservou-se imóvel como uma gárgula de pedra em forma um albatroz. Com as últimas palavras, porém, ela limpou a garganta com um forte rosnado, preenchendo o silêncio que caíra sobre o quarto. Era possível que a advogada tivesse se sentido mais perturbada com essa conversa do que o próprio Infante.

— Heather realmente tem alguma coisa que está disposta a lhe oferecer — interrompeu Gloria. — Um factoide, algo que você pode checar, e que vai estabelecer a autenticidade de todas as alegações dela.

— Por que ela não pode simplesmente fazer uma declaração? — Ele quis saber. — Datas, horários, locais. O nome do homem que as sequestrou, e com quem ela morou durante seis anos. Não vai me dizer que ela não sabe o nome dele?

A mulher na cama do hospital — ele esgotara as formas de se referir a ela — se intrometeu de súbito, os olhos faiscando.

— Você sabia que "factoide" é a mesma coisa que falso? Originalmente. Seu significado... migrou, se é que você me entende, de modo que os dicionários de hoje aceitam "pequeno fato" como uma de suas definições. Fiquei meio desapontada com isso. Na minha opinião, a língua deveria permanecer fiel, e não permitir que seja corrompida.

— Eu não vim aqui falar sobre linguagem.

— OK, aqui estão as informações que você quer. Rodovia Interstate 83, rumo Norte, logo depois da divisa com a Pensilvânia, primeira saída, nos arredores de Shrewsbury. Naquela época era meio deserto, e os nomes das ruas talvez tenham mudado. Mas havia uma fazenda numa estrada chamada Old Town, que ia de Glen Rock a Shrewsbury, e até York. A fazenda usava uma caixa postal para receber correspondência, mas havia uma caixa de correio ao pé da entrada, e o número era 13350. O caminho para carros tinha 2 quilômetros ou quase isso. A casa era de pedra, e a porta pintada de vermelho forte. Havia um celeiro, e logo adiante um pomar. Lá está o túmulo da minha irmã, sob uma cerejeira.

— Quantas cerejeiras há por lá?

— Várias, e havia também um amontoado de outros tipos de árvores. Macieiras, pereiras, e umas touceiras de cornisos para dar alguma cor. Ao longo do tempo, quando não havia ninguém me observando, consegui ir fazendo umas riscas no tronco. Não eram as iniciais dela. Isso daria nas vistas. Apenas um pequeno círculo com vários *xis*.

— Estamos falando de trinta anos atrás. A árvore pode ter sumido. A casa pode ter sido derrubada. A terra se *move*.

— Mas o registro de imóveis não. E se você pesquisar o endereço que lhe dei, estou certa de que vai encontrar um nome que poderá comparar com os arquivos de funcionários do Departamento de Polícia do Condado de Baltimore.

— Por que você simplesmente não me dá a porra do nome do homem que fez isso com vocês?

— Quero que você confie em mim. Quero que conheça a fazenda, que veja o nome dele nos registros e o compare com os arquivos da polícia. Quero que apanhe os ossos da minha irmã. Então, quando você o encontrar, se o encontrar — ele bem pode estar morto — saberá que é verdade.

— Por que você não vai junto e me mostra tudo? *Não seria mais simples, mais rápido? Ou ser simples e rápido é a única coisa que você não quer, menininha? Para que você quer ganhar tempo? Qual o seu plano?*

— Isso — ela disse — é uma coisa que nunca farei. Nem mesmo passados quase 26 anos. Nunca mais na vida quero ver aquele lugar.

Até aí ele acreditava — mas só até aí. O terror estampado em seu rosto era real, e os tremores de seus ombros visíveis mesmo sob o xale. Ela não suportaria nem mesmo cogitar uma viagem como essa. Para onde quer que ela se dirigisse na terça-feira à noite, não seria para a Pensilvânia.

Mas nada disso comprovava que era Heather Bethany.

CAPÍTULO 20

Heather franziu o nariz no instante em que atravessou a soleira da casa dos Forrest.

— Sou alérgica a gatos — explicou a Kay, de um jeito que parecia que a outra era uma corretora de imóveis idiota. — Isso não vai funcionar.

— Mas achei que você tivesse entendido. Eu lhe disse que meu filho, Seth, estava fazendo um dinheirinho extra tomando conta das plantas e dos animais de estimação da casa.

— Acho que só ouvi a parte que falava sobre plantas. Sinto muito, mas... — virou o rosto e espirrou, um espirro elegante, seco. Um espirro de gato, isso mesmo. — ...daqui a pouco vou estar toda vermelha e inchada. Não posso ficar aqui.

As bochechas pareciam estar ficando rubras, e os olhos lacrimejando. Kay seguiu Heather para fora, para a varanda com piso em pedra bruta na frente da casa. Uma senhora negra passava na calçada com a filha, e embora a menina estivesse numa bicicleta com rodinhas de apoio, estava excessivamente bem-vestida num salopete amarelinho e sapatos combinando. A mãe vestia um tom verde-claro complementar ao da filha. Virou-se para olhar as duas mulheres na varanda, sem disfarçar que achava aquilo muito suspeito. Era a vizinha, Cynthia não-sei-quê. Segundo a Sra. Forrest, a vizinha vigiava o bairro e se não fosse pelas plantas e pelo gato, Felix, ela viajaria sem a menor preocupação com a casa. Kay acenou, na esperança de que o gesto tranquilizasse a mulher, mas ela não acenou de volta, nem sorriu; apertou os olhos para vê-las melhor e forçou um gesto de consentimento que era mais uma advertência. ***Estou vendo vocês muito bem. Se qualquer coisa acontecer, não vou me esquecer de que estiveram aqui.***

— Danou-se! — reclamou Kay. — Você não pode ficar aqui, nem tampouco posso levá-la de volta para o hospital. E fora essas opções...

— Para a prisão? Não! — reagiu Heather com uma voz áspera e rouca, mas talvez ainda fosse por causa da alergia ao gato. — Kay, você precisa entender que uma mulher que está acusando um oficial da polícia não se sentiria segura numa prisão. Já é duro o suficiente ter um tira me seguindo. E também não quero ir para um abrigo. — E acrescentou, como se previsse qual seria a pergunta seguinte de Kay. — Eu não poderia ficar num abrigo. Muitas regras. Não me dou muito bem com regras, com pessoas me dizendo o que fazer.

— Isso é verdade com abrigos emergenciais, em que as camas são ocupadas na base de quem chega primeiro é servido primeiro. Mas há lugares que estão num nível melhor. Não são muitos, mas posso fazer umas ligações...

— Não dá para mim. Estou acostumada a ficar sozinha.

— Você nunca morou com ninguém? Quero dizer, desde que...

— Desde que saí da fazenda? Ah... sim, fui morar com um namorado, uma ou duas vezes. Mas não é para mim. — Deu um sorrisinho de lado. — Tenho problemas com as intimidades da vida a dois. Vá entender!

— Você já fez terapia, então?

— Claro que não! — reagiu como se tivesse sido insultada. — Por que a pergunta?

— Presumi que... bem, pelas palavras que usou. E pelo que você sofreu. Poderia indicar...

Heather sentou-se no chão da varanda, e embora Kay pudesse sentir o frio e a umidade atravessando as solas dos sapatos, pareceu-lhe correto sentar também. Ficariam no mesmo nível.

— E o que diria a um psiquiatra? E o que um psiquiatra teria para me dizer? Minha vida me foi arrancada quando mal era uma adolescente. Minha irmã morreu na minha frente. Verdade seja dita, acho que consegui sobreviver muito bem. Até setenta e duas horas atrás, a minha vida ia bem.

— E por "bem" você quer dizer...

— Eu tinha um emprego. Nada muito maravilhoso ou cobiçado, mas me saía bem e pagava minhas contas. Nos fins de semana, quando o tempo estava bom, ia passear de bicicleta. Caso contrário, pegava uma receita de um livro de culinária, um prato bem difícil, e tentava fazer igual. Muitas vezes ficava intragável; e em igual número de vezes, perfeito. Faz parte do aprendizado. Alugava filmes. Lia livros. Eu era... não se pode dizer feliz. Desisti de ser feliz. Há muito tempo.

— Contente? — disse Kay, recordando-se do quanto sentiu pena de si mesma depois do divórcio e o quanto foi fácil brincar com as palavras ***infeliz, triste*** e ***deprimida.***

— É... é parecido. *Não* ser infeliz. Era tudo o que eu queria.

— É tão triste...

— Estou viva. E isso é mais do que minha irmã conseguiu.

— E o que dizer de seus pais? Alguma vez você parou para pensar no quanto deviam estar sofrendo?

Heather bateu com dois dedos nos lábios apertados. Era a segunda vez que Kay observava o gesto. Parecia que a resposta estava bem na ponta da língua, prestes a escapulir, mas não sem antes calcular todas as consequências

— Você guardaria um segredo?

— Oficialmente? A minha posição não me dá direito...

— Não, não estou falando em termos jurídicos. Sei que você poderia ser forçada a declarar tudo o que sabe num tribunal. Mas não está nos meus planos ir parar em nenhuma sala de tribunal. Gloria afirma que nem mesmo precisarei depor em juízo. Será que como pessoas, seres humanos, podemos trocar confidências?

— Você quer saber se pode confiar em mim?

— Isso seria querer demais. — Instantaneamente, Heather percebeu que suas palavras eram ofensivas e rudes. — Ouça Kay, eu não *confio* em ninguém. Também, como poderia, não? Mas falando sério, mesmo nesse meu jeito todo fodido de ser, você não acha que eu posso dizer que sou uma história de sucesso? Só o fato de me levantar todas as manhãs, respirar, comer, sair para trabalhar, voltar para casa, assistir à merda da televisão, acordar no dia seguinte e fazer tudo de novo, uma vez, centenas de vezes, e nunca magoar ninguém... — Nesse instante, seus lábios começaram a tremer. — Nunca magoar ninguém de propósito.

— A criança que se feriu no acidente vai ficar boa. Nenhum traumatismo craniano, nenhum problema na coluna.

— Nenhum traumatismo *craniano* — Heather repetiu com amargura. — *Só* uma perna quebrada. Puxa vida!

— E o pai é igualmente culpado, ou até mais.

— Realmente, isso é muito difícil para mim. O sofrimento das outras pessoas. Quando estou no trabalho e ouço os colegas conversarem sobre o que eles consideram ser o cúmulo do sofrimento e da dificuldade, tenho vontade de explodir. Fico querendo que alguma coisa pavorosa e melequenta jorre das minhas entranhas, igual como acontece nos filmes de ficção científica. A ideia que as pessoas fazem da dor não é nada. Esse pai, bem... ele pode se culpar o quanto quiser pelo que fez. Mas ele estava reagindo ao meu erro...

— Um erro causado pelas condições do asfalto, contra as quais não podia fazer nada. — Kay fez com que ela lembrasse.

— É, mas... duvido que a pessoa envolvida no acidente anterior e muito menos o incompetente funcionário que não cuidou da estrada como devia... Bem, você acha que eles chegaram a fazer a conexão entre os dois acidentes? Não, e nunca farão. A culpa cai onde ela cai, seja ou não justo.

E assim distanciaram-se do que Heather estaria prestes a confidenciar. Kay ponderou se conseguiria trazê-la de volta para o ponto. Seu interesse não tinha nada de libidinoso — não desta vez — por certo. Chegou a ver a si própria como a que mais se identificava como a aliada desinteressada, dentre os que estavam mais próximos de Heather. A polícia, Gloria... bem, esta mulher era quase um item secundário em suas agendas. Para Kay, já não importava quem a pessoa a seu lado era de fato, nem se o mistério do desaparecimento fosse desvendado ou não.

— Sim, podemos trocar confidências — disse, recordando-se da frase original. — Você pode me contar coisas, e eu não vou passá-las adiante, salvo se for para livrar você ou outra pessoa de um sofrimento.

Outro meio sorrisinho.

— Todo mundo tem uma escapatória.

— Que se chama ética.

— Certo. O meu segredo é o seguinte: logo que fiquei sozinha, tentei ir atrás de meus pais, durante anos. Meu pai era fácil de ser encontrado, porque ele continuava na mesma casa, embora me tivessem dito que não. Agora, a minha mãe... não consegui encontrá-la. Quer dizer... eu a encontrei, mas a perdi de novo, uns 16 anos atrás. Presumi que estivesse morta, mas na verdade não a procurei com muito empenho, não fiz tudo que sabia que precisava fazer. Senti uma sensação estranha de alívio ao pensar que ela estava morta, pois passei a acreditar no que me diziam: que ela não se importava a mínima e que não desejava me ver.

— Como você pôde acreditar numa coisa dessas?

Deu os ombros, como uma adolescente. Igual à Grace, filha de Kay.

— Quanto ao meu pai — retomou o assunto, sem ao menos se incomodar em responder. — Quanto ao meu pai, um belo dia... bem, não quero entrar em detalhes. Mas um dia, soube que não morava mais no mesmo endereço, e eu não conseguia imaginá-lo mudando-se para outro lugar. Acho que isso foi em 1990, mais ou menos. Ele devia ter uns 50 anos. Isso me botou maluca, porque tinha de ser, você sabe, o coração ou um câncer. Então passei a viver por aí acreditando que eu também não viveria muito além dos 50. Agora insistem em dizer que minha mãe está viva, mas simplesmente não acredito. Há tanto tempo que ela está morta para mim... e, muito provavelmente, eu morta para ela. Acontece que, por mais que queira vê-la, isso também me assusta. Ela não será a pessoa que guardei na minha memória todo esse tempo, nem eu serei a pessoa de quem se lembra.

— Alguma vez você... desculpa, isso não é educado.

— Pode perguntar à vontade.

— Você já viu aqueles desenhos na Internet? Aqueles que tentam prever como seria o rosto de uma pessoa conforme vai envelhecendo?

Desta vez seu sorriso era verdadeiro, sem ironia.

— Que assustador, hein? E chegaram tão perto. Acho que não funciona com todo mundo. Sabe, muita gente fica *gorda*. Ah... desculpa.

Não fosse pelas desculpas, Kay não teria relacionado o comentário a si própria. Não fora a primeira vez que notara essa indelicadeza pueril em Heather.

— Olhe... — continuou Heather, a gafe já esquecida. — Tenho certeza de que você não ganha muito dinheiro, mas será que você não poderia pagar um hotel para mim, algo simples? O hotel Quality Inn, na Rota 40, talvez não mais esteja lá; mas algo parecido. Você poderia botar no cartão de crédito, e presumindo que tudo ficará esclarecido logo, então poderei devolver-lhe o dinheiro. Ei... quem sabe a minha mãe poderia reembolsá-la?

A ideia lhe parecia divertida.

— Lamento, Heather — disse Kay — mas meus filhos e eu vivemos muito apertados. E não é certo. Afinal sou uma assistente social. Há certos limites que não posso ultrapassar.

— Mas você não é *minha* assistente social, não mesmo. Tudo que você fez foi me apresentar a Gloria. E só o tempo dirá como isso funcionará.

— Você não gosta de Gloria?

— Não se trata de *gostar*. Só não estou segura de que os interesses pessoais dela estejam em sintonia com os meus. E se sob pressão, quais deles você acha que ela escolherá?

— Os interesses dos clientes. Gloria é esquisita, eu concordo, e adora publicidade. Mas fará tudo como você quiser, Heather Desde que — é claro — você não esteja lhe mentindo.

De novo aquele tapinha na boca: dois dedos contra os lábios. Kay se lembrou da brincadeira de índio das crianças, em que dão gritos de guerra ao mesmo tempo que batem de leve com a mão na boca, provocando uma explosão de ar. Será que as crianças ainda brincam assim? Ou será que essa preocupação com o politicamente correto com relação aos índios significou o fim de tais brincadeiras? Alguns heróis realmente desapareceram. Brucutu, por exemplo, o homem da caverna que puxava as mulheres pelos cabelos. Mas quem sentiria realmente saudades dele? Será que as tirinhas do Zé do Boné e Flo ainda são publicadas? Há anos que não lia a seção de passatempos...

— E aí, Kay? Tem de haver uma solução!

— E se eu levasse o gato Felix para a nossa casa?

— Não. Neste lugar há uma *sufusão* de pelos e caspa de gato. E se você e seus filhos viessem para cá e eu ficasse na sua casa?

A lógica usada por Heather para essa proposta deixou Kay perplexa. Ela não a via como uma imposição, muito menos como algo bizarro. Kay sempre foi muito cuidadosa em usar termos clínicos, mas havia um quê de narcisismo em Heather. Quem sabe não fosse por necessidade de sobrevivência?

— Não, Seth e Grace não iriam gostar nada disso. Assim como a maioria dos jovens, eles são criaturas de rotina. Mas... — Kay sabia que estava por um triz. Merda! Estava prestes a cometer um erro que poderia trazer-lhe sérios problemas no trabalho. Ainda assim, resolveu arriscar. — Temos um quartinho sobre a garagem. Sem aquecimento, sem ar-condicionado, mas não creio que isso seja um problema nesta época do ano, um aquecedor portátil resolveria. Foi planejado para ser um escritório, mas tem um sofá e um banheiro pequeno com chuveiro. Talvez você possa ficar lá, pelo menos até sua mãe chegar.

Não passaria de um ou dois dias, justificou Kay para si mesma. E a Heather ***não era*** sua cliente; não oficialmente. Seria um mero favor para a Gloria. E também ela não poderia permitir que a polícia botasse Heather atrás das grades. Ir para a prisão seria devastador para uma mulher que passou grande parte da sua juventude como refém.

— Você acha que ela é rica?

— *O quê?*

— Minha mãe. Nós nunca fomos ricos, muito pelo contrário. Ele disse que ela está morando no México. Isso dá a ideia de riqueza. Talvez eu seja uma herdeira. Sempre tive curiosidade de saber o que aconteceu com a loja do meu pai e com a casa, depois que ele morreu. Às vezes eu lia a publicação dos editais da Justiça. Sabe do que estou falando? Saldos bancários e conteúdo de cofres que nunca foram reclamados? Mas nunca vi nenhum no meu nome. Talvez ele não pudesse me colocar no testamento, já que todo mundo achava que eu havia morrido, e coisa e tal. Também não sei o que aconteceu com as poupanças para pagar a faculdade, não que tivesse muito dinheiro lá.

Kay sentiu a umidade da pedra atravessando sua saia; já as palmas das mãos estavam estranhamente quentes e suadas.

— E agora ela está voltando, foi isso que você disse? Vou ligar para a Gloria e ver o que ela acha disso tudo. Talvez eu devesse me apresentar voluntariamente amanhã, contar toda a história. Quem sabe, então, eles estarão prontos para acreditar em mim? Aposto que sim.

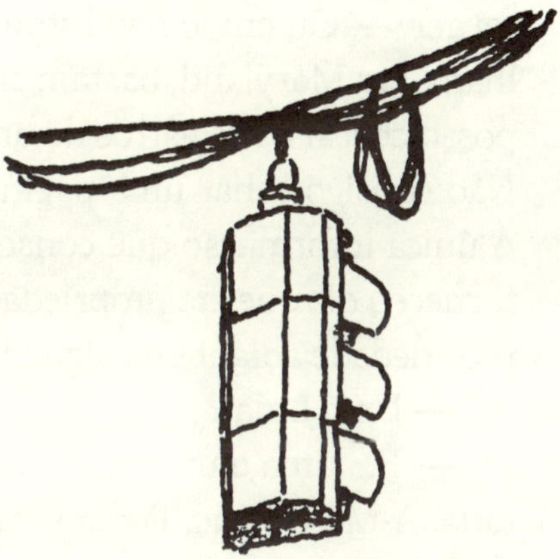

CAPÍTULO 21

Bebês flutuavam na tela do computador. Não, não bebês, no plural — um só bebê, *o* bebê, o único bebê que importava no novo milênio. *Ceda o lugar, Jesus*, pensou Kevin, *Andrew Porter Jr. chegou à cidade*. A mãe, uma perita em informática, colocou uma quantidade interminável de fotos do filho no computador, de forma que, quando entra o descanso de tela, tem início o show de slides do pequeno Andy. Andy bebezinho. Andy no colo do pai, um sujeito absurdamente grande. Andy comendo, Andy e um livro de ilustrações, Andy olhando de lado para uma árvore de Natal. Os genes do pai estavam estampados no rosto e corpo do bebê, mas Kevin ficara satisfeito ao ver o suave ceticismo de Nancy Porter replicado naquele olhar de soslaio para a árvore. ***Você está querendo me dizer que existe esse homem, e ele me traz*** *presentes? O que eu ganho com isso? E que diabos essa árvore tem a ver com o resto?*

— Os registros da Pensilvânia estão uma porcaria — reclamou Nancy, movendo o cursor. Andy desapareceu e o computador em que ela trabalhava abriu uma página da Internet. — Ou então não estou entendendo como eles trabalham. Em Maryland, bastam endereço e nome do condado, e posso checar os registros de um imóvel de vários anos atrás. Não consigo achar uma página equivalente na Pensilvânia. A única informação que consegui do endereço que você me forneceu diz que era propriedade de uma Ltda., que passou a propriedade adiante há alguns anos.

— Uma Ltda.?

— É... uma empresa por cotas de responsabilidade limitada. A Mercer Inc. Podia ser de qualquer ramo: de barraca de feira a serviço de lavanderia. Mas não há nenhum Mercer no nosso cadastro de pessoal, então é possível que o nosso homem tenha sido o dono anterior a esse.

Bela e agradavelmente rechonchuda — antes da maternidade, é preciso que se diga — Nancy divertia-se dizendo que agora era apenas gorda, embora o problema com o excesso de peso não lhe trouxesse maiores preocupações. Terminada a licença maternidade, pediu transferência para o esquadrão de casos frios — casos sem solução —, um pedido que Infante reservadamente desdenhava. Para ele parecia uma trabalheira monótona essa de ler processos arquivados na esperança de ter a sorte de encontrar alguma informação: uma testemunha que finalmente se dispôs a contar a verdade depois de anos, um cônjuge que não aguenta mais guardar segredos. Podia entender que uma mulher que acabou de ter filho quisesse garantir um horário regular, mas não conseguia ver esse tipo de trabalho como de uma policial.

Nancy, porém, levava jeito com computadores e possuía um tino infalível para obter informações sem levantar da cadeira. *A deusa dos milímetros,* foi o apelido que Lenhardt deu a Nancy, que agora ia no encalço de migalhas de informações, com o mesmo apetite com que antes conseguia avistar a cápsula de um projétil a uma distância de 100 passos. Nancy não estava acostumada a frustrar-se em suas pesquisas, mas o antigo registro da Pensilvânia* redundou em nada.

— Provavelmente uma tentativa inútil — afirmou Infante, enquanto Nancy clicava sobre o mapa e mostrava-lhe a localização. — Mas vou até lá ver no que isso dá, indagar dos vizinhos.

— Trinta anos atrás. Vinte e quatro, caso ela tenha ido embora em 1981, conforme diz. Será que alguém mora no mesmo lugar por tanto tempo nos dias de hoje?

— Basta uma pessoa. Preferivelmente fofoqueira, com memória afiada e um álbum de fotografias.

Kevin tomou a estrada para o norte, maravilhado com o fluxo permanente de veículos em direção ao Sul, ao meio-dia. Quando Lenhardt morava neste lado da cidade, vivia reclamando do estresse do percurso de ida e volta do trabalho. Referia-se ao trajeto como uma espécie de guerra, uma batalha diária. *Então por que fazê-la?*, Infante perguntava quando não aguentava mais ouvir tanta reclamação. E as desculpas eram sempre as mesmas: crianças e colégios. Problemas que um sujeito livre e desimpedido desconhecia.

Mas chegou perto de conhecê-los. Com a primeira mulher foi assustador. Não na hora, mas quando ficou provado que ela não estava grávida. Um susto — um alarme falso.

* Keystone State é o apelido do estado da Pensilvânia (*N. da T.*).

No momento, ficou animado, chegando mesmo a fantasiar sobre o papel de pai e achando que lhe caía muito bem; mas depois, com o fim do casamento, a situação ficou horripilante. Tabitha era quem mais se preocupava: pensava no novo emprego no escritório de um agente hipotecário, e imaginava o que seriam dos seus planos de fechar grandes vendas de imóveis. Com o fantasma da gravidez rondando o relacionamento, Tabitha resolveu se proteger mais ainda. O que aconteceu? Ela parou de fazer sexo; ele começou a traí-la. A busca do culpado pelo término do casamento foi o ponto central da briga no divórcio, coisa muito parecida com a história do ovo e da galinha: quem veio primeiro? O que mais irritava Infante era que mesmo depois de reconhecer que ele estava falando a verdade — que só procurou alguém fora de casa depois que pararam de trepar —, ela recusou-se a concordar que não passasse de um fato de causa e efeito.

"A gente tem de lutar para manter um casamento!", Tabitha gritou-lhe. "Você devia ter falado comigo diretamente, ou procurado um conselheiro matrimonial, ou devia ter usado a imaginação para descobrir o que me faria sentir... uma mulher de novo." Ele nunca entendeu direito o que ela queria dizer com essa última parte, mas achava que tinha a ver com massagem nos pés, banhos de espuma e presentes inesperados. "Estou lutando agora", ele gritou de volta. "Estou conversando com você. Estou aqui diante do conselheiro, cujos honorários o plano de saúde não paga nem reembolsa, se lhe interessa saber."

Mas o casamento acabou por decisão dela. E não importa quantos casos ele ouvisse, os divórcios eram sempre uma decisão das esposas. Verdade que sempre há os idiotas que não ligam a mínima para os sentimentos dos outros, e descartam a mulher por modelos mais novos. Contudo, até onde Infante sabia, esses completos ignorantes eram raridade. A maioria dos divorciados que conhecia eram pessoas como ele, sujeitos que "pularam a cerca", mas cujos planos eram de permanecer casados. Lenhardt, a quem o segundo casamento transformou em algo parecido com um pretenso beato — um santarrão na chefia do departamento de felicidade matrimonial —, gostava de ensinar que quando uma mulher pedia para ver o conselheiro matrimonial era sinal de que estava pronta para pular fora do casamento. "Os relacionamentos são como um jogo de xadrez para as mulheres", afirmava. "Elas conseguem ver o tabuleiro por inteiro, conseguem planejar de antemão. Afinal, elas são as rainhas, não? E nós os reis, limitados a andar uma casa em qualquer direção, na defensiva durante todo o maldito jogo."

Infante e a segunda esposa, Patty, nem se deram ao trabalho de procurar aconselhamento. Foram direto às vias de fato: travaram uma longa batalha, contrataram advogados que nem sequer podiam pagar e endividaram-se até o pescoço pelo direito de se gabar vencedor de um prêmio — no caso, um patrimônio — insignificante. Mais uma vez deu-se por feliz em não ter tido filhos. Por não ser uma estudiosa nem da Bíblia nem de coisa alguma, Patty teria retalhado a criança antes mesmo de ouvir a sentença de Salomão. Só que, em vez de retalhar a criança ao meio, na vertical, teria dividido na cintura e entregado a Infante a parte inferior. A que mija e caga. E o pior é que ele *sabia* de tudo isso desde o começo da relação: na igreja, esperando pela noiva — pois embora fosse o terceiro casamento de Patty, ela fazia questão de anunciar ao mundo suas conquistas — ele percebeu que aquele era um erro monumental. Vê-la descer a nave central em sua direção surtiu nele o efeito de estar prestes a ser atropelado por um caminhão.

Mas o sexo era maravilhoso, apesar dos pesares.

A rodovia Interestadual 83 virou uma buraqueira no instante em que entrou na Pensilvânia, e o limite de velocidade caiu para 15 quilômetros a hora. Mesmo assim, pôde compreender por que alguns que trabalhavam em Baltimore preferiam morar por ali, à distância de uns 65 quilômetros, e não apenas por causa dos impostos mais baixos. Era a beleza dos movimentos sinuosos dos campos, como ondas de grãos acastanhados. Pegou a primeira saída, de acordo com as instruções que Nancy imprimiu da página da Internet, seguiu por uma estrada sinuosa a oeste, e depois virou na direção nordeste. Um McDonald's, uma loja da Kmart e outra da Wal-Mart — a área era bem desenvolvida. Ele teve um mau pressentimento. Quais as probabilidades de que 160 mil metros quadrados tivessem permanecido intocáveis em meio a tantas incorporações imobiliárias?

Absolutamente zero. Embora estivesse exatamente no quarteirão 13350, dirigiu mais uns 8 quilômetros depois do Glen Rock Estates, e fez a volta, na esperança de que tivesse se equivocado. Mas não, o endereço que Nancy lhe dera era agora o de um empreendimento que oferecia "condomínio de casas exclusivas em amplos terrenos, especial para executivos de alto nível". No caso, "amplos" parecia ser definido como entre 4 mil e 8 mil metros quadrados, e casas "exclusivas" eram residências construídas dois ou três anos atrás, a julgar pelas árvores magras e um paisagismo sem refinamento. No que se refere a "executivos", os carros em frente às garagens falavam mais de gerentes de nível médio: Subarus e Camrys e jipes Cherokees. Num condomínio realmente de luxo, haveria um ou dois Lexus e talvez uma Mercedes. Gente de dinheiro não precisava ir tão longe para ter um salão de jogos e garagem para dois carros.

E onde estavam os pomares? Há muito desapareceram. Se é que algum dia estiveram lá.

"Muito conveniente, não?", Infante perguntou a si mesmo em voz alta, usando a entonação do bordão de um antigo programa de sábado à noite, o Saturday Night Live. Ela havia sido bem convincente ao demonstrar o medo de retornar a este lugar; agora, porém, especulava se ela simplesmente não queria ter o trabalho de representar o número de sua consternação mais uma vez. Anotou o nome da empresa incorporadora. Iria checar com a polícia local para ver se fora encontrada alguma ossada durante as escavações e pediria a Nancy para cruzar informações com a pesquisa da Nexis. Ainda que os condados de Baltimore e de York fiquem um ao lado do outro, o mais provável é que os ossos encontrados aqui não sejam compatíveis com nenhum caso do estado de Maryland, menos ainda com um de trinta anos atrás, envolvendo o desaparecimento de duas meninas. E também era pouco provável que houvesse um banco de dados nacional em que você digita algumas informações e todos os casos de pessoas desaparecidas aparecem como por encanto. Tudo lá a seu dispor.

Ele ligou para o celular da Nancy.

— Algo de novo? — ela foi logo perguntando. — Porque tenho...

— Um empreendimento imobiliário na propriedade. Mas tive uma ideia: poderia digitar condado de York e... nem sei como dizer... alguma coisa como "Condado de York" e "ossos", sobre o nome da rua. Se havia um túmulo, provavelmente foi achado quando preparavam os lotes. O que você acha?

— Ah, você diz uma pesquisa booleana?

— Boo... o quê?

— Deixa pra lá. Entendi o que você quer dizer. Agora, veja o que *eu* consegui, sentadinha confortavelmente à minha mesa.

Infante achou que seria uma grosseria mencionar o que achava que ela conseguiria sentada assim toda confortável: a bunda ficaria maior a cada dia.

— O quê?

— Consegui achar o registro do imóvel. A escritura foi transferida para a Mercer Inc. em 1978, mas o proprietário anterior era Stan Dunham. E Dunham foi mesmo um policial do condado, sargento da divisão de roubos e furtos. Aposentado em 1974.

Um ex-policial, não um policial, à época do desaparecimento das meninas, mas a distinção não faria muito sentido para uma criança. Ainda assim, teria sido um pouco mais fácil para o departamento engolir a pílula. Só um pouco.

— Ele ainda está vivo?

— De certo modo sim. O cheque de aposentadoria vai para um endereço no condado de Carroll, perto de Sykesville. Numa casa para idosos. Segundo o que o pessoal de lá me disse, ele está mais para morto do que para vivo.

— Significando que...?

— Foi diagnosticado com Alzheimer três anos atrás. Raramente consegue dizer o próprio nome. Nenhum parente vivo, de acordo com o hospital, ninguém a ser contatado quando ele se for, mas há uma procuração nos arquivos.

— Nome?

— Raymond Hertzbach. Ele mora em York, então você pode ir vê-lo antes de voltar. Desculpe, hein?

— Nada disso. *Gosto* de serviços externos. Não me tornei um policial para ficar sentado atrás de uma mesa o dia inteiro.

— Nem eu, mas as circunstâncias mudam, sabia?

Ela soava um pouquinho presunçosa, o que não era do feitio de Nancy. Talvez ela tivesse percebido a observação muda sobre o que a rotina de trabalho estava fazendo com a sua bunda. Muito justo, então.

A rodovia ficou pior ainda ao se aproximar de York, e Kevin estava contente por não ter de enfiar seu próprio carro na buraqueira das estradas da Pensilvânia. O advogado, Hertzbach, mais parecia um peixe graúdo metido num aquário pequeno: autoanunciava-se num outdoor à beira de uma estrada interestadual, mas seu escritório se resumia a uma casinha de estilo vitoriano, reformada. Balofo e luzidio, vestia camisa cor-de-rosa e gravata florida da mesma cor, combinando com o rosto também rosado.

— Stan Dunham procurou-me na época em que vendeu o imóvel.

— E isso foi quando?

— Há cinco anos, acho.

O novo proprietário deve ter passado a propriedade bem rápido; com certeza recebeu mais dinheiro por ela.

— Foi uma sorte que lhe caiu do céu, mas ele teve a capacidade de prever que precisava estar preparado para o futuro. A mulher havia morrido — fiquei com a impressão de que não teria vendido a terra enquanto ela estivesse viva — disse-me não ter filhos, nem herdeiros. Comprou vários seguros, seguindo minhas recomendações: seguro saúde de longo prazo e algumas anuidades ou seguros resgatáveis em vida. Esses foram negociados com outra pessoa daqui da cidade, Donald Leonard, amigo meu do Rotary.

E você recebeu uma bela comissão, pensou Infante.

— E o Dunham pediu algum conselho em assuntos criminais?

Hertzbach deu uma gargalhada.

— Mesmo se fosse verdade, não comentaria nada. Confidencialidade.

— Mas conforme entendi, agora ele não responde por si.

— É, ele piorou muito.

— E se ele morrer, não há ninguém a quem notificar? Um parente próximo, amigos?

— Não que eu saiba. Mas uma mulher ligou-me recentemente, queria saber da situação financeira dele.

O cérebro de Infante quase assoviou como uma chaleira: uma mulher, interessada em dinheiro.

— Deixou o nome?

— Com toda certeza, mas tenho de pedir a minha secretária para olhar na agenda, descobrir a data e o nome. Ela foi... um pouco grosseira. Queria saber quem havia sido nomeado no testamento — caso houvesse — e quanto de dinheiro ele tinha. E é claro que não respondi nada; pelo contrário, perguntei qual a sua ligação com o Sr. Dunham, mas aí ela desligou na minha cara. Fiquei imaginando se não seria alguém da própria clínica de repouso, tentando conquistar as simpatias dele. Considerando o senso de oportunidade.

— Como assim?

— O Sr. Dunham foi encaminhado a uma instituição para doentes terminais em fevereiro, o que significa que não esperam que ele viva mais de seis meses.

— Ele está morrendo de demência senil? É possível isso?

— Câncer de pulmão, e parou de fumar aos 40 anos. Tenho de confessar que é um dos sujeitos mais azarados que eu já conheci. Vende aquele terreno por uma ninharia, depois fica doente. Há uma lição a se aprender com isso.

— E qual seria, exatamente?

Kevin não estava tentando bancar o espertinho, mas deu a impressão de que Hertzbach emudeceu de medo por causa da pergunta.

— Bem, porque, para... Não sei direito, aproveitar cada dia — disse enfim. — Viver a vida em sua plenitude.

Obrigado pela lição, colega.

Deixou o escritório do advogado, e pegou a estrada esburacada de volta para Maryland. Ia matutando sobre a coincidência da ligação telefônica vir de uma mulher que — de acordo com as anotações da secretária — identificou-se pelo não-tão-criativo nome de Jane Jones. A chamada foi feita em 1º de março, há menos de três semanas. Uma desconhecida perguntando pelo dinheiro do velho policial. Será que ela sabia que Dunham estava morrendo? Mas como? Será que cogitava iniciar uma ação civil contra o homem? Deveria saber que o assassinato de sua irmã é um crime que não prescreve.

Mas, por outro lado, não há dinheiro envolvido em ações penais.

Mais uma vez surpreendeu-se com o fato de que tudo era muito conveniente — primeiro a velha fazenda que sumiu do mapa, e quem haveria de saber ao certo o que acontecera com o suposto túmulo? Depois o velho, praticamente morto.

Ao entrar em Maryland, procurou às cegas o celular e ligou para Willoughby, para perguntar se alguma vez ouvira falar no nome de Dunham. Nenhuma resposta. Resolveu chamar Nancy de novo. Será que havia novidades?

— Infante — respondeu ela. Ele estava se habituando ao fato de que as ligações já não eram envoltas em mistérios. Agora, seu nome aparecia na tela do celular da Nancy quando ligava, identificando na hora quem estava chamando.

— O advogado tinha algumas novidades interessantes. Quanto a Dunham, acho que não dá mais para contar com ele. E você, já é a maior especialista no caso Bethany?

— Quase lá. Consegui achar a mãe — a imobiliária que ela tinha em Austin sabia como entrar em contato com ela. Ninguém atendeu, nem a secretária eletrônica, mas Lenhardt vai continuar insistindo. Agora vem a minha grande descoberta...

— Nós devemos mantê-la afastada disso até estarmos cem por cento seguros.

— Certo, mas Infante...

— Veja bem, ela vai *querer* acreditar, então temos de estar atentos a isso. E também não queremos desperdiçar o tempo dela, caso venhamos a desacreditar a mulher como filha.

— Infante...

— No mínimo ela terá de entender que não há garantia, que...

— Infante! Cale a boca e escute por um segundo! Eu joguei o nome de Penelope Jackson no banco de dados do jornal da Nexis. Era só um palpite. Isso você não chegou a fazer, certo?

Merda! Ele odiava quando Nancy passava à frente dele dessa maneira.

— Fiz o levantamento criminal, coisa simples. E fui ao Google, mas havia milhares de resultados. Um nome muito comum. E além do mais, o que me importa se ela apareceu no noticiário por outros motivos?

— Ela apareceu num artigo num jornal do estado da Geórgia... — uma pausa, o som de um clique enquanto Nancy procurava pelo arquivo. — O *Brunswick Times*. Na época do Natal do ano passado. Um homem foi morto num incêndio na noite de Natal, considerado acidental pelos investigadores. A namorada dele se chamava Penelope Jackson.

— Pode ser uma coincidência.

— Pode — concordou Nancy, deixando escapar seu orgulho mesmo através da linha instável do celular. — Quer saber quem era o morto? *Tony* Dunham.

— O advogado do sujeito disse que ele não tinha herdeiros, nem mesmo há cinco anos.

— E os tiras de lá foram informados, pela namorada, de que não havia nenhum parente para notificar, que os pais de Tony tinham morrido. Mas há a questão da idade — ele tinha 53 quando morreu, e o número dele na Previdência Social começa com 21, o que indica ter sido emitido em Maryland. Os Dunhams provavelmente moraram em Maryland antes de se mudarem para a Pensilvânia.

— Mas 30 anos atrás ele tinha 23. Pode ser que nem mesmo morasse com os pais naquela altura. — E agora morto, morto num incêndio. Por que seria que tudo sobre este caso, sobre esta mulher, acabava num beco sem saída? A família do carro em que ela bateu na lateral devia estar feliz por estar viva, considerando-se o histórico dela. — Essa não! Ele poderia ter sido recrutado, é o que dá para supor. Você averiguou o cadastro militar?

— Ainda não — ela admitiu, o que lhe deu um arrepio de satisfação: ***Há! Pensei num registro do qual você nem se lembrou!***

— Onde fica essa cidade de Brunswick? Como se chega lá?

— O sargento fez reservas para você num voo da Southwest para Jacksonville, que sai às 7 horas. Brunswick fica a cerca de uma hora para o norte. Penelope Jackson trabalhou num restaurante, o Mullet Bay, e também num resort ali perto chamado St. Simons Island, mas pediu demissão no mês passado. Pode ser que ainda esteja por lá, mas não no mesmo endereço.

Ou talvez esteja em Baltimore, abusando da boa-fé de todos por ali.

CAPÍTULO 22

— Você tem certeza de que vai ficar bem? — perguntou Kay.

— Claro — respondeu ela, pensando *Vá embora, vá, por favor, vá.* — Eu até posso tomar conta de Seth, se ele preferir ficar em casa.

— Legal... — o menino ia dizendo.

Mas Kay cortou na hora:

— Não, não, nem pensar em lhe impor uma coisa dessas.

Não se arriscaria, não é mesmo? Para mim está tudo bem, Kay. Nem eu teria coragem de deixar uma criança sob meus cuidados. Só ofereci para que você não desconfiasse das minhas intenções.

— Tudo bem se eu ficar na sua casa, assistindo à televisão?

Era evidente que Kay não queria oferecer tanta hospitalidade. Não confiava nela — e nisso estava certíssima —, muito embora não tivesse como saber de verdade. Depois de alguma hesitação, o senso de justiça de Kay falou mais alto. Puxa, como ela gostava de Kay. Alguém em quem se podia confiar, que sempre tomaria a atitude mais gentil, mais correta. Seria bom ser como a Kay, mas generosidade e justiça eram luxos que não se podia permitir.

— Mas é claro. E sirva-se do que...

— Depois desse jantar maravilhoso? — Esfregou o estômago. — Não consigo comer mais nada.

— Só alguém que passou dois dias num hospital acha a comida do Wung Fu maravilhosa!

— Minha família costumava ir lá para comer comida chinesa· Bem... sei que não é nem o mesmo lugar, nem a mesma família. Mas lembrei-me quando passamos de carro por lá.

Incredulidade no olhar de Kay. Será que ela estava exagerando, forçando demais a barra? Mas era verdade, essa parte era verdadeira. Talvez tivesse chegado a um ponto em que suas mentiras eram mais verossímeis que suas verdades. Seria a consequência de ter vivido uma mentira por tempo demais?

— Molho de pato — recomeçou ela, com cuidado para não falar nem empolgada demais, nem depressa demais. — Achava que vinha de um pato, da mesma forma que o leite vem da vaca. Costumava pensar que se chegássemos ao parque em Woodlawn, aquele perto de Gwynns Falls, bem cedinho de manhã, veríamos chineses ordenhando os patos. Imaginava-os com aqueles chapéus de palha... Ai, que vergonha! Nós apelidamos de chapéus de boia-fria. Céus, como éramos racistas naquela época.

— Por quê? — perguntou Seth.

Ela gostava dele. Dele e também de Grace, apesar de detestar a maioria das crianças. Na verdade, chegava a se sentir mal perto delas. Mas havia uma doçura nos filhos de Kay, um carinho herdado da mãe ou então aprendido com ela. E eles também se preocupavam com Kay; talvez um subproduto do divórcio.

— Era assim e pronto, não sabíamos fazer diferente. E daqui a trinta anos, provavelmente, você dirá a mesma coisa para alguém mais jovem, que não bota fé nas coisas que *você* dizia, fazia, vestia e pensava.

Podia ver no rosto de Seth que ele não se convencera com a explicação, mas era educado demais para contradizê-la. A geração dele seria bem-sucedida, perfeita em tudo, e desvendaria todos os mistérios. Afinal, havia os iPods, que transmitiam a sensação de que tudo era possível, inclusive controlar a vida do mesmo modo como que são controladas e gerenciadas as músicas: com um leve toque na roda de seleção. Certo, queridinho? Era como se a vida fosse igual a uma grande lista de músicas esperando para ser programada; o admirável mundo novo do aparelhinho TiVo. O que você quiser, quando você quiser, o tempo todo.

— Não vamos demorar mais que uma hora — explicou Kay.

— Não se preocupem comigo. — *Ou como o Tio costumava cantarolar: "Garota não vá embora irritada, apenas vá embora."*

Finalmente sozinha na casa, ligou a TV da salinha de trabalho e obrigou-se a ficar sentada, quieta, assistindo a um programa absurdamente ridículo por uns dez minutos. As crianças sempre esquecem alguma coisa em casa, calculou; mas depois de estarem no carro há dez minutos, o objeto esquecido em casa teria de ser mesmo essencial para um pai concordar em dar meia-volta. Quando veio o segundo intervalo comercial, ligou o computador da casa. *Nenhuma senha, nenhuma senha, nenhuma senha*, rezou, e — é claro — não precisou de senha alguma. O antiquado Dell abriu-se por inteiro. Ela deixaria rasto, era inevitável, mas quem pensaria em caçá-la aqui? Rapidamente checou sua caixa de entrada de e-mail via internet, à procura de algum assunto urgente. Depois enviou um e-mail para o supervisor, explicando que tinha havido um acidente e que precisava cuidar de um problema urgente de família — o que era verdade, já que ela era sua própria família — e foi por isso que teve de sair da cidade às pressas. Clicou em enviar e imediatamente saiu do programa de e-mail, para o caso de seu supervisor estar online e responder no ato. Em seguida, mesmo sabendo dos riscos, começou a digitar "Heather Bethany" no programa de buscas Google.

H-e... Duas letras digitadas, e o Google lhe ofereceu a pesquisa que estava querendo. Essa não! Kay, a enxerida, andou fazendo um bocado de servicinho extra nos últimos dias. Por um motivo qualquer, ficou satisfeita em saber que Kay não era assim nem tão generosa nem tão prestativa, e que cedia à curiosidade básica dos mortais. Examinou o histórico, querendo ver até onde as pesquisas de Kay a levaram, mas as páginas visitadas eram as óbvias, as básicas. Kay chegara até o site dos arquivos *Beacon-Light*, mas não seguiu adiante, pois para isso teria de pagar uma taxa. Enfim, nada de especial. Eram histórias que ela mesma sabia de cor. Um site sobre crianças desaparecidas, com aquelas imagens estranhas de como teriam envelhecido, e as informações essenciais. E um blog muito sinistro mantido por um homem em Ohio, que dizia ter resolvido o caso Bethany. Pronto! Nada demais. Tudo perfeito.

Quisera ela que Kay, por ser assistente social, tivesse acesso a alguns arquivos secretos do governo, onde estariam armazenados os pormenores confidenciais. Mas é claro que esse site não existia e, caso existisse, ela mesma o teria achado e violado. Afinal, há séculos, que já não havia nenhum código, nem nenhum recurso disponível de informática que não tivesse descoberto.

Relutando um pouco, desconectou-se da Internet e desligou o monitor. Sentia saudades de seu computador. Até aquele momento, nunca havia se dado conta de que mantinha uma espécie de relação pessoal com ele. E essa sensação jamais lhe ocorrera, nem mesmo quando passava infindáveis horas — todos os dias — diante da tela do computador. Contudo, não sentiu pena de si mesma; muito pelo contrário. Gostava de computadores, da lógica e da ordem. Nos últimos anos, havia se esbaldado de rir com todo esse disse-me-disse sobre os perigos da Internet, do perigo do acesso liberado a meninas e meninos ainda menores de idade, fazendo com que aumentasse a pornografia infantil. Diziam que o mundo era mais seguro antes dos computadores. Doce ilusão! Se o que lhe aconteceu tivesse começado num papo virtual, seus pais teriam conseguido descobrir a verdade. Mas ela estava no mundo real, conversando frente a frente com alguém; e foi assim que todo o problema começou: com uma simples conversa, a conversa mais inocente que alguém pudesse imaginar.

Você gosta desta música?

O quê?

Você gosta desta música?

Sim. Mentira. Não era mesmo o tipo de música de que ela gostava, mas a conversa... a conversa era outra história, uma que ela gostaria que não terminasse nunca. *Gosto sim.*

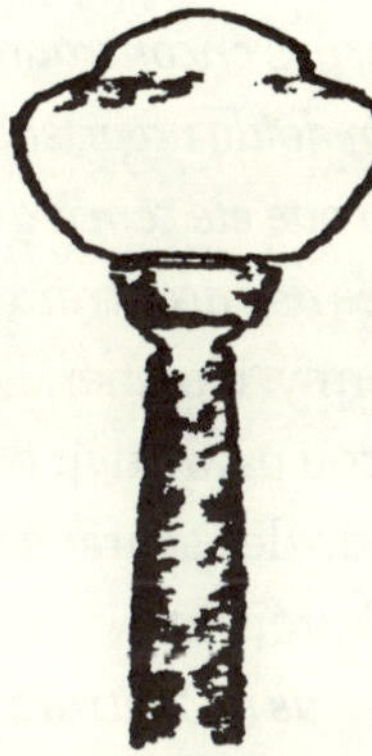

CAPÍTULO 23

E, finalmente, o telefone tocou.

Era assim que Miriam se recordaria do momento. Ela encontrara um jeito de memorizar o fato na hora exata em que estava acontecendo — revisitar o presente no presente. Depois diria a si mesma que percebeu a gravidade da ligação pelo som monótono, tristonho, da campainha do telefone, justamente quando ela arrumava a mesa para o jantar. Mas foi só mesmo nos segundos que se seguiram, após um homem ter pigarreado e começado a falar com aquele sotaque ao mesmo tempo bizarro e desagradável de Baltimore — contudo ainda familiar aos seus ouvidos após tantos anos —, que ela soube.

Eles as encontraram.

Encontraram os corpos delas, ou que se presumem que sejam delas.

Outro maluco abriu o bico na prisão, desesperado por fazer um acordo ou para chamar atenção para si, nada mais que isso.

Eles as encontraram.

Corpos encontrados podem ser delas.

Um doido na prisão veio com uma conversa fiada, mas é preciso ouvir o que ele tem a dizer.

Eles as encontraram.

Sunny. Heather. Dave morto. O coitado do Dave está morto, não ficou para ouvir o final da história. Ou seria o sortudo Dave? Poupado de escutar a verdade que nunca conseguiu admitir nem para si próprio.

Eles as encontraram.

— Miriam Bethany? — Foi o "Bethany" que entregou. Havia um único contexto em que seu nome continuava sendo Miriam Bethany.

— Pois não.

— Aqui fala Harold Lenhardt, sargento do Departamento de Polícia do Condado de Baltimore.

Eles as encontraram, as encontraram, as encontraram.

— Há alguns dias, uma mulher envolveu-se num acidente de carro e, quando a polícia chegou ao local, ela disse que...

Maluco, doido, psicopata. Outro alucinado, outro filho da mãe. Outro lunático, indiferente à dor e ao sofrimento que isso lhe causava.

— ... que era sua filha. A mais nova, Heather. Ela diz ser a sua filha.

E a cabeça de Miriam explodiu.

Parte VI

PHONEMATES (1983)

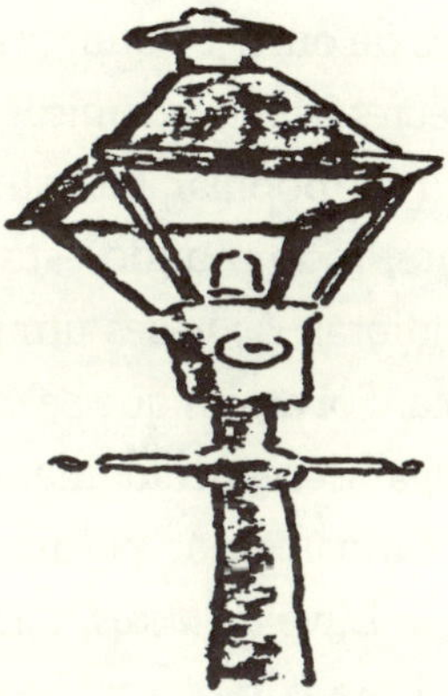

CAPÍTULO 24

O telefone tocou às 6h30, e Dave tirou-o do gancho sem pensar duas vezes. Deveria ter mais atenção. Na semana anterior, na expectativa da ligação que se repetia todos os anos naquela data, ele comprara um secretária eletrônica da PhoneMate, na loja Wilson de compras por catálogo, no Security Boulevard. Diziam que os preços de lá eram baixos, mas Dave não sabia ao certo, pois não tinha paciência para ficar comparando valores. Ainda assim, e também por ser varejista — embora numa escala bem mais reduzida —, ficara interessado em descobrir como a loja conseguia cortar despesas indiretas ao manter um número mínimo de vendedores e não expor suas mercadorias na loja. Os interessados anotavam os códigos dos itens que queriam e depois formavam duas filas: uma para apanhar as mercadorias e outra para pagar. Talvez o pulo do gato fosse que toda essa mão de obra fizesse os clientes *acreditarem* que estavam fazendo um bom negócio. Esperar tanto tempo nas filas... era um sacrifício que merecia algo em troca, não? Os soviéticos faziam fila para papel higiênico, os americanos para PhoneMates e WaterPiks e colares de ouro 14 quilates.

Secretárias eletrônicas eram novidade, uma tecnologia que se tornou popular na esteira da falência da AT&T, e agora, de repente, todo mundo estava comprando — e gravando mensagens idiotas, às vezes um plágio de um ator conhecido, ou uma música. Foi assim que se constatou que os Estados Unidos eram um lugar desesperadamente solitário, onde todos preocupavam-se que uma ligação perdida pudesse mudar seu futuro. O antigo Dave, o Dave *de antes*, teria adiado ao máximo sucumbir a uma engenhoca como essa, se é que de fato a compraria. Mas havia sempre a chance de alguém ligar uma vez e nunca mais voltar a ligar. E depois havia as ligações que você não queria atender, e o aparelho lhe permitia ouvir a mensagem, para depois decidir-se a falar, ou não, com tal pessoa. Até aquele momento Dave ainda não tinha bolado uma forma educada de fazer isso — afinal, na hora em que você revelava a alguém que pegou a chamada na secretária, como não atender a chamada dessa pessoa daí por diante? Ou simplesmente fingir que não estava em casa? Talvez seja melhor *nunca* atender. Ele levou umas três horas para se decidir por uma mensagem para gravar: "*Aqui é Dave Bethany, e não estou em casa agora.*" Não necessariamente verdade, e ele detestava mentir mesmo para desconhecidos, mas o pior era facilitar a vida dos ladrões. "*Você ligou para a residência dos Bethanys...*" Mas não existia isso de "residência dos Bethanys". Um único Bethany, numa casa cada vez mais descuidada, onde nada estava quebrado, mas também nada funcionava direito. "*Aqui é Dave. Deixe sua mensagem após o bipe.*" Originalidade zero, mas servia.

A secretária eletrônica foi ajustada para tocar quatro vezes antes de atender, e Dave, grogue de uma noite de sono sem sonhos — o que para ele era uma bênção —, esticou o braço e pegou o telefone. Naquela fração de segundo entre tirar do gancho e levar ao ouvido, lembrou-se da data e do motivo para ter comprado o aparelho da PhoneMate. Tarde demais.

— Sei onde elas estão — disse uma voz esganiçada, masculina.

— Vá se foder — respondeu Dave, batendo o telefone com força, porém a tempo de registrar o som de uma sequência de socos.

Essas chamadas começaram quatro anos antes e eram sempre iguais, pelo menos no conteúdo. A voz parecia diferente de ano para ano, e Dave calculou que quem ligava devia sofrer de uma espécie de alergia que afetava o timbre. Será que a voz da droga desse sujeito estava mais rouca, este ano? A primavera chegara antes do tempo, e o pólen flutuava no ar. Esse sujeitinho era sua marmota particular, que saía do buraco onde hibernava para lhe comunicar a mudança de estação. Sua *PhoneMate*.

Obediente, Dave registrou a data, hora e o conteúdo num bloquinho que sempre estava ao pé do telefone. O detetive Willoughby avisou-lhe que deveria anotar tudo, até quando a pessoa que fazia a ligação desligava quando Dave atendia. Embora mantivesse um registro, nunca mencionara para Willoughby esse rito de primavera. "Pode deixar que nós decidiremos o que tem ou não importância", disse-lhe Willoughby inúmeras vezes nesses últimos oito anos, mas Dave não conseguia viver assim. Precisava fazer distinções, nem que fosse apenas para manter a sanidade. A esperança era uma emoção de difícil convivência, Dave veio a descobrir. Uma companheira exigente e desaforada, Emily Dickinson, a apelidou daquela coisa com plumas, mas a esperança dela era pequena e graciosa, uma presença amistosa encarapitada dentro do peito. A esperança que Dave Bethany conhecia na intimidade também tinha plumas, mas era mais parecida com um grifo com olhos lampejantes e unhas pontiagudas. *Garras*, ele se corrigiu. Um grifo com a cabeça de águia e o corpo de leão. A esperança na versão de Dave Bethany sentava-se em seu peito e com as garras arranhava a carne que cobria seu coração.

Podia ficar na cama por mais uma hora, mas seria impossível voltar a dormir. Levantou-se e foi se arrastando buscar o jornal. Pôs a água do café para ferver. Dave sempre insistira em usar o conjunto jarro-coador de vidro Chemex, por mais que Miriam tentasse fazê-lo mudar para uma máquina, que se tornara o objeto de desejo de todo mundo quando Joe DiMaggio anunciou o novo produto. Agora, os naturebas — uma classe decadente na opinião de Dave — estavam retornando ao antigo jeito de fazer café, embora eles moessem os grãos em pequenos utensílios com tampa em forma de cúpula que zunem com pomposa cerimônia, um pênis artificial em tamanho gigante para o gourmet fetichista. *Viu?*, Dave comentou com seu convidado invisível para o café da manhã, enquanto despejava água fervente sobre os grãos moídos. *Eu disse, não foi? Tudo volta.*

Jamais largara o hábito de falar com Miriam durante o café da manhã. Na realidade, veio a apreciar mais o papo entre os dois depois que ela se foi: ninguém o refutava, nem ninguém caçoava dele ou questionava suas opiniões. Podia dar todas suas opiniões, e Miriam acatava tudo em silêncio. Para ele não havia arranjo melhor.

Passou os olhos pela seção local do jornal *Beacon*. Nenhuma menção ao que a data representava, o que era de se esperar. Houve um artigo quando o desaparecimento completou um ano, outro no aniversário de dois anos, e só. Dave chegou a estranhar a falta de pelo menos uma nota por ocasião do quinto aniversário. Quando será que as suas filhas estariam novamente no noticiário? No aniversário de 10 anos, de 20? Nas bodas de prata? De ouro?

— A mídia fez tudo que estava a seu alcance — comentara Willoughby no mês passado, quando ambos observavam enquanto operários cavavam buracos numa antiga fazenda lá para os lados de Finksburg.

— Ainda assim, nem que fosse por curiosidade histórica, o fato de ter acontecido... — A paisagem rural por aqui era bem bonita. Por que será que nunca tinha ido a Finksburg antes, e apreciado a beleza, apesar do nome: cidade dos bandidos? Mas a rodovia só recentemente alcançara essa parte do condado. Antes da pavimentação da estrada, seria impraticável morar ali e trabalhar na cidade.

— A esta altura, acabará em prisão — afirmou Willoughby conforme o dia avançava, e mais buracos eram cavados, e o detetive desistiu da operação em andamento. — Alguém que sabe de alguma coisa e vai usá-la como objeto de troca. Ou talvez o próprio sujeito. Não me surpreenderia se ele já estivesse preso por outro crime. Há inúmeros casos sem solução que receberam toda publicidade do mundo: Etan Patz, Adam Walsh.

— Mas esses vieram *depois* — retrucou Dave, como se fosse uma questão de direito de primogenitura. — E os pais de Adam Walsh tinham ao menos um corpo.

— Tinham uma cabeça — arrematou Willoughby, de forma pedante, pondo à mostra sua natureza esnobe. — E o corpo nunca foi encontrado.

— Sabe o quê? A esta altura, eu seria capaz de matar por uma cabeça.

A ligação telefônica que falava sobre a fazenda Finksburg fora tão promissora. Em primeiro lugar porque veio de uma mulher, e embora as mulheres não fossem mais sensatas do que os homens, não costumavam ser tão psicopatas a ponto de armar uma brincadeira de mau gosto com a família de duas supostas vítimas de assassinato. E depois, ela morava ao lado e fornecera seu nome por inteiro. Um homem de nome Lyman Tanner mudou-se para a fazenda na primavera de 1975, um pouco antes de as meninas desaparecerem. Ela lembrou-se de ele ter lavado o carro bem cedo no domingo de Páscoa, dia seguinte ao desaparecimento, fato que ela considerou esquisito, porque a previsão era de chuva.

Segundo informação de Willoughby a Dave, ao indagarem da mulher por que só foi se lembrar desse detalhe oito anos depois, receberam a seguinte resposta:

— Muito simples — disse a mulher, Yvonne Yepletsky. — Pertenço à Igreja Ortodoxa, Ortodoxa Romena, mas frequento a Ortodoxa Grega, no centro, como a maioria dos Ortodoxos Romenos. Pelo nosso calendário, a Páscoa cai num dia diferente, e minha mãe costumava dizer que sempre chovia na Páscoa *deles*. E em geral chove mesmo.

Mesmo assim, só se recordou de ter estranhado a lavagem do carro no domingo de Páscoa alguns meses atrás, quando Lyman Tanner morreu e deixou a fazenda de herança para uns parentes afastados. Yvonne Yepletsky recordou-se de que o vizinho trabalhava para a Previdência Social, que por sinal ficava perto do shopping, e de que era excepcionalmente cuidadoso com as filhas ainda adolescentes quando se mudaram para lá. E também que o tal Lyman não se incomodara com o antigo cemitério que fazia limite com a propriedade, circunstância que havia afastado inúmeros compradores em potencial.

— E mais, ele fez um grande rebuliço para semear uma safra, tendo alugado um trator e até arado a terra, mas foi só — comentou a Sra. Yepletsky em tom de crítica.

O departamento de Polícia do Condado de Baltimore alugou uma escavadeira.

Os operários estavam trabalhando no segundo buraco, quando um outro vizinho veio contar que a Sra. Yepletsky estava muito aborrecida porque o marido queria comprar as terras dos herdeiros de Tanner, mas eles não queriam vender. Os Yepletskys não estavam mentindo, não totalmente. Acreditavam nas próprias histórias que contavam sobre o Tanner, e cujos herdeiros não venderiam a propriedade nem por uma boa oferta... ah, aí tem coisa... *Ele lavou o carro quando a previsão era de chuva. Isso não aconteceu na mesma época em que as duas irmãs haviam desaparecido? Deve ter sido ele.* E a esperança — que por uma semana havia se mudado para o ombro de Dave, veio alojar-se mais uma vez no seu peito, as garras fazendo sulcos em sua carne.

Considerando que seu café da manhã não passava de uma xícara de café puro, Dave necessitava apenas de vinte minutos para terminá-lo e também ler o jornal, lavar a louça e ir lá para cima se vestir. Era por volta das 7 horas. Trezentos e sessenta e quatro dias do ano, ele mantinha as portas dos quartos das filhas fechadas, mas as abria neste dia, e permitia-se ficar por ali. Sentia-se não muito diferente de um Barba Azul às avessas. Se uma mulher viesse morar com ele na casa — inimaginável, porém teoricamente possível —, ele a proibiria de entrar nesses quartos. Mas ela o desafiaria e daria uma olhadela quando ele não estivesse por perto. Em vez de encontrar os cadáveres das ex-esposas do passado, veria as vidas de duas meninas, preservadas em cápsulas do tempo desde abril de 1975.

No quarto rosa e branco de Heather, Max, personagem do livro *Where the Wild Things Are* faz a volta ao mundo, descobre a ilha das coisas selvagens, e consegue retornar para casa na hora da janta. Alguns ídolos das adolescentes apareciam nas paredes abaixo de Max: meninos dentuços que Dave não conhecia. Na porta ao lado, o quarto de Sunny parecia mais com um quarto de adolescente, com apenas um resquício de infância deixado para trás: um quadro que fora seu projeto de biologia marinha do sexto ano, para o qual ela bordara em ponto de cruz uma trabalhosa cena submarina. Obteve a nota máxima, mas só depois de a professora ter submetido Miriam a um monte de perguntas, pois não acreditava que a aluna pudesse ter feito tudo sozinha, sem ajuda de ninguém. Ah... como o Dave tinha ficado injuriado com a professora, por ela ter duvidado do talento e da palavra da filha.

Seria de esperar que esses quartos trancados e intocados estivessem empoeirados e bolorentos, mas Dave os encontrou limpos e cheios de vida. Ao sentar nas camas desses quartos — e nesta manhã o pai experimentou as duas camas, corajoso como a Cachinhos Dourados — imaginou que suas donas voltariam ao cair da tarde. E até a polícia, que por curto tempo considerou a possibilidade de as meninas terem fugido, teve de reconhecer que os quartos eram a prova de que as donas eram aguardadas. Verdade seja dita, era estranho que Heather tivesse levado todo o seu dinheiro para o shopping, mas talvez isso tenha sido justamente a causa do problema. Há gente capaz de maltratar uma criança por 40 dólares, e a bolsa estava vazia quando a encontraram.

Claro que na hora em que a polícia concluiu que as meninas saíram sozinhas, foi a vez de Dave tornar-se o suspeito. Até esse momento, Willoughby nunca admitiu nem se desculpou pela injustiça e estupidez da sindicância, e pelas horas insubstituíveis que foram gastas com esse equívoco. Mais tarde, Dave veio a saber que os membros da família eram sempre suspeitos em casos como aqueles; porém, foram os detalhes de sua vida — o casamento desintegrado, a loja à beira da falência, a poupança aberta pelos pais de Miriam para custear as faculdades das meninas — que fizeram com que a acusação fosse especialmente brutal. "Você acha que matei minhas filhas por dinheiro?", ele perguntara, pronto para arremessar-se contra Willoughby. O detetive não levou isso como uma afronta pessoal: "Por enquanto não estou pensando em absolutamente nada", disse com uma encolhida de ombros em sinal de indiferença. "São perguntas que precisam ser feitas, e estou recebendo as respostas. Só isso."

Até agora, Dave não conseguia decidir o que era pior: ser suspeito de matar as filhas por dinheiro ou ser acusado de assassiná-las para vingar-se da esposa infiel. Miriam agira como se fosse um ser superior, logo abrindo o jogo e contando seu segredo para os tiras; porém, o segredo fornecera um álibi perfeito para ela *e* o amante. "E se foram eles?", Dave perguntou à polícia. "E se foram eles que armaram contra mim, de modo que pudessem fugir juntos?" Mas nem mesmo Dave acreditava nessa hipótese.

Não se incomodava muito por Miriam tê-lo deixado, mas perdera todo respeito pela mulher quando ela foi embora de Baltimore. Ela abandonara a vigília. Não fora forte o bastante para viver nem com o sofrimento da esperança, nem com as possibilidades impossíveis que a esperança lhe sussurrava nos ouvidos.

— Elas estão mortas, Dave — afirmou Miriam na última vez em que conversaram, mais de dois anos atrás. — Nossa única expectativa é a declaração oficial daquilo que sabemos ser verdade. A única esperança que temos para nos apegar é que tenha sido menos terrível do que nos atrevemos a imaginar. Que alguém as tenha levado e atirado nelas, ou as assassinado sem sofrimento. Que não tenham sido estupradas, que...

— Cale a boca, cale a boca, cale a boca, CALE A BOCA!

Essas quase foram as últimas palavras que dirigiu a Miriam. Mas nenhum dos dois desejava isso. Desculpou-se, e ela também, e essas foram então as últimas palavras que trocaram. Miriam, sempre interessada em novidades, havia comprado uma secretária eletrônica no ano anterior. Ele ligou algumas vezes e ouviu a mensagem gravada, mas nunca deixou a sua. Ele se perguntava se Miriam alguma vez ouvia as mensagens deixadas ou se atenderia o telefone se ouvisse sua voz na secretária. Provavelmente não.

De acordo com as leis de Maryland, ele poderia, em 1981, ter dado entrada numa petição para que as meninas fossem declaradas oficialmente mortas, uma decisão judicial que autorizaria a liberação do fundo reservado para a faculdade. Mas ele não tinha nenhum interesse no dinheiro delas, e menos interesse ainda em ter um juiz a confirmar seus piores medos. E deixou o dinheiro definhar. Seria mais uma prova a seu favor.

Talvez uma família carinhosa tenha raptado as meninas. Uma família bondosa da agência Corpos da Paz, que as despachou depressa para a África. Ou elas se encontraram com um bando de adeptos de movimentos de contracultura, uma versão jovem de Kesey e seus seguidores, e caíram na estrada juntos, fazendo exatamente o que você faria se não tivesse filhos, murmurou o grifo-esperança nos ouvidos de Dave.

Então por que elas não ligam?

Porque odeiam você.

Mas por quê?

Porque os filhos odeiam os pais. Você detestava os seus. Há quanto tempo você não liga para a sua mãe? Fazer uma chamada interurbana não é tão caro assim.

Mesmo assim, serão essas as minhas únicas opções? Vivas mas tão cheias de ódio por mim, que se recusam a ligar? Ou cheias de amor por mim, mas mortas?

Não... não param aí; há também a possibilidade de estarem acorrentadas no porão da casa de um doente mental, onde...

Cale a boca, cale a boca, cale a boca, CALE A BOCA.

Afinal chegara a hora de ir para a loja. A Violão Azul só abriria dali a três horas, mas havia coisas a fazer até lá. De todas as ironias da vida, essa era a mais dolorosa. A loja prosperou na esteira da publicidade sobre o desaparecimento das filhas. No começo, as pessoas vinham curiosas para ver o pai em luto, mas davam de cara com a senhorita Wanda, da padaria, sempre eficiente e simpática. Ela oferecera seu tempo, insistindo que chegaria o dia em que Dave não só iria querer, mas também *precisar* trabalhar. Os curiosos transformaram-se em compradores, e o boca a boca a respeito da loja foi tão eficiente que o negócio cresceu além dos modestos sonhos de Dave. Na verdade ele o expandiu, ao adicionar uma linha de roupas e outra de pequenas utilidades domésticas, como puxadores de gaveta e pratos decorativos para paredes. E as mercadorias que importava do México eram a última moda. O coelho esculpido que a Sra. Baumgarten desdenhara, aquele que ela não podia nem imaginar pagar 30 dólares? Bem, um museu de São Francisco, que estava para abrir uma ala de arte folclórica, propôs a Dave pagar mil dólares pela peça, reconhecendo o valor da obra do primeiro período da carreira de um mestre Oaxacan. Em vez de aceitar a oferta, Dave emprestou a escultura para ser exposta na mostra inaugural.

Parou na varanda da frente, absorvendo a luz. Com as árvores ainda relativamente nuas, e o mundo em compasso de espera para o horário de verão que teria início em algumas semanas, as manhãs tinham uma claridade ao mesmo tempo prazerosa e dolorosa. A maioria das pessoas aguardava ansiosa pelo horário de verão, mas Dave sempre o considerou uma permuta infeliz, em que se desperdiçavam as manhãs para se ter uma hora extra de luz ao fim dos dias. A última vez que fora feliz tinha sido de manhã. Bem... mais ou menos. Naquela manhã ele *tentava* ser feliz, concentrado nas meninas porque sabia que Miriam estaria ocupada com outra coisa — o problema é que não estava preparado para enfrentar essa outra coisa. Tentava se distrair brincando de ser um pai superatencioso, e Heather caiu na conversa e acreditou. Sunny... Sunny não foi tão ingênua. Sabia que ele não era um pai presente, que estava sempre entretido com os próprios pensamentos. Se ele ainda estivesse perdido em devaneios, se ele não tivesse pressionado para que Sunny levasse Heather consigo. Se ele... Mas que ideia louca era essa? Uma filha morta em vez de duas? Essa foi *A escolha de Sofia*; não que Dave aguentasse ler o livro, embora *As confissões de Nat Turner*, do mesmo autor, William Styron, tenha sido uma de suas obras favoritas. Styron precisou do Holocausto para explicar as situações mais terríveis que podiam acontecer aos pais. Mas o problema é que não era terrível o suficiente. Seis milhões de mortos não significavam nada quando se perde um filho.

Ligou a sua Kombi antiga, outra relíquia da qual não se desfaria nunca, uma outra peça de sua existência tal qual a excêntrica Miss Havisham, uma viúva rica que vive numa mansão caindo aos pedaços e todos os dias usa o mesmo velho vestido de noiva, personagem de *Grandes esperanças,* de Charles Dickens. Sua acompanhante de sempre, a esperança, tomou o assento ao lado, o estofado de vinil todo roto e estalando sob suas incansáveis garras. O grifo virou os olhos da cor de bílis para Dave, e o advertiu para usar o cinto de segurança.

Quem se importa se estou morto ou vivo?

Ninguém, admitiu Esperança. *Mas quando você morrer, quem estará aqui para manter a memória delas acesa? Miriam? Willoughby? Os antigos colegas de classe das meninas, alguns deles já formados? Você é tudo que elas têm, Dave. Sem você, elas terão realmente partido.*

CAPÍTULO 25

Miriam tinha um amor secreto — o iogurte de creme de noz-pecã da loja I Can't Believe It's Yogurt.* Mas ela acreditava que fosse mesmo iogurte. Ela sabia não ser exatamente a comida saudável tão anunciada, e que as calorias contidas no iogurte equivaliam às colorias de qualquer outro alimento. Miriam, porém, não se sentia ludibriada pelas promessas feitas na I Can't Believe It's Yogurt, fossem elas explícitas ou não. Ela adorava o tal iogurte e sentia-se extremamente tentada a sair de seu caminho para comprar um. Fazia calor. Um dia quente de verão para os padrões aos quais estava habituada, quente o bastante para achar que uma tarde no parque

---

* Do inglês: Não acredito que é iogurte. (*N. do E.*)

aquático Barton Springs seria uma ideia mais do que razoável. Passou-lhe pela cabeça tirar folga à tarde e ir lá ou, quem sabe, até o lago. Mas ainda lhe restavam dois compromissos com potenciais clientes, na região de Clarksville.

No entanto, preocupava-se que tivesse considerado, mesmo por um segundo, ir até a área das piscinas públicas. Ela tinha adotado os costumes e opiniões do lugar com tanta intensidade que, se não se cuidasse, logo se juntaria ao coro de vozes dali: "Mas você deveria estar morando aqui quando..." A lenga-lenga sem fim de como Austin costumava ser estilosa, alegre e barata. E depois relacionavam saudosos os lugares que costumavam existir: o Armadillo, Liberty Lunch. Olhe para a Guadalupe Street, na parte mais movimentada conhecida como Drag, onde agora você não consegue encontrar uma vaga para estacionar. O jeito era desistir do iogurte e ir direto para o compromisso.

Um arrepio correu-lhe o corpo, e ela revisitou seus pensamentos a fim descobrir o porquê de tanta ansiedade. O estacionamento — a cidade de Austin —, as piscinas de Barton Springs — o *lago*. O lago! Houve um assassinato no lago, no outono passado. Duas meninas, encontradas num terreno onde estavam construindo uma casa luxuosa. Duas meninas — não eram irmãs, mas a mera configuração chamou-lhe a atenção — e ninguém chegou nem perto de desvendar o motivo. Miriam, mais craque do que muita gente em ler nas entrelinhas das notícias, percebeu que a polícia não tinha informação alguma; seus amigos, porém, inferiram toda sorte de teorias conspiratórias com base em fatos os mais banais. Acostumados à forma como as notícias eram veiculadas pela televisão, eles estavam em compasso de espera para que o caso se transformasse numa ***história*** passível de ser explicada, enfim numa história ***satisfatória***, embora seus zelosos amigos de Austin jamais usassem essa palavra. Para eles, obcecados com a forma como Austin estava mudando — transmutando-se, diziam os da antiga; desenvolvida e progressista, contestavam os recém-chegados que haviam enterrado ali suas fortunas — os assassinos devem, de alguma maneira, estar conectados ao fenômeno do crescimento. As meninas eram dali da região, andavam sempre de bicicleta e vinham de famílias que moravam ali antes de a área tornar-se atraente. De acordo com o noticiário, há tempos elas usavam uma pequena enseada do Travis Lake para local de festinhas com os amigos e não viram razão para parar só porque estavam construindo uma casa ali. À Miriam parecia que as meninas provavelmente foram mortas por conhecidos seus, de uma turma mais barra pesada. Mas nada veio à tona, nem mesmo depois de a polícia ter interrogado o proprietário do terreno e vários operários da obra.

Ao convergirem seu foco para o choque entre o velho e o novo, entre o progresso e o marasmo, os amigos de Miriam que moravam em Austin não se davam conta de que estavam defendendo suas próprias conexões com o crime, que tentavam tomar um crime bárbaro isoladamente e fazer dele algo relacionado a si mesmos, o que era, enfim, a única coisa que jamais poderia acontecer, não na liberal Austin. E a liberalidade era tão espontânea e verdadeira, que Miriam começava a se perguntar em que medida seus próprios pontos de vista eram mesmo liberais.

Veja, por exemplo, a pena de morte, que fora restabelecida no estado do Texas no ano anterior. Colegas e vizinhos de Miriam discutiram muito sobre a vergonha dessa decisão, sobre o escândalo que era esse apetite do Estado em matar um ser humano, agora que Utah abrira o caminho, embora apenas um homem tenha sido executado até então. Miriam nunca participava dessas discussões, temerosa de que pudesse acabar defendendo veementemente a pena capital, o que poderia revelar algo de sua experiência pessoal, que era a última coisa que queria. Desde sua chegada ao Texas, sete anos antes, foi-lhe permitida a satisfação de não ser tratada como a mãe mártir, a coitadinha da infeliz da Miriam Bethany. Se bem que ela já não fosse realmente Miriam Bethany. Era Miriam Toles. Mesmo se alguém soubesse a respeito das irmãs Bethany, mesmo se seus nomes viessem à baila por conta das intermináveis especulações quanto ao assassinato duplo no lago Travis, ninguém teria como fazer a relação entre ela e as filhas desaparecidas. E ela até evitava falar sobre a parte do passado vivido em Baltimore. *Casamento ruim, não deu em nada, nenhum filho — ainda bem — originalmente de Ottawa, preferia muito mais o clima daqui.* Era tudo o que as pessoas sabiam sobre ela.

Houve momentos — embriagada de vinho ou na camaradagem de quem compartilha uma infusão de maconha, em geral tarde da noite — em que Miriam flertava com a ideia de abrir seu coração para alguém. Nunca a um homem, por mais que lhe fosse extremamente fácil conhecê-los e ir para cama com eles; mas não queria namorado de jeito nenhum, e em geral esse tipo de desgraça leva um homem a levar a sério o relacionamento. Mas fizera amizade com mulheres, e uma em especial, a Rose, que sugeriu indiretamente ter seus próprios segredos. Estudante de Antropologia aos 37 anos — Austin estava apinhado de gente que parecia determinada em passar a vida estudando —, ela ficou até mais tarde, depois de uma festa, conversando, e depois aceitou o convite de Miriam para relaxarem na banheira de hidromassagem que ficava no jardim. Enquanto esvaziavam uma garrafa de vinho, Rose falou sobre um vilarejo afastado em Belize, onde morou durante vários anos. "Era surreal", recordou-se. "Depois da experiência de morar lá, não estou bem certa de que o realismo fantástico seja mesmo um estilo literário. Para mim, aqueles caras estão escrevendo sobre a realidade." Estupro foi mencionado bem de leve, mas todos os pronomes pessoais desapareceram do discurso de Rose, tornando impossível decifrar se a vítima era ela ou um espectador que não teve forças para reagir. Rose e Miriam dançaram em torno das chamas de seus respectivos passados, arremessando sombras mágicas que permitiam — a cada uma em particular — chegar às conclusões que bem entendessem. Essa foi a primeira e última vez que conversaram sobre intimidades, para alívio de Miriam e, provavelmente, de Rose também. Daí para frente, mal se viram.

No sinal de trânsito seguinte, Miriam abriu sua agenda, que estava sobre o banco do carona, para ver o endereço do primeiro compromisso. Na calçada, um homem a fitou, e ela teve consciência de si mesma como uma mulher que venceu na vida por esforço próprio, embora com uma conotação diferente do sentido usual da frase. É verdade que ela venceu financeiramente, especialmente levando-se em conta ter começado com tão pouco. Sua agenda, por exemplo, não era uma agendinha qualquer, mas um caro organizador pessoal da marca Filofax, as roupas e os sapatos da etiqueta Joan Vass, e dirigia um Saab com ar-condicionado: detalhes que indicavam uma mulher de sucesso, à moda de Austin. Mas o que importava para Miriam era a criação dessa pessoa diferente — Miriam Toles — a quem era permitido transitar livre pela vida, sem levar atrelada, em tudo que fazia, a visibilidade da tragédia. Já era duro o bastante ser Miriam Bethany em seu interior. Já o invólucro coberto de açúcar, uma película pouco espessa que deixava todas as confusões escondidas lá dentro, ou quase, esse era a Miriam Toles.

"Elas derretem", reclamou Heather, ao mostrar à mãe a palma lambuzada de laranja, amarelo, vermelho e verde. "Como eles podem mentir dessa maneira?"

"Todos os comerciais mentem", respondeu Sunny, a sábia aos 11 anos. "Lembra-se de quando encomendamos 100 bonequinhas da quarta capa da revista em quadrinhos *Millie the Model*, e elas eram miudinhas?" E afastou os dedinhos para mostrar o quanto as bonecas eram microscópicas, e o quão descomunal era a mentira.

Ainda parada no sinal, os olhos de Miriam fixaram-se na data: 29 de março. O dia. Aquele dia. Era a primeira vez que ela conseguia sentir-se sossegada, sem o pensamento fixo na tragédia. A primeira vez que não fora dormir apavorada pelo que se convencionou chamar de aniversário, a primeira vez em que não despertara banhada em suor por conta de pesadelos medonhos. Muito ajudava que a primavera em Austin fosse tão diferente; fazia calor no final de março. Ajudava também que a Páscoa tivesse vindo e ido embora antes da data, mais uma vez. A Páscoa era normalmente o aviso de que havia entrado no que ela considerava uma temporada segura. Caso elas estivessem vivas... ó Senhor, se elas estivessem vivas, Sunny teria 23 anos; Heather, quase 20.

Mas não estavam vivas. Sua única certeza na vida era essa: elas não estavam vivas.

O som de buzina, e outro, e mais outro, e Miriam avançou bruscamente, quase às cegas. Ponderava sobre motivos que fariam com que Sunny e Heather sentissem alívio por não estarem vivas. Reagan na presidência? Mas ela duvidava que alguma delas estivesse disposta a sacrificar a própria vida para prevenir esse resultado. As músicas melhoraram, pelo menos aos ouvidos de meia-idade de Miriam, e ela também gostava das roupas, da combinação conforto e estilo de algumas das marcas. As meninas teriam ficado encantadas com Austin, não obstante o pessoal local afirmar que a cidade estava arruinada, arruinada, arruinada. Poderiam ter ido para a faculdade — mais baratas aqui — e passado horas nos clubes, comido sanduíches do Mad Dog & Beans, experimentado pedaços de pão mergulhados em caldo do restaurante Las Mañanitas, sorvido com todo barulho as margaritas no Jorge's, feito compras no Whole Foods, que conseguia a façanha de ser ao mesmo tempo orgânico (painço a granel) e decadente (cinco diferentes tipos de queijo brie). Sunny e Heather, adultas, teriam o mesmo senso de humor que ela. Sim, isso mesmo! Miriam acabara de decidir, e também compartilhariam da mesma impressão a respeito de Austin, uma cidade às vezes ridícula, às vezes pretensiosa. É. Elas poderiam ter morado aqui.

E morrido aqui. As pessoas morrem aqui, também. Assassinadas nos canteiros de obras. Mortas em acidentes de carro causados por excesso de álcool, nas muitas curvas das estradas que ligam as zonas rurais às centrais, no Hill Country. Afogadas na enchente do fim de semana do dia comemorativo dos soldados e marinheiros mortos em ação, em 1981, quando o nível da água elevou-se de repente tão furiosamente transformando ruas em rios traiçoeiros.

Miriam acreditava intimamente — ou intimamente ponderava — que fora destino das suas filhas serem assassinadas, e que se pudesse voltar ao passado e alterar as circunstâncias daquele dia, tudo que faria seria adiar e reconfigurar a tragédia. Suas filhas foram marcadas no nascimento, estigmatizadas com um destino que fugia ao seu domínio de mãe. Essa era uma das singularidades dos pais adotivos: a sensação de que havia fatores biológicos que jamais conseguiriam controlar. À época, imaginou que fosse uma atitude saudável essa de se render a uma realidade que os pais biológicos — nunca "naturais", embora em Austin as pessoas, até as mais bem-intencionadas, usassem essa expressão indelicada — tinham dificuldade em aceitar: não conseguiam ter o controle sobre tudo que dizia respeito aos filhos.

Claro que ela tinha a vantagem de conhecer parte da família de Sunny e Heather os avós maternos, Estelle e Herb Turner. A consciência de Miriam ficou pesada por causa da primeira impressão que teve do casal, quando ficou sabendo de toda a história: uma filha linda, Sally, que fugira de casa aos 17 anos para casar-se com um sujeito que seus pais não aprovavam, e que depois recusou a ajuda dos pais, até que fosse tarde demais. Isso aconteceu por volta de 1959, quando fugir com o namorado ainda era uma aventura com elementos de comicidade: a escada até a janela, o jovem casal que sempre é encontrado, e tudo isso para, ao final, receberem as bênçãos dos pais. Essa era a época em que a televisão mostrava marido e mulher dormindo em camas separadas, e o sexo era tão, mas tão disfarçado, que os mais jovens deviam se sentir a ponto de explodir por carregar tantos sentimentos e sensações sobre os quais nunca ninguém conversava a respeito. Miriam sabia. Miriam lembrava-se. Ela não era muito mais velha do que Sally Turner.

Os outros trechos da história de Sally ela os inventou: o bonitão grosseiro e ignorante de classe social diferente, a oposição dos Turners — que Sally descartou como sendo esnobismo — mas que na verdade fora um infalível instinto paterno. Fugir e se casar devem ter feito Sally tão orgulhosa de si mesma... o mesmo orgulho que a impediu de ligar para os pais pedindo ajuda quando o casamento se transformou numa sequência de atos de violência. Sunny acabara de fazer 3 anos e Heather era ainda um bebê quando o pai deu um tiro na mulher e em seguida suicidou-se. Os Turners vieram a descobrir quase que simultaneamente que a filha estava morta e que tinham duas netas que precisavam de alguém para cuidar delas.

Infelizmente, tinham ficado sabendo no mês anterior que Estelle estava com câncer no fígado.

A ideia de adotar as crianças foi de Dave. Miriam nunca soube direito os verdadeiros motivos, mas teve a impressão de que Dave estava mais interessado em estreitar sua ligação com Estelle do que com as próprias meninas. Miriam queria muito adotá-las. Aos 25 anos, havia abortado espontaneamente três vezes. E aqui estavam duas meninas lindas, prontas para eles, cuja adoção não demandaria um exaustivo processo. Os Turners, como tutores das garotas — seus únicos parentes, tanto quanto se sabia, fato que seria verificado anos mais tarde, quando o detetive Willoughby foi apurar se o falecido pai das meninas tinha algum parente — podiam transferir a tutela aos Bethanys. Foi tudo bem simples. E, por mais cruel que possa parecer, Miriam ficou aliviada quando Estelle morreu, e Herb sumiu pelo mundo afora, conforme previa quem o conhecia. As meninas lhe traziam tristes recordações da mulher e da filha, era sua justificava. Se, por um lado, Miriam agradecia o fato de ele ter ido embora, por outro desprezava-o pelo mesmo motivo. Que espécie de ser humano era esse que não queria fazer parte da vida das netas? E até mesmo agora, que conhecia a história por completo, Miriam nunca superara aquela antipatia inicial pelos Turners, sobretudo pela desmedida dedicação de Herb à Estelle, redundando na incapacidade de amar e cuidar de mais ninguém. Não seria surpresa se Sally tivesse fugido de casa por não haver espaço para ela na bela casa de Sudbrook, um ambiente sufocante por causa do amor excessivo de Herb pela esposa.

As meninas sabiam que eram adotadas, é claro, mas desconheciam a história pronta e acabada. Heather sempre se recusara a aceitar, mesmo quando Sunny insistia em ter lembranças maiores do que as possíveis. ("Tínhamos uma casa em Nevada", Sunny insistia. "Uma casa com uma cerca. E um pônei!") Dave — embora tivesse alguns momentos de vamos-ser-honestos ou vamos-abrir-tudo — não suportava a ideia de contar às meninas a verdade inteira: a fuga da adolescente e o ódio mortal que tomou conta de seu pai biológico, a perda de duas vidas porque Sally resistia à ideia de pegar o telefone e pedir ajuda aos pais para se livrar do marido que desaprovaram desde o começo. Na opinião de Miriam, as meninas nunca deveriam saber de tudo; Dave, porém, achava que a revelação da história serviria como rito de passagem para a idade adulta, quando tivessem uns 18 anos.

Mas o que deixava Miriam mais perturbada ainda era a doce fantasia que Dave criara para as meninas, enquanto elas cresciam. Sunny ou Heather costumavam pedir ao pai antes de dormir:

— Fale um pouco sobre minha outra mãe.

— Bem... ela era linda...

— Eu me pareço com ela?

— Muito! Igualzinha. — E se pareciam mesmo. Miriam vira fotos de Sally na casa dos Turners. O mesmo cabelo louro esvoaçante, a mesma estrutura óssea pequena. — Ela era linda, casou-se e foi morar longe. Mas houve um acidente...

— Um acidente de carro?

— Algo parecido.

— O quê?

— Sim, um acidente de carro. Eles morreram num acidente de carro.

— E nós estávamos lá?

— Não.

Mas elas estavam. E isso era motivo de preocupação para Miriam. As meninas foram encontradas dentro de casa. Heather num berço e Sunny num chiqueirinho. Elas se encontravam num outro aposento, mas o que será que viram? O que será que ouviram? E se Sunny tivesse lembranças mais reais do que Nevada, uma casa e um pônei?

— E onde nós estávamos?

— Em casa, com uma baby-sitter.

— Qual era o nome dela?"

E Dave não parava de inventar detalhes que se transformaram numa mentira colossal, a maior mentira que Miriam jamais escutara. "Vamos lhes contar a verdade quando fizerem 18 anos", ele prometia.

E pensar que a verdade era para ser conferida numa determinada idade, como se fosse um direito: direito de tomar cerveja, direito de votar. Oh, que operários diligentes e inexperientes foram Dave e Miriam que, como os castores que com barro e galhos constroem diques para proteger suas casas, faziam de tudo para proteger seus segredos. Tentavam estancar as gotas de um riacho, quando um terremoto estava prestes a destruir suas vidas. Ao fim e ao cabo, todas as mentiras foram divulgadas ao mundo, mas o mundo não tomou conhecimento. Afinal, quem se incomodaria com tais ninharias num mundo pós-apocalítico, quando a sujeira estava espalhada por todos os lados? No dia em que Estelle e Herb Turner recorreram a eles pedindo ajuda, Miriam imaginou-se oferecendo um novo começo para duas criaturinhas inocentes. Mas no fim, foram as meninas que lhe deram a chance de reinventar-se. E ao partirem, levaram consigo uma parte de Miriam.

Foda-se, pensou, ao virar à esquerda, o que era proibido. *Vou ao Barton Springs*. Mas deu meia-volta no quarteirão seguinte. Não podia arriscar perder nem um único cliente sequer.

CAPÍTULO 26

— Você pensa mais rápido do que a caixa registradora — disse Randy, o gerente da Swiss Colony.

— O que você disse?

— A nova máquina calcula o troco, resolve sozinha. Mas você não deixa, já vi tudo. Você está sempre à frente dela, Sylvia.

— Syl — disse ela, arregaçando as mangas do uniforme de Swiss Miss que as funcionárias eram obrigadas a usar, completado com saia tipo camponesa e corpete justo de mangas bufantes. Todas as garotas odiavam o decote avantajado que mostrava os seios toda vez que se curvavam para apanhar queijo e salsicha. Durante os invernos, usavam gola rulê por baixo; mas agora, com abril chegando, não dava mais para justificar. — É Syl, não Sylvia.

— É... mas para fazer embrulhos você é o cão — criticou ele. — Nunca vi ninguém tão perdido num rolo de filme plástico. E o pior? Você não faz venda sugestiva. Se o cliente compra a salsicha, você tem de forçá-lo a comprar mostarda. Se ele quer levar uma cesta de presente pequena, você deve sugerir que leve a maior.

Nós não ganhamos comissão, ela pensou em responder, mas não quis arriscar a petulância. Arregaçou a manga da direita, e a da esquerda escorregou; arregaçou a da esquerda, a da direita desceu. Paciência, Randy que olhe os ombros dela.

— Você não está precisando do emprego, Sylvia?

— Syl — consertou ela. — É o apelido de Priscilla, não de Sylvia. — Ela estava tentando incorporar seu novo nome. Agora era Priscilla Browne, 21, de acordo com os documentos que carregava consigo: certidão de nascimento, cartão da Previdência Social e Carteira de Identidade estadual, mas não tinha carteira de motorista.

— Você faz o tipo mimada, não?

— Como é?

— Você não tem muita experiência. Você disse que era proibida de trabalhar durante o curso secundário, e agora você está... mas olha isso aqui! — Ele focou no documento diante dele. — No Colégio Fairfax Community? Filhinha do papai, hein?

— Do que você está falando?

— Recebia uma gorda mesada e nem precisava trabalhar. Mimada! Isso mesmo.

— É... acho que sim. — Verdade, ele me *mimou* mesmo.

— Bem, as coisas andam meio devagar por aqui. Desde o Natal, se quer saber. De modo que vou ter de enxugar...

Ele a encarou, cheio de expectativa. Ela odiava esses momentos. Desde que fora forçada a sair de casa e viver por conta própria, viu-se encurralada nesse tipo de situação repetidas vezes, tentando dialogar num nível que ela presumia ser o dialeto dos "normais". As palavras eram mais ou menos as mesmas do idioma que conhecia, mas ela tinha problemas em acompanhar o sentido. Sempre que alguém deixava uma frase em aberto para que preenchesse o vazio, receava que sua resposta fosse tão além do esperado, que seria automaticamente julgada suspeita de alguma coisa. Justo agora, por exemplo, ela gostaria de acrescentar: "...e lançar uma linha de alimentos de baixa caloria." Mas com certeza não era o que Randy queria dizer com enxugar as coisas. Ele estava falando... Essa não! Despedida. De novo!

— Você não é uma pessoa comunicativa — continuou ele. — É inteligente, mas não devia trabalhar em vendas.

— Eu não sabia que *estava* em vendas — disse com os olhos marejados de lágrimas.

— Você é vendedora. É o título do cargo: vendedora.

— Eu poderia melhorar... com as vendas e com os embrulhos. Poderia... — Encarou Randy através dos cílios umedecidos, mas desistiu. Ele não era do tipo que se deixava influenciar. Os instintos dela nunca falhavam. — A partir de hoje? Ou tenho de trabalhar o restante das horas programadas?

— Depende de você. Se quiser trabalhar suas últimas quatro horas, tudo bem. Agora, tem uma coisa: se não trabalhar, não ganha.

Passou pela cabeça dela despir-se bem ali e sair porta afora de roupa de baixo. Uma vez assistiu a uma atriz fazer isso num filme, e o resultado foi incrível. Mas não havia ninguém presente para aplaudir seu show de alforria. O shopping estava vazio a essa hora do dia, fato que representava parte do problema da loja. Até mesmo uma vendedora conscienciosa e cheia de entusiasmo não conseguiria vender queijo para clientes-fantasmas. Alguém teria de ser dispensada, e ela era a pessoa: a última a ser contratada, a menos competente, a mais mal-humorada. E também não praticava venda sugestiva. Pior, quando dizia alguma coisa, era para fazer com que os clientes desistissem das compras, sobretudo das compras dos queijos fedorentos, porque não conseguia embrulhá-los sem sentir ânsia de vômito.

Era o segundo emprego que perdia nos últimos oito meses, e sempre pelas mesmas razões. Não era uma pessoa comunicativa. Não corria atrás. Não demonstrava nenhuma iniciativa. Ela queria argumentar que empregos com salário mínimo como esses não deviam exigir iniciativa. Ela sabia como sobreviver no espaço de sessenta minutos, como aguentar as horas que não passam nunca. Poderia suportar o tédio melhor do que qualquer outra pessoa que conhecia. Será que não era o bastante? Aparentemente não.

Percebeu durante a entrevista de emprego, em novembro passado, quando estavam contratando pessoal extra para o Natal, que Randy não seria muito atencioso com ela. Não conseguiu cair nas boas graças do gerente. E não era porque ele era gay. Ela não se valia do sexo, se pudesse evitar. Havia pessoas que simpatizavam com ela, outras não; e há muito havia desistido de descobrir o porquê. O que importava mesmo era ser capaz de identificar aqueles que poderia manipular — caso precisasse. O Tio queria cuidar dela; a Tia a detestava. Tudo indicava que as pessoas sempre sabiam se iam ou não com a cara dela logo que a conheciam.

— Sabe de uma coisa? — disse a Randy. — Não quero trabalhar hoje se estou demitida. Sexta-feira voltarei para acertar minhas contas, e entregarei o uniforme.

— Você não receberá seu pagamento.

— Certo, você disse isso. — Virou-lhe as costas e afofou a saia vermelha.

— Lavanderia a seco — ele gritou para ela. — As roupas devem ser lavadas a seco.

Ela seguiu pelos corredores do shopping, um lugar triste e decadente que havia perdido grande parte dos negócios para o shopping Tysons Corner, mais novo e mais reluzente, ali perto. Mas este aqui ficava mais perto do metrô, e foi por isso que o escolheu. Não tinha carro. Na verdade, nem sabia dirigir. Foi uma das coisas que o Tio jamais concordara em ensinar-lhe. E na hora em que ambos decidiram que a única coisa que restava a ela era ir embora, já não havia tempo para aprender mais nada. Mesmo quando tinha um emprego estável, não podia se imaginar gastando dinheiro com autoescola. Teria de se contentar em morar em lugares que dispusessem de transporte público ou encontrar alguém que lhe ensinasse a dirigir. Ao se perguntar que tipo de relacionamento teria de ter com alguém, para que a pessoa a ensinasse a dirigir, fez uma careta. Não que ela não se sentisse interessada em sexo por instinto. Houve uma época em que se sentiu atraída pelo Mel Gibson, naquele filme *Mad Max 2*. De fato, achava que naquele mundo do filme ela seria capaz de negociar com vantagem — se precisasse — um lugar com apenas uma mercadoria e cada um por si mesmo. O problema era que o sexo foi algo usado para manter-se a salvo, uma postura defensiva. *OK, OK, vou fazer, mas não me machuque de novo*. Agora, o sexo tornara-se uma moeda de troca, e não sabia o que fazer para que voltasse a ser algo normal. Então, caso o Randy tivesse sido direto, por exemplo, provavelmente ficaria de joelhos diante dele, embora isso representasse um esforço desesperado. A melhor jogada era prometer fazer isso e aquilo, e raramente cumprir. Foi assim que funcionou para um chefe, em Chicago, numa pizzaria, até a esposa dele dar o flagrante.

Quando o Tio lhe deu 5 mil dólares e um novo nome, achou que acabaria numa metrópole. As grandes cidades concedem maior anonimato e, além disso, uma profusão de pessoas e de prédios a deixaria mais segura. Havia escolhido São Francisco... na verdade Oakland, mas não, não se sentiu confortável nessas cidades. Aos pouco, praticamente sem perceber, tomou o rumo do Leste meio aos trancos e barrancos. Phoenix, Albuquerque, Wichita e Chicago, de novo. Finalmente veio parar no norte do estado da Virginia, em Arlington, que tinha a concentração populacional e a energia de uma metrópole, e o bônus extra da transitoriedade, com as pessoas indo e vindo tão amiúde que ninguém forçaria a barra para ser seu amigo. Ela morava em Crystal City, um nome curioso. Soava falso, tal qual um set de um filme de ficção cientifica. Baltimore ficava a menos de 80 quilômetros; o colégio Glen Rock mais outros 50 quilômetros; para ela, porém, o rio Potomac era tão largo e intransponível quanto um oceano, um continente, uma galáxia. Por isso não quis se aproximar nem dele, nem de Washington D.C.

Sentou-se num banco daquele shopping deserto, arrebanhando a saia ampla ao redor dos quadris, para depois alisá-la, tudo para ver como saia enchia-se de volume e vida. Shopping centers... a linguagem que ela compreendia. Havia, inclusive, uma semelhança reconfortante entre os shoppings, entre todos eles. Claro, havia os mais sofisticados e caros, fervilhando de gente; outros — como este aqui — um tanto melancólicos e tomados por uma sensação de abandono. Mas algumas coisas eram universais — o cheiro forte de açúcar dos biscoitos e da canela suspenso no ar, o aroma de roupa nova e a fragrância que exalava dos balcões de perfumes das lojas de departamento.

Perambulou até a área dos videogames, um local onde costumava passar os intervalos de descanso do trabalho. Seus joguinhos preferidos eram os infantis: Ms. Pac-Man e o sapinho Frogger, e estava se saindo muito bem. Tão bem que conseguia jogar durante uma hora com apenas um ou dois dólares, no máximo. Ela começou a perceber não só um padrão nos jogos, mas também descobriu que as possibilidades eram finitas. A essa hora do dia, bem antes da saída dos colégios, ela estava praticamente só naquela área do shopping, e não duvidava de que devia parecer uma figura esdrúxula. Uma jovem no uniforme da Swiss Miss empurrando para lá e para cá o joystick, com o único propósito de fazer com que uma bolha amarela engolisse os pontinhos que estivessem em seu caminho. Ela foi vencendo vários estágios, até ver o caçador e a caça, mas usou sua última vida antes de o Bebê Pac aparecer no seu carrinho. Raramente chegava ao Bebê Pac na máquina que usava, pois ela estava programada para ser um pouquinho mais rápida e enganava o apostador na fase que leva à vitória, quando qualquer milésimo de segundo conta.

Usou seus últimos 25 centavos para comprar o jornal *Washington Star*. No metrô, enquanto lia as páginas de ofertas de emprego, enfiava a mão na bolsa e pegava um M&M e, disfarçadamente, enfiava-o na boca. Era absolutamente proibido comer e beber no metrô, mas gostava de violar regras idiotas. Justificava-se com essa atitude, afirmando estar praticando para o caso de precisar trapacear em algo especial. Seu grande objetivo era passar a perna também no sistema de passagens, que cobrava diferentes preços de acordo com as rotas e exigia um tíquete para a saída. Saltar uma catraca jamais seria de seu estilo, mas tinha de haver um jeito de ficar liberada de pagar os bilhetes, que por sinal não eram tão baratos assim.

Não era isso que havia planejado. Ser dissimulada. Não havia mais necessidade disso. Tinha um novo nome e, portanto, uma nova vida. "Um papel em branco", o Tio havia-lhe prometido. "Uma chance de recomeçar, sem ninguém para perturbá-la. Você pode se tornar a pessoa que quiser. E sempre estarei aqui se você realmente precisar de mim." Ela não se podia imaginar precisando dele. Nunca mais queria vê-lo. Levou as mãos ao rosto, mas deixou-as cair em seguida. Cheiravam a plástico e a queijo. Nem mesmo trabalhara todas as horas de seu turno, mas o cheiro de plástico e queijo estava lá.

Em casa, um apartamento conjugado, levou o uniforme para a lavanderia no porão. Apesar da recomendação de Randy, não precisava ser lavado a seco. Randy era cheio de merda. Mas deixou-o de molho por mais de uma hora em água quente, esquecendo-se de como a máquina era e o uniforme encolheu vários tamanhos — agora talvez servisse para uma menina de 12 anos ou uma anã. Mas Randy — uma subespécie da raça humana — provavelmente usaria o fato como desculpa para não lhe dar o pagamento final; e em vez de se desfazer do uniforme, obrigaria alguma infeliz a vesti-lo apertado mesmo, pois assim os homens poderiam excitar-se enquanto comprassem as drogas dos queijos. Foda-se. Jogou o uniforme no lixo e voltou para casa para fazer seus deveres escolares. Faltava entregar um trabalho para a aula de estatística. O professor era um senhor cujas mãos tremiam violentamente quando ela lhe falava. Relaxe, ele será bonzinho.

Parte VII

SÁBADO

CAPÍTULO 27

Brunswick, Georgia, fedia. De estalo, Infante atribuiu o mau cheiro à sua imaginação, à repulsa inconsciente pelas frituras do Sul-com-S-maiúsculo. Baltimore fora o máximo de choque cultural que suportou, ao se mudar quando tinha seus 20 e poucos anos. Agora já se acostumara e até preferia morar lá. Com seu salário de policial, mais as horas extras, era possível viver em Baltimore; mas não em Long Island. Talvez aqui no Sul o custo de vida seja maior, mas não se via vivenciando *essa* transição. Não havia como disfarçar: Brunswick fedia.

A garçonete da Waffle House deve ter percebido o nariz torcido que exibia quando entrou.

— Moidor di piminta — sussurrou ela, como se estivesse passando uma senha de um clube clandestino.

— Moedor de pimenta? — Era difícil entender o povo daqui, por mais que falassem devagar.

— Moidor di Piminta. Piminta — repetiu ela. — É o cheiro que você está sentindo; mas não se preocupe que logo vai se acostumar.

— Não vou ter tempo para me acostumar a nada daqui — e deu-lhe um sorriso especial. Ele adorava as mulheres que lhe traziam comida. Mesmo as feias e sem graça como esta, atarracada e com o rosto esburacado de acne. Ele as amava.

Eram quase 22 horas quando chegou a Brunswick na noite anterior. Muito escuro e muito tarde para ir ao bairro onde Penelope Jackson e o namorado moraram. Nesta manhã, antes da reunião com o inspetor do Corpo de Bombeiros, Infante aproveitou para percorrer parte da Reynolds Street, observando com mais atenção o quarteirão onde Tony Dunham morou e morreu. Tudo ali parecia um tanto inacabado: em construção ou em demolição. De certo modo, a rua toda parecia inacabada. Para Kevin, quase tudo em Brunswick era inacabado, como se estivesse prestes a desabar ou em reforma após um desabamento. *Isso aqui não é para mim*, pensou, olhando para a cidade de dentro — e sob a proteção — do Chevy Charisma que a Alamo Rent-a-Car lhe entregou. Mas ao aproximar-se do mar e sentir a brisa cálida e suave, recordou-se de que a primavera ainda não dera o ar da graça em Baltimore, e começou a entender por que alguém se mudaria para este lugar. Havia uma delicadeza no ar, e também nas pessoas. Ele respeitava a delicadeza — no ar.

— Não restam dúvidas de que foi um acidente — disse o inspetor do Corpo de Bombeiros, Wayne Tolliver, que o encontrou para um cafezinho quando terminava seu café da manhã, como Infante havia suposto. Ele não gostava de falar de negócios durante as refeições, e estava satisfeito por ter-se dado de todo coração e apetite a essa refeição, uma deliciosa combinação de ovos, salsichas e uma espécie de farofa de aveia. — Ela se encontrava no cômodo da frente, assistindo à televisão, e ele no quarto, bebendo e fumando. Ele adormeceu, derrubou o cinzeiro sobre um tapetinho ao lado da cama, e o lugar ó — e num gesto repentino abriu as mãos, como se arremessando um punhado invisível de confete — ardeu em fogo.

— E o que ela fez?

— Os alarmes de fumaça não estavam funcionando. — Tolliver fez uma careta. Tinha o rosto redondo, as bochechas rosadas e com toda certeza não era tão velho quanto a careca sardenta denunciava. — As pessoas acham que exageramos quando recomendamos que elas troquem as baterias dos detectores todas as vezes que acertarem seus relógios, por causa do horário de verão; afinal, melhor de seis em seis meses do que *nunca*. Enfim, era véspera de Natal, fazia muito frio por aqui, e ela estava com um aquecedor portátil ligado. A TV ficava numa espécie de jardim de inverno sem aquecimento central. Quando ela percebeu a fumaça, era tarde demais. Contou-nos que foi até a porta, e antes de abri-la checou para ver se estava quente — que é o recomendado —, e estava mesmo. Ela disse ter batido na porta, chamado por ele antes de ligar 911 para emergências. As janelas haviam sido fechadas com pregos — uma infração do senhorio, com certeza, mas o sujeito provavelmente não teve nem a chance de tentar escapar, estava embriagado. Meu palpite é que já havia morrido intoxicado pela fumaça, ou estava morrendo, antes mesmo de ela perceber o que estava acontecendo.

— E isso é tudo?

Tolliver percebeu o tom de reprovação na voz de Infante.

—Nenhuma outra substância aceleradora de propagação de fogo. Apenas um ponto de origem: o tapete. Averiguamos a mulher. Esmiuçamos mesmo. E vou-lhe dizer o que me fez acreditar nela: ela não tirou nada daquele lugar. Tudo virou cinzas. Roupas e jóias, se as possuísse. E não que ele não tivesse dinheiro para deixar para ela. Muito pelo contrário. Ele tinha uma anuidade que foi suspensa depois de sua morte; daí ela perder qualquer renda que ele tivesse.

— Um seguro de anuidade?

O advogado em York disse que Stan Dunham comprara um depois de vender a fazenda. Isso se encaixa. Mas o homem também disse que ele não tinha nenhum parente vivo.

— Uma apólice que lhe pagava uma renda mensal, por até dez anos. Sabe quando os jogadores ganham aqueles salários descomunais? Eles são segurados por anuidades. Bem maiores que essa, é claro. Não era uma renda muito alta, a julgar pelo estilo de vida que o casal levava, mas o bastante para caírem na gandaia com alguma regularidade. Os dois eram festeiros. E pensar que as fases passam, conforme vamos ficando mais velhos... Ele tinha uns cinquenta; mas tem gente que não amadurece nunca, não?

Havia um sopro de pesar naquelas últimas palavras, indicando que Tolliver tinha alguma experiência nessa frente de batalha: uma pessoa amada que não assumiu o passar dos anos e que lhe causou muito sofrimento. Mas o propósito de Infante não era conversar sobre Tolliver.

— E o que mais você ficou sabendo a respeito deles?

— Era... era um endereço conhecido da polícia. Reclamações por causa de barulho. Suspeita de violência doméstica, porém as chamadas não foram feitas pela mulher, mas por vizinhos, que sempre afirmaram não ter certeza de quem apanhava mais. Ela era uma megera, uma caipirona de algum buraco da Carolina do Norte.

Tudo na vida é relativo. Para um sujeito como esse chamar alguém de caipira, é porque ela devia ser simplória mesmo — cinto de corda, shorts jeans apertados, o visual completo de Elly May Clampett do seriado A família Buscapé.

— Quanto tempo ela morou na Reynolds Street?

— Não sei bem. Seu nome não consta de nenhum documento oficial: contrato de locação e serviços públicos. Todos no nome dele, que morava lá há mais ou menos cinco anos. Era motorista de caminhão, mas não trabalhava para nenhuma empresa em particular. Segundo comentários dos vizinhos, conheceu a mulher na estrada e a trouxe para casa. Ele não era muito atraente, mas sempre tinha uma mulher com ele. Ela foi a terceira, segundo os vizinhos.

— Você fez uma análise toxicológica no corpo?

Mais um olhar de ofendido.

— Sim, e os resultados foram coerentes com ele estar totalmente bêbado e ter o sedativo Ambien no sangue. Nada além disso. O sujeito era igual a muitos caminhoneiros — dependia de comprimidos que o mantivessem acordado, para dar conta das obrigações, e mais uns tantos para sossegar quando estivesse em casa. Ele tinha voltado para casa na véspera.

— Ainda assim...

— Olha, estou entendendo aonde você quer chegar. Mas conheço incêndios. Pelo menos isso você há de me conceder, certo? Um cinzeiro caído sobre um tapete barato de algodão. Se ela tivesse provocado o incêndio, você por acaso faz ideia de quão astuta ela teria de ser? Sem falar no sangue frio! O difícil não é jogar um cigarro aceso sobre um tapete, mas sim a sequência Primeiro teria de ter certeza de que ele não acordaria, concorda? Teria de ficar lá parada, observando o fogo avançar, esperando até que se tornasse um inferno, e só então pedir socorro. E caso o fogo não se espalhasse, ela não poderia jogar outro, senão nós a apanharíamos. Você está acompanhando? E tem mais: ela teria de torcer para que os vizinhos não vissem nada...

— Era noite de Natal. Quantos desses vizinhos estariam em casa?

Tolliver ignorou a pergunta.

— Conheci a mulher. Ela não teria nervos para levar isso até o fim. Os bombeiros disseram que tiveram de segurá-la para que não entrasse na casa.

Mas ela teve a presença de espírito de não entrar no quarto, sem antes constatar que a maçaneta estava quente.

De novo, Tolliver captou o que Infante não disse.

— Tem gente que consegue ficar calmo e tranquilo numa emergência. O instinto de sobrevivência fala mais alto. Ela se salvou, mas ao se dar conta de que ele estava dentro da casa, que havia morrido carbonizado, enlouqueceu. Ouvi a gravação da chamada feita para o 911. Ela estava apavorada — disse o inspetor naquele sotaque sulista que fez com que o suposto acento nova-iorquino de Infante, que era mesmo bem leve, se transformasse num nada.

— Onde ela mora agora?

— Não sei. A casa foi condenada pela defesa civil, de modo que ela não mora mais lá. Pode estar na cidade, ou não. Tem direito de fazer o que quiser. É livre, branca e tem 21 anos.

Se algum dia, em toda sua vida, Infante ouvira uma explicação parecida com essa, com certeza foi no cinema ou num programa de televisão, e bota tempo nisso. Nos dias de hoje, se alguém faz uma declaração tão politicamente incorreta como essa fica obrigado a participar de reuniões com facilitadores em recursos humanos. Ainda assim, Tolliver parecia não atinar com o fato de seu comentário ser incorreto sob qualquer ponto de vista. E olha que o próprio pai e os tios de Infante costumavam soltar umas piadas bem piores, e de propósito.

Ao sair da Waffle House, perguntou-se o que teria inspirado Tony Dunham a vir para o Sul e por que resolvera morar ali. Dizer que era por causa da temperatura era forçar um pouco a barra. O motivo também não seria para melhorar de vida, visto que ele trabalhou anos seguidos como caminhoneiro. Nascido no início da década de 1950, Dunham não pegou a obrigatoriedade de ir para a faculdade. Mesmo alguém que tivesse abandonado os estudos no curso secundário conseguiria sobreviver nos anos 1960, caso se afiliasse a um bom sindicato. Embora as pesquisas de Nancy indicassem que Dunham não era um veterano de guerra, não deixavam claro se ele estaria morando em casa nos anos em que a mulher que se diz Heather Bethany afirma ter vivido lá. Ela não mencionou a presença de mais ninguém na casa. E na verdade pouco informou além do nome Stan Dunham e o endereço. Será que ela queria que eles descobrissem a ligação com Tony, ou não? E como Penelope Jackson encaixava-se na história?

Fotos não mentem: a mulher em Baltimore não era Penelope. Não a Penelope da foto na carteira de habilitação. Mas quem ela era? E se Penelope fosse Heather Bethany, e essa mulher roubou dela não só o carro, mas também a história de sua vida? E nesse caso, por onde andaria Penelope? Sua única esperança era de que o pessoal da Reynolds Street pudesse reconhecer essa mulher misteriosa e explicar sua relação com essas pessoas.

A hospitalidade sulista desaparecera por completo quando Infante voltou à Reynolds Street e começou a fazer perguntas sobre Penelope Jackson e Tony Dunham. É bem verdade que o primeiro a quem interrogou parecia interessado em colaborar, mas ele falava mais espanhol do que inglês, e bastou ver a identidade de policial de Infante para fechar o bico. Ainda assim afirmou "*Sí, sí*, é a senhorita Penelope", ao ver uma cópia da carteira de motorista de Penelope Jackson, emitida na Carolina do Norte, e depois deu de ombros para a foto da outra mulher, sem oferecer sinais de que a reconhecia. Uma vizinha do lado leste, uma negra corpulenta que parecia ter uns cinco ou seis filhos, suspirou ao ver as fotos, dando a entender que tinha visto tanta coisa que não lhe sobrava tempo para ver mais nada. "Eu cuido da minha vida, e eles da vida deles", respondeu ao ser indagada sobre o novo endereço de Penelope Jackson.

Do outro lado da enegrecida casa azul, um idoso puxava um ancinho de bambu sobre a grama amarelada, varrendo o que restara do inverno. Distante e monossilábico num primeiro momento, ficou mais amistoso ao descobrir que estava falando com um oficial.

— Detesto dizer isso, mas prefiro a casa assim como está, do que ter aqueles dois de volta! — disse o vizinho, Aaron Parrish. — Sei que não estou sendo caridoso — e veja bem que nunca desejei que essa tragédia caísse sobre eles, mas eles eram terríveis. Puxa... as brigas, a gritaria. E também — baixou a voz como se fosse falar algo realmente vergonhoso —, e também ele estacionava a pickup na frente do gramado. Reclamei com o proprietário, que respondeu que eles pagavam o aluguel direitinho, bem diferente dos mexicanos. Mas descobri que os mexicanos são vizinhos melhores, depois que você lhes explica como as coisas funcionam aqui na América.

— Brigas, gritaria, entre o casal?

— O tempo todo.

— Você chamava a polícia?

Uma olhada nervosa ao redor, para ver se alguém estaria escutando.

— Liguei sem me identificar. Algumas vezes. Minha mulher até tentou conversar com a Penelope sobre isso, mas ela respondeu que não era da nossa conta. Mas não disse isso assim tão *educadamente*.

— É esta aqui?

Parrish examinou a foto da carteira de habilitação que havia sido ampliada e impressa por Nancy.

— Parece que sim, embora ela fosse mais bonita pessoalmente. Miúda, mas com um corpo benfeito, como uma bonequinha.

— Já viu esta mulher? — Infante mostrou a foto da suposta Heather Bethany, tirada com uma câmera digital no segundo encontro que teve com ela.

— Não, nunca vi. Mas elas se parecem, não?

Será? Infante olhou as duas fotos, mas viu apenas algumas semelhanças superficiais: cabelo, olhos, talvez o corpo. Por mais que detestasse essa que se dizia Heather Bethany e não acreditasse nela, Infante reparou que tinha uma fragilidade que faltava a Penelope Jackson. Jackson parecia mais durona.

— Ela contou alguma coisa sobre sua vida? Penelope Jackson, quero dizer? De onde ela veio? De onde era Tony? Como se conheceram?

— Ela não era do tipo de ficar de bate-papo. Sei que trabalhava na ilha de St. Simons, num lugar chamado Mullet Bay. Tony também trabalhava na ilha quando não achava trabalho nas transportadoras. Pegava uns serviços numa empresa de paisagismo. Mas claro que não podiam morar lá.

— E por que não?

Aaron Parrish sorriu da ingenuidade de Infante.

— Os preços, meu filho. Praticamente ninguém que trabalha na ilha tem condições de morar lá. Esta casa — ele gesticulou em direção aos restos chamuscados da casa no estilo rancho de três quartos, com as laterais em azul — custaria lá uns 250 mil, no estado, caso se pudesse suspendê-la de avião e levá-la para uns 8 quilômetros daqui. St. Simons é lugar de milionários. E a Sea Island é mais exclusiva ainda.

Infante agradeceu a Mr. Parrish e entrou na casa que ainda cheirava a queimado. Ele não entendeu o porquê da estrutura ter sido condenada; a maioria dos estragos ficou concentrada ao quarto. O proprietário seguramente apoiou o laudo pericial, pois assim receberia uma indenização mais alta da seguradora.

A porta do quarto estava estufada e emperrada, mas ele conseguiu abri-la com um tranco em que botou toda a força de seu corpo. Tolliver dissera que Tony Dunham morrera por intoxicação de fumaça, antes de arder em chamas; mesmo assim era difícil não lembrar que o corpo chamuscou e estalou como uma carne de churrasco, deixando um odor peculiar e persistente. Infante parou na porta, tentando visualizar a cena. Era preciso ter muito colhão para tentar matar alguém dessa forma: atirar o cinzeiro no tapete e aguardar o fogo alastrar-se. E como o Tolliver dissera, não era o caso de jogar um segundo cigarro aceso, se o primeiro não ateasse fogo ao tapete. E se o sujeito acordasse? Seria preciso fazê-lo entender que acontecera um acidente, e que você acabara de entrar para socorrê-lo. Um risco fenomenal, já que o homem estava habituado a espancar a mulher. E também teria de ter muito autocontrole para não apanhar nem um único pertence, para deixar tudo virar um monte de cinzas. E teria de ficar ali na porta, parada, prestes a sufocar de tanta fumaça, depois sair, fechar a porta, lavar o rosto para secar as lágrimas causadas pelo fogo, voltar para onde estava e esperar até ter absoluta certeza de que ninguém conseguiria salvar o homem do outro lado da porta.

A mulher em Baltimore, seja lá qual for o seu nome, era bem capaz de fazer tudo isso. Mas ele também estava convencido de que ela não era Penelope Jackson. Essa era a única certeza que tinha. *Eu não conheço Penelope Jackson*, ela havia dito. Mas alguém que desconhecesse de fato não teria enfatizado isso, particularizando o nome? *Eu não conheço **uma** Penelope Jackson, Eu não conheço **nenhuma** Penelope Jackson*. Então como você dirigia o carro dela? Ela conseguiu evitar a resposta dando em troca a solução de um crime hediondo e, de quebra, acusando um policial. Ela dera muitas informações, mas com que finalidade? O que não queria que eles descobrissem?

Saiu da casa e deixou para trás a Reynold Street. Era uma casa triste, mesmo antes do incêndio. Uma casa onde dois infelizes coabitaram com frustrações e desilusões. Uma casa de desavenças e de desrespeito. Infante sabia, pois vivera nesse tipo de casa duas vezes. Bem, uma vez, no segundo casamento. O primeiro casamento havia sido legal, até deixar de ser. Tabby era muito carinhosa. Caso a encontrasse agora... mas não havia como esbarrar com ela de novo, não a Tabby que viu pela primeira vez no Wharf Rat, 12 anos atrás. Aquela ele perdera. Fora substituída por uma mulher que conhecia Kevin Infante como traidor, infiel. Às vezes esbarrava com Tabby na rua — Baltimore podia ser bem pequena, uma província, para certas coisas — e ela sempre o tratou muito bem. Amistosa, por vezes rindo do casamento que tiveram, como se não tivesse sido nada além de uma viagem acidentada, uma desgraça levemente divertida. Passada uma década, poderiam sentir pena de si mesmos quando eram jovens.

No entanto, havia uma névoa nos seus olhos que jamais desapareceria: uma sombra chamada decepção. Ele daria o que fosse preciso para ver Tabby uma vez mais, daquele jeito que o olhou na primeira noite no Wharf Rat, quando ainda era alguém digno de sua admiração e de seu respeito.

Um dos panfletos no saguão do hotel Best Western falava de uma espécie de forte na St. Simons Island. Infante decidiu matar o tempo visitando o local, até que o Mullet Bay, o restaurante onde Penelope Jackson trabalhara, abrisse para o jantar. Habituara-se a decepções históricas como aquela: assistira ao filme *Álamo* aos 10 anos, mas agora nada sobrara do local onde o Fort

Frederica costumava ficar, além de um mar de ervas daninhas conhecidas como Bloody Marsh, nome de uma das batalhas. Admirava o local quando o celular tocou.

— Olá, Nancy.

— Oi, Infante.

Ele distinguiu aquele tom. Estava mais antenado nas nuances da voz de Nancy, do que das de qualquer de suas esposas. Vinham aí más notícias.

— Fale, Nancy.

— Nossa garota decidiu falar. Hoje.

— Volto hoje à noite. Não dá para esperar?

— Foi o que eu pensei, mas Lenhardt diz que precisamos fazer-lhe a vontade. Vou ter de ficar com ela. Acho que ficou preocupado com a mídia, por causa da chegada da mãe. Ninguém contava que ela viesse do México para cá assim tão depressa, e... bem, não temos como controlar a mãe tão facilmente. Não temos nada contra ela, então poderá falar com quem quiser.

Livre, branca e tem 21 anos, foi o que Tolliver disse.

— É, pode virar um pandemônio. — O incrível é como essas pessoas conseguiram passar despercebidas, voando numa altitude abaixo do radar, por tanto tempo. Deve ter sido seu único golpe de sorte. — Merda, paciência. A que horas a mãe chegará?

— Às 22 horas, um pouco depois de você. E tem uma outra coisa...

— O quê?! Só falta dizer que tenho de esperá-la no aeroporto. Será que fui rebaixado nas últimas 24 horas?

— O sargento achou que seria gentil da nossa parte se tivesse alguém para recebê-la, e também não sabemos quanto tempo isso vai demorar. Gentileza e... cautela. Não queremos perdê-la de vista, percebeu?

— Tá legal.

Infante fechou o telefone com ódio e voltou a mirar o brejo. Aparentemente, durante a batalha não houve muito derramamento de sangue. As tropas inglesas expulsaram os invasores espanhóis durante o que ficou conhecido como a *Guerra da orelha de Jenkins*. Que nome tão sem-importância para uma guerra! Mas então lembrou-se de que travava sua própria batalha, não é mesmo? Indo de um lado para o outro pela Georgia, enquanto sua ex-parceira saltava para a posição de liderança, fazendo o interrogatório que deveria lhe caber. *A guerra do testículo esquerdo de Infante*. E o que era pior, de certo modo, tinha certeza de que Nancy não o apunhalara pelas costas, nem maquinara esquemas para tirá-lo de cena. Perguntou-se se Heather sabia que viajara para a Georgia e por isso ficou tão disposta a contar tudo.

Merda, odiava Brunswick.

CAPÍTULO 28

— A verdade é que seria ótimo poder contar com você.

Willoughby escutou as palavras, entendeu o sentido, mas não conseguiu estruturar uma resposta. Estava encantado demais, fascinado e alegre demais pela sua simples presença. *Uma mulher como aquelas de antigamente.* Willoughby admitiu para si mesmo que estava sendo machista, porém não conseguia deixar de pensar desse jeito sobre a jovem detetive. Eram tantas as curvas... um corpo de mulher do século XIX, no limiar do século XXI; as maçãs do rosto lindamente rosadas e os cabelos lisos e louros presos descuidadamente no cocuruto da cabeça. Na sua época, havia algumas mulheres trabalhando no departamento. No final dos anos 1980, até trabalhavam no setor de homicídios. Mas nenhuma como esta.

— Fiquei acordada até quase 4 horas — dizia a detetive Nancy com toda franqueza — repassando as informações que não tiveram continuidade e também as que foram mantidas no arquivo. Mas é tanta informação para digerir de supetão, que pensei em pedir-lhe que me ajudasse a manter o foco nos pontos-chave.

Entregou-lhe duas folhas de papel, impressas em cores: vermelho para as informações de conhecimento geral e azul para as classificadas como confidencial. Pareceu-lhe feminino demais; mas era possível que a polícia trabalhasse assim, agora que tinham computadores. Certamente, ele jamais se atreveria a usar um sistema de cores em seus relatórios, pois seria um prato cheio para os colegas sempre atentos a um sinal seu de fraqueza ou ternura. Afeminação seria a palavra mais apropriada; porém, se algum dia ele falasse essa palavra em voz alta, os colegas iriam usá-la como prova de que ele era de fato afeminado.

— Às 4 horas? — resmungou ele. — E agora é meio-dia. Você deve estar exausta.

— Tenho um bebê de seis meses. Estar exausta passou a ser meu estado normal. Mas consegui dormir quatro horas seguidas, e sinto-me relativamente descansada.

Willoughby fingiu ler os documentos que tinha em mãos; porém não desejava focá-los, nem se render à perigosa sedução em vermelho e azul. Sob a serena classificação de fatos do passado, escondia-se um redemoinho. E ele não tinha o menor interesse em ser tragado uma vez mais por este caso, nem relembrar a sequência de erros que cometeu. Claro que ninguém jamais o repreendeu ou deu a entender que de uma maneira ou outra ele errara. Seus superiores, por mais que quisessem ver uma solução para a questão Bethany — e a palavra *questão* passou a ser usada sempre que alguém se referia ao caso das meninas desaparecidas — justificavam a indefinição como pura falta de sorte, um daqueles casos raros que poderiam ter saído direto da série *Além da imaginação*. Nem mesmo no final eles o culparam. E quando Willoughby deixou a polícia, havia conseguido cunhar a imagem a que sempre aspirou: ser um dos tiras. Durão. Obstinado. Nunca fraco, muito menos afeminado.

No entanto, há muito que se atormentava por nunca ter feito grandes progressos para descobrir o que aconteceu com as meninas Bethany. E agora esta jovem — caramba, que mulher bonita e pariu recentemente!, pode uma coisa dessas? — traz-lhe a informação de que um policial fora acusado do crime. Um dos tiras. E um de *sua* época, quase um contemporâneo seu. Ele não se lembrava de Stan Dunham, que esta menina Nancy disse que se aposentara da divisão de Roubos e Furtos em 1974. Mesmo assim, uma situação constrangedora. Ele sabia como isso repercutiria. *Bem debaixo do nariz deles, todos esses anos*. Poderia haver suspeita de acobertamento, uma conspiração. As pessoas adoram conspirações.

— Isso aqui — disse ele, apontando o dedo para uma linha em tinta azul, uma toda em maiúsculas e realçada. — Você acertou em cheio! É isso que você quer. Apenas umas poucas pessoas podiam falar sobre isso em detalhes: eu, Miriam, Dave, o jovem policial que estava conosco naquela noite, e os que tinham acesso à sala em que as provas dos crimes são guardadas.

— E você acha pouco? E além do mais o acusado é um policial, alguém que poderia ter informantes dentro do departamento.

— Então você acha que ela não é quem diz ser, mas mesmo assim o Stan estaria envolvido?

— Não podemos descartar nada. As informações, é... — fez uma pausa, organizando os pensamentos — as informações estão todas vivas. Crescem, modificam-se. Desde que comecei a trabalhar com "casos frios" e a passar cada vez mais tempo com os arquivos dos casos e os computadores, passei a ver as informações sob outra ótica. São como peças de Lego, você me entende? Há diferentes maneiras de juntá-las, mas algumas peças nunca se encaixam nas outras, por mais que você tente.

O chá sobre a mesinha de centro havia esfriado, mesmo assim tomou um gole. Insistira em servir o chá, com o máximo de cerimonial possível que consistia em duas canecas e dois sachês de chá Lipton, e ela aceitou, na suposição de que, por sentir-se solitário, quisesse aproveitar a presença da visita. Ele não era solitário; muito pelo contrário, e além do mais, não queria que ela se demorasse mais do que o absolutamente necessário. Seus olhos deslizaram para a escrivaninha que pertencera à esposa, e ouviu o arrulhar triste de um pássaro em algum lugar da aba do telhado de Edenwald. *Tarde demais. Tarde demais.*

— O problema com *isso* — disse Willoughby — é que a pessoa que levou as meninas não necessariamente sabe disso e com certeza não se lembra de nada. Não teria tido tanta importância para ele. Mas uma garota... uma garota se recordaria. Você se lembraria, não? Nesta idade?

— Bem... eu era muito moleca, como você pode imaginar, mas eu me lembraria.

— Então, use isso como abordagem. Faça-a falar. É tudo que tem de fazer. Mas nem preciso repetir; já sabe, certo? Você disse ter trabalhado em homicídios antes de tirar licença maternidade... — Corou, achando talvez que não fosse educado fazer esta mulher recordar-se de suas funções corporais, e que acabara de ter um bebê. — Você sabe como fazer um interrogatório. Aposto, inclusive, que é muito boa nisso!

Agora era sua vez de tomar um gole do chá frio, para ganhar tempo. Quando ele era jovem, provavelmente não se interessaria por uma mulher como ela. Aos 20 e tantos anos gostava de moças da mesma classe social, com certeza influenciado pela mãe. Mulheres magras, magras-a-ponto-quebrar, no estilo de Katharine Hepburn, com um andar que projetava para frente a pélvis e ossos do quadril tão salientes que podiam machucar. Evelyn fora uma dessas mulheres, elegante de qualquer ângulo. Mas ser fofa também tinha suas virtudes, como esta Nancy Porter, com carinha de boneca, bochechas rosadas e olhos azuis-claros. Uma verdadeira camponesa, sua mãe diria em tom de crítica; se bem que a árvore genealógica dos Willoughby estivesse precisando de genes mais robustos.

— Nós achamos, quero dizer, *eles* acharam, o sargento Lenhardt, supervisor do Infante, e o próprio delegado... nós achamos que você deve estar presente.

— Como ouvinte, você quer dizer?

— Talvez até... falando.

— E isso está de acordo com as regras?

— Às vezes um policial aposentado trabalha para o departamento. Sem cargo, uma espécie de consultoria temporária. Dá para se arrumar.

— Querida...

— *Nancy*.

— Peço desculpas, seu nome me fugiu por um segundo e quis disfarçar. É isso o que vem acontecendo, como você pôde ver. Estou na faixa dos 60. Volta e meia esqueço alguma coisa. Não sou tão esperto como antes. Os pormenores me escapam. Hoje você conhece este caso melhor do que eu. Não tenho nada a contribuir.

— Só a sua presença pode fazer com que ela pense duas vezes antes de tentar nos levar na conversa. Com Infante na Georgia, e a mãe chegando hoje à noite...

— Miriam está vindo? Vocês encontraram Miriam?

— No México, conforme você nos informou. Ela manteve uma conta bancária no Texas, e foi lá que conseguimos seu endereço. Lenhardt falou com ela ontem à noite, mas nunca podíamos imaginar que viesse tão depressa. Ele ainda tentou persuadi-la a adiar a vinda, mas em vão. Terá um dia inteiro de viagem, mas quando chegar, não vejo como mantê-la afastada. Não contávamos em fazer a reunião hoje, mas meu chefe diz que pode ser uma boa oportunidade, apesar de tudo.

— Então você está preocupada que caso ela seja uma impostora, levará Miriam na conversa e obterá outras informações sem que ninguém perceba? — Discordou com a cabeça — Miriam não será tapeada! Ninguém conseguiria ludibriá-la em nada.

— Não estamos tão preocupados com isso. Se acontecer, sempre temos as células epiteliais. Mas não seria nada mal se pudéssemos eliminá-la definitivamente, desmascará-la com fatos.

— Epi...?

— DNA. Falei de besteira, e nem mesmo corretamente.

— DNA. É claro! O novo melhor amigo do policial. — Tomou outro gole de chá. Então Miriam não contou nada, e eles não perguntaram. Ela presumiu, e eles presumiram, afinal não teriam motivo algum para pensar de modo diferente, não é mesmo? Nem tudo foi dito abertamente, e muito se inferiu. Culpa dele, era o que supunha, e foram tantas as vezes durantes esses longos anos que ele cogitou em desfazer os mal-entendidos... Mas isso ele devia a Dave.

Empurrou os papéis com tanta força que alguns deslizaram sobre a superfície lustrosa da mesa de centro de mogno. Foi só então que notou, na presença daquela jovem vibrante, que a mesa estava empoeirada e carregada de cera.

— Você não pode se imaginar terminando com um caso insolúvel como esse nas mãos, não é mesmo? Para você, nunca se deve desistir da luta. Diz o velho ditado que os cavalos de guerra reagem quando sentem cheiro de fumaça. Mas será que essa reação significa que querem ir para a guerra, ou não? Sempre imaginei que a resposta seria "não". Fui um bom detetive. Quando me aposentei, fiz as pazes com o fato de que esse caso permanecia em aberto, que algumas coisas não podiam ser reveladas. Cheguei inclusive a cogitar — não ria, viu? — em causas sobrenaturais. Abdução por extraterrestres. Por que não?

— Mas se há perguntas a serem...

— Algo *dentro* de mim me diz que ficará provado que tudo isso não passa de uma armação, uma absoluta perda de tempo e energia de todos os envolvidos. Sinto pena da Miriam, voltando para cá, sendo forçada a meditar sobre a única coisa em que raramente se permitiu acreditar. Dave agarrou-se à esperança, e foi o que o matou. Miriam conseguia aceitar a realidade e descobriu uma forma de sobreviver, de levar a vida adiante, por mais ínfima que fosse.

— É desse algo *dentro* de você que precisamos. Na reunião, ao meu lado, mantendo contato visual com ela. O delegado diz que conversará mais sobre isso com você, se você achar importante.

Willoughby foi até a janela. Estava nublado e fazia frio, até para os padrões do temperamental e instável mês de março. Ainda assim, conseguiria jogar golfe, se quisesse. Golfe, o jogo no qual nunca se consegue a perfeição, o jogo que todas as vezes lhe faz lembrar o quanto você é humano, e imperfeito também. Ele sempre dizia que jamais jogaria golfe, que jamais participaria da vida social de um clube, o que praticamente era um direito seu de nascença; mas nos dias vazios da aposentadoria acabara cedendo e agora era seu hobby predileto. Ele tinha 45 anos quando se aposentou. Quem se aposenta aos 45?

Um fracassado.

Sua intenção não era fazer carreira na polícia. O plano, no começo da carreira, era ser policial por uns cinco anos. Depois iria para o escritório do procurador do estado e, na sequência, tentaria uma vaga de procurador-geral, com a vantagem de ser o candidato que conhecia as leis em todos os níveis; e talvez um dia até se candidatasse a governador. Jovem recém-saído da faculdade de Direito da Universidade da Virginia, seu futuro fora delineado com grandes expectativas e confiança — planos de cinco anos; dez anos; 20 anos. Mas então tornou-se policial de homicídios quando tinha 30 anos, e foi ficando, à espera de um caso famoso, ou dois, que alavancasse sua carreira acima dos demais. Foi no primeiro ano que pegou o caso Bethany. Aí ficou mais cinco e depois mais dez anos.

Não foi só por causa do caso Bethany, não exatamente. Mas fazer justiça tornou-se cada vez menos importante para ele. A sala de audiências do juiz não era o local de respostas. Era sim o mundo de epílogos, o cenário para o qual os atores trazem os mesmos fatos e fazem com que se encaixem — como foi mesmo que essa mulher descreveu? Isso, peças de Lego. *Eis aqui a minha versão, ali a dele. De qual delas você gosta mais?* Legos. Há um número infinito de maneiras de uni-los. Veio-lhe à cabeça a biblioteca do centro de Baltimore, na época do Natal, cujas vitrines são enfeitadas com construções incríveis em peças de Lego, montadas por uma firma de arquitetura dali. E de como imaginou-se levando os filhos, e depois os netos, para verem essas vitrines. Mas a esposa não podia ter filhos. "Você pode adotar", sugeriu Dave, e Willoughby rechaçou a ideia: "Mas nunca saberá o que vai receber."

Dave, concordando, apenas disse: "É Chet, ninguém sabe." A dívida com Dave ainda lhe pesava: nunca foi paga, nem nunca será. A única tentativa que fez para pagá-la deu nisso: Miriam num avião; os detetives presumindo que a ciência estava do lado deles, pois se tudo o mais falhasse, conseguiriam uma intimação e provariam que a moça que se diz Heather não passava de uma mentirosa, em razão do sangue ou dos dentes — ou do DNA da mãe. Sim, o melhor para todo mundo seria que a história dessa mulher pudesse ser desmascarada antes de Miriam chegar hoje à noite.

— Vou acompanhá-la — disse afinal. — Não vou entrar, mas ver e ouvir, e você poderá me fazer as perguntas que quiser. Mas preciso almoçar e depois o melhor que você terá de fazer é me dar um café. Preciso de cafeína correndo nas minhas veias. Vai ser uma tarde bem longa, e estou acostumado a tirar uma boa soneca pós-prandial.

Sabia que estava lhe dando motivos para zombarias, com esse "pós-prandial". Com toda certeza ela iria repeti-lo para toda a turma do departamento. "Em vez de dizer simplesmente 'depois do almoço' como uma pessoa normal — tinha de dizer pós-prandial." Mas ser desse jeito sempre fez parte de sua persona de policial. De propósito permitia que os colegas tirassem um sarro de vez em quando, para dar-lhes motivos de zombarem de sua arrogância, de suas maneiras.

A hostilidade com que o tratavam e as desconfianças sobre os motivos que o levaram a ser policial sempre o deixaram intrigado. Os melhores detetives amavam e tinham orgulho do que faziam. Eles também estariam ganhando bem mais trabalhando em outros lugares, mas preferiam ser policiais. Chet agia igual aos colegas e mais, seu amor pelo trabalho era puro. Mas isso nunca fora percebido. Resumindo, jamais conseguiram confiar no cara que não precisava do salário. Com esta aqui de bochechas rosadas não era diferente. Neste momento, ela estava atrás de ajuda, ou assim presumia. Mas quando tudo chegasse ao fim, ela falaria mal dele pelas costas. Que seja! Atenderia ao pedido de ajuda como um favor a Dave..., e a Miriam.

Ficou imaginando como ela teria envelhecido. Quantos fios brancos naqueles cabelos escuros? Será que o México teria modificado a maravilhosa pele cor de azeitona?

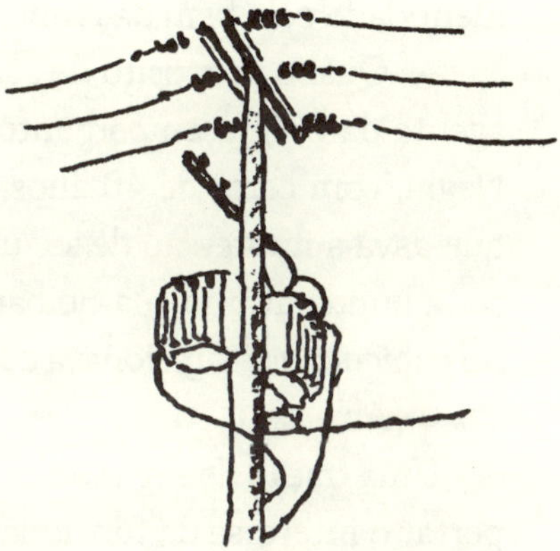

CAPÍTULO 29

As folhas em branco do passaporte eram sinal do quanto Miriam estivera imóvel nesses últimos 16 anos, raramente saindo de San Miguel, e menos ainda viajando para lá das fronteiras do México. Na verdade, a última vez que viajou de avião foi bem antes do 11 de Setembro, mas não estava certa de que teria notado as mudanças se não tivesse sido alertada a observá-las. A alfândega do aeroporto de Dallas Fort Worth não lhe trazia boas lembranças. Não se surpreendeu, então, com a maneira grosseira com que foi tratada, e com a forma como examinavam seu rosto e depois a foto do passaporte, cuja validade expiraria dali a um ano. Tornara-se cidadã americana em 1963 porque facilitava as coisas. Ao contrário do que as pessoas supunham, a cidadania americana não era conferida automaticamente com o casamento. Se não fosse pelas filhas, talvez nunca a tivesse adotado. Mesmo em 1963, teve a percepção de que seu destino não era ser "americana", que era como os residentes dos Estados Unidos tão displicentemente se autodenominavam, como se não houvesse mais nenhum outro país no continente americano. Mesmo assim, assumiu a nova identidade pelo bem da família.

— Qual o propósito de sua visita aos Estados Unidos? — a agente da imigração perguntou rápido e numa voz monótona. Negra, com cerca de 40 anos, e tão entediada com o trabalho, que dava a impressão de ser um esforço sobre-humano descansar a bunda avantajada no banco almofadado à sua disposição, no cubículo que funcionava como escritório.

— Ah...

Uma fração de segundo de hesitação foi o bastante para despertar o interesse da funcionária, como se ansiosamente aguardasse por uma resposta diferente daquela que suas orelhas foram treinadas a ouvir. Num repente, a mulher esticou-se, o olhar questionador.

— Qual o propósito de sua visita? — repetiu, agora com alguma inflexão na voz. *Vi-si-ta.*

— Bem, eu... — Miriam porém recordou-se a tempo de que não precisava contar a história de sua vida, ali em pé diante do balcão da imigração. Não era obrigada a detalhar para esta mulher que suas filhas estavam desaparecidas e possivelmente mortas há 30 anos, nem muito menos explicar que agora, contra todas as probabilidades, uma delas podia estar viva. Não tinha de dar satisfações do caso que teve com Baumgarten, nem do divórcio, nem da mudança para o Texas e depois para o México, nem mesmo da morte de Dave. Nem revelar os porquês de ter optado pela cidadania americana, nem por que voltou a usar o nome de solteira depois do divórcio, e nem mesmo por que foi morar em San Miguel de Allende. Sua vida pertencia exclusivamente a ela, pelo menos por enquanto. Isso poderia mudar nas próximas 24 horas, e então seria — uma vez mais — um bem de domínio público.

— Assunto pessoal. Assunto de família. Um parente sofreu um acidente de carro.

— Sinto muito — disse a mulher. — Que horror!

— Nada grave — acrescentou Miriam para animar a mulher, enquanto apanhava as malas e dirigia-se ao terminal doméstico, onde teria de esperar quatro horas pelo voo para Baltimore.

— Nada grave — foi o que o sargento dissera na noite anterior, depois de ter-se recuperado do choque. Como alguém lançado num mar profundo e gélido, Miriam sentiu o chão escapar-lhe e ficou desnorteada. As emoções tomaram conta dela. Levou uns bons minutos para reanimar-se e fazer a única coisa sensata: retornar à superfície, abrindo caminho na direção de onde conseguiria respirar. — Quero dizer, o acidente de carro — ele acrescentou — mas o que ela alega é muitíssimo grave.

— É um dia inteiro de viagem, mas acho que consigo chegar amanhã à noite, se sair daqui o mais rápido possível. — Chorava um choro que não lhe embargava a voz nem os pensamentos. Seu espírito era pura agitação, enquanto repassava mentalmente os contatos que tinha em San Miguel, e que poderiam ou iriam prestar-lhe favores. Havia um hotel de melhor categoria, cujos gerentes estavam habituados a atender às excentricidades dos seus hóspedes endinheirados. Talvez pudessem fazer a reserva das passagens. Dinheiro não era problema.

— O melhor mesmo seria você esperar. Ainda não estamos absolutamente convencidos de que...

— Não, não. Não conseguiria ficar aqui parada. — Mas, depois, percebeu o que deixara de ser dito. — Você acha que ela está mentindo?

— Ela é muito estranha, mas sabe de coisas a que só alguém bem íntimo teria acesso, e também estamos examinando outras pistas; mas por enquanto são apenas suspeitas.

— Isso significa então que, se por acaso ela não for minha filha, com toda certeza sabe alguma coisa sobre ela. E quanto a Sunny? O que ela disse sobre a irmã?

Uma pausa. Uma pausa solene, que sinalizou a Miriam que o homem do outro lado da linha também tinha filhos.

— Ela foi assassinada logo depois de serem levadas. Pelo menos foi isso o que a mulher contou.

Nos 16 anos em que morou no México, Miriam nunca teve problemas de estômago. Naquele instante, porém, sentiu uma dor fina e aguda como a de uma punhalada, igual àquela que comumente ataca os *turistas*. Dentre tudo que se permitiu fantasiar nesses 30 anos — a descoberta de um túmulo, a prisão, o final da história e, sim, lá em alguma fenda secreta de seu coração, a possibilidade de uma impossível reunião —, isso nunca lhe passara pela cabeça. Uma, mas não a outra? Sentiu-se desfalecer sob a pressão de tentar acomodar no coração circunstâncias tão antagônicas. Heather, viva, e a esperança de respostas depois de tantos anos. Sunny, morta, e o horror das respostas depois de tantos anos. Mirou-se no espelho de moldura de estanho que ficava sobre uma cômoda antiga de pinho, contando em ver seu rosto dividido em dois, a máscara da comédia de um lado e a da tragédia do outro. A imagem refletida, porém, era a de sempre.

— Estarei lá. Tão rápido quanto humanamente possível.

— A opção é sua, naturalmente. Entretanto, talvez queira aguardar até recebermos alguma novidade sobre as pistas que estamos seguindo. Estou com um detetive na Georgia, averiguando. Eu ficaria constrangido se você tivesse toda essa trabalheira para...

— Ouça, das duas, uma. Ou ela é a minha filha, e sempre chegarei atrasada; ou é alguém que sabe alguma coisa sobre minha filha e por algum motivo quer tirar proveito disso. Nesse caso, irei confrontá-la. Além do mais, saberei na hora. No momento em que eu a vir, terei a resposta.

— Ainda assim, um dia não fará muita diferença. E se descobrirmos que ela é uma impostora? — Ele não queria sua presença, por alguma razão. Pelo menos, ainda não, o que fez atiçar ainda mais a vontade de Miriam chegar sem demora a Baltimore. Dave estava morto; a responsabilidade agora era dela. Pretendia agir como Dave agiria se ainda estivesse vivo. Era o mínimo que podia fazer em sua memória.

Agora, nem mesmo 24 horas depois, puxando a mala pelo corredor das lojas do aeroporto, Miriam reconsiderava suas convicções. E se ela *não soubesse*? E se a ânsia de ver a filha conturbasse seu instinto maternal? E se esse instinto não passasse de uma balela? E não se pode esquecer de que sempre havia pessoas prontas a não reconhecer a maternidade de Miriam como genuína, pessoas que sem dó nem piedade reduziam suas qualidades como mãe, devido à ausência de vínculo biológico com as filhas. E se essas pessoas estivessem com a razão? Quem sabe, o fato de ter-se unido tão intensamente a crianças que não eram biologicamente suas provava o quão sugestionável era o seu temperamento? Lembrou-se da gata que tiveram em casa durante uma época, uma bela caçadora de camundongos. Castrada, a gata nunca dera cria. Um belo dia, a bichana descobriu uma pequena foca de brinquedo da Heather, um objeto repulsivo feito de pele verdadeira de foca, um presente da alienada mãe de Dave. Se não tivesse vindo dela, ele jamais permitiria que Heather a guardasse, pois foi o próprio Dave quem obrigou Miriam a jogar fora o casacão de pele de castor, remanescente de sua vida no Canadá, herança da avó e, portanto, bem mais justificável. Mas ele abria todos os tipos de exceções para Florence Bethany. A gata, Eleanor, encontrou a foca e a adotou. Carregava o brinquedo pelo pescoço como carregaria seus filhotes, lambendo a foquinha e rosnando para quem viesse lhe tomar a "cria". Com o passar do tempo, é claro, Eleanor acabou destruindo o brinquedo. A língua úmida e áspera removeu os pelos, e o brinquedo se transformou num objeto medonho, um feto feito de uma nesga de forro.

E se os instintos maternais de Miriam fizessem par com os da gata? Tendo aprendido a amar as filhas de outra mulher como se fossem suas, seria ela capaz de reivindicar para si um filho — qualquer que fosse — caso se dispusesse a acreditar nisso com todas as forças de seu coração? Será que agarraria uma foquinha de brinquedo pelo pescoço e fingiria que era sua cria?

Um ano antes do desaparecimento das meninas, Sunny estava cada vez mais curiosa sobre a mãe "verdadeira". Ela era uma adolescente típica daquela época. Instável e temperamental, avançava hesitante para o final da história, mas então retrocedia. Queria saber, mas não estava pronta para saber. "Foi um acidente só com o carro deles?", ela perguntava. "Como aconteceu? Quem estava dirigindo?" As doces histórias que lhes foram contatas por tanto tempo agora não passavam de mentiras deslavadas, e nem Miriam nem Dave sabiam como lidar com essa mudança. Mentir era o maior pecado aos olhos dos adolescentes, a justificativa que bastava para desobedecer a todas as regras e restrições paternas. Se eles tivessem entregado à Sunny as provas de sua falsidade e hipocrisia, ela ficaria impossível. Mas um dia teria de saber, nem que fosse porque havia uma lição prática a tirar dos erros da mãe, um aviso de como é perigoso não confiar no pai nem na mãe, e não dar o braço a torcer por orgulho. Se Sally Turner tivesse sido capaz de pedir ajuda aos pais quando mais precisava, então Sunny e Heather nunca se teriam transformado nas meninas Bethany. E por mais que Miriam odiasse a ideia, sabia que teria sido melhor para elas. Não por uma questão biológica, mas porque se a mãe delas tivesse sobrevivido, as meninas com certeza também estariam vivas.

A polícia vasculhou minuciosamente a família do pai biológico; quanto aos poucos parentes encontrados, ou não sabiam de nada ou não davam a mínima para o que acontecera com a prole daquele sujeito briguento. O pai biológico das meninas era órfão, e a tia que o criara desaprovara Sally tanto quanto Estelle e Herb desaprovaram o rapaz. Leonard ou Leo. Ou um nome parecido. Ninguém faltou com respeito a Miriam, mas ela ficou mais perturbada com o interesse da polícia pelos parentes das garotas, do que com as investigações sobre sua libertinagem. E Dave, que em geral queria que todas as pistas fossem exploradas, até mesmo as mais desvairadas, quase se desesperou com aquela linha de averiguações. "Elas são nossas filhas", repetia incessantemente para Chet. "Isso não tem nada a ver com os Turners, ou aquele idiota que não fez mais do que um cão vira-lata teria feito. Você está perdendo seu tempo." Dave chegava às raias da histeria.

Anos antes, uma pessoa — considerada amiga até que um incidente provou que não era nem nunca fora amiga de verdade — perguntou se havia alguma chance de as meninas serem filhas biológicas de Dave, se ele teria engravidado a filha dos Turners durante um caso amoroso longo e secreto, e que inventaram essa história complicada quando ela morreu de uma causa qualquer. Miriam estava habituada ao fato de ninguém ver traços de semelhança entre ela e as garotas, mas achou estranho que essa mulher pudesse ver semelhança entre elas e Dave. Sim, o cabelo dele era louro, mas espesso e crespo. Sim, a pele dele era clara, mas os olhos castanhos e o corpo completamente diferente. Ainda assim, frequentemente havia quem dissesse *As meninas se parecem com o pai*, o que gerava uma situação constrangedora, pois Miriam não queria se ver obrigada a falar sobre a adoção na frente das meninas, mas também não suportava ver prevalecer uma mentira. *São tão parecidas comigo*, é o que Miriam gostaria de dizer. *São tão parecidas comigo*. São minhas filhas, eu as fiz. Serão versões aprimoradas de mim, mais fortes e mais conscientes de si mesmas, capazes de correrem atrás de seus desejos sem se sentirem egoístas ou gananciosas, que era o que acontecia com as mulheres da minha geração.

Quatro horas. Quatro horas de espera no aeroporto e, depois, quase três horas de voo, e fazia quase oito horas que estava em viagem. Acordou às 6 horas, pegou um carro arranjado por Joe que a levou ao aeroporto local. De lá foi para o aeroporto da Cidade do México, onde teve um bom tempo de espera, por causa de atrasos. Havia bons livros nas livrarias, mas sabia que não teria condições de se concentrar na leitura. As revistas lhe pareciam superficiais e muito desligadas da realidade em que vivia. Nem mesmo sabia quem era a maioria das atrizes, pois em casa não tinha antena parabólica. De rosto e de corpo, elas eram muito semelhantes e, para Miriam, era difícil identificar quem era quem. Mais pareciam bonecas da loja Madame Alexander. As manchetes tratavam basicamente de fofocas: noivados, divórcios, nascimentos. *É preciso dar crédito a Chet,* ela pensou. Ele escondeu tanta coisa da imprensa... E os repórteres tinham sido compreensivos, respeitadores. Mas nos dias de hoje, a história toda estaria na mídia — a adoção, o caso extraconjugal, as dificuldades financeiras. Tudo.

Talvez ainda seja possível, Miriam percebeu, de repente. *Talvez seja possível.* O mundo de hoje jamais permitiria que um reencontro desses — no caso de ser mesmo um reencontro — fosse mantido em privacidade. Esse pensamento fez com que quase desejasse que a mulher em Baltimore *fosse* mesmo uma impostora. Mas logo descartou tal desejo. Estava disposta a entregar tudo — a verdade sobre si mesma, por mais desagradável que fosse, a verdade sobre Dave e de como ela o havia tratado — trocaria tudo isso, sem pensar duas vezes, para rever uma das filhas.

Comprou uma batelada de tabloides, resolvendo lê-los como se fosse um dever de casa, a futura história de sua vida.

CAPÍTULO 30

— Você acha que isso vai acabar? — perguntou Heather, olhando para fora da janela do carro. Ela vinha sussurrando com os lábios fechados desde que se acomodara no banco do carona, um sussurro que virou um zumbido forte quando Kay pegou a entrada do anel viário. Será que todos esses sons eram intencionais?

— Acabar?

— É... terminará, assim que eu contar tudo?

Kay nunca foi de mentir, nem sobre as menores coisas, e essa pergunta soou como especialmente séria. ***Será que vai acabar?*** Gloria não se deu ao trabalho de passar essa informação, quando telefonou pedindo a Kay — determinando a Kay, na verdade mandando, como se Kay trabalhasse para ela, como se Gloria estivesse fazendo todos os favores e Kay fosse *sua* devedora — para levar Heather ao prédio da Segurança Pública às 16 horas. E agora elas estavam atrasadas porque Heather armara uma tremenda confusão na hora de escolher uma roupa. Mais parecia Grace se vestindo para o colégio, de tão insolente, e foi difícil encontrar algo que a agradasse. Afinal, ajeitou-se com uma camisa azul abotoada na frente e uma saia de lã stretch que ia bem com os pesados sapatos pretos, os únicos itens próprios que aceitava usar. Kay achou toda essa preocupação com roupa bem engraçada, porque Heather não passava a imagem de alguém preocupada com a aparência. O que era uma lástima, porque ela era uma mulher que chamava a atenção, abençoada com atributos que só a natureza podia conceder — as maçãs do rosto salientes, a silhueta esbelta e resistente ao passar dos anos, a pele lisa.

— Não houve nenhuma alteração no estado físico do garoto, se é a ele que está se referindo. Melhorando a cada dia. Gloria está confiante em que não haverá pesadas acusações com relação ao acidente.

— Bem, não era exatamente nele que eu pensava...

— Ah... — Uma coisa que chateava Kay era que Heather raramente pensava em outra pessoa a não ser ela mesma. Mas isso seria uma consequência lógica do que lhe aconteceu — presumindo-se que as teorias de Kay estivessem corretas. Baseada nos parcos detalhes que Heather vinha aos poucos deixando escapar, Kay concluiu que Stan Dunham pegou as duas garotas, mas matou Sunny porque, aos 15 anos, era velha demais para interessá-lo. E ficou com Heather até que ela, também, deixasse de ter utilidade para um pedófilo, mas manteve-a por mais uns anos, até que estivesse traumatizada o bastante para não divulgar seus segredos. Como? Kay não queria pensar nisso. Claro que a havia transformado, de alguma maneira, em sua cúmplice, e feito com que também se sentisse uma criminosa. Ou simplesmente a deixou tão atormentada de medo que ela jamais pensaria em contar para ninguém o que tinha acontecido. Kay não dava muita importância — ao contrário dos detetives — ao fato de Heather não ter tentado fugir, nem ter contado para ninguém o que acontecia, naqueles seis ou mais anos. Talvez ele lhe tenha dito que os pais estavam mortos, e até que foram eles que tramaram para que as meninas fossem levadas. As crianças são tão sugestionáveis, tão maleáveis... Até a relutância de Heather em contar a história toda parecia a Kay uma atitude lógica. A nova identidade dela, não importa qual, fora crucial para a sua sobrevivência. Por que, então, confiá-la a alguém — especialmente a homens e mulheres que trabalhavam no mesmo departamento de seu sequestrador?

— Você acha que eles têm alguma novidade? — perguntou Heather.

— Novidade?

— Talvez eles tenham encontrado o corpo da minha irmã. Eu lhes disse onde estava.

— Mesmo se tivessem — e, de qualquer maneira, acho que estaria nos jornais, pois seria difícil remexer num antigo túmulo sem chamar atenção — levariam semanas para identificar os restos mortais.

— É mesmo? E esse não seria um caso de altaprioridade, algo que fariam às pressas? — Soava um pouco ultrajada por não receber o tratamento a que julgava ter direito.

— Isso só acontece na televisão. — Por causa dos serviços que prestava à House of Ruth, onde conheceu Gloria, Kay entrou em contato com um antropólogo forense do College Park, que sempre vinha com restrições, sobretudo as financeiras, que a impediam de produzir os milagres que o público esperava. — Há coisas que eles podem dizer de imediato...

— Como o quê?

Kay se deu conta de que não estava cem por cento certa.

— Bem... alguns sinais no corpo. Traumatismo ou marcas de balas. Também se é homem ou mulher, eu acho, e a idade aproximada.

— Como é que eles fazem isso?

— Não sei muito bem. Mas é claro que os esqueletos mudam na puberdade. De qualquer forma, se seu antigo dentista ainda estiver vivo, ele poderá identificar sua irmã bem depressa. Consta que os dentistas são muito bons em reconhecer os trabalhos que fazem.

— John Martielli, D.D.S. — disse Heather, numa voz quase sonhadora. — O consultório dele ficava em cima da farmácia. Muitas revistas *Highlights*, é claro. E gibis do Goofus & Gallant. Se não tivéssemos nenhuma cárie — e *nunca* tivemos nenhuma — podíamos ir à padaria que ficava depois da esquina e comprar o que a gente quisesse, por mais açúcar branco que tivesse.

— Você nunca teve uma cárie? — Kay pensava nos próprios dentes, tão sofridos e em péssimas condições. Neste ano, teve de passar pela chateação de substituir as antigas obturações prateadas, e agora eram as coroas que precisavam ser trocadas, consequência de dentes rachados, que ela considerava uma herança do divórcio. Rangera os dentes até que dois se esfarelaram e os pedaços ficaram presos à barra de cereal que comia. As coroas causaram uma infecção e o tratamento de um canal, e o dentista achava que ainda teria de passar por uma cirurgia. Sabia que essas desgraças dentárias não eram culpa sua, mas os problemas em sua boca faziam com que se sentisse um pouco suja, sem higiene.

— Não, nem mesmo quando passava anos sem ir ao dentista, pois não tínhamos um plano que cobrisse as despesas, meus dentes estavam perfeitos. Agora, visito o dentista a cada seis meses. — Cerrou os dentes e abriu os lábios para exibi-los. Belos dentes, ossos do rosto finamente desenhados, magra, pele espetacular... se Kay não soubesse da história de Heather, talvez a tivesse odiado um pouquinho.

— Será que podíamos parar? — pediu Heather, as mãos sobre o estômago como se estivesse com cólica.

— Já estamos atrasadas, mas se estiver enjoada ou precisar comer...

— Que tal irmos ao shopping?

— Shopping?

— Ao Security Square?

Kay encarou Heather. Não era fácil trocar olhares enquanto dirigia, e menos ainda ao tentar entrar no anel viário, mas ela aprendera, de tanto lidar com Grace, que o contato visual tinha sido supervalorizado, visto que conseguia descobrir mais sobre a filha quando ambas olhavam direto para frente, através do mesmo para-brisa. A saída para o shopping era uma depois de onde Heather fora apanhada na terça-feira à noite. — Era para lá que você queria ir esse tempo todo?

— Não conscientemente. Não sei, talvez sim. Mas de qualquer maneira, eu preciso ir lá agora, antes de dar meu depoimento. Por favor, Kay? Chegar atrasada não é a pior coisa do mundo.

— Não estou preocupada com os detetives, mas com Gloria. Para ela, o único tempo que tem valor é o dela mesma.

— Eu ligo para ela pelo seu celular, e explico que estamos atrasadas, OK? — Sem esperar pela resposta e pelo consentimento de Kay, Heather pegou o telefone que estava no console entre os assentos e remexeu na agenda até encontrar o número de Gloria. Ela manipulava o aparelho com facilidade, igualzinho a Seth e Grace. — Gloria? É Heather. Acabamos de entrar na estrada. O ex-marido da Kay atrasou-se para pegar as crianças, e não havia outro jeito senão esperar, não é? — Sem esperar pela resposta de Gloria, acrescentou: — Vejo você daqui a pouco.

Que bela desculpa, pensou Kay. *Botou a culpa numa pessoa que ninguém conhecia, a quem ninguém jamais pensaria questionar.*

Não levou mais de uma fração de segundo; porém, as implicações mais amplas desta observação pareciam vibrar sob os pneus de seu carro, ao tomar a saída — longa e em curva — para o shopping Security Square.

— Eu achava que as coisas diminuíssem com o tempo — comentou Heather. — O shopping parece maior. Fizeram uma expansão?

Estavam num corredor onde, segundo Heather, costumava ficar o cinema de duas salas. Para um sábado, o shopping estava extremamente vazio e, embora tivesse as lojas âncoras de sempre: Old Navy, uma cadeia de lojas de música, Sears, e uma Hecht's, as demais não eram conhecidas por Kay, e havia uma sensação de abandono. Em um canto, uma antiga loja de departamentos — Hoschild's, insistiu Heather — fora desmantelada, as paredes demolidas, restando apenas as escadas rolantes que levavam as pessoas para a praça de alimentação de comida asiática. Deve haver uma grande população de asiáticos naquela região, pois havia um outdoor com o nome Seoul Plaza fixado da fachada sul do shopping. Kay viu um lampejo de esperança naquela parte, um sinal de como as coisas se transformam e se adaptam. Por um lado era empolgante que esse bairro do condado de Baltimore precisasse de uma loja especializada. Mas ela não era muito fã de shoppings, e este aqui estava tão triste, tão gasto, tão abandonado...

Ficou imaginando o que Heather devia estar sentindo.

— Dava para sentir o cheiro da pipoca Karmelkorn daqui. — Heather ia dizendo. — O cheiro chegava até aqui. Foi aqui que combinamos de nos encontrar naquele dia.

Heather começou a andar. Olhos no chão, como se houvesse pistas a serem seguidas. Ao chegar ao saguão do shopping, virou à direita.

— A loja dos órgãos ficava aqui, perto da livraria. O armarinho — Singer, não Jo-Ann — era para o outro lado, junto ao Harmony Hut. O combinado era encontrarmos papai na loja de produtos naturais GNC, às 17h30. Era lá que ele comprava levedura de cerveja e bala de gergelim. Aqui era bem legal. Repleto de gente, alegre.

Parecia que Heather estava se preparando para um teste, repassando a matéria antes da prova. Mas se ela fosse mesmo Heather Bethany, por que a preocupação em dar as respostas corretas? E caso não fosse, era o caso de ela ver com os próprios olhos que o shopping havia mudado tanto, que ninguém poderia nem confirmar, nem contestar, suas lembranças?

— Ah... olha a cabine de segurança do shopping — disse ao parar e inspecionar um cubículo de vidro. Lá dentro, homens uniformizados com olhos atentos em vários monitores. Kay se perguntou se Heather estaria pensando que esses homens talvez a tivessem salvado, 30 anos atrás. — Aqui é o Karmelkorn. Não, não, *não*. O contrário. A nova ala, com a Hecht's, me atrapalhou. Não é que o shopping tenha ficado maior, mas eu me confundi com o layout, ao passar os dois corredores.

Começou a andar rápido, tão depressa que Kay quase teve de correr para alcançá-la.

— Os cinemas deviam ser aqui — disse dando uma parada, virando-se e voltando ao ritmo rápido de antes. — E se vamos por aqui... claro, agora faz sentido. O local onde as escadas rolantes estão não era a Hoschild's, mas a J.C. Penney, que ainda estava em construção naquele fim de semana. Aqui! Aqui era a loja dos órgãos, onde o Sr. Pincharelli trabalhava nos fins de semana.

Esse "aqui" era agora uma loja chamada Kid-Go-Round, que vendia roupa de festa, bem formal, para crianças. Ao lado, uma chamada Touch of the Past, que Kay achou meio sinistra, até que descobriu que vendia suvenires da liga de beisebol Negro

League, camisetas de jérsei de times como os Homestead Grays e o Atlanta Black Crackers.

— Quem é esse Sr. Pincharelli?

— O professor de música da Rock Glen Junior High. Sunny foi apaixonada por ele, durante um tempo.

Heather ficou paralisada, oscilando suavemente, sussurrando alguma coisa e acariciando os braços como se sentisse frio.

— Olha estes vestidos, dama de honra, pajem. O seu casamento foi assim?

— Não exatamente — respondeu Kay sorrindo ao se recordar. — O casamento foi ao ar livre, no jardim da casa de amigos, no Severn River, e flores enfeitavam meu cabelo. Anos 1980 — acrescentou como se se desculpasse. — Eu tinha 23 anos.

— Nunca vou me casar, não de verdade.

Não havia pesar nem lástima na voz de Heather. Uma constatação, e nada mais.

— Bem... pelo menos você nunca terá de se divorciar.

— Meus pais se divorciaram, não? Naquela hora, não entendi. Separaram-se. Você acha que foi minha culpa?

— Sua culpa?

— Bem, não minha culpa, é evidente. Mas consequência do que... aconteceu. Você acha que foi a tristeza que os separou?

— Acho que — Kay escolheu as palavras, buscando ser bem clara — acho que as tristezas, as tragédias, tudo isso tende a ampliar o que já existe, revelando, então, os problemas que estavam lá. Casamentos sólidos ficam mais sólidos. Os não tão fortes sofrem e, sem aconselhamento, podem acabar. Sei por experiência própria.

— Você está dizendo que meus pais não tinham um bom casamento antes? — O tom era furioso, como os que se ouvem nos pátios dos colégios, defendendo instintivamente os pais de um insulto, mesmo quando nada foi dito às claras.

— Não teria como saber. Como eu poderia saber? Estou falando em tese, Heather.

Voltou o sorriso, a recompensa por usar seu nome, por ser aquela que acreditava nela, bem mais que Gloria, cuja dedicação era cobrada por hora.

— Eu pensei que todos estivessem mortos. Mortos, todos. Menos eu.

Os olhos de Kay pousaram nas saias de gaze do vestido da vitrine, o tipo de vestidinho bem de menininha, que sua Grace nunca quis usar. *Eu pensei que todos estivessem mortos*. Se realmente estivessem, teria sido muito mais fácil levar a mentira adiante. Mas será que alguém inventaria uma mentira dessas só para se safar da culpa de ter provocado um acidente? A ser tudo uma farsa, não seria mais simples desdizer-se, agora que sabia que o menino ficaria bom? De fato, tudo que ela dizia era tão convincente, tão verossímil... mesmo assim, só o fato de Kay estar pensando desse jeito talvez seja a prova do quanto sua história parecia arranjada.

Mirando direto para frente, Kay podia ver o reflexo de Heather no vidro espelhado da vitrine onde antes existia a loja dos órgãos. Lágrimas lhe escorriam pelo rosto, e ela tremia tanto que os dentes, aqueles dentes perfeitos sem nenhuma cárie sequer, batiam uns contra os outros descontroladamente.

— Foi aqui que tudo começou — disse. — De certa forma, começou aqui.

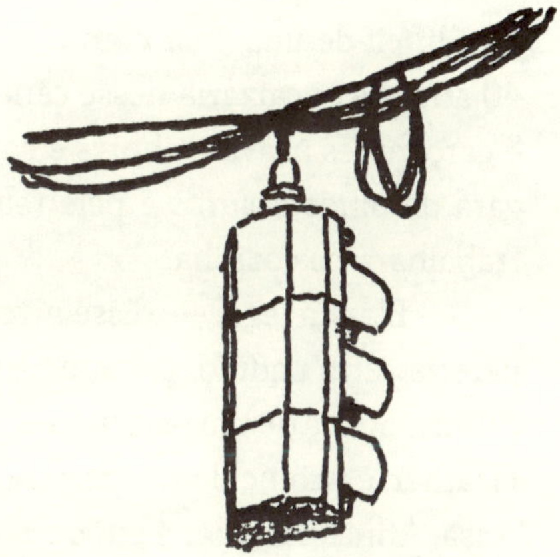

CAPÍTULO 31

O centro comercial de St. Simons — chamado de "vilarejo", conforme um morador que indicou o caminho a Kevin — era extremamente charmoso. Na rua principal, uma sequência de lojas caras, especializadas em vender inutilidades para pessoas que compravam compulsivamente, pelo prazer de comprar. Não eram produtos de marca caríssimos, como os que Kevin viu em Hamptons, onde trabalhou para uma firma de paisagismo quando era adolescente, mas um significativo salto de qualidade se comparado ao comércio de Brunswick. Agora entendia por que Penelope Jackson morava no continente. Morar aqui devia estar mesmo fora de cogitação para quem moldava bolas de sorvete, servia cerveja e vendia vestidos nas cores rosa e verde, que pareciam dominar as vitrines.

Havia programado a visita a Mullet Bay para o horário mais agitado do final da tarde, antes do jantar. O bar-restaurante era um local tipicamente turístico, uma variação do sonho americano na versão da cadeia de restaurantes do cantor Jimmy Buffett. Papagaios, drinques tropicais, ambiente descontraído. Era difícil de imaginar como uma mulher se aproximando dos 40 anos se encaixaria nesse cenário de jovens, onde os garçons e garçonetes usavam shorts e camisa polo. Mas a gerente, uma gata de olhos escuros e pele reluzente, explicou que Penelope trabalhara na cozinha.

— Ela era legal — disse a gerente com um entusiasmo que parecia ser o padrão, pronunciando le-gaaaal. O broche longo e fininho acima de um perfeito seio esquerdo anunciava que ela era Heather, e a coincidência parecia um presságio de... bem, alguma coisa. Afinal, Heather é um nome muito popular. — Trabalhadora, dava para confiar nela. Tapava os "buracos" em cima da hora, e chegou a trabalhar de barista uma ou duas vezes cobrindo a ausência do efetivo. Os patrões teriam adorado mantê-la aqui.

— Por que foi que ela saiu?

— Ah... ela precisava de um novo começo. Depois do incêndio e tudo o mais. — Mesmo ao expressar sincera tristeza, esta Heather conservava uma espécie de entusiasmo indomável, como se sua beleza, seus braços jovens e belos lhe suprissem de uma alegria constante e plena em vigor. Infante ficou imaginando aqueles braços o abraçando, e ele absorvendo um pouco de toda essa autoestima ensolarada.

— E o que você sabe sobre esta aqui? — Mostrou-lhe a foto daquela que se dizia Heather. — Você a conhece? Viu alguém como ela com a Penelope?

— Não. Mas... pensando bem, eu nunca vi ninguém com a Penelope. Ela conversava sobre o namorado e, que eu me lembre, ele passou uma vez só aqui — torceu o nariz —, um cara mais velho, sujo e malcuidado. Ele me disse umas coisas, mas eu não contei nada para Penelope. Era conversa de bêbado.

— E ela disse para onde ia, quando veio se despedir?

— Não, pelo menos não para mim. Ela deu aviso prévio, e no último dia fizemos uma festinha de despedida. Com bolo e tudo mais. Mas, você sabe? Ela era reservada. Eu acho... — titubeou, pateticamente sincera em sua intenção de não fofocar. Foi o bastante para que Infante se interessasse ainda mais por ela. Afinal, estava acostumado a ver as pessoas aproveitarem-se da situação para difamar os outros em nome de seu dever de cidadão, revelando, sem que lhe seja indagado, todo tipo de informação irrelevante e depreciativa.

— Você acha que ela era reservada por causa da situação em casa?

Ela fez que sim com a cabeça, um gesto vigoroso de alívio. Céus! Como ele queria transar com ela! Seria como... como deitar numa praia qualquer, sobre a areia mais sedosa do mundo, quente e acolhedora, e nem um pouco... arenosa. Não havia amargor nenhum nesta moça, nenhuma mácula em sua vida. Seus pais provavelmente ainda estariam casados, quem sabe ainda se amando. E não teve dificuldades nos estudos, sendo popular junto a rapazes e moças, igualmente. Kevin podia imaginar pássaros pousando nos ombros dela, como uma princesa num conto de fada de Walt Disney.

— Ela chegou uma vez com um hematoma no rosto. Eu só olhei, mas ela ficou aborrecida. "Você não faz ideia do que está acontecendo", ela disse. E eu respondi: "Não falei nada, Penelope, mas se houver alguma coisa que eu possa fazer por você..." Mas reagiu dizendo: "Não, não, não, Heather, você não entende, não é o que você está pensando, foi só um acidente." E então... então. — A moça engoliu em seco, um pouco nervosa, e Infante teve de se esforçar para ficar atento às suas palavras, ao mesmo tempo em que matutava um jeito de persuadi-la a ir até o carro e montar em cima dele. — E depois ela disse: "Não se preocupe, vai valer a pena. Sairei ganhando." Isso foi perto do Dia de Ação de Graças.

— E o que ela queria dizer com isso?

— Não sei mesmo. Nunca mais conversamos. Será... bem, será que fiz mal? Será que deveria ter ligado para alguém, procurado ajuda para ela? Bem... afinal uma mulher adulta, dona de seu nariz, mais velha do que eu. Não sei como poderia ajudá-la.

— Você fez o certo — respondeu Infante, aproveitando a oportunidade para fazer um carinho em seu braço. E esse momento de carícia prolongou-se, sem que nenhum dos dois ficasse sem graça.

— Você gostaria de alguma coisa? Para comer, beber? — A voz dela era baixa, quase um sussurro.

— Não, não posso. Daqui a uma hora tenho pegar um avião de volta para casa, em Baltimore.

Ele a flagrou olhando para a sua mão esquerda.

— Há inúmeros voos saindo de Jacksonville. Quem sabe você não vai amanhã cedinho? Não faria tanta diferença assim. Em casa às 9 horas. Da manhã? Da noite? Que *dife* faz?

— Já fechei a conta do hotel.

— Oh, bem... isso não é problema, há outros lugares para ficar. As pessoas aqui são bem amistosas. St. Simons é bem divertido. Aposto como não teve a chance de conhecer nada.

Parou para refletir sobre a proposta. Claro que sim! Uma linda mulher, uma quase certeza de que iriam trepar assim que terminasse seu expediente. Ele poderia se sentar no bar, tomar umas cervejas e imaginar como seria e excitar-se ainda mais ao vê-la movimentar-se de um lado para o outro nos shorts cáqui. Provavelmente ela cuidaria da conta do bar — uma cortesia da casa —, ou no mínimo passaria algumas bebidas às escondidas. E qual era a diferença — *dife* — sábado à noite ou domingo de manhã? Nancy cuidaria do interrogatório de hoje, que deveria estar para começar, pelos seus cálculos. Ele fora dispensado, embora não por sua culpa. OK, ninguém era culpado de nada, e muito menos ele. Sob essas circunstâncias — e as circunstâncias começavam a tomar forma em sua mente, um acidente na estrada, nada sério, nem importante o bastante para entrar nos noticiários, porém suficientemente complicado para retê-lo na ilha até bem depois que o último avião partindo de Jacksonville para Baltimore já tivesse levantado voo, e quem poderia provar que não era verdade? — ninguém se incomodaria se Infante só chegasse em casa amanhã. E depois, não era o caso de se mandar um detetive de primeira linha para buscar alguém no aeroporto. Outra pessoa que fique de baby-sitter da mãe! Bastava colocá-la no ônibus do Sheraton e fazer-lhe companhia. Pro inferno! Lenhardt provavelmente iria se divertir quando Infante lhe contasse a aventura com uma sulista. *Jantou bem à custa do departamento? Não, mas ganhei uma xoxota gostosa!*

Esfregou os dedos bem de leve no punho da garota, sentindo o calor, a vitalidade da juventude, a força que emanava por nunca ter-lhe acontecido nada de mal. Kevin não tinha nenhum interesse especial por virgens, mas sentia-se atraído por esse tipo de inocência, oriunda da crença de que sempre estaria protegida, que a vida seria invariavelmente fácil, sem atropelos. Talvez essa fosse a vida para sua Heather. Talvez todos a quem ela ama morressem dormindo e quando chegasse a hora. Não antes. Talvez ela nunca viesse a se sentar à mesa da cozinha com o marido, chorando sobre contas que não podiam pagar, nem discutindo sobre a montanha de frustrações que ele vinha acumulando. Talvez ela viesse a ter filhos que só lhe trariam orgulho e prazer. Talvez. Alguém haveria de ter uma vida como essa, concorda comigo? Estava longe de ter alguma relação com o trabalho de policial; mas que existia, ah... sem dúvida existia.

Seus dedos escorregaram do punho para a mão. Disse tchau, sem esquecer de deixar bem claro — tanto pela voz quanto pela expressão em seus olhos, o quanto lastimava por não poder ficar.

— Oh! — Ela reagiu com surpresa. Evidentemente uma garota acostumada a ter o que queria.

— Talvez num outro dia — adiantou; o que para ele significava: *Amanhã, semana que vem, com certeza levarei para casa uma jovem que conheci num bar. Mas hoje vou devolver o carro alugado e agir como membro de uma equipe.*

A caminho do aeroporto, Infante parou numa churrascaria em Brunswick e comprou uma camiseta para Lenhardt, com o desenho de um porco "sarado" exibindo os bíceps e os dizeres: NINGUÉM CONSEGUE BATER NOSSA CARNE. Mesmo com esse pit stop para um sanduíche de carne de porco, chegou ao aeroporto de Jacksonville tão cedo que acabou entrando na lista de espera de um outro voo, sem escalas, chegando ao aeroporto de Baltimore quase uma hora antes do planejado.

CAPÍTULO 32

— Quer trocar por uma cadeira mais confortável?

— Não, não. — Willoughby sentiu-se encabulado pela preocupação da detetive. Ele não era nem tão idoso, nem tão ilustre para ser merecedor de tanta deferência.

— Posso lhe arranjar uma melhor que esta.

— Não, obrigado, estou bem.

— O que estou querendo dizer é que daqui a algumas horas você vai começar a se sentir mais desconfortável nessa.

— Sargento — disse com a intenção de deixar que sua voz transparecesse dignidade e estoicismo, mas só conseguiu um tom mal-humorado. — Pode deixar, sargento, estou bem.

O prédio não era o mesmo em que havia trabalhado a maior parte de sua carreira, o que representava um alívio. Não viera até aqui para reviver lembranças. Seu papel seria o de árbitro, de juiz de linha, para decidir o certo e o errado. Um envelope de papel manilha levemente empoeirado, apoiado sobre seus sapatos, aguardava pelo seu momento. Eram quase 16h30, uma hora interessante para o início de uma longa entrevista. A fase modorrenta do dia, em que há uma baixa de açúcar no sangue, e já se começa a pensar no jantar ou talvez alguns drinques. Mais cedo, Willoughby vira a bela detetive comendo uma maçã e várias fatias de queijo, acompanhados por uma garrafa d'água.

— Proteína — comentou quando reparou que ele a observava. — Nada muito energético, mas supre por um bom tempo.

Gostaria de ter tido uma filha. Um filho também seria ótimo, mas uma filha cuida dos pais na velhice; o filho homem é em geral sugado pela família da esposa, ou pelo menos é o que dizem. Caso tivesse tido uma filha, certamente ainda a teria. E netos. Não que se sentisse solitário. Até alguns anos atrás, estava bem satisfeito com a vida que levava. Tinha saúde, o golfe e os amigos do golfe, e se quisesse a companhia de uma mulher, não faltavam voluntárias em Edenwald. Duas vezes por mês revia antigos amigos — os meninos do colégio Gilman. Esses encontros aconteciam na Starbucks da York Road, no mesmo lugar onde antes ficava a antiga estação Citgo, e a conversa, sempre superanimada, girava em torno de política e dos velhos tempos. A triste verdade era que Evelyn passara tanto tempo doente e fragilizada, que não conseguia ter saudades dela. Melhor dizendo, foram anos de saudades, os derradeiros dez anos da vida da mulher; foram tantas as saudades sentidas, que agora era mais fácil suportar sua ausência.

O curioso é que Evelyn não gostava que ele falasse sobre as meninas Bethany. Já os outros casos, mesmo os com características muito mais escabrosas, não a deixavam tão perturbada. A verdade é que ela apreciava essa espécie de vida, vamos dizer, dupla, que ele levava. Ser policial acrescentara um autêntico cachê em seus círculos sociais, inclusive o tornara mais sexy, e Evelyn divertia-se ao ver suas amigas gravitando em torno dele, disputando quem receberia mais atenção, assediando-o com perguntas sobre os casos de polícia. Mas não o das meninas Bethany, nunca o das meninas Bethany. Às vezes pensava que o assunto lhe era extremamente doloroso. Impossibilitada de ter filhos, provavelmente não suportava ouvir falar de outro casal sem filhos que, como num passe de mágica, ganha duas meninas que depois lhe são tomadas. Agora, pela primeira vez ele se perguntou se o verdadeiro problema não seria o fato de não conseguir solucionar o caso. Será que Evelyn ficara desapontada com ele?

— Você se atrasou — Gloria repreendeu Kay, enquanto segurava Heather pelo cotovelo.

— Heather lhe contou o que aconteceu — retrucou Kay, tentando convencer-se de que não mentia, por recusar-se a desmentir Heather. Mais uma discussão sobre ninharias numa sequência de discussões inócuas. Contudo, ao segui-las para o elevador, Gloria a deteve.

— Você não pode subir, Kay. Bem, até poderia subir, mas teria de ficar num escritório ou sala de reunião vazia.

— Mas é claro, estou sabendo — apressou-se a responder. A segunda mentira em menos de um minuto; mas essa só para disfarçar o constrangimento.

— Isso vai demorar, Kay. Horas. Pode deixar que levo Heather de volta para casa.

— Mas é tão fora do seu caminho... Você mora aqui perto, e eu na zona sudoeste.

— Kay...

Deveria ir para casa, pensou Kay. Já estava envolvida demais com Heather, avançando toda sorte de sinais. Só o fato de Heather estar na casa dela — bem... tecnicamente, não na casa dela, mas no seu imóvel — poderia resultar numa advertência ou uma ameaça a seu registro profissional. Estaria ficando doida? Mas tendo chegado até aqui, não se dispunha a desistir.

— Tenho um livro. *Jane Eyre*. Vou ficar muito bem.

— Jane Eyre? Nunca consegui ler nada dela.

Kay percebeu que Gloria estava confundido o título do romance de Brontë com a autora das cartas do século XIX, Jane Austen. Provavelmente no cérebro de Gloria não havia muito espaço de sobra além dos clientes, além de seu trabalho. Será que Kay devia chamá-la num canto e contar que foram até o shopping? Ou será que Heather contaria? Será que era importante? Depois de ser deixada sozinha, seus olhos navegavam às cegas sobre as páginas do livro, acompanhando, sem assimilar, a fuga de Jane, a proposta formal de St. John, e as adoráveis e adoradas irmãs que afinal eram suas primas.

Heather não gostou nada de ver uma detetive, mas dissimulou a irritação e a surpresa.

— Estamos esperando pelo Kevin? — perguntou.

— Kevin? — repetiu a detetive rechonchuda. — Ah, o detetive Infante. — Como se ela não tivesse autorização de chamá-lo pelo nome. *Ela não gosta de mim. Tem raiva de mim porque sou muito mais magra, ainda que ela seja bem mais jovem que eu. Ela protege o Kevin.* — O detetive Infante teve de viajar a trabalho. Para a *Georgia*.

— Será que isso deveria fazer algum sentido para mim?

Gloria lançou-lhe um olhar, mas ela não se importava nem um pouco com a opinião de Gloria. Sabia o que estava fazendo e o que precisava ser feito.

— Não sei. *Significa* alguma coisa para você?

— Nunca morei lá, se é isso que deseja saber.

— Onde você morou nos últimos 30 anos?

— Ela vai invocar a Quinta Emenda à Constituição — interveio Gloria na hora.

— Não estou certa de que a Quinta seja relevante, e temos insistido com você que podemos levar sua cliente a júri popular, ou conceder-lhe imunidade no caso de furto de identidade, mas... vamos lá.

Conheço você, detetive. Você é uma das boazinhas, a que se torna representante da turma, e talvez chegue à vice-presidência. Aquela que sempre tem o namorado mais musculoso e, durante o almoço, ajeita a gola de sua camisa. Uma perfeita esposinha aos 16 anos. Conheço você. Mas olha, eu sei o que é ser uma noiva adolescente, e acho que você não iria gostar nada disso. Não mesmo!

— E, conforme venho repetindo à exaustão, não se trata aqui do aspecto jurídico da situação — disse Gloria. — É também o escarafunchar, o espionar. Se Heather lhes fornecer os detalhes de sua atual identidade, vocês vão direto conversar com os colegas e vizinhos, correto?

— Possivelmente. Sem dúvida vamos pesquisar nos nossos bancos de dados.

E quem se importa? Foda-se!

Mas Gloria indagou:

— Você acha que ela é uma criminosa?

— Não, não. De jeito nenhum. O problema é que não conseguimos entender por que ela só apareceu quando se viu envolvida num acidente de carro, tendo de responder por ter fugido da cena do acidente.

Heather resolveu desafiar a detetive diretamente.

— Você não gosta de mim.

— Acabei de conhecê-la. Mal a conheço.

— Quando é que Kevin vai voltar? Não deveria ser ele a fazer o interrogatório? Sem ele vamos ter de repassar um bocado de coisas.

— Foi você quem pediu para ser hoje. Por isso estamos todos aqui. Então, vamos em frente.

— Essas foram as últimas palavras de Gary Gilmore, em 1977. Você já era nascida?

— Nasci nesse mesmo ano — respondeu Nancy Porter. — E quantos anos você tinha? Onde você estava para que as palavras de Gary Gilmore marcassem tanto a sua vida?

— Tinha 13 anos, na idade de Heather. Externamente minha idade era outra.

— Idade de Heather? Você fala de um jeito que parece idade de cachorro.

— Pode crer, detetive. Tudo o que eu *queria* era ter uma vida de cachorro.

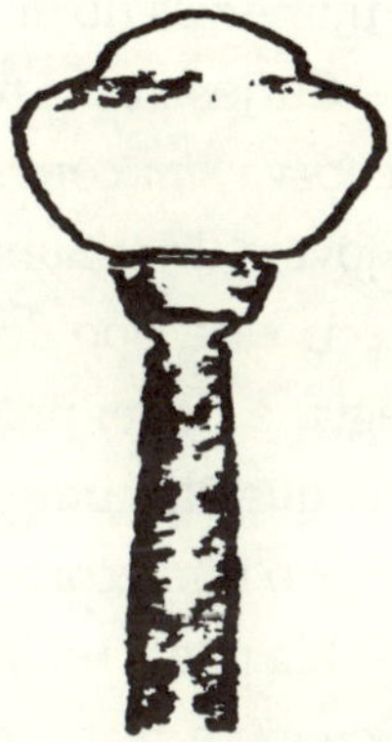

CAPÍTULO 33

17h45

— Sunny me disse que eu podia ir ao shopping, mas não ficar pendurada nela. E, justamente por ter dito isso, eu não a deixava em paz. Segui-a para o filme *A montanha enfeitiçada*. Quando exibiram os trailers, ela levantou-se e saiu. Achei que tivesse ido ao banheiro, mas o filme começara, e nada de Sunny voltar. Fui ao saguão à sua procura.

— Ficou preocupada com sua irmã? Achou que alguma coisa tivesse lhe acontecido?

A mulher — Willoughby não estava pronto para chamá-la de Heather, pelo menos por enquanto, talvez por autoproteção ou por precaução em não investir demasiada esperança na situação

— demorou a responder. Willoughby reparou que se tratava de uma pessoa dada a refletir antes de responder. Ou talvez fosse apenas cautelosa; porém suspeitava de que ela deleitava-se com o clima dramático criado pelas próprias pausas e hesitações. E não parecia não ter dúvidas de que se exibia para uma platéia mais numerosa do que Nancy e Gloria.

— Curioso você ter perguntado isso. A verdade é que eu me preocupava *sim* com Sunny. Sei que parece esquisito, por ser a mais jovem. Mas Sunny era... como vou dizer? Ingênua? Eu não conhecia esse tipo de palavras naquela época. Sei apenas que a protegia, e fiquei preocupada quando não voltou. Seria inconcebível que ela comprasse uma entrada para o cinema e saísse antes de o filme começar.

— Ela podia ter saído e pedido devolução do dinheiro.

Franziu a testa, pensativa. — É, é mesmo. Isso nunca me passou pela cabeça. Eu tinha *11* anos. E, além do mais, logo descobri por que ela desaparecera. Entrou às escondidas na sala ao lado que exibia *Chinatown*, um filme proibido para menores. A forma como o saguão fora projetado — apesar de só haver duas salas — dificultava essa manobra, e os funcionários ficavam de olho. Mas se você usasse o banheiro do lado oposto, com a justificativa de que o outro estava lotado, ou sujo, dava para distrair o lanterninha e escapar para a outra sala. Já tínhamos feito isso antes, assistir a dois filmes pelo preço de um, mas não para um filme proibido. Nunca nem me passou pela cabeça assistir a um filme desses. Eu era assim, vamos dizer, boazinha.

Entrando sorrateiras em filmes proibidos... será que as crianças fazem isso hoje em dia? E um como *Chinatown*? Frustrante, se a intenção fosse ver cenas de sexo. Willoughby ficou imaginando se uma criança de 11 anos, lá em 1975, teria condições de entender a trama, o tema do incesto, e o que dizer da transação imobiliária extremamente complexa, que era o ponto central do filme.

— Enfim, encontrei-a na última fileira, assistindo ao *Chinatown*. Ela ficou com raiva de mim e me mandou embora. O lanterninha apareceu, atraído pelo nosso zunzum, e acabamos expulsas. Sunny ficou muito zangada. Tão zangada que fiquei com medo. Aí ela disse que não queria mais saber de mim, que nem mesmo compraria a pipoca da Karmelkorn que me prometera, e que não queria me ver até a hora de nosso pai vir nos buscar, às 17h30.

— E o que você fez?

— Fiquei zanzando de um lado para o outro no shopping. Vendo coisas.

— Você viu alguém? Falou com alguém?

— Não, não falei com ninguém.

Willoughby fez uma anotação no bloco de folhas amarelas que lhe havia sido oferecido. Isso era importante. Se Pincharelli lembrava-se de Heather; então Heather deveria lembrar-se de Pincharelli. Essa foi uma das poucas coisas que o professor contou, depois de muita insistência: que havia visto Heather na plateia, olhando-o.

Nancy Porter, abençoada Nancy, também percebeu.

— Então, está OK. Você não falou com ninguém. Mas viu alguém, qualquer pessoa, que você conhecia?

— Não, não que me lembre.

— Não viu ninguém que conhecia? Um vizinho, um amigo de seu pai?

— Não.

— Então ficou zanzando pelo shopping, sozinha, por três horas...

— É isso que as garotas mais jovens fazem no shopping, desde sempre. Vão ao shopping e ficam pra lá e pra cá. Não foi assim com você, detetive?

Gloria não estava gostando nada dessa atitude combativa de sua cliente. Encarou-a cheia de ódio. A detetive Porter sorriu — um sorriso sincero e radiante, do tipo que sua interrogada provavelmente nunca fora capaz de emitir em toda a vida — e admitiu: — Tem razão, mas para mim foi no shopping White Marsh, e eu me divertia na praça de alimentação, perto da pizzaria Mamma Ilardo.

— Nome legal.

— É. A pizza de lá era muito boa.

Nancy pegou seu bloco e fez anotações. Escrevia com fúria. Fazia parte do show, como Willoughby percebeu. Parte do show.

18h20

— Repita o que aconteceu no final do dia, quando chegou a hora de vocês se encontrarem.

— Já falei.

— Repita! — Nancy deu um gole grande de uma garrafa d'água. Ela havia dado à mulher inúmeras oportunidades de tomar um refrigerante, ir ao banheiro, mas ela sempre respondia que não. Uma lástima, pois se conseguissem as impressões digitais dela num copo, poderiam checá-las no programa em questão de minutos, ver se eles conseguiam alguma coisa. Será que ela estava a par disso?

— Eram quase 17 horas, e eu ia para o centro do shopping, onde ficava a claraboia gigante verde e as comidas. Karmelkorn, Baskin-Robbins. Eu ficava pensando que talvez Sunny tivesse mudado de ideia. Resolvi, então, que se ela não me comprasse uma pipoca da Karmelkorn, contaria para papai e mamãe sobre o filme proibido. De uma forma ou de outra, eu teria o que queria. Naquela época... naqueles tempos era fácil para mim conseguir as coisas do meu jeito.

— Naqueles tempos?

— Você ficaria surpresa como anos de servidão sexual dobram as forças interiores...

Willoughby gostou da forma como a detetive concordou com a cabeça, um gesto de solidariedade, sem deixar, porém, que essa declaração lhe fizesse perder o rumo. ***É... estou sabendo... anos de servidão sexual, a velha história.***

— Que horas eram quando você foi para a Karmelkorn?

— Quase 17 horas. Já lhe disse.

— E como sabia que horas eram?

— Eu tinha um relógio do Snoopy — repetiu com voz de enfado. — O mostrador amarelo e uma pulseira larga de couro. Tinha sido de Sunny, na verdade, mas ela não o usava mais. Eu o achava engraçadinho. Mas pela forma como os braços se movimentavam, era difícil saber a hora exata. Tudo que sei é que eram quase 17 horas.

— E onde ficava a loja Karmelkorn?

— Não saberia lhe dizer em termos de norte ou sul, se é isso o que quer. O shopping Security Square tinha a forma de um sinal de soma, só que uma das pernas era mais longa que as outras. A Karmelkorn deveria ficar na curta, no final, virada para onde seria a J.C. Penney, que ainda não abrira as portas. Era um lugar legal para se sentar. Mesmo se não estivesse comendo, o cheiro era forte e amanteigado.

— Então você estava sentada?

— Estava sim, na beirada de uma fonte. Não era uma fonte dos desejos, mas as pessoas jogavam moedas lá dentro. Lembro-me de ficar imaginando o que aconteceria se pescasse as moedinhas. Será que entraria numa fria?

— Mas você era toda certinha, não foi isso que você disse?

— É, mas mesmo as certinhas pensam em coisas assim. Acho que poderia dizer que é isso que nos define. Sempre pensamos nas coisas que não temos coragem de fazer, calculando até onde ir, para chegar até o limite e então alegar inocência com base numa tecnicalidade.

— Sunny também era certinha?

— Não, ela era um pouco pior.

— Significando que...?

— Alguém que queria ser má, mas não sabia como.

19h10

Jane Eyre terminado — casei-me, ele era cego, que outras chances teria? — Kay se deu conta de que não tinha mais um livro com que se distrair. Com certeza teria um na mala do carro, mas não tinha certeza se a deixariam entrar de novo no prédio. Podia perguntar a alguém, mas sentia-se inibida, uma estranha inibição da adolescência que jamais perdera. Examinou os comunicados e os panfletos pregados no quadro de avisos.

Aquela ida não programada ao shopping ainda a perturbava. Será que deveria contar para alguém? E a quem devia lealdade, se houvesse esse alguém? Deveria ir embora? Mas voltar para uma casa vazia num sábado à noite?

19h35

— Quer um refrigerante?

— Não.

— Bem, eu quero. Já volto, OK? Vou apanhar um para mim. E você, Gloria?

— Não, estou bem.

Ao ficarem sozinhas, a advogada disse à cliente:

— Eles estão nos ouvindo, só para você saber. Caso queira falar comigo em particular, é só pedir.

— Estou sabendo. Está tudo bem.

19h55

— Então, onde estávamos?

— Você ia pegar um refrigerante.

— Não, quando eu saí. Em que ponto da história você estava? Ah, isso mesmo, na mureta da fonte, pensando nas moedas.

— Um homem bateu no meu ombro...

— Mostre-me como foi.

— Mostrar a você?

Nancy sentou-se na mesa que ficava entre elas:

— Eu sou você. Ele veio por trás? Pelo lado? Mostre-me.

Heather aproximou-se de Nancy pelas costas e bateu no ombro esquerdo da detetive. Uma pancada um pouco mais forte do que era de se esperar de uma batida no ombro.

— Então você virou-se e viu o sujeito. Como ele era?

— Um homem mais velho. Cabelo bem curto, branco e castanho. Nada de especial. Tinha uns 50 anos, mas isso só soube depois. Na hora, a única coisa que pensei foi: é um velho.

— Ele falou alguma coisa?

— Perguntou se eu era Heather Bethany. Ele sabia meu nome.

— E você estranhou?

— Não, eu era uma criança. Os adultos sempre sabiam coisas a meu respeito que eu nunca entendi como podiam saber. Os adultos eram como deuses. Naquela época.

— Você o conhecia?

— Não, mas ele foi logo mostrando-me o distintivo, dizendo ser um policial.

— Como era o distintivo?

— Não sei. Um distintivo. Não vestia uniforme, mas tinha um distintivo, e nunca me passou pela cabeça duvidar do que me dizia.

— Que era...?

— "Sua irmã se machucou. Venha comigo." Então eu fui. Segui-o pelo corredor onde ficam os banheiros. Havia uma saída lá, com a placa Somente Emergências. Como era uma emergência, não vi nada demais em sair por ali, em vez de usar a saída normal.

— E o alarme soou?

— Um alarme?

— Normalmente soa um alarme quando se passa por uma porta marcada Somente Emergências.

— Não me lembro. Talvez ele tivesse cortado o alarme. Talvez não houvesse nenhum. Não sei.

— E esse corredor era... onde?

— Entre o pátio central e a Sears. Onde ficavam os banheiros, e também onde as pesquisas eram feitas.

— Pesquisas?

— De opinião, dos consumidores. Sunny me contou. Dava para ganhar uns... uns cinco dólares para responder a um questionário. Mas era preciso ter no mínimo 15 anos, então nunca cheguei a participar.

20h40

Infante entrou pé ante pé na sala de onde Willoughby e Lenhardt assistiam ao interrogatório.

— Você não devia estar no aeroporto, esperando a mãe? — indagou Lenhardt, sem irritação e sem cobranças, pelo menos para os ouvidos de Willoughby.

— Cheguei mais cedo, e o voo dela está no mínimo duas horas atrasado, de acordo com os monitores do aeroporto. Decidi aproveitar esse tempo para correr até aqui e ver como as coisas vão indo.

— Nancy está se saindo muito bem — aprovou Lenhardt. — Sem pressa. Há quase quatro horas a está interrogando, e o tempo todo ela dirige a conversa para o sequestro propriamente dito, mas depois retorna ao começo. A mulher está a ponto de ter um chilique e está doida para nos contar a merda toda, seja lá por que motivo for.

Infante consultou o relógio no seu pulso.

— Tenho de sair para o aeroporto às 21h30. Será que pego o show principal?

Lenhardt fechou as mãos como uma bola, girou os punhos e meteu o olho entre os dedos. — A bola mágica prevê que os sinais são bons...

20h50

— Estão você estava lá fora e... estava escuro?

— Não, ainda havia luz. Era 29 de março. Os dias estavam ficando mais longos. Fomos lá para fora...

— Nenhum alarme na porta?

— Não, nenhum alarme na porta. E havia uma Kombi. Ele abriu a porta, e Sunny estava lá dentro. E antes que eu pudesse notar qualquer coisa estranha — o fato de ela estar deitada, amarrada, sei lá, ou o fato de que não era um carro de polícia — ele me pegou e me jogou no fundo do carro. Eu lutei, se é que se pode chamar o que fiz de luta, uma garotinha se debatendo nos braços de um adulto. Mas foi em vão. Eu me pergunto: Você acha que ele pegou a Sunny da mesma maneira e com a mesmíssima história? E como ele nos *conhecia*? Você já pensou *nisso*, detetive? Como Stan Dunham nos conhecia? Por que nós fomos o alvo?

— Stan Dunham encontra-se numa comunidade de aposentados lá para os lados de Sykesville. — Uma pausa. — Você sabia disso?

— Até parece que *trocamos correspondência*... — disse com cara de nojo, embora sem transparecer preocupação, constatou Willoughby.

Eles haviam conversado muito sobre o que iriam dizer a respeito de Dunham. A intenção era não entregar que ele não teria como contradizer nem mesmo o próprio nome, a essa altura. Mas o fato de ele estar vivo não pareceu causar tanta impressão quanto eles esperavam. Mesmo se ela estivesse dizendo a verdade, será que não deveria ter ficado mais perturbada ao saber que o homem que arruinou sua vida estava a apenas uns 50 quilômetros dali?

— OK, OK. Quando ele agarrou você, você perdeu alguma coisa? Deixou alguma coisa para trás?

— O que você está querendo dizer?

— Apenas se você deixou alguma coisa para trás.

Seus olhos alargaram-se de espanto.

— A bolsa. Claro, deixei cair minha bolsa. Como chorei por causa dela... Sei que pode parecer esquisito, mas o que mais me preocupava, no fundo da Kombi, era a bolsa, não... — Começou a chorar, e a advogada lhe estendeu um lencinho de papel, embora essas não fossem lágrimas que um lenço bastasse para secar. Gotas em abundância, como chuva.

— Pode descrever a bolsa?

— De-de-descrevê-la?

Willoughby quis se esticar e tocar a mão da detetive. Esse era o ponto que ele e Nancy planejaram esta manhã.

— Sim, poderia descrevê-la? Como era, qual o conteúdo?

Ela deu a impressão de estar pensando, o que não pareceu certo a Willoughby. Ou ela sabia, ou não.

A advogada falou pela primeira vez.

— Ora, Nancy. Que importa se ela não pode descrever uma bolsa que tinha aos 11 anos?

— Ela descreveu o relógio do Snoopy nos mínimos detalhes.

— São 30 anos. A gente esquece das coisas. Nem me lembro o que comi no almoço de ontem...

— De jeans com sianinha — disse com firmeza, a voz mais alta que a da advogada. — Que se prendia à alça de madeira por botões brancos. A bolsa tinha uma base de tecido de forro, e podiam-se prender capas para mudar o visual.

— E o que havia dentro dela?

— Bem... dinheiro, é claro. E um pequeno pente.

— Nada de chave? Batom?

— Sunny tinha a chave, e eu ainda não podia usar maquiagem, só brilho de lábios Bonne Belle.

— Isso era o inventário completo da bolsa?

— O quê?

— Um pequeno pente, Bonne Belle e dinheiro. Quanto de dinheiro?

— Pouco. Talvez uns cinco dólares, menos o que gastei com a entrada do cinema. E não me lembro se eu tinha um Bonne Belle. A única coisa que disse é que era tudo que eu podia usar. Não me lembro de tudo. Céus! Você faz ideia do que há na sua bolsa, justo agora?

— Carteira de dinheiro — exemplificou Nancy Porter. — Tic Tacs. Lenços umedecidos. Tenho um bebê de seis meses. Batom. Notas de compras...

— OK, você consegue, eu não. Veja que quando eles me pararam na terça-feira à noite, eu nem sabia por que a carteira não estava na minha bolsa.

— Vamos chegar lá.

21h10

— Então, quando estavam na Kombi...

— Viajamos. Viajamos e viajamos. Pareceu um tempo enorme, mas talvez eu tivesse perdido a noção de tempo. Ele parou em algum lugar e saiu. Tentamos abrir a porta...

— Não estava amarrada, como sua irmã?

— Não, ele devia estar com pressa. Apenas me agarrou e me jogou lá dentro. Não faço a menor ideia de como ele pegou a Sunny.

— Mas você ia dizendo, "Tentamos abrir a porta"...

— Eu a desamarrei, é claro. Não deixei que ficasse amarrada. Ele parou, nós tentamos abrir a porta, mas estava trancada pelo lado de fora. E havia uma treliça entre a parte de trás e o compartimento de passageiros, de modo que não dava para sairmos por ali.

— Vocês gritaram?

A mulher olhou Nancy sem entender.

— Enquanto ele estava fora do carro. Vocês gritaram, tentando chamar atenção para vocês?

— Não. Não sabíamos onde estávamos, nem se haveria alguém lá fora que nos escutaria. E ele nos ameaçara, dizendo que as coisas mais horríveis desse mundo iriam acontecer... então, a resposta é não, não gritamos.

Nancy mirou o gravador, mas nada falou. Fez bem, pensou Willoughby. Ela estava usando o silêncio como um chamariz, esperando a mulher desmoronar psicologicamente.

— Estávamos num lugar afastado da cidade. Ouviam-se... grilos.

— Grilos? Em março?

— Um som estranho. Estranho para nós. Talvez fosse a ausência de ruídos. — Voltou-se para Gloria. — Sou obrigada a contar essa parte com pormenores? Será mesmo necessário? — Então, sem esperar pela resposta, começou a contar a história que dizia estar relutante em contar. — Ele nos levou para essa casa no meio do nada. Uma fazenda. Ele queria fazer... coisas. Sunny lutou contra ele, e ele a matou. Não acho que foi intencional. Ele parecia surpreso quando aconteceu. Triste mesmo. Isso é possível? Digo, que ele tenha ficado triste? Talvez ele sempre tivesse em mente nos matar, a nós duas, mas depois que aconteceu, se deu conta de que era um ato para o qual não estava preparado. Ele a matou, e depois me disse que eu nunca poderia deixá-lo. Que teria de ficar com ele, com sua família, que teria de fazer parte dela. E se eu não obedecesse... bem, se eu não obedecesse, então não teria alternativa: faria comigo o que fez com Sunny. "Ela está morta", ele me disse. "Não posso trazê-la de volta. Mas posso lhe oferecer uma nova vida, se você deixar."

Willoughby teve uma visão da estrada, de como a pavimentação cintilava no final do verão, de como o ar parecia formar ondas ao crepúsculo. Havia uma característica que se repetia nessa história, mas ele não conseguia identificá-la. Começou com os grilos, muito embora ela os tivesse rejeitado. Tudo que ele sabia é que ela entrava e saía da verdade: algumas partes exatas; outras tinham sido... modeladas. Planejadas. Para as expectativas de quem? Com que finalidade?

— A família dele? Então havia outras pessoas envolvidas?

— Eles não sabiam de tudo. Não sei o que ele contou à esposa e ao filho. Talvez que eu era uma menina que fugiu de casa e que ele tirou das ruas de Baltimore, uma menina que, por alguma razão, não podia voltar para casa. Tudo o que sei é que ele foi para a biblioteca e leu jornais velhos até que encontrou o que queria — uma notícia sobre um incêndio em Ohio, muitos anos antes, em que toda uma família havia morrido. Ele anotou o nome da filha mais nova e conseguiu um número do seguro social para aquele nome. Foi desse jeito que fui matriculada na escola em York.

— Só com o número do seguro social?

— Era uma escola paroquial, e ele garantiu-lhes que era tudo que eu tinha, que todo o resto havia sido destruído pelo fogo, e levaria meses para se conseguir uma certidão de nascimento.

Ele era um policial bem respeitado. Em geral as pessoas queriam agradá-lo.

— Então matricula você na escola, dá tchau todos os dias, e você não tenta contar para ninguém quem você é e o que está acontecendo?

— Isso não aconteceu logo, não. Ele esperou até o outono seguinte. Por quase seis meses, morei em sua casa, praticamente sem liberdade alguma. Eu estava bem deprimida quando chegou a hora de ir para a escola. Todos os dias, durante seis meses, ele me dizia que ninguém se preocupava comigo, que ninguém procurava por mim e que eu dependia dele para tudo. Ele era um adulto, um policial. Eu, uma criança. Acreditava nele. E além do mais... eu era estuprada todas as noites.

— E a mulher dele aguentava essa situação?

— Ela fingia que não via, do mesmo jeito que acontece em muitas famílias. Ou talvez ela achasse que a culpa fosse minha, que eu era uma prostituta mirim que seduziu seu marido. Não sei. Com o passar do tempo, tudo fica entorpecido, perde a vida. Era como uma tarefa que eu devia cumprir. Morávamos entre Glen Rock e Shrewsbury, e a sensação era a de estar a milhões de quilômetros afastada de Baltimore. Naqueles lados, nunca ninguém falou sobre as meninas Bethany. Foi algo que aconteceu na cidade. E já não havia mais as "garotas" Bethany. Apenas uma menina Bethany.

— É onde você mora agora? E onde você esteve todos esses anos?

A mulher sorriu.

— Não, detetive. Saí de lá há anos. Quando tinha 18 anos, ele me deu dinheiro, colocou-me num ônibus e disse que dali para frente eu que cuidasse da minha vida, sozinha.

— E por que não tomou o ônibus de volta para Baltimore, entrou em contato com seus pais, contou para todo mundo onde você tinha estado?

— Porque eu não existia mais. Eu era Ruth Leibig, única sobrevivente de um incêndio trágico em Columbus, Ohio. Uma adolescente normal durante o dia; uma puta à noite. Heather Bethany não mais existia. Não havia como voltar atrás.

— Então este é o nome que você vem usando. Ruth Leibig?

Um grande sorriso.

— Você não vai conseguir essas informações assim tão fácil, detetive. Stan Dunham me ensinou muitíssimo bem. Também aprendi a pesquisar em antigos jornais, aprendi a encontrar identidades não reclamadas e a tomá-las para mim. Agora está ficando mais difícil, é claro, já que as pessoas recebem o número do seguro social cada vez mais cedo. Mas para alguém da minha idade ainda há à disposição uma grande quantidade de nomes de criancinhas mortas. E você ficaria surpresa se soubesse como é fácil conseguir uma certidão de nascimento, caso tenha os dados básicos e algumas... qualificações.

— Que espécies de qualificações?

— Isso não é da sua conta.

Gloria fez que sim com a cabeça.

— Olha, ela lhe deu a história. Agora você já sabe.

— Mas temos um problema aqui — objetou Nancy. — Tudo que ela nos deu até agora leva a um beco sem saída. A fazenda onde tudo isso aconteceu não existe mais. Foi loteada anos atrás, e não há registro de terem sido encontrados restos humanos.

— Faça uma sindicância na escola Sisters of the Little Flower. Vai encontrar o nome de Ruth Leibig nos registros.

— Stan Dunham está num asilo, à beira da morte...

— Ótimo — alegrou-se a mulher.

— A mulher dele morreu há uns dez anos. Ah... quer saber o que aconteceu ao filho? Morreu carbonizado num incêndio três meses atrás. Na Georgia. Onde ele morava com Penelope Jackson.

— Morto? Tony está *morto*?

Se Willoughby fosse mais jovem, teria pulado da cadeira. Infante e Lenhardt, que estavam de pé, assumiram uma postura mais tensa e inclinaram-se na direção do alto-falante que trazia as vozes até eles.

— Você... — começou Lenhardt, ao mesmo tempo que Infante observou: — Ela não ficou nem um pouco surpresa com as notícias sobre o pai, nem esboçou nenhuma reação a Penelope Jackson ou Georgia, porém o filho a pegou de surpresa. E ela sabia o nome dele, embora Nancy não tivesse dito nada.

Do alto-falante, eles ouviram:

— Não diga mais nada, Heather — ordenou Gloria. — Agora. Nancy, pode nos dar um minuto?

— Claro, leve o tempo que precisar.

Nancy saiu da sala e foi ao encontro do grupo de detetives. Saltitante, orgulhosa de si mesma, e com toda razão, pensou Willoughby. Trabalhou muito bem. Ela agiu certo em omitir o Pincharelli. E Miriam sempre repetia que Heather tinha levado uma quantidade inusitada de dinheiro para o shopping naquele dia, pois seu cofre em casa estava vazio.

Mas não bastava. Ele era o único na sala que sabia que ficara faltando muito pouco para provar que ela não era Heather Bethany. Ele apostaria a própria vida como ela estava mentindo, mas não tinha como provar.

— Então? — Nancy indagou dos três colegas.

— Esperávamos por você — disse Lenhardt.

Willoughby pegou o envelope que estava ao lado de seus pés e o abriu. Ele sabia o que havia ali dentro. Uma bolsa de jeans azul com sianinha vermelha. Mesmo confinada no escuro de um envelope, havia desbotado com os anos, e era exatamente como fora descrita, exceto pelo que estava dentro dela. Mas isso porque não havia nada lá dentro. A bolsa fora achada perto de uma caçamba de lixo, virada do avesso, e com marcas de pneu na lateral. A hipótese sempre tinha sido de que Heather a tivesse deixado cair ao ser levada, e que algum espertinho encontrara a bolsa por acaso, retirara dinheiro ou o que mais havia lá e jogara-a fora.

Ainda assim, eles não tinham elementos para contestar aquilo de que a mulher se lembrava, porque não sabiam. Aqui estava a bolsa, exatamente como a descrevera. Então, se ela fosse Heather Bethany, por que será que não se lembrava de ter visto o professor de música da irmã? Ou será que Pincharelli mentira o tempo todo? Ou ele teria entregado os pontos e contado para Willoughby justamente o que o então detetive queria ouvir, porque havia um outro segredo que queria esconder? Também ele havia morrido. Por todo lado que eles se virassem, as pessoas estavam mortas ou à beira da morte. Fazia parte do curso natural da vida, considerando os 30 anos passados. Dave se fora. Evelyn, do Willoughby, também. A esposa e o filho de Stan Dunham mortos e o próprio Stan, morto para todos os efeitos. Penelope Jackson, seja lá quem for, desaparecera, deixando para trás um Valiant verde. E a única coisa que conseguiram concluir com alguma certeza foi que a mulher na sala de interrogatório não era Penelope Jackson. Mas mesmo assim ela descreveu a bolsa. Será que isso fazia dela Heather Bethany? Lembrou-se de ter sentido um tremor no ar, no momento em que teve certeza de que ela mentia.

— É foda! — disse Lenhardt.

— Bem, a mãe estará aqui daqui a pouco — lembrou Infante. — O melhor seria se não precisasse passar por isso, e se pudéssemos dar-lhe uma posição definitiva assim que chegasse aqui; mas pelo menos o teste de DNA é certeiro. Quando chegar a hora. Mesmo em caráter de urgência demorará um dia ou dois.

— Pois é — concordou Willoughby. — Aliás, por falar nisso...

22h25

O avião parecia tão sonolento quanto os passageiros. A maioria exausta e irritada pelo atraso de mais de duas horas. Em sua poltrona, na janela da primeira classe, um luxo devido à necessidade de comprar a passagem em cima da hora, Miriam não conseguira conciliar o sono e observava o chão de nuvens que pairava sob o avião. Levou algum tempo para que a camada de nuvens se esgarçasse. Enfim, Baltimore. Ali, pela primeira vez em quase vinte anos. A vastidão não correspondia à suas lembranças, com luzes espalhadas por uma área muito ampla; mas não aterrissava em Baltimore desde 1968. Naquela ocasião, o aeroporto ainda se chamava Friendship, e Miriam voltava do Canadá via Nova York. No verão, depois dos distúrbios, parecia uma época apropriada para levar as filhas a Ottawa, para longas férias com os avós. Ah... como elas estavam bem-arrumadinhas para a viagem de volta para casa: vestidos iguais comprados pela mãe de Miriam na loja Holt Renfrew — um *chemisier* listrado, com uma echarpe presa à gola por colchetes de pressão. Com vinte minutos de voo, Sunny já estava toda amarrotada; Heather quase sem uma ruga no vestido, mesmo depois de terem aterrissado. As pessoas podiam esperar pelos viajantes nos portões do aeroporto, e lembrava-se de Dave aguardando-as no terminal, pálido e acabrunhado, deprimido por causa do trabalho. Anos mais tarde, quando ele começou a lhe falar sobre o sonho de abrir uma loja, a imagem no aeroporto lhe voltou à mente, e rapidamente concordou com a ideia. Queria de verdade que ele fosse feliz. Mesmo quando se sentia infeliz, Miriam sempre desejou nada menos do que paz para Dave.

De repente, um espaço vazio abaixo do avião. Nenhuma luz, um precipício. O avião fazia o retorno e dirigia-se para a Chesapeake Bay. Embora a descida final fosse bem suave, o estômago de Miriam virou de pernas para o ar, mais uma vez, por causa da estranha indisposição parecida com a chamada *vingança de Montezuma* que acometia os turistas, e que ela jamais conhecera em todos os anos de México. Vasculhou o bolso da poltrona da frente em busca do saco para enjoo, mas não encontrou nada. Talvez as companhias aéreas não fornecessem mais os tais sacos, ou talvez as pessoas supostamente fossem capazes de voar sem se sentir mal, pelo menos na primeira classe. Ou alguém o retirara, e os atarefados comissários de voo não notaram. Miriam fez a única coisa possível de ser feita, dadas as circunstâncias: engoliu.

Parte VIII

AS COISAS COMO ELAS SÃO (1989)

CAPÍTULO 34

O último trecho do percurso até o curso de línguas era complicado pelo fato de Miriam não falar espanhol. *Que situação absurda*, pensou, em pé na plataforma do soturno e caótico terminal de ônibus, onde havia conseguido comprar uma passagem de primeira classe para Cuernavaca, com um mínimo de dificuldade. Tinha conseguido passar pela alfândega e vencer as artimanhas do sistema de táxi da Cidade do México para chegar até ali, e orgulhava-se de si mesma até o momento em que deu as costas para a bilheteria, a passagem para Cuernavaca apertada na mão trêmula.

Como encontrar o ônibus correto dentre aqueles que faziam fila do lado de fora, estrondando e regurgitando fumaça preta? Os avisos emitidos pelos alto-falantes não passavam de explosões de estática, incompreensíveis em qualquer língua. Não conseguia achar nem o balcão de informações, nem ninguém que falasse inglês, e o escasso espanhol que aprendera no curso de introdução lá no Texas, na prática, não servia para nada. As pessoas a encaravam com um olhar inexpressivo enquanto ela formulava a pergunta e depois emitiam uma torrente de palavras, bombardeando-a com sons. Queriam ajudar. Os rostos eram amáveis, os gestos carinhosos e delicados. Simplesmente não entendiam nada do que ela lhes dizia.

Examinou sua passagem. Era azul. Procurou por passageiros que carregassem tíquetes azuis. Havia um nas mãos de uma mulher cujas feições cansadas eram semelhantes às encontradas em peças de arte Maia: o perfil nobre, o nariz de falcão, a testa reta.

— Cuernavaca? — perguntou.

A mulher estudou com cautela a pergunta de Miriam, como se todas as perguntas simples de sua vida tivessem se tornado ameaçadoras e perigosas.

— *Sí* — disse ela. —*Ya me voy.* — E se foi, como se a pergunta de Miriam fosse uma ordem para sair dali. Depois de alguns passos, olhou para trás. Ao ver que Miriam a seguia, apertou o passo com dificuldade, pois carregava duas grandes sacolas de compras. Mas para Miriam era mais difícil ainda andar com a mala amarrada a um suporte com rodinhas, e acabou ficando para trás. A mulher olhou de novo, viu Miriam movendo-se com grande esforço; afinal percebeu que a passagem era igual à sua.

— *Cuernavaca* — assentiu a mulher, e esperou por Miriam e a acompanhou ao ônibus correto. — Cuernavaca — repetia sorrindo, como se Miriam fosse uma criancinha aprendendo uma palavra essencial. — Cuernavaca — disse mais uma vez ao embarcar, acomodando-se num assento no corredor. Depois experimentou outras palavras que Miriam deveria saber, palavras que aprendera a certa altura, mas que fugiram de sua memória. A mulher tentou mais uma vez, falando bem devagar. Miriam deu uma gargalhada e jogou as mãos para o alto, zombando da própria ignorância. A mulher sorriu e também deu uma gargalhada, parecendo aliviada por não ser obrigada a tentar bater um papo com a gringa durante a viagem. Recostou-se, remexeu numa das sacolas, tirando de dentro alguma coisa envolta em papel manteiga. Retirou o papel revelando uma manga no espeto, coberta por uma camada grossa do que parecia ser pimenta-malagueta. Sentindo-se segura no ônibus, e quase chegando a seu destino, Miriam relaxou o bastante para achar aquilo tudo maravilhoso. Se tivesse visto a iguaria cinco minutos antes, quando ainda se sentia perdida, teria achado nojenta.

— *¿De dónde es?*— a mulher perguntou. — *De onde você é?* — Tarde demais para responder, e se de fato respondesse, o que diria? Tomara o avião em Austin aquela mesma manhã. Será que isso a fazia uma texana? Ou diria do Canadá, onde nasceu? Depois que os pais morreram, nada mais a ligava a esse país. Ainda pensava em Baltimore como seu lar, onde morara por 15 anos, enquanto ficara no Texas pelos últimos 13. *De onde seria?* Sua única certeza era ter saído do Texas antes de ser tarde demais, correndo da recessão que era como uma onda varrendo a praia.

Fora sortuda, não esperta. Vendera a casa em que morava, 18 meses atrás, antes que o mercado começasse a desabar. Também se livrou de alguns investimentos de longo prazo que herdara dos pais. Não que ela tivesse previsto o colapso do mercado de ações em 1987 ou a derrocada do preço dos imóveis no Texas. A verdade é que ela vinha brincando com a ideia de uma aposentadoria precoce, de modo que transferiu o dinheiro para Certificados de Depósito e outros investimentos de baixo risco. Não comprou uma nova casa para morar, pois não tinha certeza de que queria ficar no Texas. O dinheiro poderia render muito mais longe dali. Muita gente queria ir embora do Texas justo agora, e eram essas pessoas que choravam no escritório de Miriam nos últimos meses, perplexas com a noção de capital negativo. "Como podemos ter *dívidas*?", indagara uma jovem mulher entre um soluço e outro. "Compramos a casa, fizemos os pagamentos e agora a estamos vendendo. Me explica: como podemos estar devendo 7 mil dólares?" Vendedores mais atrevidos sugeriram que o corretor de imóveis não devia receber nada, caso a transação não trouxesse nenhum lucro para eles. Era uma época difícil.

Mas mesmo se os negócios estivessem em plena expansão, Miriam teria tomado as mesmíssimas decisões. Seus sócios — patologicamente otimistas — taxaram-na de maluca por tirar quatro semanas de férias justamente quando uma fase mais otimista estava engrenando. "Como você pode ir embora agora?", perguntavam. "Os negócios estão se aquecendo..." E eles a julgariam mais doida ainda se soubessem que seus planos eram de nunca mais voltar a trabalhar. Ia aprender espanhol num curso de imersão de um mês e, em seguida, procurar um lugar para morar. Se fosse para escolher os Estados Unidos, esse sonho teria de ser adiado por — no mínimo — mais uma década. Mas aqui no México, onde o dólar, àquela altura, comprava 1.600 pesos, o sonho podia se tornar realidade. Agora. Não que estivesse convencida de que seu novo lar seria o México... Belize era uma possibilidade, ou a Costa Rica.

No corre-corre dos preparativos da primeira etapa da viagem, não percebeu a data de imediato. Tinha tantas coisas para fazer, e eram tantos os documentos para assinar, mais ainda do que os exigidos para se estabelecer. Cheques de viagem, contrato de sublocação do apartamento em que morava, venda do carro. (Esse fato, por si só, deveria ter sido o suficiente para alertar os colegas de trabalho de que não voltaria. Quem conseguiria morar no Texas sem carro?) Mas três semanas antes, quando finalmente foi reservar a passagem de avião, a data 16 de março a encarou de sua agenda Filofax. Decidiu que era um bom presságio, sair do país antes de outro 29 de março.

O ônibus serpenteava pela estrada da montanha, e Miriam notou pequenas cruzes brancas à sua margem. Pensando bem, não eram os ônibus que sempre caíam nos abismos das montanhas no México? Histórias como essas eram a matéria principal dos noticiários. Acidentes com ônibus e deslizamentos de terra e furacões e terremotos. No trajeto de táxi entre o aeroporto e o terminal rodoviário, Miriam vira prédios abandonados desde o terremoto de 1987, na Cidade do México, cujos destinos ainda permaneciam uma incógnita. A maioria das pessoas conhecidas adorava a CNN, considerando um honroso sinal de inteligência assistir a um canal a cabo com tantas notícias internacionais. Alguns o apelidaram de Canal especializado em catástrofes, mas para Miriam o subtexto principal de Ted Turner era "Sinta-se feliz por estar aqui". O restante do mundo era apresentado como selvagem e imprevisível, propenso ao desastre e disputas e guerras civis. Assista ao canal CNN por um bom tempo, e os Estados Unidos parecerão um mar de estabilidade.

Afinal o ônibus chegou ao centro de Cuernavaca. Miriam havia feito reserva num hotel cujo endereço levava no bolso, e tinha pela frente mais um obstáculo linguístico antes de poder dizer que realmente atingia o seu destino. Conforme as informações contidas num folder do curso, o aluno deveria escolher o táxi mais barato e acertar a tarifa antes da corrida. Mas o que fazer quando ainda não se podia conversar em espanhol? Foi até o início da fila dos táxis e ofereceu ao motorista mil pesos, em seguida aumentou para 1.500 pesos, 2 mil pesos, e nada. Quase à beira de um ataque de nervos — e de raiva —, percebeu que se tratava de uma diferença de alguns centavos.

O táxi mergulhou em ruas congestionadas, e os olhos de Miriam embriagaram-se com tudo que tentavam absorver: um palácio, o de Cortés, decorado com um mural do pintor Diego Rivera, a praça central repleta de gente na tarde de domingo e um grupo de homens paramentados com roupas folclóricas da região. Afinal, o motorista entrou numa rua suja e sem atrativos. O coração de Miriam foi ao pé. Havia reservado um quarto no Las Mañanitas, extremamente caro para os padrões mexicanos, o equivalente a um hotel de aeroporto da cadeia Marriott, lá nos Estados Unidos. Seria sua última ostentação, sua extravagância final. Presumindo que o preço alto seria garantia de qualidade, perdeu o ânimo quando o motorista parou diante de um prédio comum: — Aqui? — perguntou. Mas logo refez a pergunta: —*¿Aquí?*

O motorista resmungou, e só faltou atirar as malas de Miriam na calçada, antes de partir. De repente, uma porta pesada de madeira se abriu e apareceu um homem louro e bem-vestido, acompanhado de dois mexicanos que, sem dizerem uma palavra, levaram suas malas para dentro. Conduzida à antessala, Miriam pôde ver que o hotel fora projetado para ser um magnífico segredo. Na fachada que dava para a rua não havia absolutamente nada, mas estava situado dentro de um pátio enorme, com os quartos circulando um gramado verde-esmeralda onde — por mais incrível que pareça — circulavam pavões brancos. Sentiu-se a própria Dorothy, em *O mágico de Oz*, trocando o preto-e-branco de Kansas pelo colorido de Munchkinland.

Foi pensar em Oz e lembrar-se das meninas e do costume que tinham de anualmente assistir à versão televisada do filme, meio escondidas sob uma colcha surrada, com a qual cobriam a cabeça nas partes mais amedrontadoras — árvores guerreiras, macacos voadores. Curioso, mas elas não tinham medo da bruxa, embora sua encarnação inicial como Elvira Gulch as tenha deixado um pouco nervosas. Mas a atriz Margaret Hamilton que interpretou a bruxa havia desperdiçado a chance de apavorá-las depois de ter aparecido fazendo propaganda de café.

Os joelhos de Miriam se dobraram, e ela chorou. Só um pouco. Como explicar, não importa o idioma, essa sua reação? Ela veio para o México na esperança de parar de dar explicações de uma vez por todas. Tinha vindo para o México para escapar de ligações telefônicas em que a pessoa do outro lado da linha permanecia muda. ("Dave?" gritara para o vazio do ar. "Quem é? Por que você está me ligando?" Uma vez, só uma vez, distraída, perguntou "Querido?", mas a resposta foi um profundo arfar.) Viera para o México na intenção de recomeçar. Mal chegara e fora pega na mesma armadilha do passado. Inacreditáveis os níveis de dor, as variações sutis, mesmo passados mais de dez anos. Miriam vivia com uma dor uniforme e persistente, como alguma pinçada permanente de um nervo, a qual aprendeu a compensar porque não havia cirurgia que consertasse. Todavia, por mais que fosse cuidadosa, por mais que protegesse essas juntas e tendões problemáticos, havia coisas que faziam com que a dor explodisse, súbita e lancinante. De repente, alguma coisa, uma coisa qualquer, tinha poder de desencadear as lembranças, inclusive experiências novas como esta, buscada na expectativa de um contexto em que as meninas não conseguiriam se inserir. Admirou os pavões brancos caminhando pomposos sobre o gramado do hotel em Cuernavaca, México, e caiu num pranto, lastimosa porque as filhas teriam ficado encantadas em vê-los.

Mas a beleza de um hotel cinco estrelas, e as razões por estar pagando 75 dólares a diária, quando podia estar igualmente confortável por 30 dólares, é que os empregados são treinados para serem os mais educados possíveis. *A señora deve estar cansada depois de um longo dia de viagem*, o homem louro disse aos empregados que pairavam por ali, num espanhol que Miriam podia entender, pois além de não ser rápido, as palavras não se mesclavam umas as outras. Foi levada para um quarto faiscante de tão limpo, e uma empregada apareceu com um copo de suco de laranja feito na hora. Em seguida, ela lhe mostrou os confortos do quarto. Não havia nada pequeno demais, nem trivial demais, que não merecesse ser explicado. A arrumadeira apontou para o tapete: — *Para o seu pezinho*. Uma tigela de frutas: — *Caso esteja com fome*. E finalmente colocou um pequeno travesseiro sobre lençóis tão brancos quanto a neve e fez com que Miriam se deitasse: — *Para a sua cabecinha*. Miriam repetiu: — *Para a sua cabecinha*.

Miriam indicou por mímica que desejava um copo d'água, que teria de ser destilada ou purificada, até num lugar limpo como este. Depois tentou descobrir se seria necessário usar um vestido para o jantar, ou se podia ir de calças compridas e, para se fazer entender, abriu a mala e mostrou a calça em tecido que não amarrotava e que estava por cima. *Cómo no*, a empregada respondeu. Não *por que não?*, mas *como não*, observou Miriam. Outra expressão idiomática para aprender.

— *¿Tiene sueño?* — perguntou a arrumadeira, e Miriam assustou-se. Mas a moça queria saber se ela estava com sono, e não se tinha sonhos.

Rendeu-se à cama. Quando acordou já era noite, e o gramado do hotel estava coalhado de pessoas bebendo, comendo. Deu um gole num kir royale, beliscou pinhões torrados, e tentou se desligar do idioma que dominava, permitindo que só o espanhol adentrasse seu coração e sua mente. Estava aqui para aprender novas palavras, novas maneiras de falar, novos jeitos de ser. Aprendera algumas coisas hoje e também se recordara de outras tantas. De agora em diante ela "teria" fome, usaria a primeira pessoa do singular apenas por uma questão de ênfase, e — mais importante — substituiria o "por que não?" pelo *¿Cómo no?*

CAPÍTULO 35

— Barb, perdi o meu artigo!

O lamento, tão habitual nesse período da tarde, veio da mesma fonte, detrás de uma mesa bagunçada no canto da redação. Coberta por pilhas e mais pilhas de jornais e relatórios, sua ocupante ficaria praticamente invisível, não fosse pelo penteado alto. Miúda e sempre na moda, a Sra. Hennessey quase sempre perdia seus trabalhos na hora da entregá-los; raramente, porém, a culpa era do computador. O que acontecia é que ela tinha o hábito de esconder o trabalho que estava fazendo numa tela alternada ou salvava e deletava da janela em aberto.

— Deixe-me ver, Sra. Hennessey. — Barb tentou virar o computador que estava sobre uma base giratória, permitindo assim que fosse compartilhado por dois jornalistas, mas a Sra.

Hennessey havia bloqueado o prato giratório com livros de referência. Barb pressionou algumas teclas, examinando as armadilhas de sempre; contudo, só para variar, dessa vez a Sra. Hennessey estava certa: perdera todo seu trabalho. Quando Barb encontrou a cópia no sistema de backup, não passava de uma tela em que constavam apenas o cabeçalho e a data de abertura. Só.

— Foi salvando enquanto digitava? — perguntou Barb, já sabendo a resposta.

— Bem, eu apertava a tecla tab no final de cada parágrafo.

— A tecla tab não salva nada. Precisa executar o comando salvar, Sra. Hennessey.

— Não sei do que você está falando.

Desde que Deus era garotinho, a Sra. Hennessey andava por aqui. Trinta e cinco anos trabalhando para o *Fairfax Gazette*. Começou na seção feminina, como era chamada naquela época, e esforçou-se para passar à seção de notícias, cobrindo a área da educação nas últimas duas décadas. Era a veterana, e não só porque os repórteres mais promissores raramente ficavam lá por mais de dois anos. Corria o boato de que ela seria uma sobrevivente do Holocausto, o que nunca foi comprovado, pois suas largas pulseiras de ouro cobririam qualquer tatuagem que realmente tivesse. Resumindo, dura na queda, virava uma gatinha manhosa e impotente quando o computador a deixava na mão. Ou, melhor ainda, quando ela deixava o computador na mão, recusando-se a tomar as medidas mais simples para proteger o próprio trabalho.

— Se pressionar "F2" mais ou menos a cada parágrafo, o computador vai salvar uma cópia do seu arquivo e continuar a atualizá-lo. Você nunca salvou esse seu trabalho. No que diz respeito ao computador, ele não existe. A máquina não salva o que não pode ver.

— O que você está querendo dizer com "não pode ver"? Está bem aqui! — objetou ela, apontando para o computador com seus dedos enfeitados por anéis. — Estava bem aqui — corrigiu, já que a tela estava vazia. — Eu podia ver. Essas máquinas são umas drogas!

Barb sempre tomava a defesa do computador, por mais falhas que o equipamento tivesse, o que era uma verdade. O *Gazette*, que fazia parte de uma pequena cadeia de jornais, era dono de dois hábitos incompatíveis: progressivo nas ideias e mão-fechada nos cofres. E essa combinação fazia dele um dinossauro, uma instituição ultrapassada, que não facilitava o trabalho jornalístico.

— São uma ferramenta como qualquer outra. Quando se usavam máquinas de escrever não havia cópia alguma, a menos que inserisse papel-carbono. O artesão que reclama de suas ferramentas não é um bom artesão.

O ditado, um daqueles de seu pai, surgiu assim de supetão, sabe-se lá de onde. Na mesma hora se sentiu saudosa e triste e ansiosa, como se um sopro de eco pudesse descosturar sua vida.

— O que foi que você disse de mim? — A voz da Sra. Hennessey deixara para trás o tom de gatinha, transformando-se num de leoa. — Sua insolente... — e aqui articulou algumas pragas em alemão, ou talvez em iídiche. Barb não saberia dizer. — Vou mandar botá-la no olho da rua. Vou... — Levantou-se da poltrona com dificuldade, surgindo por trás da pilha de relatórios que costumava manter como uma barreira ao redor de sua mesa, e foi direto para a sala do editor. Caminhava rápido, os pés dentro de pequenos sapatos, e tremia dos pés à cabeça. Podia-se pensar que Barb a tivesse ameaçado com violência. Até o topete — tingido e retocado a cada duas semanas, para que nunca, jamais, tivesse de expor ao mundo uma cor de raiz diferente de castanho avermelhado — sacolejava. Seria de medo?

Era o caso de Barb ficar preocupada, não fosse o fato de assistir à mesmíssima cena pelo menos duas vezes por mês, desde que começara a trabalhar na seção de notícias, no verão passado. A Sra. Hennessey ia e voltava furiosa da sala do editor, agitando os minúsculos punhos, exigindo a expulsão de Barb. Depois saía da redação toda ofendida. Na sequência, Barb era convocada via mensagem eletrônica.

— Será que dava para tratá-la com um pouco mais de educação? — pregava o editor, Mike Bagley.

— Vou tentar — reconhecia Barb. — Vou tentar. Você por acaso pediu-lhe para *me* tratar com educação? Ela age como se eu fosse sua empregadinha particular. Sem falar que o computador some com o trabalho dela o tempo todo, embora a grande maioria dos problemas seja causada por sua ignorância da ferramenta, pois se recusa a cumprir as mais simples etapas corretamente. Eu não sou escrava dela.

— Ela é — passou os olhos ao redor, temendo que alguém pudesse estar ouvindo — uma idosa. Tem lá suas manias. Não adianta insistir, não vamos conseguir mudá-la a essa altura da vida.

— Então ela abana o rabinho e comanda o cachorro da redação?

Bagley, um grandalhão de cabelos ruivos desbotados pela idade, fez uma careta.

— Que imagem! O rabo da Sra. Hennessey. Essa não! Ouça, Barb. O melhor que posso dizer de sua carreira é que tem sido fora dos padrões. Sua comunicação é pior do que...

Bar aguardou, curiosa por ouvir que palavra ele usaria. Inexistente? Aleijada? Mas ele nem mesmo tentou terminar a frase.

— Somos inteiramente dependentes de você. Quando o sistema cai e você o traz de volta, seu trabalho nos poupa milhares de dólares. Você sabe disso; eu sei disso. Por isso, deixe que a

Sra. Hennessey finja ser uma pessoa importante, ou ela jura que entrará com uma ação contra você por discriminação por idade. Peça desculpas, só isso.

— Pedir desculpas? Mas não foi minha culpa.

— Você a xingou de escritora de merda.

— Eu? — Caiu na gargalhada. — O que eu disse foi que o artesão que reclama de suas ferramentas não é um bom artesão. É um antigo ditado. Não falei nada sobre seu trabalho. Mas que é mesmo uma merda, isso é, não? — Barb ficou matutando sobre isso. Jamais lhe ocorrera que pudesse ter uma opinião formada a respeito das palavras que apareciam nas telas dos computadores que consertava. Havia sido arrancada do setor de Classificados, como uma especialista em computadores, e nem desconfiava que prestava atenção ao que estava escrito nas telas, mas o fato é que prestava, e por isso se convencera de que a Sra. Hennessey era uma jornalista de merda.

— Diga apenas desculpe-me, Barb. Às vezes o caminho mais rápido é o caminho correto.

Encarou-o por entre os cílios com um olhar furioso. *Você faz ideia do que eu poderia fazer com esse seu sistema de informática? Você se dá conta de que posso arrebentar com toda essa sua operação?* Nos seis meses do período de experiência, Bagley — que não tinha o direito de supervisioná-la, pois nem imaginava o que o trabalho dela envolvia — havia recomendado que ela precisava "trabalhar sua raiva". Oh, e ela trabalhou direitinho. Todas as noites empilhava a raiva para mantê-la acesa como fogo, reconhecendo-a como a sua grande fonte de energia.

— E quem vai pedir desculpas a mim?

Ele não tinha a menor ideia do que ela estava falando.

— Olhe, concordo que a Sra. Hennessey é uma pessoa difícil. Mas ela não gritou com você. E ela *acha* que você lhe disse que escreve mal. O mais fácil seria você pedir desculpas.

— Fácil para quê?

— Para quem — ele a corrigiu. Que idiota! — OK, é mais fácil para mim. E eu sou o chefe, certo? Então você pede desculpas e eu fico fora dessa briga de comadres.

Encontrou a Sra. Hennessey na copa, que não passava de um nicho encardido, com máquinas de venda automática e mesas com tampo de fórmica.

— Desculpa — disparou com aspereza.

A idosa inclinou a cabeça, uma rainha de nariz empinado mirando um súdito. Isso é, deveria estar olhando para baixo na direção de Barb, caso não estivesse sentada.

— Obrigada.

— Foi só um provérbio. — Barb não compreendia essa sua compulsão por continuar falando. Fez apenas o que lhe mandaram fazer. — Não estava me referindo ao seu trabalho.

— Sou repórter há 35 anos — alegou a Sra. Hennessey. Ela tinha um nome, Mary Rose, que aparecia na linha destinada ao nome do autor, mas nunca era usado na redação. Sempre era Sra. Hennessey. — Tenho mais anos de jornal do que você de vida. Mulheres como eu abriram caminho para que você tivesse uma carreira. Fiz a cobertura da luta contra a discriminação.

— É mesmo? Essa foi uma questão crucial — interrompeu a si mesma, antes que dissesse: "Foi uma questão crucial na região onde eu cresci." Afinal e para todos os efeitos, era Barbara Monroe, de Chicago, Illinois. Estudara numa escola secundária da cidade grande, Mather. Uma escola enorme, numa cidade enorme, era mais fácil para servir de disfarce do que uma pequena, porque todo mundo de uma escola grande pode cair no ostracismo. E ela não tinha certeza se a luta contra a discriminação fora uma questão importante em

Chicago. Provavelmente sim, mas por que arriscar dizendo algo tão específico? — Foi uma questão importante nos anos 1970, não foi?

— Foi, foi sim. E fiz a cobertura sozinha.

— Legal.

A intenção era fazer soar como se estivesse realmente impressionada, mas sua voz a traiu — do jeito como acontecera antes —, e a palavra saiu um pouco áspera, cheirando a sarcasmo.

— *Foi* legal. Foi muito importante. Mais meritório do que remendar máquinas para sobreviver. Estou escrevendo o primeiro esboço da História. E você, o que é? Um mecânico?

O suposto insulto fez Barb cair na gargalhada. Era tão engraçado que para a Sra. Hennessey esse fosse o máximo de comentário mordaz. Mas sua gargalhada foi uma provocação maior ainda no entender da idosa.

— Ah... você se acha assim tão especial, andando para lá e para cá na redação com blusa justa e saia curta, atraindo os olhares masculinos. Você acha que é ***importante***!

O editor dissera que ela era importante, essencial.

— Não entendo o que as minhas roupas têm a ver com isso, Sra. Hennessey. E sinceramente acho que o seu trabalho era legal.

— Era? ***Era***? É. Meu trabalho *é* ótimo, sua, sua... marafona de rua!

Mais uma vez quis rir pela ideia do que a senhora fazia de um insulto. Mas esse a atingiu de alguma maneira. Sexo, sua sexualidade, era um assunto delicado para ela. Não flertava com os homens da redação, nem em nenhum outro lugar, e as saias que usava não eram curtas. Muito pelo contrário: eram longas comparadas às que estavam na moda, pois por ser miúda, as saias ficavam um pouco mais compridas. Com o penteado para cima e os saltos altos, a Sra. Hennessey era tão alta quanto ela.

Isso explica, talvez, porque achou justo passar a mão na Diet Pepsi que a idosa tomava e virá-la sobre aquele belo e agitado topete.

Eles a despediram. É claro. Na verdade deram-lhe a opção de participar de seções com um terapeuta ou sair em duas semanas. "Sem carta de recomendação", acrescentou Bagley. Como se ela fosse pedir uma... Como se fosse haver um pedido de emprego em nome de Barbara Monroe... Barbara simplesmente desapareceria, dando lugar a outra mulher. Preferiu ir embora.

Voltou sorrateiramente naquela mesma noite, para usar as ferramentas de pesquisa do jornal, por mais incipientes que fossem. O único bibliotecário do jornal lhe devia favores e nunca nem mesmo sonhou por que Barb queria saber tanto da biblioteca e de seus recursos. Na verdade, sentia-se lisonjeado pelo interesse, e ensinava à Barb todas as coisas que um bibliotecário bem-treinado podia fazer com um telefone e uma lista das Divisões de Informação Documental de todas as bibliotecas da cidade. Dentre elas, pesquisas de títulos, que informavam a propriedade e registro dos processos, também eram valiosas, mas exigiam tempo e dinheiro, que não dispunha agora, embora tivesse surrupiado algum através da conta do jornal, no último ano. Dave Bethany ainda estava na Algonquin Lane. Miriam Bethany continuava ausente havia meses. Stan Dunham encontrava-se no mesmo endereço — mas ela nunca havia, realmente, perdido contato com Stan Dunham.

Afinal escolheu um novo nome e uma nova vida, exatamente como Stan havia lhe ensinado. Hora de recomeçar. De novo. Era uma chatice não poder usar o trabalho no jornal no currículo, apesar de ter resolvido que não continuaria trabalhando no ramo. A partir do momento que conseguisse a instrução formal de que precisava, iria à procura de um pouso mais lucrativo para suas habilidades, num setor acostumado a dar valor ao talento. Era capaz de conseguir algo melhor do que o *Fairfax Gazette*, mesmo se tivessem de retirá-la do ninho. Não era assim que sempre acontecia? Mesmo nas piores circunstâncias, sempre precisara de alguém que a empurrasse, a estimulasse a seguir adiante. Como havia chorado na estação rodoviária da empresa Greyhound, enquanto as pessoas ao redor dela sorriam compreensivas, achando que era mais uma adolescente assustada que não suportava a ideia de ter de sair de casa.

Terminada a pesquisa, a última coisa que fez foi digitar um código, o seu presente de despedida para o *Gazette*. No dia seguinte, quando a Sra. Hennessey desse entrada no sistema, a coisa toda entraria em pane, apagando todos os artigos e reportagens em andamento, inclusive os de repórteres mais responsáveis, que obedientemente faziam backup dos trabalhos. A essa mesma altura ela estaria num restaurante em Anacostia, à espera de Stan Dunham. Ele havia tentado persuadi-la a ir mais para o Norte, mas ela lhe respondeu que não cruzaria os limites do distrito para entrar em Maryland. E desse dia em diante, tudo que pedia a Stan Dunham, ela conseguia.

CAPÍTULO 36

— Porque ela era adotada, sabia?

Dave esperava na fila por uma rosquinha de canela, quando essas palavras se destacaram do burburinho que o rodeava, precipitando-se sobre ele como um sapato ou uma pedra. O comentário, porém, não lhe era dirigido, mas parte de uma conversa entre duas tranquilas mulheres de meia-idade atrás dele na fila.

— O quê? — perguntou, como se elas tivessem a intenção de envolvê-lo na conversa. — Quem era adotada?

— Lisa Steinberg — respondeu uma das mulheres.

— A garotinha de Nova York que foi espancada pelo pai adotivo. Ainda bem que o desgraçado vai para a prisão. Mas eles deviam prender a mulher também. Uma mãe de verdade não teria ficado parada, sem fazer nada, diante de uma situação dessas. De maneira nenhuma, sem chance.

Confirmavam com a cabeça, achando-se inteligentes e superiores, conhecedoras de todas as verdades do mundo. Eram balofas, branquelas, e Dave lembrou-se de um livro que Heather e Sunny adoravam, *Beastly Boys and Ghastly Girls**, de William Cole, com ilustrações fantásticas de alguém conhecido. Seria Addams? Ou Gorey? Alguma coisa assim. Desenhos muito inteligentes. Um dos contos era sobre um menino que não comia nada além de doces, até que derreteu ao sol, transformando-se numa poça de carne gelatinosa em formato de um rosto.

— Como podem... — começou a falar, mas a Srta. Wanda, sintonizada com seus rompantes de mau humor depois de anos de vizinhança, distraiu a atenção de Dave do jeitinho que as mães fazem para dar um fim a um acesso de raiva dos filhos.

— Pastéis de maçã, Sr. Bethany? Estão quentinhos.

— Eu não devia... — começou. Dave ainda pesava o mesmo que na época de faculdade, mas sua pele também estava flácida. Caída, tão cheia de pelancas, que dava a impressão de que nunca mais voltaria a ser o que era. Havia parado de correr uns anos antes. Alegava estar sem tempo.

— Vamos, tem maçã lá dentro. Vai lhe fazer bem. Uma maçã por dia... como aconselham os médicos. — E com a ajuda de um pastel, a Srta. Wanda fez com que Dave saísse da loja antes que armasse uma confusão. Pastel quente, assim como palavras afetuosas, tem o poder de dispersar acessos de fúria.

Dave passou a manhã sentindo-se esquisito, tanto pelos motivos de sempre, como por alguns mais recentes. A ligação

---

* Do inglês *Meninos pestinhas e meninas medonhas*. *(N. da T.)*

anônima que recebia anualmente ainda não acontecera. Há anos o sujeito não falava absolutamente nada, preferindo agora o tormento de bater o telefone. Mas a ligação sempre vinha a cada 29 de março. Estranho chatear-se tanto com isso. Será que o cara morreu? Ou teria desistido? Chegava uma hora em que até os psicopatas davam um rumo diferente às suas vidas. Então Dave ligara para Willoughby. O detetive não se esquecera da data; muito pelo contrário. Oferecera a resignada simpatia que Dave habituou-se a esperar, uma compaixão muda. Nada de "Oi, Dave, como vão as coisas?". Sem falsa aparência de ter havido alguma mudança. Apenas "Oi, Dave. Estou justamente olhando o dossiê." Willoughby estava o tempo todo remexendo no arquivo, mas fazia questão de tê-lo diante de seus olhos nessa data.

Então Willoughby soltara a bomba:

— Vou me aposentar, Dave. No final de junho.

— Aposentar? Mas você é tão jovem. Mais novo do que eu.

— Podemos sair com vinte anos de trabalho com aposentadoria integral, e completei 22. Minha mulher, Evelyn, não está nada bem. Quero ficar mais perto dela antes... Há esses lugares que você pode viver por sua conta, mas quando fica doente, continua por lá, no mesmo apartamento. Ainda não nos mudamos, mas daqui a uns cinco anos, mais ou menos... Queremos passar — como se fala? — a ter uma vida de maior qualidade.

— Vai parar mesmo de trabalhar? Freud acreditava que o trabalho era essencial para o bem-estar do ser humano. Da pessoa.

— Talvez algum trabalho voluntário. Não preciso... bem, tenho muito com o que me ocupar.

O mais provável é que estivesse preste a dizer: *Não preciso do dinheiro*. Contudo, mesmo agora, conhecendo Dave há 14 anos e tendo conversado sobre assuntos íntimos e desagradáveis, Willoughby mantinha bolsões ainda reticentes. Talvez estivesse tão acostumado a esconder a posição de seus investimentos para os colegas, que não conseguia largar o hábito, nem com Dave. Uma vez, apenas uma vez, convidou Dave para uma festa de Natal, um convite piedoso. Dave imaginara uma festança barulhenta de policiais. Esperava mesmo que fosse assim, pois seria uma novidade. Mas foi apenas uma reunião de familiares e vizinhos. E que família! E que vizinhos! Foi o tipo de festa tranquila, com pessoas educadas e finas que as famílias de Pikesville da época em que Dave era jovem tentavam imitar com todo o barulho e confusão; mas era impossível imitar esse nível de riqueza. Calças xadrez, bolinhas de queijo, martíni de gim, mulheres macérrimas e homens de rostos vermelhos, todos falando baixo, pouco importando a quantidade de bebidas alcoólicas que tivessem ingerido. O tipo de festa que teria gostado de descrever para a Miriam, caso ainda se falassem. O telefone fora desligado, conforme ficou sabendo ao tentar ligar-lhe na véspera.

— O que vai... quem vai... — a voz ficara densa, e Dave quase foi dominado pelo pânico.

— O caso já foi transferido — adiantou Willoughby — para um detetive jovem e inteligente. E vou convencê-lo da necessidade de passar as informações para você. Nada mudará.

Esse é o problema, pensou Dave desolado. Nada vai mudar. Pistas que não dão em nada. Um maluco ou um detento em busca de tratamento diferenciado via delação premiada alegará que tem uma informação secreta que logo será desacreditada. ***Nada vai mudar. A única diferença é que o novo detetive, não importa o que saiba, não importa o que esteja nos arquivos, não esteve ao meu lado a cada passo do caminho.*** Era, de certo modo, uma dor mais forte do que quando se separou de Miriam, e seguramente mais inesperada.

— Nós ainda vamos nos... falar?

— Claro. O tempo todo. Vou ficar de olho, não pense que não.

— OK — respondeu Dave.

— Vou ter de ir com jeito. Não posso ficar o tempo todo bufando no pescoço do sujeito. Mas esse é o meu caso e sempre será. É um dos dois mais chegados.

— Como assim, um dos dois? — Dave não conseguiu se aguentar. Ficou chocado ao saber que um outro caso, um outro caso qualquer teria direito à atenção de Willoughby.

— O outro foi concluído — esclareceu Willoughby rapidamente. — Faz muito tempo. Era sobre... a polícia trabalhou muito bem, considerando que eram poucas as probabilidades. Não se compara.

— É... posso ver que um caso que concentrou os bons esforços da polícia não poderia se comparar ao meu.

— *Dave.*

— Desculpa. É que hoje... hoje é hoje, o dia. Quatorze anos e nem mesmo uma pista minimamente plausível, nem mesmo um boato nos últimos dois. Ainda não aprendi como fazer isso, Chet.

E "isso" era tudo — não apenas o estado de vítima permanente de um crime que nunca chegou a ser desvendado, mas sua própria existência. Ele aprendera como *continuar*, porque *continuar* sinalizava uma viagem longa e penosa para lugar nenhum, pura inércia. Continuar era fácil. Contudo, fazia muito tempo que se esquecera de *ser*. Pela primeira vez em anos, vieram-lhe à lembrança os amigos do Caminho Quíntuplo, o ritual do fogo e meditação que abandonara porque não conseguia mais fingir que vivia em um dado momento. Em *Alice no país das maravilhas*, a regra é geleia amanhã e geleia ontem, mas nunca geleia hoje. No mundo de Dave não havia o hoje: só o ontem e o amanhã.

— Ninguém está preparado para viver o que você tem passado, Dave. Nem mesmo a polícia. Provavelmente não lhe deveria dizer isso, mas o arquivo está na minha casa quase o tempo todo. Agora, devido a minha aposentadoria... vou ter de devolvê-lo; mas estará sempre na minha mente. Eu lhe prometo. Sempre estarei aqui para você. Não só hoje, não só *este* hoje. Todos os dias do resto da minha vida. Mesmo quando me aposentar de vez, estarei por aqui. Não irei para a Flórida ou para o Arizona. Estarei aqui.

As palavras do detetive o apaziguaram, pelo menos superficialmente. Mas Dave ansiara por uma briga a manhã toda, e a disposição não se dissipara. O caso Steinberg deixara-o desequilibrado desde que chegara às manchetes há 18 meses, e a sentença final dada na semana anterior desencavara mais uma vez esses sentimentos. Qualquer história de abuso contra crianças ou abandono de crianças enlouquecia Dave. Lisa Steinberg fora assassinada duas semanas depois que a menininha no Texas, Jessica, caíra no poço, e Dave ficara muito zangado por isso também. *Onde estavam os pais?* Seu sofrimento, por mais estranho que possa parecer, deixara-o menos compreensivo. Ele criticava os outros do mesmo modo como fora criticado. Adam Walsh, Etan Patz, toda essa triste e estranha fraternidade de privação — ele não queria ter nada a ver com isso.

Os sinos de vento tocaram quando entrou na loja, agora conhecida apenas pelas iniciais TBG, ou como estava na tabuleta — **tbg** — assim mesmo em minúsculas. Quando fez a alteração, cogitou em usar o nome todo — **tmwtbg** — mas desistiu. Muito difícil de pronunciar. A seção de roupas da loja agora tomava tanto espaço quanto o setor de arte popular. A loja transformara-se naquilo que Miriam vivia insistindo para ele tentar, muito mais acessível. Um sucesso estrondoso. Que Dave odiava.

— Oi, chefe — saudou Pepper, a atual gerente, uma jovem alegre com 13 argolas na orelha esquerda, cabelos pretos cortados com navalha na parte de trás e longos na frente, tão longos que lhe cobriam os olhos. Estava ocupada, limpando os vidros das vitrines. Pepper cuidava da loja como se fosse dela, e Dave ainda pretendia descobrir como podia ser tão responsável mesmo sendo tão jovem. Ela costumava ficar "na dela", uma forma de evitar confrontos. Dave tinha essa mesma tendência, só que ele sabia como chegara a ficar assim. Era possível que Pepper tivesse experimentado dor e sofrimento, mas não podia imaginar que essa jovem saudável e de bem com a vida — apesar do penteado e das tantas argolas; era uma americana padrão — tivesse um passado trágico. Dave chegou a cogitar pedir a Willoughby para fazer uma investigação de sua vida pregressa, sob o pretexto de que suspeitava de que pedira emprego porque sabia de alguém ou de alguma coisa relacionada com o desaparecimento das filhas. Mas essa seria a primeira vez que usaria as meninas como meio para obter alguma coisa, e não desejava tomar esse caminho.

Além do mais, Pepper era linda, e nunca passava despercebida aos olhos de namorados e maridos que eram puxados para dentro da loja por suas companheiras. Para Dave, a beleza dela não passava de pura abstração. Sempre que conhecia uma mulher, calculava a idade dela em relação à idade que as filhas teriam, e se a tal mulher não fosse no mínimo 15 anos mais velha, ele a descartava de cara. Sunny estaria com 29, um pensamento que o deixou ansioso. Enfim, não queria nada com uma mulher de menos de 45. Até que isso poderia ser uma boa notícia para as mulheres de meia-idade em Baltimore... alguém bem-sucedido e disponível que jamais se interessaria por mulheres mais jovens. Exceto que os relacionamentos de Dave nunca davam em nada. Era bem comum chamar de "bagagem" o passado de uma pessoa, mas o histórico de Dave era tão imenso, tão pesado, que nunca poderia ser considerado um único objeto arrastado vida afora. Seu passado mais parecia uma viagem no lombo de um monstro que tinha um açoite como rabo. E Dave agarrava-se a ele com relutância, sabendo que seria esmagado pelas patas atabalhoadas da fera, caso se atrevesse a soltar as mãos.

A manhã estava tranquila. Aproveitou, então, para examinar os livros contábeis com Pepper, envolvendo-a, mais profundamente do que jamais permitira a qualquer outro funcionário, na administração da **tbg**. Conversaram sobre a próxima feira de artesanato, e perguntou-lhe se gostaria de representá-lo. Ela guinchou, guinchou mesmo, e mordeu o nó do dedo de alegria.

— Mas você vai junto, não? Vou ficar nervosa, tendo de escolher tudo sozinha.

— Acho que você consegue. Tem olho bom para essas coisas, Pepper. Veja a maneira como expõe as mercadorias, o cuidado com a aparência da loja — aposto que se por acaso comprar uma porcaria, encontrará um jeito de fazer com que as pessoas se interessem por ela.

— Os produtos que vendemos... são sonhos, sabia? Visões do que as pessoas querem ser. Ninguém *precisa* de nada do que temos em estoque, nem mesmo das roupas. Então é preciso agrupá-las para contar uma história. Deixa para lá, parece maluquice minha...

— Não, não! Faz muito sentido! Antes de contratá-la, raramente tirava um dia de folga. Agora consigo até ficar longe da loja por... bem, vinte minutos de cada vez.

A compulsão de Dave pelo trabalho era motivo de brincadeira entre eles, e Pepper fazia a maior algazarra e gritava com um som rouco que fazia Dave recuar. Ela não sabia o que representava aquele dia. Provavelmente nem sabia que Dave Bethany um dia teve duas filhas e muito menos sobre o que lhes aconteceu. É bem verdade que a foto das meninas vivia num porta-retrato de prata sobre a mesa do escritório, porém Pepper nunca perguntara nada. Não que não fosse curiosa. Na opinião de Dave, apenas cuidadosa em não sondar muito o passado dele, com medo de ter de — em troca — revelar fatos de sua vida. Dave gostava de Pepper. Gostaria de poder amá-la, ou de se sentir paternal, mas não era o caso. Mesmo se Pepper fosse menos reservada, jamais se permitia ter algum sentimento paternal por uma jovem. Nos últimos 14 anos, tivera algumas amantes, mulheres em sua cama. Mas nunca pensara em se casar de novo, nem tinha o menor interesse em educar os filhos de estranhos. Pepper era sua funcionária. Nada mais.

Claro que as pessoas fofocavam, dizendo que ela era mais do que uma funcionária. No dia seguinte, quando a unidade de resgate retirou Dave do olmo que ficava no quintal nos fundos da casa da Algonquin Lane, do mesmo galho em que o balanço de pneu ficou preso até que as cordas finalmente apodreceram, encontraram um bilhete que os guiava até a pilha de papéis sobre a mesa, no mesmo escritório em que ele entoou um mantra enquanto a manteiga *ghee* queimava, na alvorada e no crepúsculo. *Ninguém precisa das coisas que vendemos*, Pepper havia dito, *então é preciso agrupá-las para contar uma história*. Dave esperava que ao juntar seu corpo, seus papéis, seu talão de cheques com saldo, sua casa extremamente asseada, seria compreendido. A carta pode não ser um testamento válido, mas a sua vontade era inequívoca. Queria que Pepper cuidasse da loja, enquanto os demais ativos, inclusive o que fosse obtido com a venda da casa fosse colocado sob custódia para suas filhas, que todos presumiam estivessem mortas, e posteriormente entregues a determinadas instituições de caridade em 2009.

— Estou me sentindo péssimo — confidenciou Willoughby via ligação internacional cheia de estalidos, após ter conseguido o telefone da Miriam por intermédio de ex-colegas da imobiliária. — Justamente no dia em que eu...

— Não se sinta culpado, Chet. Eu não me sinto. Pelo menos não me sinto culpada pelo que aconteceu a Dave.

— É, mas... — a frase, ainda que inacabada, conseguia ser bem cruel.

— Também não me *esqueço* — assegurou Miriam. — Apenas não me lembro do mesmo jeito. O que significa que não acordo todos os dias e dou com uma frigideira na cabeça e fico me perguntando por que estou com dor de cabeça, que foi a solução escolhida por Dave. A dor está presente. Sempre estará. Não precisa ser atiçada, nem alimentada. Dave e eu escolhemos formas diferentes de sofrer pelas meninas, mas sofremos igualmente.

— Mas eu nunca disse nada de diferente, Miriam.

— Estou fazendo um curso de línguas aqui. Sabia disso? Estou aprendendo um novo idioma aos 52 anos.

— É possível que eu faça algo assim — ele tentou puxar assunto, mas ela não estava interessada em sua vida. *Pelo menos Dave fingia gostar de mim*, pensou Willoughby.

— Em espanhol há uma série de verbos em que o que seria o objeto, em inglês, passa a ser o sujeito. *Me falta an tenedor*. Literalmente, "O garfo está me faltando", e não "Preciso de um garfo". *Se me cayo. Se me olvido.* "Isso caiu de mim." "Isso esqueceu a si mesmo de mim." Em espanhol percebe-se que, às vezes, são as coisas que acontecem a você.

— Miriam, nunca duvidei do que você ou o Dave tiveram de passar...

— Mentira, Chet. Mas guardou consigo sua opinião, pelo menos na maior parte do tempo, e é por isso que eu amo você.

Ele gostaria de que essas palavras — ditas de modo tão frívolo, tão descuidado — não lhe doessem tanto. *É por isso que eu amo você.*

— Mantenha contato — ele finalizou. — Com o departamento, quero dizer. Caso surja alguma novidade...

— Não vai aparecer nada.

— Mantenha contato — repetiu implorando, sabendo que ela não iria, não para sempre.

Passadas algumas semanas, na véspera de sua despedida oficial, pegou o arquivo do caso Bethany mais uma vez. Ao ser devolvido, todas as referências à paternidade biológica das meninas haviam sido removidas. Dave Bethany sempre repisava que essa parte da história era um *cul-de-sac*, um beco sem saída, não muito diferente da própria Algonquin Lane, que fazia limite com o canto mais urbanizado do Leakin Park, que de resto se caracterizava por um pedaço de floresta em estado natural, bem no meio da cidade. Logo depois que as meninas desapareceram, alguns curiosos passavam de carro bem devagar diante da casa e tinham de assumir suas segundas intenções quando eram obrigados a fazer o retorno no final da rua. Havia também os que entravam na loja para xeretar e compravam pequenos objetos a fim de mitigar a culpa. Como essas pessoas atormentavam Dave... como sofria com isso... "Sinto-me como um show de aberrações," queixou-se com Chet, mais de uma vez. "Anote as placas dos carros," aconselhava Chet. "Anote o nome dessas pessoas intrometidas que entram na loja, caso paguem a conta com cheque ou cartão de crédito. Nunca se pode saber ao certo quem está fazendo uma coisa dessas." E Dave, justamente por ser Dave, cumpriu à risca essas recomendações. Anotar número das placas, registrar todas as vezes em que ligavam e desligavam e sacudiam sua vida, como se sacode um globo de neve e depois espera-se quieto para ver as mudanças ocorridas no cenário. Contudo, não importava quantas vezes nesses 14 anos rearranjasse as informações, elas sempre voltavam para a posição original... com exceção de Miriam.

Parte IX

DOMINGO

CAPÍTULO 37

— É... sempre podemos mentir sobre o corpo — sugeriu Infante.

— Mas não temos um único osso — lembrou Lenhardt. — Não encontramos nada.

— *Exatamente por isso!*

Infante, Lenhardt, Nancy e Willoughby estavam no lobby do hotel Sheraton, à espera de Miriam Toles, para juntos tomarem o café da manhã. Então abririam o jogo, confessando que até aquele momento não faziam a menor ideia da real identidade da mulher que Miriam esperava conhecer naquele dia, e que a motivara a viajar mais de 3 mil quilômetros. Tanto podia ser mesmo a filha de Miriam, como uma grandissíssima — melhor dizendo — uma brilhantíssima mentirosa, que tirou a semana para foder com a cabeça de todo mundo. Com que finalidade?

Dinheiro? Absoluta falta do que fazer? Paranoia? Ou será que tudo não passava de um golpe para resguardar sua atual identidade que, se revelada, reverteria numa ordem de prisão? Para Infante, apenas essa última possibilidade tinha alguma lógica. Nem por um instante ele acreditou que ela estivesse preocupada em proteger sua privacidade. Tanto quanto Infante conseguira observar, a mulher era carente de atenção e cuidados, e parecia tirar algum prazer dos encontros que tiveram. Não... ela tinha outra coisa para esconder, algo escamoteado sob a identidade de Heather Bethany. E o pior é que valia-se de um crime hediondo para desviar ardilosamente a atenção sobre si mesma.

— Andávamos loucos para achar o corpo, pois assim então poderíamos chegar à conclusão de que se tratavam das meninas, ou não. Mas agora... Quer dizer que Miriam e Dave não são os pais biológicos? Mas as meninas são irmãs, filhas do mesmo pai e da mesma mãe, confere?

Willoughby concordou. Vinte e quatro horas atrás, segundo o comentário de Nancy, ela precisou bajular e insistir muito para que o ex-detetive aceitasse ao menos assistir ao interrogatório; agora, não conseguiam se ver livre dele. Lenhardt preferiu consentir que Willoughby os acompanhasse com receio de magoá-lo e correr o risco de vê-lo fazer declarações apressadas no noticiário da noite. Por mais que tentasse, Infante não conseguia entender o porquê de ele ter fodido com o arquivo do caso, para depois teimar para que trouxéssemos Miriam de volta a Baltimore, mesmo antes de terem certeza "do quê era o quê" e "de quem era quem". Onde o Willoughby estava com a cabeça? Que negócio é esse de retirar informações dos arquivos? Num caso como esse, nenhuma hipótese pode ser descartada, era a opinião de Infante. Ainda mais agora que Nancy havia lhe dito que, em se tratando de casos frios, o nome está sempre nos arquivos.

— Mas já contamos para a mulher que não encontramos nenhum corpo — informou Lenhardt.

— Dissemos-lhe que não encontramos nada no endereço que nos deu. Mas acabei de chegar da Georgia, onde o Tony Dunham morou, certo? Vai ver ela pensa que o filho poderia ter exumado os ossos e transportado-os para outro lugar antes de o pai vender a propriedade, para evitar que o corpo fosse descoberto.

— Imagine! Que ideia! — discordou Lenhardt. — Eu não consigo nem mesmo fazer com que meu filho corte a grama...

— Puxa, estou falando sério...

— Claro, claro. Estou prestando atenção. É que eu estava pensando noutra coisa. Então, vamos supor que a gente lhe diga que temos os restos mortais da irmã. Se ela estiver mentindo, vai se entregar, porque ela sabe que terá de passar por uma batelada de testes que provarão que nem mesmo parente ela é. Mas o problema é que essa daí é rápida no gatilho. E se ela rebater, dizendo: Podia ser o corpo de outra pessoa. Sabe-se lá quantas vezes o Stan Dunham fez isso, quantas meninas ele matou?

— Mesmo assim, vale a pena. No momento, eu tentaria qualquer coisa para arrancar-lhe uma resposta o mais rápido possível, para que a mãe se tranquilizasse e não precisasse passar pelo tormento de encontrá-la, de falar-lhe. Se conseguíssemos fazer com que confessasse...

— Não vamos decidir nada antes do café da manhã — disse Lenhardt assertivamente para Willoughby. — Temos de explicar à mãe que está tudo ainda no ar. Puxa... ela não devia ter vindo... foi tolice minha ligar. Também sou pai e devia saber que nada a deteria depois daquele telefonema.

Como de costume, Infante detestava quando Lenhardt invocava sua condição de pai, sobretudo agora que Nancy concordava, toda orgulhosa, porque fazia parte do clube. Mas, dessa vez, parecia que Lenhardt tentava aliviar o sentimento de culpa de Willoughby, de modo que Infante não reagiu.

— Eu acho que ela consegue se ajustar a qualquer coisa que dissermos. É o que eu acho — disse Nancy. — Já viram aquele programa de TV com aquele sujeito gordo, de óculos, que faz improvisações?

Os três homens ficaram olhando-a com cara de bobos: Lenhardt e Willoughby totalmente por fora; Infante fazia alguma ideia da superficial cultura pop de Nancy, pois haviam sido parceiros. — Aquela porcaria? Nem me pagando para assistir! Embora eu tenha de admitir que quando aquele negro debochou de si mesmo naquele outro programa *Será que Wayne Brady vai ter de estrangular uma puta?*, bem... aquilo foi engraçado.

Nancy reagiu:

— Olhe, pare com isso. Sabe o que há para se assistir na televisão durante a madrugada, quando você tem de se levantar para cuidar do bebê? Só falei nisso porque ela me faz lembrar o que se passa no show. É rápida de raciocínio, e muito prática, e saca o que a maioria dos mentirosos não percebe: que não faz mal cometer erros, pois as pessoas estão sempre falando um monte de asneiras mesmo. Lembra a história dos grilos? Ela não se deu por achada quando eu comentei que era março. Sabe que eu a peguei na mentira, mas simplesmente ignorou o fato e seguiu adiante. O sargento está certo: tente a balela dos ossos. Ela não vai nem piscar!

A porta do elevador abriu, e Miriam Toles, depois de passar os olhos pelo lobby, reconheceu Infante. Na noite passada, quando veio encontrá-la no aeroporto, ele esperava por alguém vestida mais... mais a caráter, ao estilo mexicano. Claro que não com um sombreiro — não era assim tão burro —, mas quem sabe com uma saia em babados ou uma blusa bordada? Também presumiu que ela tivesse uma aparência mais velha que os 68 anos constantes nos registros. Duas vezes errado! Miriam Toles era dona de um estilo que só vira nas mulheres nova-iorquinas quando esteve lá na juventude: cabelos grisalhos cortados na altura do queixo, enormes brincos de prata e... só. Ele reparou quando Nancy deu uma olhadela na própria roupa — blusa rosa e saia cáqui que não deveria estar tão apertada —, percebendo o quanto estava fora de moda e cafona. Ele podia apostar que Miriam Toles sempre causava essa sensação nas outras mulheres. Não era exatamente bonita — com certeza nunca foi bonita —, mas era elegante e tinha resquícios de um corpo estupendo.

Infante pôde reparar também que, sentado a seu lado, Chet Willoughby endireitou-se e encolheu a barriga.

— Miriam — disse o ex-detetive, com certa formalidade —, prazer em vê-la. Apesar das circunstâncias.

— Chet — respondeu estendendo a mão para um cumprimento ao qual o ex-detetive não correspondeu. Será que esperava por um beijo, um abraço? Muito bizarro ver este sujeito de 60 e muitos anos tremer de paixão. Será que essa história de paixão não termina nunca? Mas será que devia terminar? Ultimamente, quando volta e meia aparecia um comercial sobre impotência, Infante pegava-se pensando na idiotice que era brigar com o próprio corpo, cogitando que seria quase uma espécie de alívio ver o pau fazer corpo mole no trabalho: enfim, tudo terminado. O *dele*, é claro, nunca entregaria os pontos, disso ele sabia, e seria uma grande aporrinhação ficar impotente como sequela de um medicamento. Mas Infante contava — ansiosamente — com o fim da insanidade, do furor incontrolável, do desatino para descobrir o que a outra pessoa pensava dele. Ao ver Willoughby, concluiu que também as emoções só findavam como tudo o mais: com a morte.

Miriam examinou as frutas desbotadas das quais se serviu no bufê. Nacos duros e pequenos e fora da estação. Realmente não queria ser chata e ficar defendendo a própria forma de viver, mas já sentia saudades do México e das coisas que — passados 16 anos — faziam parte de seu cotidiano: frutas frescas, café forte, deliciosos doces de confeiteiro. Ficou desconcertada com um café da manhã que julgava insignificante, por mais que o quarteto de oficiais dissesse tratar-se de uma festa. Até a jovem detetive comia à beça, se bem que no seu prato só havia alimentos ricos em proteína.

— Eu teria vindo de qualquer maneira — Miriam lhes disse —, assim que soube dos detalhes sobre a bolsa. Claro que o melhor seria se as informações fossem mais... definitivas, a essa altura, e que vocês pudessem ser mais conclusivos. Mas mesmo que ela não seja minha filha, é claro que sabe algo a respeito do dia em que as meninas desapareceram. Talvez saiba tudo. E agora? Qual o passo seguinte?

— Gostaríamos de ter uma biografia bem completa da sua filha, inclusive com detalhes que só ela pudesse saber. A planta da casa, histórias da família, piadas. Tudo, tudo de que você se lembre.

— Isso levaria horas, talvez dias. — *E magoar meu coração todas essas milhares de vezes*. Por 30 anos, Miriam aceitara compartilhar seus mais tristes segredos com os investigadores: o negócio do marido à beira da falência, o caso extraconjugal, a forma como Sunny e Heather se tornaram suas filhas. Mas ela sentia ciúmes das lembranças felizes, dos detalhes triviais, rotineiros. Esses pertenciam a ela e a Dave, a ninguém mais. — Por que vocês não repetem para mim o que ela declarou até agora, e então vamos ver se alguma coisa me parece falsa? E por que vocês não me deixam vê-la?

Nancy remexeu nas anotações.

— Ela acertou as datas de aniversário, os nomes das escolas que frequentaram, o endereço. O problema é que a maioria dessas informações está disponível na Internet ou na mídia, se a pessoa estiver mesmo a fim de descobrir detalhes. E pode até pagar para que terceiros façam pesquisas. Em algum momento ela falou sobre férias na Flórida e alguém chamado Bop-Bop...

— É, é a mãe de Dave. Foi a própria quem inventou esse apelido horrível porque detestava qualquer coisa que a tornasse uma matrona. Se ela não gostava nada de ser mãe, ser avó a tirava do sério.

— Mas essa não é uma informação, como vou dizer, exclusiva da família, não é? Heather poderia ter contado para os coleguinhas da escola, por exemplo.

— E lembrar-se disso 30 anos depois? — perguntou Miriam, e respondeu à própria pergunta. — Com certeza você jamais se esqueceria da Bop-Bop se a tivesse conhecido. Era uma criatura difícil.

Willoughby sorriu.

— O que foi, Chet? — Miriam perguntou com uma voz mais dura do que pretendia. — Qual é a graça?

Ele fez que não com a cabeça, indicando que não tinha nada a acrescentar, mas os olhos de Miriam encontraram os dele, e ficaram se encarando. Miriam achava que ela não devia ser a única pessoa ali a responder perguntas.

— Você não mudou nada. A... a sinceridade. É a mesma.

— Fiquei pior, eu acho, agora que sou uma senhora idosa e não dou a mínima para o que pensam de mim. Mas voltando ao assunto, então essa mulher conhece Bop-Bop, e sabe direitinho como é a bolsa de Heather. Por que não acreditam nela?

— Bem, há o fato de ela não se lembrar de ter visto o professor de música, contrariando o que ele sempre afirmou — respondeu Nancy. — E nas declarações originais você contou que Heather tinha uma caixinha onde guardava o dinheiro ganho de aniversário e de Natal, e tudo que havia lá, algo em torno de 40,

60 dólares, desaparecera. Então, Heather levou dinheiro para o shopping naquele dia, mas quando perguntamos o que havia na bolsa...

— A bolsa estava vazia quando foi encontrada — cortou Miriam.

— Sim, *nós* sabemos. Contudo, Heather não teria como saber, a menos que ela mesma tivesse esvaziado a bolsa e a jogado fora, mas ninguém acha que foi isso que aconteceu. Essa mulher, porém, não mencionou nada a respeito. Ela disse que havia um pouco de dinheiro, uma escova, e um brilho de lábios da Bonne Belle, porque não a deixavam usar batom de verdade, naquela época.

— Não tínhamos regras sobre maquiagem. Eu havia dito que achava esquisito ver menininhas de batom, mas a decisão era dela. Bonne Belle parece correto, porém. Plausível, vamos dizer.

Nancy suspirou.

— Tudo que ela diz parece plausível. Pelo menos quando descreve o dia, descreve o que aconteceu. É quando ela fala sobre o sequestro e sobre o... — sua voz lhe faltou.

— O assassinato de Sunny — completou Miriam. — Vocês sempre evitam falar sobre isso comigo...

— É tão triste — justificou Nancy — é como se fosse um filme. Os detalhes daquele dia. O que comeram no café da manhã; o ônibus Número 15 que tomaram para o shopping. E essas informações, como todo o resto, foram divulgadas, inclusive o fato de o lanterninha lembrar-se de tê-las expulsado da sala em que passava o filme. Tudo soa muito verdadeiro. Mas terem sido raptadas por um policial e levadas para uma fazenda afastada, e o fato do tal homem decidir poupar Heather, ao invés de matá-la, mesmo depois de ela ter assistido ao assassinato da irmã... nesse ponto os detalhes definham, e a história perde o caráter de verdade.

— É a parte que diz respeito ao policial? — perguntou Miriam. — É aí que a história se torna difícil de acreditar?

Nenhum dos detetives reagiu à provocação, nem ninguém jurou por tudo desse mundo que não teria problemas em cortar a própria carne, incriminando um de seus colegas como assassino e maníaco sexual. Infante, o bonitão que a recebera no aeroporto, foi quem falou primeiro.

— De certa forma, a parte relacionada com o policial tem alguma lógica. É assim que se consegue enganar duas garotas: mostra-se a cada uma delas o distintivo, diz-se que está com a irmã e que ela precisa de ajuda. Qualquer criança cairia na conversa de um tira.

— Mas não as filhas de Dave Bethany, em 1975. Dave costumava chamar os policiais de porcos, antes de estarmos nas mãos deles, antes de Chet tornar-se um amigo de confiança. — Essas palavras foram um presente consciente de Miriam para Chet, um modo de compensar pela agressividade minutos antes. — Mas entendo aonde você quer chegar.

— E é justamente por ser esse policial específico, que não dá para entender — continuou Infante. — Ele trabalhava na divisão de roubos, um cara legal, querido por todos. Nenhum de nós aqui o conheceu, mas os que estavam lá na mesma época ficaram pasmos, não conseguem acreditar no seu envolvimento num crime como esse. E tem mais, hoje ele não está de posse de suas faculdades mentais, sendo, portanto, um alvo muito conveniente.

— Dunham — disse Miriam — Dunham. Stan, é esse o nome?

— Sim, e o filho é Tony. Soa familiar?

— Dunham sim. Conhecíamos *alguém* chamado Dunham.

— Você nunca me falou sobre isso — interrompeu Chet na defensiva.

Miriam tocou-lhe o braço. Um gesto não só de consolo, mas com o intuito de que parasse de falar para que ela pudesse seguir a linha de raciocínio.

— Dunham. Dunham, cobrado por Dunham. — Miriam teve a visão de si mesma sentada à mesa da cozinha na casa da Algonquin Lane. Um móvel cambeta, não exatamente uma antiguidade. Apenas mais uma quinquilharia, herança do apartamento da Bop-Bop, quando ela saiu de Baltimore, que fora *empurrada* para cima deles, na opinião de Miriam. Mais coisas para uma casa entulhada de coisas. Houve dias em que ela tinha a sensação de não poder atravessar um cômodo sem esbarrar numa mesa, num pufe ou noutro móvel que Dave havia arrastado para dentro de casa. Ele pintara a tal mesa com tinta a óleo amarelo forte e permitira que as meninas colassem decalques como decoração. Depois de umas duas semanas de boniteza, os decalques começaram a descascar, deixando para trás um resíduo grudento e levando embora um naco da tinta. O contraste com o verde dos cheques era horroroso. Ou talvez fosse só impressão, por estar ansiosa quando era hora de pagar as contas do mês, ver que estavam afundando cada vez mais e o jeito era entrar no jogo "qual credor devo acalmar neste mês" ou "qual credor posso esticar até o mês que vem". Ela e Dave sempre discutiam sobre as despesas, sem nunca chegarem a um acordo sobre qual delas podia ser cortada. "A manteiga *ghee* não custa praticamente nada," diria Dave quando Miriam sugeria que o Caminho Quíntuplo era uma prática que a contabilidade doméstica não mais podia suportar. "Por que você não a leva para o colégio, e depois vai buscá-la?" Ao que ela reagiria: "Estou num novo emprego. E o salário é essencial. Não dá para parar tudo que estou fazendo para ficar de motorista da Sunny para baixo e para cima."

Você podia levá-la de manhã... Mas e a volta, à tarde?... O ônibus escolar está nos sacaneando mesmo, revertendo o caminho da volta... Temos de achar um jeito de cortar despesas.

Esse era o tipo de discussão que tiveram quase todos os meses daquele ano, e Miriam levava a melhor todos os meses, e sempre assinava o cheque nominal à Transportes Mercer, em Glen Rock, Pensilvânia. E ela nem sabia onde ficava Glen Rock. Mas quando os cheques voltavam, haviam sido endossados por...

— Stan Dunham era o dono da Mercer, que usávamos para levar e buscar Sunny todos os dias.

— Mercer era a dona do terreno! — gritou a detetive — Era uma Ltda., tinha a propriedade das terras da fazenda antes da incorporação. Eu calculei que Dunham a havia vendido para a Mercer, mas provavelmente ele apenas transferiu a escritura para a própria empresa. Merda! Que burra eu fui!

— Mas nós verificamos o motorista — interveio Chet —, foi uma das primeiras pessoas que checamos, e ele tinha um álibi perfeito para o dia do desaparecimento das meninas. Stan não era o motorista. *Você nunca falou nada sobre Stan.*

Miriam entendeu toda a frustração de Willoughby, afinal era assim que ela mesma se sentia. Ninguém, mas ninguém mesmo, foi considerado inviolável, ninguém foi presumido inocente. Eles haviam virado a vida de todos de cabeça para baixo, na busca por nomes e conexões. Parentes, vizinhos e professores, todos foram examinados, não importando se essas pessoas sabiam ou não que suas vidas estavam sendo vasculhadas. Foram levantados os antecedentes criminais de todos os empregados do shopping Security Square, e os que tinham na ficha pequenos delitos sexuais foram interrogados pela polícia, como se explorar a prostituição necessariamente levasse ao sequestro de duas adolescentes. Os colegas de trabalho de Miriam, os contatos comerciais de Dave, ninguém ficou de fora. Até foram atrás do motorista do ônibus Número 15 daquele dia, o homem que Miriam sempre achou que teria levado as filhas para a morte, numa analogia com o barqueiro Caronte que operava a balsa da Morte pelo rio Estige. Embora as suspeitas fossem infinitas, a energia e o tempo provaram ter limites. O medo, o terror e a ansiedade que assolavam Dave e que faziam com que a vida a seu lado se tornasse intolerável eram decorrentes da incerteza de terem feito tudo que deviam, e na certeza de que sempre havia mais para fazer. Checar. Examinar e reexaminar e averiguar.

Dave estava certo. *Cobrado por Dunham*, ele cantarolava. *Estamos sendo cobrados por Dunham de novo?* Esse Dunham fora educado, mas teimoso, e Miriam e Dave logo, logo aprenderam a não colocá-lo na roleta mensal das contas: essa eu pago, aquela, não. Não podiam correr o risco de ofendê-lo, ou ele poderia cortar Sunny do transporte. Mas Dunham não era mais do que uma assinatura, bem preta e enfática, nas costas dos cheques devolvidos todos os meses por um banco na Pensilvânia.

CAPÍTULO 38

Lenhardt ainda calculava o quanto deixar de gorjeta no café da manhã, e Infante já ligava para o juiz de plantão avisando que precisavam de um mandado de busca no quarto de Stan Dunham, em Sykesville. O encontro com o juiz foi do lado de fora do restaurante Cross Keys Inn, onde *ele* almoçava, e, em menos de uma hora, Infante e Willoughby pegavam a estrada para a clínica de repouso. Se pudesse escolher, Kevin iria nessa missão sozinho; mas não custava nada atender ao pedido de Willoughby. Algo passou despercebido, um detalhe foi omitido, todos esses anos. E não se podia atribuir a culpa a ninguém em particular. Se nada havia sido provado contra o motorista, por que razão iriam pensar num sujeito que ninguém conhecia, e que descontava os cheques lá na Pensilvânia? Mesmo assim, dava para ver que Willoughby sentia-se derrotado.

— Sabe como descobrimos a ligação com Penelope Jackson? — perguntou Infante.

Willoughby olhava pela janela, observando um campo de golfe ao longo da estrada.

— Uma pesquisa no computador, estou certo?

— Isso, feita por Nancy. No meu primeiro dia no caso, levantei os dados de sempre: Central de Informação de Crimes Nacionais, todos esses bancos de dados. Mas nem me passou pela cabeça checar as porras dos *jornais*, contando com a possibilidade de que o nome Penelope Jackson estivesse no noticiário por algo que não tinha nada a ver com um mandado de prisão. Se Nancy não tivesse feito isso, nunca teríamos feito a conexão entre Tony e Stan Dunham. E, como você pôde constatar, mesmo sabendo de todas essas coisas, perdemos a cronologia, a sequência dos fatos. O advogado de Dunham me disse que a propriedade fora vendida há alguns anos, mas eu não insisti em saber exatamente a data. E sem grandes elaborações, concluí que ele estivesse falando da venda para a Mercer, enquanto na verdade era sobre a venda da Mercer para a incorporadora.

— Bela tentativa, Kevin — disse Willoughby com voz irritada, como se Infante acabasse de oferecer-lhe uma balinha de hortelã ou algo assim absolutamente corriqueiro —, mas está se referindo a um descuido que você cometeu nas primeiras vinte e quatro horas de uma investigação sobre um acidente de trânsito com fuga do local de acidente e uma mulher que inspira suspeitas. Eu tive 14 anos para trabalhar o caso Bethany, e se as informações sobre Dunham estiverem corretas, significa que nunca fiz sequer uma única descoberta que prestasse sobre o desaparecimento das meninas. Imagine constatar uma coisa assim. Toda a trabalheira, todas as horas de dedicação, e eu não consegui *nada*. Patético!

— Quando Nancy começou a trabalhar com casos frios, comentou comigo que o mais irônico é que o nome está sempre nos arquivos, de um jeito ou de outro. Mas no arquivo do caso Bethany não consta o nome de Stan Dunham. Você ligou para a transportadora, eles lhe forneceram o nome do motorista que fazia aquela rota, e você investigou e concluiu que não podia ter sido ele. E, além do mais, não sabemos praticamente nada, a não ser que há algum tipo de conexão entre Stan Dunham e os Bethanys.

— Uma conexão desconhecida para uma criança, pois ninguém aos 11 anos sabe quem endossa um cheque. — O olhar de Willoughby voltou para o panorama visto da janela do carro, mas nada havia de interessante para olhar. — Não consigo me decidir se isso me faz mais propenso a confiar, ou não, na nossa mulher misteriosa. Já pensou que ela poderia ser alguém a quem Stan Dunham confiou um segredo, seja lá qual for o motivo? Ou Tony Dunham, o que seria ainda mais plausível. Um parente, um amigo. Nancy me disse que ela insistiu muito que checássemos os registros escolares, que encontraríamos Ruth Leibig nos registros daquela escola católica em York.

— Isso não prova nada, a não ser que existiu uma Ruth Leibig estudando naquela escola. Dizem que não se pode provar uma negativa, mas está se tornando um transtorno provar quem ela *é*. E se, de repente, ela afirmar ter outra identidade, e depois outra? Afinal de contas, Ruth Leibig está morta. Essa mulher é uma maldita Rainha da morte!

Saíram da estrada principal e foram para o Norte. A cidade não parava de se expandir desde que, há uma década, Infante mudou-se para Baltimore, mas ainda havia aqui e acolá alguns traços de vida rural em Sykesville. As instalações da casa de repouso eram caprichadas, com bom acabamento e modernas, de melhor aparência do que a de Willoughby. Como um velho policial, sem dinheiro investido, podia pagar por um lugar assim? Mas aí Infante lembrou-se da venda da propriedade lá na Pensilvânia, e as anuidades que Dunham adquiriu enquanto ainda tinha saúde, segundo o advogado. Mas esse Dunham sabia planejar as finanças, sem a menor dúvida. A questão em aberto era se ele planejara seus crimes com tanto cuidado quanto suas finanças para seus últimos anos de vida.

Um leve arrepio percorreu o corpo de Willoughby quando foram levados para a ala de doentes terminais, em que Stan Dunham era mantido. Num primeiro momento, Infante surpreendeu-se com a reação, mas depois recordou-se de que a mulher de Willoughby morrera num lugar parecido com este. Ela saiu de casa e fez uma curtíssima viagem até uma ala como essa, antes mesmo de chegar aos 60.

— O Sr. Dunham praticamente já não consegue se comunicar — explicou a jovem e bela assistente de enfermagem que os acompanhava, de nome Terrie. Enfermeiras... ele devia fazer mais programas com enfermeiras. Combinavam bem com policiais. Por Infante, elas ainda usariam uniformes brancos ajustados na cintura, e na cabeça o chapelinho de abas para cima. Esta aqui vestia calça verde hortelã, blusa florida e horrorosos tamancos verdes tipo *clog*. Mas mesmo assim era de arrasar. — Às vezes ele emite uns sons que indicam como está se sentindo, mas não consegue ir além de suas necessidades básicas. Está no estágio final.

— É por isso que foi transferido para essa ala? — perguntou Willoughby, gaguejando um pouco na última palavra.

— Só transferimos as pessoas para cá quando a expectativa de vida é de menos de seis meses. O Sr. Dunham foi diagnosticado no estágio quatro de câncer de pulmão, três meses atrás. Coitado. Nada deu certo para ele.

Ó..., pensou Kevin. *Coitadinho.*

— O filho dele, o Tony, vem sempre visitar o pai?

— Não sabia que o filho estava vivo. O advogado é nosso único contato. Talvez estivessem afastados... Acontece em muitas famílias, sabia?

Talvez o filho não quisesse ter contato com o pai. Talvez o filho soubesse de tudo que acontecia, durante todos aqueles anos, e ele contou para a namorada, Penelope, e ela contou para alguém, alguém que estava dirigindo o seu carro.

Kevin tinha consciência de que alguém num estágio avançado da doença de Alzheimer não conseguiria dar nenhuma informação significativa, mas mesmo assim ficou desapontado ao ver Stan Dunham. Não passava de um invólucro de um homem em pijama axadrezado por baixo de um roupão. Os únicos sinais de vida eram os sulcos deixados pelo pente e a pele do rosto lustrosa, recém-barbeada. Será que fazia parte das obrigações da enfermeira? Os olhos de Dunham com certeza brilharam ao vê-la, depois mal demonstraram interesse em Kevin e em Willoughby, e voltaram a pousar na enfermeira.

— Bom dia, Sr. Dunham. — A voz de Terrie era alegre, entusiasmada, sem ser muito alta nem infantil. — O senhor tem duas visitas. Alguém que era seu colega de trabalho.

Os olhos de Dunham não se mexeram.

— Eu não trabalhei com você — interveio Infante tentando, em vão, a mesma entonação de Terrie. Sua voz não passou de um som meio parecido com a de um forte e saudável vendedor de carros. — Mas o Chet sim. Ele trabalhava em homicídios. Você se lembra? Ele era mais conhecido por ser o responsável pelo caso Bethany, das irmãs Bethany.

Ele repetiu as últimas palavras bem devagar, mas não houve nenhuma reação. Claro! Sabia disso, mas não conseguiu se controlar. Dunham continuou mirando a bela Terrie, com olhos de um cão carinhoso e absolutamente dependente. Caso este homem fosse aquele que raptou as meninas Bethany, não passava de um monstro. Mas até os monstros envelhecem e tornam-se frágeis. Até os monstros morrem.

Procedendo com método, Infante e Willoughby começaram a abrir gavetas e armários, procurando alguma coisa. Procurando qualquer coisa.

— Ele não tem muitos bens — disse Terrie —, não faz muito sentido... — Sua voz minguou, como se o homem ali sentado, tão atento ao semblante e à voz da enfermeira, fosse se surpreender com a notícia de que estava à beira da morte. — Mas há um álbum de fotografias que de vez em quando vemos juntos. Não é mesmo, Sr. Dunham?

Passou a mão sob o sofá e fez aparecer um livro grande, encapado de tecido acetinado branco que o tempo maculou de amarelo. Na capa, o desenho de um bebê sorridente de fralda azul e a inscrição: É um menino! Ao abri-lo, Infante reconheceu uma caligrafia feminina, os traços cursivos que subiam e desciam, registrando a vida de um Anthony Julius Dunham desde o nascimento (2,780 kg), o batismo, até a formatura do curso secundário. A mãe não esmoreceu de jeito nenhum, deixando para a história todas as realizações do filho. Um certificado de participação num programa de leitura durante o verão, um cartão da Cruz Vermelha constando que havia obtido nota média em natação na colônia de férias Camp Apache. Boletins escolares — nada muito impressionante — estavam fixados às páginas do livro por cantoneiras pretas.

Ao ver as fotos, Infante sentiu saudades do pai. Não exatamente porque havia alguma semelhança entre seu pai e o mais jovem e mais robusto Stan Dunham, mas porque as fotos capturavam momentos da vida familiar comuns a todas as pessoas.

Brincadeiras em casa, instantes das férias, de festas. Todas as fotos possuíam legendas escritas com a mesma caligrafia: "Stan, Tony e eu, Ocean City, 1962." "Tony num piquenique da escola, 1965." "Formatura de Tony, 1970." Em nove curtos anos, o filho deixou para trás o corte de cabelo à escovinha e tornou-se um pretenso hippie, com camiseta de protesto e cabelos compridos. Duro para um policial, pensou Infante, especialmente naqueles dias; mas seja lá o que Tony vestisse, os pais que o sustentavam sempre reluziam de orgulho.

A última foto — Tony no que parecia ser um uniforme de posto de gasolina — tinha a seguinte legenda: "Novo trabalho de Tony, 1973." E assim terminavam os registros, embora ainda fossem muitas as páginas em branco. Dois anos antes de as meninas desaparecerem. Por que será que a mulher parou de documentar as fases da vida do filho? Será que ele saiu de casa em 1973? Será que ainda estava em casa quando o pai levou para lá uma menina, em 1975? O que será que Stan Dunham teria dito à família? Como será que explicou o repentino aparecimento de uma pré-adolescente em casa?

— Kevin, olhe isso aqui.

Willoughby havia afastado para o lado uns travesseiros que bem podiam ter sido colocados cuidadosamente ali, com o propósito de esconder uma caixa grande de papelão, na prateleira de cima do closet. Terrie tomou a dianteira e apanhou a tal caixa. Cambaleou com o peso, e, solícito, Infante veio socorrê-la tocando-lhe de leve o ombro. Ela devolveu-lhe um sorrisinho divertido, como se o tempo todo estivesse sendo sujeita a esses truques, o que fez com que Infante se sentisse velho e velhaco. *Outro sujeitinho tentando tirar um sarro,* deve ter pensado.

A caixa estava repleta de quinquilharias que os estudantes vão coletando. Boletins, programas, jornaizinhos da escola. Tudo da Sisters of the Little Flower, observou Infante e, em destaque, o nome de Ruth Leibig. Nenhum álbum de fotos de Ruth — seja lá quem fosse — embora os boletins registrassem notas melhores que as de Tony. Nenhuma fotografia, e nada datado de antes do outono de 1975. Havia, porém, um diploma de 1979. E o mais esquisito era um gravador, daqueles antigos, na cor vermelho forte e em formato de uma bolsa. Ele apertou um botão, mas — como era de se esperar —, nada aconteceu. A fita que estava lá dentro era *Aqualung*, de Jethro Tull. No fundo do gravador havia uma etiqueta igualmente antiga, daquelas feitas com uma pistola, e nela estava escrito Ruth Leibig.

Infante continuou revirando a caixa e descobriu algo ainda mais bizarro: uma certidão de casamento, também datada de 1979, de Ruth Leibig e Tony Dunham, sendo testemunhas Irene Dunham e Stan Dunham.

Tony morreu? Essa, na opinião de Nancy e Lenhardt, era a informação que realmente pegara a mulher de surpresa durante o interrogatório. E a reação não fora de tristeza, mas de choque, aborrecimento e até raiva. Não ficara nem um pouco triste. Contudo, ela nunca antes havia mencionado o nome de Tony.

— O que aconteceu? — Infante perguntou a Stan Dunham, que parecia assustado com o tom alto da voz que o interpelava. — Quem era Ruth Leibig? Você raptou uma garotinha, matou a irmã dela e depois a estuprou seguidamente até que se tornasse uma adolescente e, depois a deu de presente em casamento ao próprio filho? O que aconteceu naquela fazenda, seu velho fodido?

A enfermeira estava chocada. Não ia querer nada com ele, caso fosse convidada para sair nas próximas semanas. *Lembra-se de mim? O detetive que xingou o coroa que você acha um docinho. E então? Vamos sair?*

— Por favor, o senhor não deveria falar assim... — Dunham parecia alheio a tudo que acontecia.

Infante abriu o álbum de fotografia e apontou para a última foto de Tony: — Ele está morto. Morreu carbonizado num incêndio. Talvez tenha sido assassinado. Ele sabia o que você andava fazendo? A namorada dele sabia?

O idoso sacudiu a cabeça, arfou e olhou para fora da janela, como se Infante fosse um louco desvairado que devia ser ignorado. Será que compreendia alguma coisa? Será que sabia de alguma coisa? Ou estariam os fatos trancafiados para sempre naquela mente? Onde quer que estivessem, com certeza não estariam ao alcance de Infante. Stan Dunham voltou a fitar a enfermeira, dando a impressão de querer saber quanto tempo mais iria durar essa interrupção de sua rotina: *Quando é que tudo voltará a ser só você e eu?* Seria talvez sua muda indagação. Falou-lhe com uma voz doce e tranquilizadora, enquanto lhe acariciava a mão.

— Esse tipo de comportamento não é permitido aqui — disse com um olhar preocupado na direção de Infante. — Aborrecer os pacientes como você fez... Ele é um homem maravilhoso, o meu paciente favorito. Você não faz ideia.

— Não — respondeu Kevin —, não faço mesmo. — *Só Deus sabe o que ele lhe teria feito, se você fosse uma adolescente.*

Chet Willoughby continuava remexendo na pilha de papéis, e tornou a examinar o diploma e a certidão de casamento através das lentes de seus óculos para leitura feitos de casco de tartaruga.

— Alguma coisa aqui não está batendo, Kevin. É muito difícil ter uma opinião conclusiva, mas duvido muito — baseado nesses documentos — que Ruth Leibig seja Heather Bethany.

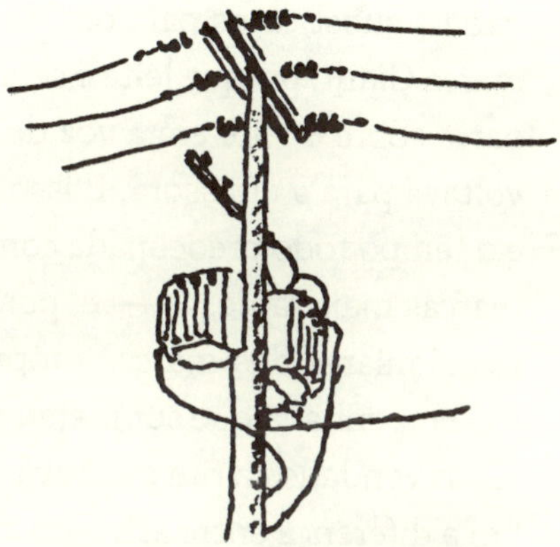

CAPÍTULO 39

A sala de jantar da casa era separada do living por portas envidraçadas, e Kay percebeu, com o passar dos anos, que seus filhos se imaginavam invisíveis aos olhos da mãe quando as portas estavam fechadas. Aproveitando-se disso, Kay posicionava sua poltrona de leitura favorita num lugar tal que, se levantasse os olhos, poderia ver Grace ou Seth bem à vontade, o que era cada vez mais raro à medida que iam crescendo. A adolescência era como uma grande crosta que se forma sobre uma ferida ou a pele fininha depois da cicatrização, gradual cobertura de uma alma tenra demais, frágil demais para ser exposta aos elementos. Gostava de ver o jeitinho como Grace mascava os cabelos enquanto fazia o dever de matemática, o mesmo hábito que tinha quando era garota. Seth, aos 11, ainda falava com seus botões, revivendo a própria vida num monólogo tranquilo, sem pressa, que lembrava a Kay os locutores de um torneio de golfe. "Aqui está o meu lanche", ele costumava dizer, enquanto botava os biscoitos em fila ou em pilha, formando desenhos ou estruturas ordenadas. "Biscoitos Oreos de verdade, porque não há substitutos para os Oreos. E aqui o leite, desnatado, da marca Giant, porque leite é sempre leite. Hum... gostooooso!" A parte sobre o leite era a voz de Kay que como um bumerangue voltava para a emissora. E isso porque, logo depois do divórcio e o tempo todo preocupada com dinheiro, ela resolveu trocar as marcas mais famosas — e, portanto, mais caras — por produtos similares das marcas próprias dos supermercados. Estava tão empenhada que submeteu os filhos a testes de paladar com olhos vendados a fim de provar-lhes que seria impossível perceber a diferença entre as várias marcas de batata frita e biscoitos. Mas o problema é que eles conseguiam distinguir as marcas, e Kay teve de chegar a um meio-termo. Marcas famosas para biscoitos, batata frita e refrigerantes, e marcas próprias para leite, macarrão, pão e enlatados.

Às vezes os filhos a pegavam em flagrante, bisbilhotando através do vidro, mas eles não davam muita bola. Talvez até gostassem, pois Kay nunca ria deles nem ficava implicando com nada; pelo contrário, encolhia-se de vergonha e culpa, e voltava para o livro, tentando disfarçar.

Hoje, porém, quem estava na sala de jantar era Heather, que olhou de cara feia quando deu com Kay através do vidro, muito embora Heather estivesse apenas lendo os jornais de domingo, e o único pensamento de Kay tivesse sido sobre como a outra ficava bonita à meia-luz. Segurava o jornal com o braço esticado, sinal de leve hipermetropia; não havia rugas em sua testa, e o queixo era liso e firme. Apenas um sulco entre os olhos denunciava profunda concentração.

— Quando foi que a tirinha do Príncipe Valente deixou de ser publicada no jornal de domingo? — perguntou, quando Kay entrou na sala carregando sua caneca de café, simulando que seu destino sempre fora esse mesmo. Então, antes que Kay pudesse sequer responder que não sabia, Heather continuou: — Não, não era o *Beacon* que publicava o Príncipe Valente. Era o *Star*. Recebíamos o *Beacon* todos os dias e no domingo também o *Star*. Meu pai era viciado em notícias.

— Há anos que não ouço falar no *Beacon*. Ele se uniu ao *Light* nos anos 1980, mais ou menos na época em que o *Star* parou de circular. Mas por Baltimore ser Baltimore, as pessoas falam do *Beacon* como se ele existisse. Ainda há pouco você soou como uma moradora de longa data de Baltimore.

— Mas eu *sou*! Ou pelo menos eu era. Acho que talvez eu pertença a outro lugar agora.

— Você nasceu aqui?

— Como assim? Esse dado não apareceu em nenhuma dás pesquisas que você fez no Google? Está perguntando por você ou por eles?

O sangue subiu no rosto de Kay.

— Isso não é justo, Heather. Não tomei partido de ninguém. Sou absolutamente neutra.

— Meu pai sempre dizia que a neutralidade não existe, que até o ato de ser neutro envolve uma opção. — Agora ela desafiava Kay, acusava-a de alguma coisa. Mas do quê?

— Eu não contei para ninguém que fomos ao shopping ontem.

— E por que você faria isso?

— Bem, eu jamais... mas... veja bem... podia ser uma informação interessante, se soubessem... — Kay foi salva pela campainha do telefone, que pôs fim ao seu gaguejar. Ela se perguntava por que será que, das duas, era ela a que sempre reagia às provocações e ficava agitada e perturbada.

No andar de cima, o timbre da voz de Grace era excitado, uma reação costumeira sempre que ela corria para atender o telefone:

— Eu atendo. — Logo em seguida, num tom triste e lastimoso que contava a história de milhões de expectativas frustradas: — É Nancy Porter. Ela quer falar com Heather.

Heather foi para a cozinha e fez questão de fechar a porta atrás de si. Mesmo assim, Kay podia ouvir respostas curtas e irritadas. *O quê? Para que tanta pressa? Não pode ficar para amanhã?*

— Eles querem que eu volte a depor — disse Heather empurrando a porta com força. — Você pode me levar até lá daqui a meia hora mais ou menos?

— Mais perguntas?

— Não sei bem. Não vejo como ainda podem ter perguntas a fazer, depois do que me fizeram passar ontem. Mas minha mãe está aqui, e eles querem nos ver juntas. Belo encontro, não, para não dizer o contrário? Numa sala de interrogatório no departamento de polícia, onde cada palavra que dissermos será gravada e ouvida por todos. Aposto como passaram a manhã relatando tudo o que foi dito ontem, dizendo-lhe que acham que estou mentindo, implorando para que ela prove que eu não sou quem digo que sou.

— Sua mãe vai reconhecê-la.

Heather, porém, não deu sinais de perceber a convicção na voz de Kay, nela implícita a promessa de não neutralidade. Kay acreditava em Heather. De fato, chegou a passar por sua cabeça que Heather talvez fosse mais digna de crédito quando não estava tentando provar que era digna de crédito. Quando conversava sobre as tirinhas do jornal de domingo e as coisas que o pai costumava dizer, Heather era naturalmente ela mesma.

— Olhe, vou até o quarto escovar os dentes e pentear o cabelo, e então podemos ir, OK? Já volto.

Ela atravessou o curto caminho de paralelepípedo que levava ao quintal e à garagem, ambos nos fundos do terreno, que fazia limite com uma travessa. Foi uma estupidez aquele comentário sobre o Google. E se eles mexessem no computador de Kay e descobrissem os sites por onde esteve? Qualquer técnico com alguma experiência encontraria a página da empresa onde trabalhava e o e-mail que ela mandara para o chefe. Será que a Kay a estaria observando? Será que teria mesmo de subir até o quarto? Afinal, não havia lá nada de que precisasse. A polícia levara seu chaveiro na noite em que a encontraram na estrada. Lembrou-se de como ficou aliviada porque nem mesmo o chaveiro poderia denunciá-la: uma pedra turquesa colada numa barra de prata, uma peça de brechó, sem nada de especial. Por razões óbvias, nunca foi de personalizar seus pertences, de bordar suas iniciais em toalhas e outros itens, muito embora lhe tivesse sido sugerido fazer exatamente isso em panos de pratos e aventais, quando era adolescente e "noiva" de Tony Dunham. "Claro, Tia, estou louca para ter um enxoval fodido", e levou uma bofetada por causa do "fodido", mas não pela foda. Que família aquela! Que lugar maldito e emporcalhado era aquele que se escondia atrás de cortinas de algodão listrado e de um emaranhado de petúnias nas jardineiras.

Ela gostaria de ter algum dinheiro ou pelo menos um cartão de crédito. Puxa, se pelo menos sua carteira não tivesse desaparecido — roubada por Penelope, disso estava certa agora: a mulher era realmente cheia de truques, incapaz de um ato de gratidão — e se ela não tivesse ficado tão confusa, tão desorientada, naquela primeira noite, teria arranjado um jeito de se safar do acidente de carro, mesmo sem a carteira de motorista e com um carro registrado no nome de outra pessoa. Contudo, conhecendo Penelope, não seria surpresa se a vistoria estivesse vencida ou, quem sabe até, que o carro tivesse uma montanha de multas nos computadores em alguma cidade.

Olhou por trás dos ombros. Kay ainda estava na cozinha, tomando café ao lado da pia. Merda! Teria de subir as escadas. E depois?

Não foi nada fácil abrir a janela do banheiro com apenas um dos braços, sem falar que teve de forçar a esquadria de madeira que estava toda empenada; e o pior foi se espremer toda pela pequena abertura, e pular um andar. Mas ela conseguiu. Nada como ter adrenalina correndo nas veias. Limpou a calça — que por sinal era de Grace — na altura dos joelhos, e sentiu-se culpada. De tudo que havia feito de errado, o pior mesmo fora surrupiar a calça favorita da menina e ainda por cima sujá-la. Mas fazer o quê? A rua de movimento mais próxima era a Edmondson, que ficava à direita, e ia dar direto no anel viário, mas lá não conseguiria pegar carona. A alternativa seria tentar a Rota 40, mas essa corria nas direções Leste e Oeste, e ela precisava ir para o Sul. Bem, dava-se um jeito. Afinal, ela sempre conseguira dar um jeito.

Apertou o passo, esfregando os braços. Ficaria mais frio quando o sol se pusesse, mas com sorte já estaria em casa a essa altura. O ideal seria pegar uma carona até o aeroporto e de lá tomar o trem... será que funcionam aos domingos? Os da rede ferroviária Amtrak sim, e se os policiais não conseguissem pegá-la até a altura de New Carrollton, aí ela chegaria a seu destino. Mesmo se pegasse um trem parador, podia apostar que seria capaz de levar o cobrador na conversa por algumas estações, explicando ter perdido o bilhete ou até ter sido roubada, embora isso fosse arriscado, pois ele insistiria em chamar a polícia para ela fazer a queixa. *Se tivesse entrado no trem na terça-feira, como havia planejado.* Bem... poderia dizer ao cobrador que teve uma discussão... com o namorado, e que a empurrou para fora do carro — boa desculpa! — e que estava sem um tostão e precisava chegar em casa. Dava para convencer! E não é que uma vez ela viu uma mendiga viajar de graça de Richmond a Washington, e a desculpa dela era de que ia a uma entrevista com o presidente?! Na verdade, eles não expulsam a pessoa no meio dos trilhos, e se conseguisse chegar à Union Station, então estaria salva. De lá ligaria para uma colega de trabalho, ou mesmo o chefe, se necessário, ou quem sabe pularia as catracas do metrô. Tudo para chegar em casa.

E foi assim com a mente ocupada que conseguiu não sair em disparada até a rua de mão dupla, com carros passando em alta velocidade. A sensação era de que corria para um mundo de verdade, um lugar cheio de movimento e confusão no qual pudesse, mais uma vez, desaparecer em segurança, e que teria de dar tudo de si para transpor a muralha entre este mundo e o reino da fantasia em que tinha vivido nos últimos cinco dias.

Mas assim que chegou ao final da travessa, um carro de patrulha avançou e bloqueou sua passagem. De dentro saiu a detetive. Gorda e cheia de si.

— Liguei para você do meu celular — disse Nancy Porter. — Não tínhamos certeza se você tentaria fugir, mas estávamos curiosos de ver o que você ia fazer quando disséssemos que gostaríamos que tivesse um encontro com Miriam. Infante está lá no outro canto da travessa. E, como você sabe, o tempo todo havia policiais lá na frente.

— Apenas saí para fazer uma caminhada — explicou-se. — É proibido?

— Infante foi visitar Stan Dunham, e ficou sabendo de coisas bem interessantes.

— Stan Dunham não tem condições de falar nada para ninguém, mesmo que quisesse.

— Ora, ora... veja só que estranho! Então você sabe do estado de saúde dele? Ontem você esquivou-se de fazer qualquer comentário a respeito, e eu fiz questão de não falar nada sobre isso, porque eu queria que você achasse que ele poderia desmascará-la. E ontem você também disse que fazia anos que não entrava em contato com ele.

— E é verdade.

A detetive abriu a porta traseira. Era um carro de polícia, equipado com uma tela de metal entre os assentos dianteiros e traseiros.

— Não vou algemá-la por causa do machucado no seu braço e porque não há nenhuma queixa contra você. Ainda! Mas esta será sua última chance de nos contar o que realmente aconteceu com as irmãs Bethany, Ruth. Presumindo-se que você saiba.

— Há anos que não sou Ruth — disse ao entrar no carro —, dentre todos os meus nomes, o de Ruth é o que mais odeio. Dentre todas as pessoas que eu fui, a que mais odiei ser foi Ruth.

— Bem... hoje você nos dirá qual é seu nome atual, ou passará a noite no Centro de Detenção para Mulheres, entendeu bem? Nós lhe demos cinco dias. O prazo esgotou-se. Você vai nos dizer quem você é e nos dirá tudo que sabe sobre a família Dunham e as meninas Bethany.

Se ela tivesse de dar um nome ao que estava sentindo, bem podia ser alívio: a sensação de que tudo isso chegaria ao fim. E também pavor.

CAPÍTULO 40

— Você poderia vê-la pelo circuito interno de TV — Infante sugeriu a Miriam —, ou podemos passar pelo hall enquanto você a observa.

— Não há nenhuma chance de ela ser Heather?

— Não, se ela for Ruth Leibig. E ela praticamente admitiu que esse era seu nome. Ruth Leibig formou-se no curso secundário em York, Pensilvânia, em 1979, e casou-se com o filho de Dunham no mesmo ano. Heather teria então 16 anos. O casamento teria sido legal, especialmente tendo Dunham como testemunha. Mas e quanto à formatura do curso secundário com dois anos de antecedência?

— Fui eu quem pegou essa — interrompeu Willoughby, mas Infante não lhe concedeu essa pequena mostra de enaltecimento dos próprios méritos. Em algum momento, Infante também teria notado a discrepância de datas. Mas tais fatos, como as datas de nascimento das meninas Bethany, estavam gravados a ferro e a fogo na mente de Willoughby, por mais que ele dissesse que não.

— Bem, Heather era inteligente, mas não tão inteligente que pudesse pular dois anos — admitiu Miriam — nem mesmo numa escola paroquial na área rural da Pensilvânia.

Infante frequentara um colégio católico e achara o ensino bastante rigoroso, mas decidiu não contrariar Miriam.

— Então, o que aconteceu com as minhas filhas?— Miriam perguntou. — Onde elas estão? O que Stan Dunham tem a ver com isso?

— Nossa suspeita é que ele sequestrou e matou suas filhas, e que a esposa de seu filho, Ruth, de alguma forma ficou sabendo dos detalhes — explicou Infante. — Ainda não sabemos por que ela está escondendo, protegendo a atual identidade, mas é possível que haja um mandado de prisão contra ela por outro crime. Ou então ela sabe com certeza que Penelope Jackson provocou o incêndio que matou Tony Dunham, e está tentando protegê-la, embora ela insista não ter relação alguma com a tal Jackson. Contudo, quando indagamos sobre o carro, citou a Quinta Emenda, que lhe assegura o direito de permanecer calada, evitando a autoincriminação.

Nancy curvou-se e empurrou um copo d'água na direção de Miriam.

— Ela já foi informada de que se nos der Penelope Jackson como a assassina de Tony Dunham, na Georgia, pode ser que façamos um acordo com ela por ter fugido do local do acidente e seja lá mais do que ela esteja fugindo, dependendo da gravidade do caso, é claro. Contudo, a única coisa que afirmou foi ter sido Ruth Leibig por um tempo, e só. Não abriu a boca para falar mais nada, nem mesmo para a advogada. Gloria insistiu para que aceitasse esse acordo, mas ela parece estar em estado de choque.

— Então somos duas — disse Miriam, fazendo não com a cabeça. — Estou paralisada. O tempo todo eu fico dizendo a mim mesma que tudo isso é impossível, que ela não passa de uma impostora. Eu achava que tinha conseguido... blindar minha mente contra toda e qualquer esperança. Agora quero que seja verdade. Fantasiei que, se viesse aqui, conseguiria fazer com que se transformasse em verdade.

— É compreensível — comentou Lenhardt. — Qualquer pai imaginaria a mesma coisa. Ouça, volte amanhã, segunda-feira, quando então teremos conseguido avançar um pouco mais. Vamos checar se Tony e Ruth se divorciaram, e se for o caso, em que comarca isso aconteceu. Entraremos em contato com o pessoal do colégio, mesmo se a paróquia já não estiver mais lá. Pela primeira vez temos pistas. Pistas concretas.

— Ela não é a Heather — afirmou Willoughby — mas tem as respostas, Miriam. Sabe o que aconteceu, mesmo que a história lhe tenha sido contada por outras pessoas. Talvez Dunham tenha contado para a nora depois que soube de sua doença, talvez fosse sua confidente.

Miriam mergulhou na cadeira de Lenhardt. Toda a sua idade veio à tona: a elegante postura desapareceu, os olhos encovaram-se. Infante quis dizer-lhe que fora muito proveitoso ela ter vindo, mas não tinha certeza de que era verdade. Chegaria o momento em que tomariam a providência de vasculhar o quarto de Dunham, mesmo se Miriam não tivesse apontado a relação dele com sua família. Num primeiro instante, não pareceu urgente a Infante fazer uma visita ao doente, justamente por causa do grau da doença, mas não demoraria muito, e ele teria que examinar Dunham mais a fundo. Mas, diabo! Até hoje à tarde Infante não estava convencido de que Dunham estivesse relacionado a mais ninguém, salvo a Tony Dunham e a essa tal de Penelope Jackson. Esse foi o encadeamento a que conseguiram chegar sozinhos: mulher misteriosa—Penelope Jackson—Tony Dunham—Stan Dunham.

Contudo, para ser honesto consigo mesmo, ele precisou pensar duas vezes antes de tomar a iniciativa de visitar Dunham, assim que o nome surgiu. Terá sido porque Stan Dunham fora da polícia? Será que ele titubeou e errou por não acreditar que um membro da própria instituição pudesse estar envolvido num crime desse calibre? Será que o melhor teria sido prendê-la na primeira noite e confiar que as condições das acomodações do Centro de Detenção para Mulheres iriam dar à mulher a coragem de que precisava para abrir o bico? Ela brincara com todos eles, até com Gloria, a advogada, paralisando-os, engendrando maneiras de evitar nos dizer sua identidade. Mas não era corajosa o bastante, ou pervertida o bastante, para sacanear a mãe. Talvez fosse esse seu único rasgo de decência, a única linha que não cruzaria. Ela tentara fugir porque não desejava enfrentar a mãe.

Ou quem sabe preferiu fugir por acreditar que bastaria a Miriam uma rápida olhada para esclarecer a única coisa que os policiais não conseguiram durante toda essa semana: eliminar com certeza absoluta a possibilidade de ela ser Heather Bethany.

— Faça com que ela passe na minha frente — disse Miriam baixinho. — Não quero falar com ela... não, não é bem assim! Quero falar, quero gritar, fazer-lhe milhares de perguntas, depois gritar mais ainda. Mas sei que não devo. Quero apenas botar meus olhos nela.

Miriam aguardou no lobby do prédio da Segurança Pública. Chegou a pensar em usar óculos escuros, vindo quase a rir de si mesma pelo ridículo do dramalhão. Afinal, a mulher não a conhecia. E, se por acaso a tivesse visto, teria sido em fotografias daquela época e, embora Miriam estivesse ciente de que envelhecera excepcionalmente bem, não haveria como ser confundida com o que era antes, aos 38 anos. O fato é que, quando fez 39 anos, pouco se parecia com o que era aos 38. Ainda se recordava de ter notado o quanto havia mudado quando os jornais publicaram as fotos de aniversário de um ano, o quanto sua fisionomia se transformara para sempre. Não era uma questão de idade nem de tristeza; mas algo mais profundo, quase como se houvesse sofrido um acidente, e os ossos do rosto sido totalmente reconstituídos, deixando-a igual ao que era antes, mas vagamente desconectada com as feições do passado.

Os elevadores eram frustrantemente lentos, conforme Miriam reparou quando desceu, fazendo da espera no lobby um tormento interminável. Finalmente, Infante e Nancy saíram do elevador. Entre eles uma mulher magra e loura. A cabeça inclinada prejudicando a visão do rosto, mas Miriam examinou a... — Ruth, era esse o nome? — tanto quanto pôde, observou os ombros, os quadris estreitos, as calças ridiculamente joviais para uma mulher de meia-idade. *Se fosse a minha filha*, pensou Miriam, *saberia vestir-se melhor*.

A mulher levantou o rosto e os olhares se cruzaram. Miriam não tinha a intenção de encará-la, mas simplesmente não conseguiu desviar o olhar. Lentamente levantou-se e postou-se diante deles bloqueando-lhes a passagem, o que deixou Infante e Nancy evidentemente nervosos. Isso não estava nos planos. O combinado era que Miriam ficaria sentada, apenas observando. Só isso. Até prometera. O fato é que eles imaginaram que Miriam fosse esbofetear ou empurrar a mulher, xingá-la de impostora por se apropriar da história da vida de Miriam por puro divertimento.

— Mir... Senhora — Infante consertou a si próprio, protegendo o nome de Miriam. — Estamos acompanhando uma prisioneira. Só não está algemada por causa de um machucado no braço. Por favor, deixe-nos passar.

Miriam ignorou-o solenemente e tomou a mão esquerda da mulher, apertando-a entre as suas, como se dissesse *Isso não vai doer nada,* depois arregaçou a manga do casaco que a mulher usava, com cuidado para não remover o curativo. No braço encontrou a marca que procurava, a cicatriz oblíqua que mal dava para ser vista, da vacina que inflamou por ter sido coberta por uma rede de pegar moscas. A mosca continuou viva, mas da cicatriz saiu pus e sangue, formando uma ferida que levou semanas para fechar. E a marca ficou porque era só formar uma crosta e lá ia a menina arrancá-la, desobedecendo aos pais que mandavam que ela deixasse a ferida em paz, que ficar mexendo deixaria uma marca para sempre. Lá estava ela, o sinal fantasmagórico, tão leve que ninguém mais o notaria. Na verdade era possível que nem mesmo estivesse lá, mas Miriam acreditou tê-lo visto.

— Oh, Sunny — disse Miriam —, o que está acontecendo?

CAPÍTULO 41

As rodas do ônibus giram e giram, giram e giram, giram e giram.

Eles dariam tudo para saber o que ela estava pensando. E o que se passava pela sua cabeça era exatamente isso: a cantiga infantil havia retornado à sua mente naquela tarde, no ônibus Número 15. Heather, sentada do outro lado do corredor, sussurrava daquele seu jeito alegremente enfurecido e enfurecidamente alegre. Heather ainda era uma *garotinha*. Mas Sunny não. Sunny estava prestes a tornar-se uma mulher. O ônibus Número 15 levava as outras pessoas ao shopping, para fazerem coisas corriqueiras; mas levava-a para encontrar-se com o seu noivo.

Os ônibus eram mágicos. Um outro ônibus a havia transportado até este ponto da sua vida, para este momento em que tudo se transformaria. Fugia de casa, igualzinha à mãe. A mãe de *verdade*, aquela loura de olhos azuis como os dela. Sua mãe verdadeira teria compreendido, seria alguém com quem poderia conversar sobre tudo que guardava em seu coração, segredos tão explosivos que nunca puderam ser passados para o papel, nem mesmo para o seu diário. Sunny Bethany tinha 15 anos e estava apaixonada por Tony Dunham, e todas as músicas que escutava, todos os *sons* que ouvia pareciam pulsar com essa paixão, inclusive as rodas sacolejantes do ônibus.

As rodas do ônibus giram e giram, giram e giram, giram e giram.

Tudo começou num outro ônibus, o ônibus escolar. Inverteram a rota por causa da insistência dos outros pais, e Sunny acabou sendo a única passageira no trajeto de volta.

— Importa-se se eu ligar o rádio? — perguntou o motorista num dia qualquer. Era o motorista substituto. Jovem e bonitão, nada parecido com o Sr. Madison, que normalmente dirigia naquela rota. — Mas não pode contar para ninguém. É proibido viu? Meu pai, que é o dono dessa transportadora, é muito bravo.

— Sem problema — respondeu, envergonhada porque sua voz saiu esganiçada. — Não vou contar para ninguém.

Então, não da vez seguinte que ele era o motorista, nem depois, nem na terceira vez, mas na quarta, em novembro, quando começava a ficar bem frio:

— Por que você não vem aqui para a frente conversar comigo, fazer-me companhia? Sinto-me muito sozinho aqui na frente.

— Claro — respondeu, colocando os livros contra o peito. Quando estava no corredor, sentiu-se uma perfeita idiota: o ônibus caiu num buraco e ela bateu com força com o quadril num dos assentos.

Mas Tony não riu dela:

— Desculpe — disse ele. — Vou dirigir com mais cuidado daqui para frente, minha princesa.

Uma outra vez — na quinta vez — ou talvez na sexta. Os encontros tornaram-se frequentes o bastante para criar uma espécie de vínculo, embora raramente ela o visse mais de duas ou três vezes ao mês. — Você gosta desta música? Chama-se *Lonely Girl* e faz com que eu me lembre de você.

— É mesmo? — Ela mal conhecia a música, nem mesmo sabia se gostava dela, mas prestou atenção, sobretudo no verso final, que falava sobre um garoto solitário. *Será que isso significa...* mas ela manteve os olhos no seu caderno, um fichário azul. As outras meninas escreviam na capa os nomes dos meninos por quem eram apaixonadas, mas ela nunca juntou coragem para tanto. Algumas semanas mais tarde, rabiscou as iniciais "TD", bem pequeninas, num cantinho da capa. "O que significa esse TD?" perguntara Heather. Abelhuda, sempre espionando. "Nada demais", respondeu. Passado um tempo, Sunny refez as iniciais, dessa vez em figuras tridimensionais que aprendera a desenhar nas aulas de Geometria.

E foi assim. Tony falava muito sobre ele mesmo enquanto ouviam música. Contou que tentara entrar para o Exército, ir para o Vietnã, mas não conseguiu alistar-se. A mãe ficara aliviada; ele, decepcionado. Sunny não imaginava que houvesse pessoas interessadas em ir para a guerra. E não foi convocado porque tinha um defeito ou coisa parecida no coração, prolapso da válvula mitral. Era difícil de acreditar que houvesse algo de errado com o coração de Tonny. Ele havia deixado crescer os cabelos, que penteava o tempo todo com uma escova pequena que carregava no bolso da calça jeans. No pescoço, um cordão de ouro. Fumava cigarros da marca Pall Mall, mas só depois que as outras crianças desciam do ônibus.

— Não vá me dedurar, hein? — pediu, dando uma piscadela pelo espelho retrovisor. — Mas como você é bonita. Alguém já lhe disse isso? Devia pentear os cabelos como a Susan Dey. Mas você é mesmo uma gracinha.

As rodas do ônibus giram e giram.

— Puxa, como eu gostaria de ficar um tempo com você. Não só aqui no ônibus. Você não acha que seria legal se pudéssemos ficar sozinhos em algum lugar? — Ela concordou, mas não imaginava como concretizariam um encontro. Sabia de antemão, por mais que seus pais dissessem ser abertos e avançados, que não permitiriam que ela saísse com um motorista de ônibus de 23 anos. Estava em dúvida, porém, sobre o que os desagradaria mais: a parte dos 23 anos de idade?; a parte do motorista de ônibus?; ou a parte de querer se alistar para a guerra do Vietnã?

Um belo dia, Tony disse que queria se casar com ela. Sugeriu que se encontrassem no shopping num sábado e, de lá, iriam de carro até Elkton, onde se casariam numa pequena capela, que era para aonde o pessoal de Nova York ia, porque lá não havia período de espera, nem eram pedidos os exames de sangue prévios ao casamento. Ela respondeu que não. Ele devia estar de brincadeira.

— Mas é sério, vou me casar com você. Como você é bonita, Sunny! Quem não iria querer se casar com você? — Sunny recordou-se da própria mãe, a de verdade, a que havia fugido de casa aos 17 anos para se casar com o amor da sua vida, o pai verdadeiro de Sunny. Depois lembrou-se também do comentário que os pais faziam a toda hora: *As crianças hoje em dia crescem tão mais rápido.*

A próxima vez que ela o viu, na semana de 23 de março, ela respondeu que sim, que iria encontrá-lo e, então, passados seis dias, ela estava em outro ônibus indo para o shopping. A caminho de sua noite de núpcias. Tremeu de emoção, só de pensar nisso. Eles nunca conseguiram passar de um beijo, e foi apenas um beijinho, mas que fez com que tudo dentro dela ganhasse vida. O pai de Tony conhecia muito bem a tabela de horários do filho e o submetia a uma série de perguntas sempre que ele chegava em casa tarde. Ia inclusive cheirar o interior do ônibus para ver se o filho andara fumando. Era curioso, mas ser o filho do dono da Mercer não dava a Tony nenhum privilégio especial: pelo contrário. A única razão para Tony ainda viver na casa dos pais aos 23 anos era a sua mãe, que ficaria de coração partido se o filho se fosse.

— Mas não vamos morar com eles depois que nos casarmos — ele disse. — Claro que minha mãe não iria presumir uma coisa dessas. Vamos arrumar um apartamento na cidade, ou em York.

— Como a Patty Pimentinha da turma do Snoopy?

— Isso, como a Patty Pimentinha.

As rodas do ônibus giram e giram.

E então a Heather apareceu e estragou tudo. Ela não apenas seguiu Sunny até o shopping, mas também entrou na sala de cinema que exibia *Chinatown*, exatamente onde Sunny deveria ter um *rendez-vous* — foi essa a palavra que Tony usou — com o namorado. Depois de as duas serem expulsas do cinema, Sunny desapareceu, sem saber o que fazer. E agora? Como iria encontrar Tony? Foi até a loja Harmony Hut. Afinal, a música fora o ponto em comum, o que os havia unido. Enfim, ele conseguiu encontrá-la, mas estava zangado e mal-humorado, como se o fracasso do plano fosse culpa dela. Então, Heather *os* viu: Sunny na loja Harmony Hut, diante dos discos da banda The Who, de mão dada com um homem. Heather armou uma grande confusão, dizendo que esse mesmo homem tinha tentado falar com ela na frente da loja de órgãos, e que era um tarado. Disse que ia contar tudo. Eles tinham de levá-la com eles, certo? Se eles a deixassem para trás, Sunny disse a Tony, Heather iria direto contar para os pais, e tudo estaria terminado. Prometeram guloseimas e dinheiro a Heather, e disseram que ela poderia ir para casa depois do casamento, e também que poderia ser a dama de honra, ou a testemunha. A parte da dama de honra conquistou as boas graças de Heather. Mas quando entraram no estacionamento, Heather resolveu que não queria ir. Tony a agarrou com força e empurrou-a para dentro do carro. Durante a briga, ela deixou cair a bolsa, Tony, porém, recusou-se a voltar para apanhá-la, e Heather chorou e resmungou até alcançarem a rodovia: "Perdi minha bolsa. O meu brilho da Bonne Belle. E meu pente, lembrança daquele dia na praia Rehoboth Beach. Perdi a minha bolsa."

Só que não houve casamento algum quando chegaram a Elkton. O cartório estava fechado, e não conseguiram uma certidão de casamento. Tony fingiu surpresa; no entanto, havia feito reservas num motel em Aberdeen. *Que história é essa de ligar com antecedência para um motel, e nem se preocupar em checar se o cartório estaria aberto?* Sunny sentiu um aperto no estômago, mas nada parecido com o choque que sentia quando era beijada. No quarto com Tony e Heather — um Tony furioso por não poder ficar a sós com Sunny e uma Heather resmungona por ter perdido a bolsa —, Sunny sentiu-se como presa numa armadilha e atordoada. Não tinha bem certeza de estar zangada com Heather — ou agradecida — por ela ter estragado sua lua-de-mel que, por sinal, começava a dar a impressão de ter sido uma ideia bem estúpida. Seus planos incluíam terminar a faculdade e viajar mundo afora, igual ao pai, levando apenas uma mochila nas costas. Sunny ofereceu-se não só para ir buscar algo para comerem do outro lado da rua, como também para pagar as despesas. Também resolveu não mencionar que gastaria o dinheiro que surrupiara do cofre de Heather.

O restaurante, montado num velho vagão, chamava-se New Ideal, e era daquele tipo tradicional que seu pai sempre preferia porque tudo ali era feito do zero. A comida levava mais tempo para ficar pronta, mas valia a pena. Na verdade, seu pai só comia hambúrgueres nesses restaurantes. Segundo ele, até um natureba às vezes sai da linha. Naquele dia, pela manhã, o pai havia preparado panquecas com pedaços de chocolate, mas ela não comera tudo. Desejou que as tivesse comido. Desejou retornar ao passado, àquela manhã, mas era impossível. Ainda podia ir para casa. Então, voltaria para o quarto do motel; pediria ao Tony para levá-las para casa; inventaria uma mentira; e faria com que Heather ficasse do seu lado, subornando-a com seu próprio dinheiro.

Pagou pelos hambúrgueres, sem que tivesse a menor ideia de que sua vida chegara ao fim enquanto aguardava pela comida, no restaurante New Ideal Diner.

Quando Sunny voltou para o quarto, Heather estava deitada no chão, inerte.

— Um acidente — disse Tony. — Ela estava pulando na cama, fazendo uma barulheira danada, e mandei-a ficar quieta, tentei agarrar o braço dela, mas ela caiu.

— Temos de chamar um médico ou levá-la para o hospital. Talvez ainda não tenha morrido.— Palavras inúteis ditas sobre o corpo morto de Heather, a parte posterior da cabeça despedaçada como uma abóbora no dia seguinte do Halloween, o sangue encharcando uma toalha sob cabelos que antes eram louros. Por que ele teria posto uma toalha debaixo da cabeça dela? E como se consegue bater a cabeça com tanta força caindo de uma cama? Mas essas eram perguntas que Sunny não se atreveu a fazer durante muitos anos.

— Não adianta — disse Tony. — Ela está morta. Vamos chamar meu pai. Ele saberá o que fazer.

Stan Dunham era bem mais afável do que o tirano descrito pelo filho durante aqueles meses de conversa gênero confissão que tiveram no ônibus. Ele não gritou, nem esbravejou, nem ficou fazendo os comentários que sua mãe costumava fazer, *Onde você estava com a cabeça, Sunny? Sua cabeça serve para pensar, sabia?* Sunny podia ver que ele era severo, mas não amedrontador, nunca amedrontador. Se você estivesse até o pescoço com problemas, iria querer conversar com alguém como Stan Dunham.

— O que tenho a dizer é o seguinte — começou o pai, sentado na cama, as mãos apoiadas nos joelhos. — Perdemos uma pessoa e não dá para trazê-la de volta. Se chamarmos a polícia, meu filho será preso e condenado. Ninguém acreditará que foi um acidente. E Sunny terá de conviver pelo resto da vida com pais que vão culpá-la pela morte da irmã.

— Mas eu não... — ela objetou — eu estava...

Ele ergueu a mão. Sunny calou-se.

— Será muito difícil para os seus pais pensarem qualquer coisa de diferente. Você não entende? Os pais são seres humanos, também. Eles não vão querer odiá-la, mas é isso que acontecerá. Sei do que estou falando. Também sou pai.

Ela abaixou a cabeça, não tinha como argumentar.

— É assim que vejo. Sunny? Seu nome é Sunny, não? Você e Tony fizeram planos. Não estou bem certo se o Tony sabia que uma moça de 15 anos precisa do consentimento dos pais para se casar — fez uma pausa e encarou o filho —, mas esse era o plano de vocês, e vamos levá-lo até o fim. É a atitude digna, fazer o que prometeram. Você virá morar conosco, sob um novo nome. Em casa você poderá ser a mulher de Tony, exatamente como planejado. Viverão no mesmo quarto. Para mim está tudo bem. Fora de casa, você terá de estudar por um tempo, ser outra pessoa. E quando tiver idade para se casar, terá um casamento a altura. Daremos um jeito. Vou me empenhar para que tudo dê certo. Prometo.

Dito isso, pegou Heather como qualquer pai pegaria um filho dormindo, ajeitando a cabeça espatifada e apoiando-a sobre o ombro. Foi para o seu carro, ordenando que Sunny o seguisse. Para seu próprio espanto, ela obedeceu. Seguiu-o para o carro, para uma outra vida, para um outro mundo em que não teria de ser a menina que causou a morte da irmã. Tony cuidaria da limpeza do quarto do motel e passaria a noite lá como planejado, para não levantar suspeitas sobre o que ocorrera no quarto 249. *Tony nunca teve a intenção de se casar comigo*, Sunny foi obrigada a admitir para si mesma ao sentar no carro de Stan Dunham, o corpo de sua irmã no porta-malas. O que ele planejara era trazê-la para esse motel medonho de beira de estrada, fazer sexo com ela e depois levá-la de volta para casa, esperando que vergonha e constrangimento a impedissem de explicar para todo mundo o que acontecera.

E com certeza tudo teria dado certo. De volta à Algonquin Lane, inventaria uma mentira sobre o que tinha acontecido, e por que estivera sumida por algumas horas. Mas agora não podia voltar para casa, não sem a Heather. O Sr. Dunham estava certo. Seus pais jamais a perdoariam. Ela jamais se perdoaria.

Deram-lhe o nome de Ruth, contaram para todo mundo que ela era uma prima distante que só vieram a conhecer por causa do incêndio em que morreu toda a família da jovem. Do lado de fora de casa, ela era a prima distante que estaria, ou não, apaixonada pelo primo que acabara de conhecer; mas desde o dia em que cruzou a soleira da porta ela se tornou a mulher de Tony. Dormiam juntos na cama de Tony — e logo veio a descobrir que não era o que queria. A doçura, os agrados dos tempos no ônibus desapareceram, deixando em seu lugar um amante ansioso, um sexo não exatamente animal, mas que chamava a atenção sobretudo pela curta duração. Quando ficou saudosa de casa, quando criou coragem para dizer que talvez estivesse na hora de voltar para casa, que deveria existir um jeito certo para isso, Stan Dunham foi taxativo ao lhe dizer que ela não tinha casa. Os pais haviam se separado, e cada um tomado um rumo diferente. O pai era um fracassado, e a mãe, uma adúltera. E além do mais, ela agora era considerada cúmplice por ter colaborado para encobrir um crime, e seria acusada formalmente se desse as caras.

— Já fui policial — ele explicou —, sei tudo sobre investigações. O melhor para você é ficar conosco.

Não lhe passou despercebido que os Dunhams formavam o tipo de família que ansiava ter nos últimos anos. *Normal*, ela diria, com um pai que tinha um emprego de verdade, e uma mãe que ficava em casa cozinhando, amarrando aventais coloridos sobre seus vestidos. Irene Dunham dava a impressão de possuir mais aventais do que vestidos; e na verdade assava tortas todos os dias da semana. A massa das tortas que fazia era famosa, disse a Sunny, gabando-se com um ar de satisfação que Irene considerava inaceitável nos outros. Mas a torta, apesar de todos os prêmios que alcançava, era como poeira na boca de Sunny, que nunca foi capaz de comer uma fatia inteira. Irene não parecia gostar muito de Sunny e a culpava por tudo que acontecera. E defendia o filho apesar do que havia feito.

À medida que ficava mais velha, às vezes Sunny tentava negar-se a fazer sexo com Tony. Ele a espancava sem dó: um olho roxo; um maxilar fora do lugar, um soco tão forte no estômago que ela pensou que jamais conseguiria respirar de novo; e houve aquela vez — a última — que por pouco ela não morreu. É preciso reconhecer que isso foi depois de uma investida contra Tony com o atiçador de fogo da lareira da sala de visitas, o mesmo que usara para quebrar as cabeças de umas bonecas que Irene adorava.

Este foi o resumo da noite de seu casamento oficial.

Era quase meia-noite e, como de costume, Irene e Stan dormiam; mas dessa vez não puderam fingir não ouvir a barulheira que vinha do quarto de Tony. Irene Dunham imediatamente tomou partido do filho, embora ele só tivesse algumas gotas de sangue no rosto, consequência do único golpe que Sunny conseguiu desferir, antes que ele arrancasse o atiçador de sua mão e começasse a bater-lhe e a chutá-la. Stan Dunham defendeu-a, e no instante em que ele a segurou e seus olhos se cruzaram, Sunny compreendeu que ele *sabia*, que ele sempre soubera. Stan compreendeu que o filho havia assassinado Heather, que a morte não fora acidental. Heather não caiu da cama e bateu com a cabeça. Tony espancou-a, ou atirou-a no chão e bateu com sua cabeça até quebrá-la. Por quê? Quem saberia dizer? Ele era violento e frustrado. Heather era uma garotinha linguaruda que estragou seus planos. Talvez, para ele, fosse motivo bastante. Talvez jamais houvesse justificativas suficientes para o que ele fez.

— Você tem de ir embora — Stan Dunham disse a Sunny, e mesmo se a família viesse a perceber essa ordem como um castigo, um exílio, ela reconhecia que ele tentava salvá-la. No dia seguinte, ele achou-lhe um novo nome, ensinou-lhe os truques de como desaparecer assumindo a identidade não-reclamada de uma garotinha morta. — Uma que tenha nascido na data correta e morrido antes de receber um número do Seguro Social. É essa a pessoa que você tem de procurar. — Comprou-lhe um bilhete de ônibus e disse-lhe que sempre estaria lá para ajudá-la. Stan Dunham sempre falava a verdade. Quando fez 25 anos e resolveu que queria aprender a dirigir, Stan foi até a Virgínia nos fins de semana e pacientemente bancava o instrutor, treinando Sunny em estacionamentos vazios. Quando resolveu, em 1989, estudar para ser técnica em computador, ele assumiu todos os custos. Quando Irene morreu, e Stan não mais precisava preocupar-se com a vigilância e a má vontade da mulher, ele comprou uma anuidade para Sunny. Não era uma fortuna, mas ajudou na hora de pagar as prestações do carro e, passado um tempo, ela depositava o dinheiro numa poupança, que pretendia usar na compra de um imóvel, caso o mercado imobiliário esfriasse.

Foi só quando Penelope Jackson apareceu na porta de sua casa, uma semana atrás, que Sunny ficou sabendo que Tony Dunham também tinha uma anuidade. E contou também que embriagado, Tony falara sobre seus crimes e o primeiro casamento, dizendo a Penelope que ela nunca ficaria livre dele porque ele matou uma menina e encobriu a verdade com a ajuda do pai e da própria irmã da menina assassinada.

— Foi então que ele arrancou um chumaço do meu cabelo — disse Penelope mostrando uma área sem cabelo, bem detrás da orelha. Depois, batendo com as unhas num dente da frente, grande e acinzentado, disse: — Este aqui é a porcaria de um provisório. O desgraçado me empurrou escada abaixo quando o peitei. Quando descobri que seu pai dera uma anuidade para outra mulher, pensei em visitá-la, ver o que foi que ela teve de aguentar para merecer ganhar alguma grana dos Dunhams. Porque a única coisa que Tony me deu foi a promessa de que me caçará até os confins do mundo e me matará se eu o abandonar. Ele está atrás de mim agora. Você tem de me ajudar, ou vou procurar a polícia e contar tudo que sei a seu respeito. Você encobriu um assassinato, o que é tão sério quanto ser uma assassina.

Precisou de uns três dias, mas usando os métodos que havia aprendido com Stan Dunham, não só achou um novo nome para Penelope, como também produziu os documentos de que precisaria para criar uma nova vida. Também retirou 5 mil dólares da poupança e os deu a Penelope, que então fez reservas num voo para Seattle, partindo do aeroporto Baltimore-Washington International. Ela implorou a Penelope para escolher outra companhia aérea, uma cujos voos saíssem dos aeroportos Dulles ou National, mas Penelope não abriu mão de voar com a Southwest, alegando:

— Você acumula créditos para viajar de graça com eles, e bem depressa. São as chamadas Rápidas recompensas.

Então, pela primeira vez em quase 25 anos, Sunny cruzou o rio Potomac na direção de Maryland, e depois pegou a rodovia Baltimore—Washington.

— Pode ficar com o carro se quiser — ofereceu Penelope, mas Sunny não se podia imaginar fazendo uma coisa dessas. Como explicaria uma lata velha como essa com placa da Carolina do Norte? Planejou, então, abandonar o carro no estacionamento do aeroporto e tomar o trem de volta para Washington D.C. e de lá pegar o metrô até em casa. Mas... estando tão perto de casa, não viu mal algum em ir para o Norte, alguns quilômetros, e depois voltar. Ao se aproximar da Rota 70, pensou em visitar Stan, coisa que nunca teve a ousadia de fazer mesmo quando soube que ele havia piorado, porque uma visita significaria assinar a papeleta de visitante, deixar rastros. Mas Penelope havia dito que Stan estava muito mal, mentalmente alienado e praticamente morto. Se eles não pedissem um documento, ela daria um nome falso. Ou talvez pudesse passar pela Algonquin Lane, ver se aquela ainda era a casa de seus sonhos ou apenas um casarão caindo aos pedaços numa esquina de Baltimore, sem grandes atrativos.

E então o carro escapuliu de seu controle. E então sua vida escapuliu de seu controle. E tomada pelo pânico, desnorteada, ela começou a falar a verdade, mas se arrependeu no mesmo instante: "Sou uma das irmãs Bethany." Caso contasse todo o resto, eles trariam Tony de volta e a obrigariam a admitir para o mundo inteiro que fora culpada pela morte da irmã. E, além disso, quem poderia saber as mentiras que Tony diria, e quão violenta seria sua reação? Então resolveu transferir toda a culpa para Stan, sabendo que ele estaria protegido por causa da doença, e resolveu dizer que era Heather Bethany. Heather, cujo único pecado fora o de bisbilhotar e espionar a vida da irmã mais velha. As semelhanças físicas entre as duas sempre haviam sido bem profundas, e não havia nada que Sunny não soubesse sobre a vida de Heather. Devia ser fácil ser Heather.

No instante em que soube que Miriam estava viva, percebeu que seria desmascarada. Ainda assim tentou enfrentar tudo com o maior descaramento, procurou dar as mais plausíveis respostas para se ver livre antes do encontro com a mãe. Irene havia morrido, e Stan estava fora do alcance da mão da justiça. Se desde o começo ela soubesse que Tony estava morto, talvez não hesitasse em contar a história toda. Mas Penelope Jackson dissera que Tony vivia, e que precisava de dinheiro porque ele estava determinado a ir ao seu encalço e fazê-la pagar por tê-lo abandonado. Penelope só faltou dizer que Sunny era a culpada por Tony viver à solta no mundo, fazendo as mulheres sofrerem. E era verdade, não? *Se ela tivesse chamado a polícia naquela noite no motel. Se tivesse gritado, chamado por socorro, pelo gerente...* Mas teve medo e permaneceu em silêncio, querendo acreditar que havia um jeito de evitar dizer aos pais que Heather estava morta — e que fora por sua culpa. "Tome conta da sua irmã", o pai pedira. "Um dia sua mãe e eu não estaremos mais aqui, e vocês só terão uma à outra." Não foi assim que aconteceu.

— Mas... — Miriam ia começando a falar, mas desistiu. A voz fraquejou como se a tarefa fosse impossível, como se houvesse perguntas demais a serem feitas, e ela não conseguisse escolher apenas uma. Sunny pensou em todas as coisas que as mães normalmente perguntam, todos os dias. *Onde você esteve? O que você fez? Como foi o colégio hoje?* Lembrou-se de quando começara a se irritar com a curiosidade da mãe quando conheceu o Tony, e de como aprendeu a camuflar suas emoções e segredos por trás da parede lacônica da adolescência. *Em lugar nenhum. Nada. OK.* Agora ela responderia de bom grado a tudo que a mãe perguntasse, bastava que ela decidisse o que queria saber. Sunny decidiu dar as informações mais simples e mais particulares que podia oferecer. Aquelas que tanto relutou em dar, acreditando que seriam as únicas coisas que lhe pertenciam.

— Sou responsável pela área de informática de uma seguradora em Reston, Virgínia. Uso o nome Cameron Heinz, mas todo mundo me chama de Ketch.

— Catch?

— Ketch, apelido de Ketchup. Heinz, entendeu? Ela morreu na Flórida, na metade dos anos 1960, num incêndio. Os incêndios são sempre bons. Quero ser essa pessoa de novo. Mas também quero ser Sunny, e passar um tempo com você, agora que sei que está viva. Será que haveria um jeito de eu ser as duas? Fui a pessoa errada por tanto tempo... será que posso ser a pessoa certa mais uma vez, sem que ninguém fique sabendo?

— Acho que sim, se você for capaz de uma pequena tapeação — consentiu Lenhardt.

— Bem... penso que provei ser capaz de ir bem além de uma pequena tapeação.

Duas semanas depois, o Departamento de Polícia do Condado de Baltimore divulgou uma declaração em que afirmava que os restos mortais de Heather Bethany haviam sido achados por cães farejadores de cadáveres, em Glen Rock, Pensilvânia. Uma mentira deslavada, e Lenhardt achou muita graça de como os jornalistas e o público a engoliram sem questionamentos — cães farejadores de cadáver acham ossos de 30 anos atrás, os quais foram identificados sem demora, automaticamente, como se não houvesse uma fila de pedidos de análise de DNA, como se as possibilidades teóricas da ciência pudessem superar a realidade de burocracias emperradas e de cortes orçamentários. Também noticiaram que a localização do túmulo fora revelada por um informante secreto, o que tecnicamente era verdadeiro, caso se considere Cameron Heinz uma informante sem nenhuma ligação com Sunny Bethany. A polícia concluiu que o assassino fora Tony Dunham, e que seus pais armaram um complô para ocultar o crime e mantiveram a irmã sobrevivente, Sunny, como refém. Por fim, ela escapou do cativeiro — a data não foi divulgada — e hoje vive sob nova identidade. Por meio da sua advogada, Gloria Bustamante, Sunny pediu que os repórteres respeitassem sua privacidade e garantissem-lhe o anonimato por ser vítima de crime sexual. E também avisou que ela não tinha nenhuma intenção de comentar o ocorrido. Gloria, que adorava conversar com jornalistas, acrescentou também que sua cliente estava morando no exterior, do mesmo modo que sua única parente, a mãe.

— É verdade — disse Lenhardt mais tarde a Infante. — Reston, Virgínia, é uma porra de exterior, pelo menos para mim. Já viu um lugar assim, com todos aqueles imensos estacionamentos de empresas e arranha-céus? Qualquer um poderia desaparecer ali!

— Ali e em qualquer outro lugar — remendou Infante.

Afinal, foi exatamente isso que Sunny Bethany fez por mais de trinta anos: aluna de uma escola paroquial, vendedora da Swiss Colony, balconista de classificados de um pequeno jornal, funcionária de Tecnologia da Informação numa grande empresa de computadores. Como um pássaro que ocupa ninhos abandonados, habitou as vidas de garotas mortas há muito tempo, na esperança de que ninguém a conhecesse, e o mundo foi muito zeloso ao lhe propiciar esse privilégio. Era, intencionalmente, uma das mulheres anônimas que circulam pelas ruas, shoppings e prédios comerciais todos os dias; atraente o suficiente para merecer uma segunda olhada, mas que afastava todas essas atenções. Será que Infante, um campeão em colecionar mulheres, a teria notado, em qualquer um de seus disfarces? Provavelmente não. Contudo, agora depois de olhá-la, olhar com vontade, chegou à conclusão de que o rosto de Sunny era incrivelmente parecido com a projeção digital de envelhecimento. Contudo houve um erro, pequeno, no que se refere a rugas, que acabou por gerar não só pés de galinha, como rugas profundas em cada lado da boca. Era só querer, e Sunny poderia fingir ser cinco, dez anos mais moça. Mas para ela bastavam três.

Vai entender!, Infante pensou, ao desligar a tela do computador que mostrava as semelhanças entre as duas irmãs. *Sunny Bethany não tem rugas de riso.*

Parte X

SWADHAYAYA

Quinta e última etapa do
Caminho Quíntuplo,
swadhayaya, é a liberação
por meio do autoconhecimento:
Quem sou eu? Por que estou aqui?

**— Adaptado de vários
ensinamentos sobre o
Agnihotra**

CAPÍTULO 42

No instante em que Kevin Infante entrou na festa de Natal oferecida por Nancy Porter, desconfiou de que ela houvesse convidado alguém em especial para ser seu par. Dava para identificar a coitadinha a 2 quilômetros de distância — morena, vestido vermelho, com um dos olhos guardando a entrada da casa. Era bem bonita. Na verdade, era excepcionalmente bonita para os padrões das outras mulheres: alta, magra, olhos expressivos, cabelo sedoso. Um consenso tipicamente feminino. Fora escolha de Nancy, e não havia como negar que a colega tinha bom gosto. Ainda assim, ele odiava esse tipo de arranjo "apresento-os-dois-e-vejo-no-que-dá", pois isso presumia que não fosse capaz de despertar o interesse de uma mulher por conta própria; ou pior, que precisava de alguém para escolher uma para ele.

Mas... e se isso fosse verdade? Bem, ele era um homem maduro. Nancy deveria deixá-lo em paz.

Olhou em volta, na expectativa de encontrar alguém para um papo no qual pudesse desligar-se do resto, e ao mesmo tempo o deixasse menos acessível. Impossível conversar com a anfitriã. Nancy corria de um lado para o outro, entre a cozinha e a sala, ocupada em manter o bufê repleto de comidas e bebidas. Lenhardt ainda não havia chegado, e o marido de Nancy nunca fora com a cara de Infante. Andy Porter jamais iria simpatizar com nenhum homem que passasse horas e horas sozinho com sua mulher, mesmo que as circunstâncias fossem as mais inocentes. Olhava ao redor, para cá, para lá, e teve a sensação de que a morena estava cada vez mais próxima. De repente, os olhos de Infante pousaram num rosto familiar. *Quem é essa aí, mesmo?* Mas claro, a simpática Kay. Como-é-mesmo-o-nome-dela, a assistente social?

— Oi — ela o cumprimentou esticando a mão para um aperto. — Kay Sullivan. Do hospital St. Agnes.

— Claro, a que...

— Isso — disse Kay.

Ficaram ali parados, meio sem jeito. Kevin percebeu que teria de melhorar sua performance se quisesse se ver livre, no mínimo temporariamente, das maquinações de Nancy.

— Eu não sabia que você e Nancy eram amigas.

— Faz pouco tempo, reencontrei Nancy na House of Ruth. Ela fez uma apresentação para nós sobre um dos mais antigos casos sem solução, o dos Powers.

Ele se lembrava. Aliás, jamais esquecia-se dos casos que passaram pelas suas mãos. Uma jovem separada do marido, uma intensa batalha judicial pela custódia da filha. A última vez em que foi vista, saía a trabalho. Depois, nem sinal dela, nem do carro.

— Ah, sei, aquele. Há quanto tempo foi isso?

— Quase dez anos. A filha deles é hoje uma adolescente. Que situação, hein? Acabar descobrindo que o pai era o suspeito número um, embora nada tenha sido provado. Eu só não me lembrava de que ele tinha sido policial, antes de trabalhar como segurança particular.

— Hum...

Mais uma pausa embaraçosa. Infante perguntou-se por que Kay Sullivan estaria levantando esse assunto. Será que achava que os policiais de Baltimore eram, por natureza, criminosos? Tudo que Stan Dunham havia feito fora ocultar um assassinato.

— Alguma vez você...? — Kay ia dizendo.

— Não.

— Como assim? Você nem sabe o que eu ia perguntar.

— Presumi que fosse sobre Sunny Bethany. — Infante reparou que o rosto de Kay ficou ruborizado, como se ela estivesse encabulada, e concluiu: — Não mantemos contato. Acho que Willoughby sempre liga para a mãe dela. E falando nele...

Virou-se, apostando como Willoughby estaria entre os convidados. E lá estava ele, num suéter de tricô, batendo papo... — ora vejam! — com a morena de vestido vermelho. Willoughby tinha bom gosto para mulheres, foi o que Infante descobriu depois que os dois começaram a jogar golfe juntos. E para surpresa e alegria de Infante — muito embora o parceiro jamais admitisse isso nem para si próprio —, Willoughby dava a entender que preferia a companhia de Infante à turma dos almofadinhas de Elkridge. De fato, ele era mais um policial do que um ricaço metido a besta. Era também um daqueles mulherengos cheios de rapapés, do tipo que se deliciava com o brilho emanado das mulheres bonitas. Estava doido de amores por Nancy e almoçavam juntos no mínimo uma vez por mês. Agora mesmo, Infante podia apostar que Willoughby estava prometendo à morena momentos de felicidade, tentando conseguir um beijinho na bochecha.

— Eu deveria ir até lá cumprimentá-lo.

— Claro — respondeu Kay —, eu entendo, mas caso tenha notícias de Sunny...

— Sim?

— Diga-lhe que foi muito delicado lembrar-se de devolver a calça de Grace. Fiquei muito agradecida.

Kay soava triste, porém resignada, como se estivesse habituada a ser deixada sozinha em reuniões sociais. Infante pegou um pastel pierogi da bandeja e mergulhou-o no molho de creme fresco. Abençoados ancestrais polacos de Nancy: ela certamente sabia preparar esses pratos natalinos. Os eventos da última primavera significaram trabalho para ele, já para ela... deviam ter sido excitantes, um descanso da rotina da maioria das assistentes sociais que trabalham em hospitais, que seguramente consiste em preencher formulários do seguro de saúde Medicaid. Pelo menos era o que Infante desconfiava.

— Grace? — perguntou ele. — Sua filha? Que idade tem? Você só tem a ela?

Kay empolgou-se e contou uma porção de coisas sobre os filhos, enquanto Infante acompanhava e assentia com a cabeça e servia-se de mais pierogies. Qual o problema? A morena ficaria para mais tarde.

— *¿Como se llama?* — perguntou o rapaz do lado de fora da galeria, e Sunny concentrou-se bastante para não fixar os olhos no buraco do lábio superior. A mãe havia-lhe prevenido sobre Javier, dizendo que era meio assustador da primeira vez que se batia o olho nele, e Sunny automaticamente presumiu que a deformidade do rapaz lhe bloquearia a fala. Ainda na Virgínia, ocupada com os detalhes dessa viagem, imaginou que ele fosse mudo, uma figura nos moldes do lendário Quasímodo, que se comunicava por grunhidos.

Ele insistiu, sem se incomodar em ver seus olhos afastarem-se depressa de seu rosto. Provavelmente estava habituado a ver as pessoas desviarem o olhar. Quem sabe não seria grato por isso?

— *Es la hija de Senõra Toe-lez, ¿verdad?*

Como você se chama? Você é a filha da Senõra Tolez, verdade? Embora Sunny viesse escutando fitas em espanhol há semanas e conseguisse ler em espanhol razoavelmente bem, foi obrigada a traduzir o que ouvia, palavra por palavra, para depois estruturar a resposta em inglês e só então traduzi-la para o espanhol. Um processo pouco eficiente. A mãe havia-lhe dito que com o tempo ficaria mais fácil, isso se ela se decidisse a ficar.

— *Soy* — começou, para em seguida consertar o erro. — Não "*Soy*", mas "Eu me chamo", *Me llamo* Sunny. — E o que Javier tinha a ver com os outros nomes e identidades, com o que estava escrito na carteira de motorista, e se esse nome batia com o do passaporte ou do diploma do curso secundário? Cameron Heinz na carteira de motorista e no passaporte e, por conseguinte, em todo o trajeto que fez, de aeroporto para aeroporto, depois para um táxi e, finalmente, para esta rua em San Miguel de Allende. Sem que soubesse, Sunny repetiu a viagem feita pela mãe há 16 anos, conforme ficaria sabendo mais tarde, durante a viagem para Cuernavaca. Enquanto isso, nos Estados Unidos, Gloria Bustamante aguardava a CamKetchBarbSylRuthSunny decidir quem queria ser. Era uma escolha difícil, que ficou ainda mais complicada depois que Stan Dunham morreu no verão, deixando uma pequena propriedade que Gloria recomendava a Sunny reclamar para si, na qualidade de vítima indireta de Dunham e, por curto tempo, nora. Será que ela poderia reivindicar a herança? Será que deveria? E se ela retomasse seu verdadeiro nome ao reclamar a herança de Stan Dunham, por quanto tempo iria viver antes de ser descoberta? Conforme Sunny sabia melhor do que ninguém, todos os cliques em um computador deixam rastros.

Aqui no México, contudo, ela poderia ter o nome que quisesse. Pelas próximas duas semanas.

— *Me llamo* Sunny.

Javier sorriu e apontou para o céu.

— *¿Como el sol? Qué bonita.*

Encolheu os ombros, totalmente perdida. Conversar fiado não era seu forte. Nem mesmo em inglês. Abriu a porta da loja, o que despertou um suave sino dos ventos. Também havia um sino dos ventos na loja do pai — O Homem do Violão Azul — recordou-se, embora seu som fosse mais profundo, encorpado.

A mãe — sua mãe! — estava com uma cliente baixa e gorda e com voz estridente, que empurrava alguns brincos sobre o balcão, como se eles, de alguma forma, a aborrecessem.

— Esta é a minha filha, Sunny — disse Miriam, tentando desvencilhar-se e sair de trás do balcão para abraçá-la, mas não conseguiu porque o corpanzil da cliente bloqueava a passagem. *Ela quer me abraçar, não?* A mulher deu uma olhada rápida para Sunny e voltou a torturar as bijuterias. Parecia que as peças oxidavam e se entortavam ao serem tocadas pelos dedos grossos da cliente. Sunny perguntou-se se algum dia ficaria livre desse hábito de ver apenas o lado negativo das pessoas, sempre pondo em foco os defeitos, e também de avaliar, o mais rapidamente possível, se elas estariam ali para o seu bem ou para o seu mal. Esta aqui com certeza não servia para nada.

— Deve ter puxado ao pai — disse a mulher, e Sunny lembrou-se da satisfação que sentiu ao despejar Diet Pepsi na cabeça da Sra. Hennessey, na copa do *Journal.* Arrependimentos? Sim, tinha alguns, para não dizer muitos, mas desse ela não se arrependia. Para ser sincera, fora um de seus momentos mais iluminados. Aproveitaria a viagem para contar para a mãe essa história que, pensando bem, era uma das poucas que não as deixaria nem tristes, nem ansiosas.

Ela andava mesmo um pouco aflita, tentando descobrir assuntos para conversar com a mãe, sem saber que acabaria sendo muito, mas muito mais fácil do que jamais poderia prever. No dia seguinte, no trem para a Cidade do México, começariam a conversar sobre a Penelope Jackson, cujo paradeiro era desconhecido, embora ela tivesse parado de usar os cartões de crédito de Sunny, após as primeiras 48 horas em Seattle. Que alívio! Já no ônibus para Cuernavaca, Miriam muniria-se de coragem para perguntar à Sunny se ela achava que Penelope teria matado Tony, e Sunny diria que sim, mas não por dinheiro, e que Penelope planejara entrar com um processo reivindicando seus direitos sobre a anuidade, mas fora pega de surpresa ao descobrir que esse seguro perdera a validade com a morte de Tony.

— Mas ela era sem dúvida capaz de matar um homem! Havia tanta maldade nos olhos dela... mãe. Eu tive medo. No minuto em que a vi, sabia que tinha de obedecê-la.

Depois conversariam a respeito do detetive Willoughby, que continuava mandando indiretas bem caprichadas via e-mail, sobre vir ao México para jogar golfe, e perguntando se haveria bons campos perto de San Miguel de Allende. Miriam foi logo dizendo que não pretendia dar-lhe nenhuma esperança, mas Sunny achava que a mãe devia dar-lhe uma chance, umazinha só. Que mal faria?

Então... não no dia seguinte, nem no outro, mas alguns dias depois, enquanto bebericavam seus drinques vendo o sol se pôr e admirando os pavões do hotel Las Mañanitas andando pomposos para cá e para lá, Sunny perguntaria à Miriam se ela concordava com o que Kay havia dito meses atrás, sobre como uma tragédia expunha as qualidades ou os defeitos de uma pessoa, de uma família. *Fissuras* fora a palavra que Kay usara.

— Você está perguntando se você é a culpada de seu pai e eu termos nos separado? — indagou Miriam. — Olha, Sunny, a culpa nunca é dos filhos. Se de alguma forma o desaparecimento de vocês teve alguma influência na minha vida, foi ter adiantado a minha saída. Havia anos que eu era muito infeliz.

— Mas é esse o problema — disse Sunny. — Quando eu estava longe e pensava em nós, dizia a mim mesma que formávamos uma família feliz e que eu tinha sido muito boba em pensar qualquer coisa de diferente. Lembra-se de quando encontramos aqueles pratinhos junto às raízes das arvores e debaixo dos arbustos? Lembra-se de quando o papai comprou dois exemplares do livros *Where the Wild Things Are*, depois desfez as costuras da encadernação e usou as páginas para criar uma barra na parede do quarto de Heather? E aí podíamos ler a história das viagens de Max nas paredes? Para mim, a casa da Algonquin Lane era mágica; para você, uma prisão. Uma de nós duas deve estar errada.

— Não necessariamente — Miriam diria. — Por sinal, fui eu quem inventou a barra com a história no quarto da Heather. Mas se eu não tivesse lhe dito isso, a lembrança por acaso estaria errada? Significaria que seu pai amava vocês menos? Acho que não.

Enfim, quando caiu a noite — uma escuridão tamanha que mal se viam —, e julgavam estar sozinhas no jardim, começariam a conversar sobre Stan Dunham.

— Seu pai ficaria tentado a tomar a mesma atitude — afirmou Miriam —, se fosse você ou Heather que tivessem feito algo errado.

— Eu fiz... — começou Sunny, mas a mãe não admitia nada disso.

— É isso que os pais *fazem*, Sunny, tentam consertar os erros dos filhos, tentam protegê-los. Sabe? Os filhos podem se sentir felizes quando os pais estão infelizes; mas um pai nunca é mais feliz do que o menos feliz dos filhos.

Sunny ficou refletindo sobre o que mãe acabara de dizer. O jeito seria acreditar em suas palavras. O pouco que sabia de si mesma era que não estava preparada para ser mãe. Não tinha muito interesse por crianças. Na verdade, sentia-se ressentida com elas, como se lhe tivessem roubado a vida, por mais ilógico que isso pudesse parecer. Ela era quem andava roubando vidas, apropriando-se de nomes e de histórias de meninas cujas vidas lhes foram tiradas muito cedo.

— Ainda assim, gosto de pensar que seu pai nunca teria causado a ninguém tanto sofrimento quanto Stan Dunham causou a nós — disse Miriam. — Você diz que ele foi bondoso com você, e por isso sou-lhe grata. Mas não posso perdoar o que nos fez, nem mesmo agora que ele se foi.

— Mas você me perdoa. — Essa era a ferida que não conseguia parar de coçar, da mesma forma como foi incapaz de parar de mexer na casca da vacina. E foi justamente o que a tornou tão delicada e vulnerável às boas intenções de Heather e sua rede de pegar moscas.

— Sunny, você tinha *15* anos. Não há nada a perdoar. Não acho que você tenha sido responsável por nada do que aconteceu. E seu pai teria a mesma opinião se estivesse vivo. E não, *isso* também não é sua culpa.

— Mas Heather... ela diria que a culpa foi minha.

Aqui a mãe a surpreendeu com uma risada.

— Talvez ela pensasse isso mesmo. Heather sabia guardar rancor com a mesma disposição que poupava um centavo. Mas acho que até ela há de concordar que você jamais lhe desejou mal algum.

Um dos pavões soltou um grito assustadoramente humano. Seria Heather se intrometendo na conversa? Infelizmente, Sunny nunca poderia ter tanta certeza da bênção da irmã quanto a mãe gostaria que tivesse.

Mas essas conversas ficariam para mais tarde, à medida que o tempo, as viagens e a escuridão intensificassem a intimidade.

Agora, estavam na loja, um pouco estranhas e desconhecidas uma para a outra, e de repente Miriam fez uma careta por cima da cabeça distraída da cliente gorducha, girou os olhos e deu a língua. *A mesma careta que faço,* pensou Sunny, *quando alguém ferra o sistema tentando baixar algum programa, e eu tenho que consertar tudo, enquanto eles ficam lá tremendo.*

— Verdade, ela puxou ao pai — concordou a mãe. — Esta é a primeira vez que vem ao México, e estamos indo passar o Natal em Cuernavaca. Vamos ficar no Las Mañanitas.

— Nem que me paguem vou a Cuernavaca — disse a mulher. — E o hotel Las Mañanitas é uma roubalheira. — Afastou-se no balcão como se estivesse empurrando a mesa depois de uma refeição pesada mas que não a satisfez, e foi embora da loja com o andar arrastado, sem dizer um até logo ou um obrigada.

— Como foi a viagem, Sunny? — disse Miriam ao dar a volta no balcão para abraçar a filha. — Cansativa? Quer ir para a minha *casita* e tirar uma soneca, ou prefere comer antes? A que horas você acordou hoje? Levou muito tempo para chegar aqui?

Só 30 anos, Sunny quis responder. Trinta anos e uma derrapagem por causa de uma poça de óleo numa rodovia.

Preferiu, porém, uma resposta mais simples, uma que tinha certeza de que sua mãe pudesse entender, uma necessidade que sua mãe, qualquer mãe pudesse alcançar. Como o Max do *Where the Wild Things Are*, ela tinha se cansado da balbúrdia, voltado para casa e despido-se da fantasia de lobo. Queria estar onde houvesse alguém que a amasse muito, mesmo que no fundo de seu coração acreditasse que fazia muito, mas muito tempo, que havia perdido o direito à devoção incondicional.

— Estou faminta — disse ela. — Comida de avião não é lá grandes coisas, pelo menos na classe econômica; mas quem sou eu para julgar... a última vez que entrei num avião foi quando estivemos em Ottawa, com você, e eu era uma garotinha. — Veio-lhe à mente a imagem repentina de Heather com vestido igual ao dela. O de Sunny manchado de chocolate, depois de dividir com a irmã um saco de M&M; o de Heather impecável. As duas, para sempre, a versão feminina de *Goofus and Gallant*. Que diabos! Heather reconheceu na hora que Tony era um tarado. Aos 11, quase 12 anos, ela foi muitíssimo mais esperta do que a irmã de 15. — Podemos ir comer em algum lugar?

As duas mulheres deram-se os braços e saíram pela rua ensolarada e movimentada, em que Javier precisava berrar mais alto que a barulheira dos ônibus, para que o escutassem. Sunny não conseguia entender o que ele dizia, mas pelos gestos mais que elaborados, Javier dava a entender que as duas eram parecidas, que eram lindas. Mãe e filha juntas, finalmente. Ele juntou os dedos num gesto significativo de que as duas eram muito unidas.

Trocou olhares com Javier, sem medo de fitar seu rosto, agora que sabia onde estava o buraco no lábio superior e o que faltava ali. Ah, se ela também pudesse de forma tão fácil mostrar ao mundo o que faltava nela... Quem desviaria os olhos do seu rosto, quem seria incapaz de encará-la?

— *Gracias* — disse ela. Depois lembrou-se da palavra mais importante que uma pessoa pode ouvir, e que sempre fora a mais importante para ela, mesmo quando era falsa e não merecida, totalmente equivocada: o próprio nome. Ao se fingir de Heather, Sunny conseguiu um jeito de trazer Heather de volta, por inteiro, com toda sua insana autoconfiança, e isso era uma coisa da qual nunca se arrependeria. De todas as pessoas que foi, ou que viesse a ser, Heather Bethany era a sua favorita. — *Gracias*, Javier.

NOTA DA AUTORA

No *Opening Day* de 2005, que marca o início da temporada de beisebol nos Estados Unidos, eu estava indo com um grupo de amigos para o jogo do Washington Nationals. Todos nós tínhamos 40 e tantos anos e havíamos crescido nas redondezas de Baltimore e de Washington. Quando passamos pelo shopping Wheaton Plaza, um repentino silêncio no carro, e nos entreolhamos.

— Vocês se recordam? — perguntou alguém. Sim, todos se lembravam. Éramos todos adolescentes quando duas irmãs, Sheila e Katherine Lyon, desapareceram nas cercanias do Wheaton Plaza. Era 25 de março de 1975. O mistério envolvendo o desaparecimento delas nunca foi desvendado. Da família restaram os pais e dois irmãos, que nem de longe têm qualquer semelhança com os Bethanys. Então, por que escolhi uma data quatro dias depois para este romance totalmente ficcional, sobre o desaparecimento de duas irmãs?

Não era essa a minha ideia inicial. Embora eu precisasse fixar a história no feriado da Páscoa, achei que podia usar qualquer ano da década de 1970 como pano de fundo. Mas após leitura dos jornais da época, concluí que o ano de 1975 adaptava-se melhor à história que eu queria contar. Seria negligência da minha parte não esclarecer que este romance não tem nenhuma relação com a tragédia que se abateu sobre a família Lyon. Por outro lado, não seria sincera se não reconhecesse a similaridade das datas.

Está subentendido que a casa editorial do autor é a peça chave nesses assuntos, mas quero salientar que a editora responsável, Carrie Feron, e sua assistente, Tessa Woodward, realmente não pouparam esforços para a concretização deste livro, e para tanto receberam a colaboração irrestrita de todos da Morrow and Avon, inclusive de Lisa Gallagher, Lynn Grady, Liate Stehlik e Sharyn Rosenblum. Uma palavra especial de agradecimento para todos do centro de distribuição da HarperCollins, em Scranton, Pensilvânia — tanto o bolo quanto as pessoas eram excelentes.

Aconselhamento técnico e estímulo vieram de Vicky Bijur, David Simon, Jan Burke, Theo Lippman Jr., Madeline Lippman, Susan Seegar, Alison Gaylin, Donald Worden, Joan Jacobson, Linda Perlstein, Marcie Lovell, Bill Toohey, Duane Swierczynski, Sarah Weinman, Joe Wallace, James R. Winter e dos muitos colaboradores do Memory Project, tão generosos ao descreverem suas lembranças do ano de 1975. Agradeço também à Biblioteca Pública Enoch Pratt pelos arquivos de microfilmes dos jornais locais, e à Kristine Zornig, do Centro de Estudos de Maryland, o Maryland Room. Uma palavrinha àqueles que gostam de apontar defeitos: lembrem-se de que naquela época os filmes eram comumente relançados nos cinemas, sobretudo depois de terem recebido um Oscar e, portanto, *Chinatown* passava no Security Square Cinema em 1975, e o filme *A noviça rebelde* era exibido num cinema no centro da cidade, quando ocorreu a nevasca de 1966. Para os leitores do Sul, uma explicação: não sinto outra coisa a não ser carinho por Brunswick, na Georgia. Afinal, foi onde meu pai nasceu. As descrições pouco lisonjeiras de Brunswick vêm de Kevin Infante, um detetive oriundo do nordeste dos Estados Unidos, ditas após um dia repleto de frustrações. Quanto a mim, nada tenho a declarar que desabone aquela região, a qual visito todos os anos, na primavera.

Esta obra é dedicada a duas mulheres que me deram apoio e amizade desde os meus primeiros rascunhos como romancista. Como seria de se esperar, Fellows é professora e Norris, bibliotecária. Mas antes de qualquer coisa, elas são leitoras apaixonadas. Portanto, ao elegê-las, estou, na verdade, dedicando este meu livro a todos os leitores.

Este livro foi composto na tipologia Chaparral Pro,
em corpo 11,3/15,4, impresso em papel off-white 80g/m^2,
no Sistema Cameron da Divisão Gráfica
da Distribuidora Record.